Huris

Kamel Daoud

Huris

Roman

Aus dem Französischen von
Holger Fock und Sabine Müller

Matthes & Seitz Berlin

Für meine Mutter Yamina, meine heimliche Sprache

Für die vergessenen Opfer des algerischen Bürgerkriegs

Für Amina Mekahli, die Großmütige

Für die Mitarbeiter der Sciences Po, des Pariser Instituts für Politikwissenschaft, die dieser Schrift ein Dach geboten haben

Und Pêtû, oberster Pförtner der Unterwelt,
Antwortet der heiligen Inanna:
»Nun gut! Wer bist du?«
»Ich bin die Himmelskönigin
Von dort, wo die Sonne aufgeht!«
»Wenn du die Himmelskönigin bist
Von dort, wo die Sonne aufgeht,
Warum kommst du ins Land-ohne-Wiederkehr?
Warum bringt dein Herz dich auf den Weg,
Auf dem keiner je zurückkehrt?«

Ishtars (Inannas) Gang in die Unterwelt

Art. 46. – Wer durch Äußerungen, Schriften oder jedwedes andere Handeln die Wunden der nationalen Tragödie benutzt oder instrumentalisiert, um den Institutionen der Demokratischen Volksrepublik Algerien Schaden zuzufügen, den Staat zu schwächen, die Würde seiner Beamten zu verletzen, die ihm ehrenvoll gedient haben, oder das Ansehen Algeriens auf internationaler Ebene zu schmälern, wird mit einer Freiheitsstrafe von drei (3) bis fünf (5) Jahren und einer Geldstrafe von 250 000 bis 500 000 Dinars bestraft.
Strafverfahren werden von Amts wegen von der Staatsanwaltschaft eingeleitet.
Im Wiederholungsfall wird die in diesem Artikel vorgesehene Strafe verdoppelt.

Charta für Frieden und nationale Versöhnung

ERSTER TEIL

DIE STIMME

1

16. Juni 2018, nachts, in Oran.

Siehst du es?

Ich grinse ununterbrochen und ich bin stumm oder nahezu stumm. Um mich zu verstehen, tritt man ganz nah an mich heran und beugt sich zu mir, als wollte man ein Geheimnis teilen oder zusammen eine Nacht verbringen. An meinen Atem, der rasselt wie der letzte Atemzug, an meine zunächst lästige Gegenwart muss man sich erst gewöhnen. Den Blick auf meine Augen heften, auf ihre ungewöhnliche Farbe, golden und grün wie das Paradies. In deiner Unkenntnis könntest du fast meinen, dass mich ein unsichtbarer Mann mit einem Seidenschal erstickt, aber hab keine Angst. Im Licht sehe ich aus wie eine großgewachsene, erschöpfte Frau, fast leblos, und mein riesiges starres Grinsen bereitet allen Unbehagen, die mir begegnen. Dieses endlose, fast siebzehn Zentimeter breite Grinsen hat sich seit über zwanzig Jahren nicht verändert. Es sitzt ein wenig unterhalb meines Gesichts und verzerrt meine Worte und Sätze. Manchmal verberge ich es unter einem bunten Seidenschal; ich suche immer teure und erlesene Tücher aus. Ich stelle meine Kragen hoch.

Reden wir, die Gelegenheit dazu ist einmalig. Denn, ja, du bist das Ereignis, das ich mir nie vorstellen konnte. Es kommt aus heiterem Himmel über mich, trifft mich präzise wie ein Meteorit den Schädel eines leidgeprüften Propheten. Plaudern wir einfach, ohne aufzuhören. Wenn ich aufhöre, muss ich dir umstandslos, schonungslos, fast unbekümmert das Leben nehmen wie ein Metzger, der sich über das Gerippe eines Schafs beugt und gähnt. Ich meine, ich könnte den Beutel zerreißen, in dem du strampelst, und das bisschen Leben auslaufen lassen, das du bis jetzt angehäuft hast. Aus medizinischer Sicht bist du übrigens nicht am Leben, vom Standpunkt Gottes aus auch keine Tote. Ich wiederum habe vielleicht schon eine unschuldige Seele getötet. Vielleicht nicht mit den Händen, aber mit den Augenlidern, indem ich sie schloss. Selbst meine Mutter, Khadija, weiß nichts davon, sie will mich trotz meiner sechsundzwanzig Jahre weiterhin jeden Tag so betrachten, als wäre ich gerade erst geboren, damit sie ihrerseits durch meine Zärtlichkeit und meinen Gehorsam zum Leben erweckt wird.

Hier sind wir in meinem Schlafzimmer. Es ist dunkel im Stadtteil Miramar in Oran. Eine schöne, am Mittelmeer gelegene Großstadt, die in der Dunkelheit funkelt wie eine zerrissene Halskette. Es ist 2 Uhr früh, und ein Mann brüllt, ein Polizeiauto fährt vorbei und Hunde schleichen umher wie maskierte Diebe. Um das Bild vollständig zu machen, stelle ich mir wandernde Palmen und das Meer vor, das in die Straßen eindringen will und noch nach einer passenden Stelle sucht. Manchmal ist es eine Erleichterung, hilft es mir, dass ich in der Außenwelt stumm oder nahezu stumm bin. Die Leute erwarten von mir keine langen Sätze oder Diskussionen mit Lügen oder Übertreibungen oder Versprechen. Selbst wenn ich ab und zu jemanden geliebt habe, brachte ich meine Gesprächspartner mit meinen riesigen goldbraunen Augen ins Stolpern. Meine großen goldbraunen Augen, die die Farbe wechseln, sich nicht um ihre Wirkung auf die Männer scheren, denen bei ihrem Anblick die Worte fehlen. Sie schauen mich an, tauchen in meinen oszillierenden Blick ein, und jede Sprache wird untauglich.

Hör zu: Nachts dröhnen die Handelsschiffe auf dem unsichtbaren Meer, und ich kann dir weder erklären, was das Meer ausmacht, noch woher das Schiff kommt, das es mit seinem großen Metallohr abhorcht. Es gibt Dinge, die kann ich dir selbst in meinen Worten nicht berichten, Zwischentöne aus der Außenwelt. Es bräuchte ein langes Leben, um dir die tausend Einzelheiten dieser Szene aufzuzählen, und die Zeit hast du nicht. Was soll ich dir noch sagen, damit wir allmählich miteinander vertraut werden? Ich rede mit dir, und der Klang meiner Stimme, den du hörst, klingt nicht wie eine Stimme, sondern wie das Rascheln von Seiten beim Umblättern. Außerdem, wozu sollte ich das Meer, die Hunde, ein Schiff und Palmen genau umreißen, oder mein Gesicht, das sich im Dunkeln abzeichnet? Definitionen sind für die Lebenden, um sich sicher zu fühlen. Für dich sind das nur Klangfarben hinter einer Wand, an der du kratzt. Du bist noch da, im Dunkeln, sorgfältig von mir verborgen. Du hast es sicher warm dort, stimmts? Du schwimmst, glaube ich, oder du machst es wie ich, kauerst dich zusammen, ich stelle mir vor, dass dich die Nabelschnur ein wenig stört. Sie behindert dich. Ich wende mich an dich in meiner schönen, eindringlichen und stummen Sprache, mit der ich mir seit Jahren Geschichten erzähle oder die ich benutze, wenn ich in meinem Kopf mit meinen Feinden, Nachbarn, den Imamen spreche, mit Gott, der mir wertvolle Dinge geraubt hat. Auf eine verworrene Weise ist es die Sprache der Filme, die ich geliebt habe, und die mich aufgewühlt und zu Tränen gerührt haben. Die Sprache des Traums, der Geheimnisse, die Sprache all dessen, was keine Sprache besitzt.

In dieser Sommernacht bin ich im Dunkeln wie du, der Nachthimmel fühlt sich warm und tief an wie ein Kopfkissen, und ich kann nicht schlafen. Wenn du wüsstest, was Zeit ist, würde ich dir sagen, dass es 2 oder 3 Uhr morgens ist. In unserer Stadt ist die Nacht im Sommer kurz, kaum hat sie mühsam ihre Sterne ausgestreut, da bereitet ihr der Imam mit seinem Gebetsruf im ersten Morgengrauen schon ein Ende. Doch dort, wo du dich befindest, siehst du es nicht, weil deine Augen noch kaum entwickelt sind. Ich erkenne wenigstens mein Zimmer, meine Straße, das Schiff und das Meer, das es herbringt. Du hast auch kein Geschlecht, aber ich weiß, dass du ein Mädchen bist, meine Huri, denn so sehe ich dich, wenn ich die Augen schließe. Ich glaube, du kommst aus dem Paradies. Von dort, wo die Zeit nicht vergeht und man die Tage nicht zählt. Die Uhr auf der Klimaanlage an der Wand gegenüber zeigt auch die Temperatur an, und ihr Licht verleiht fast allen Gegenständen Schatten und Aura. Es gibt einen Nachttisch und meinen Schreibtisch, der keinen Nutzen mehr für mich hat, seit ich meinen Schulbesuch am Collège wegen null Punkten in algerischer Nationalgeschichte beendet habe. Meine Schuhe, die ich nie wegräume, und der große Vorhang mit den schwarzen Flamingos, die in den Falten des Stoffs gefangen sind. Dann die Faltläden. Ich habe sie nicht ganz geschlossen: Die Laterne auf dem Pfahl vor dem Café verströmt ihr Licht und will mein Schlafzimmer in Augenschein nehmen wie ein Vagabund. Es ist der Laternenpfahl auf der Caféterrasse, er rostet am Sockel, und man sieht das Gehäuse für den Stromanschluss. Was für ein Café? Es heißt Marhaba (»Willkommen«, wie ich in meiner inneren Sprache für dich übersetze). Alle diese Geschäfte tragen in der Regel denselben Namen wie im ganzen Land die Plätze, die den Märtyrern des algerischen Befreiungskriegs gewidmet sind, wie die großen Straßen in den Städten. Auch mein Frisiertisch steht hier, und an dem habe ich gestern den Spiegel zerbrochen. Armer Spiegel! In tausend Scherben zersprungen glich er denjenigen, die alles auf einmal sagen wollen, die stottern und die Wörter durcheinanderbringen, die sich schließlich selbst zerlegen, sich schluchzend an den Händen schneiden. Ein Spiegel, zertrümmert durch mein Unvermögen, richtig zu sprechen. Ich habe ihn zerschlagen, ja, gestern, erinnerst du dich nicht an das knirschende Geräusch, das durch meine Ohren, gedämpft von meinem Bauch, zu dir gelangt ist? Du weißt, auch ich stelle mir dich dort vor, wo du bist. Du führst dich namenlos bei mir ein, ohne irgendetwas, das dich an mich bindet, außer einer Schnur und Blut. Du ahnst mich wie einen Schatten, siehst undeutlich meine Welt, mein Zimmer, diese Stadt, die dir gleichgültig ist, und du weißt nicht, was ich wirklich will. Wir gleichen jenen fremden Landstrichen, die ein Erdbeben übereinander geschoben hat. Du schwimmst gegen den Strom, dein Schweigen ist dein Muskel, noch vermischt sich der erste Tag deines Lebens mit dem letzten, nur der Sturzbach meiner Rede fließt hindurch. Wie kann eine stumme Sechsundzwanzigjährige so viel sprechen, ohne Luft zu holen? Woher kommt dieses unwiderstehliche Verlangen, alles in einem Atemzug loszuwerden wie eine Taschenspielerin, die erwischt wurde?

Der Grund ist: Ich besitze zwei Sprachen. Die eine wie die Nacht, die andere wie eine Mondsichel. Die eine frisst sich in die andere.

Und ein Fischmaul, um alle beide zu sprechen.

Und um dir meine Monstrosität noch deutlicher vor Augen zu führen, ein Grinsen, das von einem Ohr zum anderen reicht. Genau da, an meinem Hals. Eine Angelschnur hält meinen Hals auf meinem Leib fest und verhindert, dass ich in Vergessenheit gerate oder auf dem Markt de la Bastille (dort erledigt man in Oran seine Einkäufe) zum Verkauf an einem Haken hänge. Drei oder vier Männer haben dieses starre Grinsen schon mit ihrem Zeigefinger betastet, wollten begreifen, woher es kam. Meine Mutter Khadija hat es lange Zeit abgehört, versorgt, überwacht, mit tausenderlei Heilmitteln unempfindlich gemacht und jahrelang fast jede Nacht gemessen. Vielleicht würde es größer werden und mich töten, wiederholte sie immer wieder, oder schrumpfen und mir ein normales Leben ermöglichen? Weil man dergleichen noch nie so groß, so deutlich, so fern allen Glücks, so aller Freude trotzend gesehen hat. Ich kann dir wenigstens meinen Vornamen sagen. Ich trage ihn wie eine Leuchtschrift in schwärzester Nacht. Ich heiße Aube, die Morgenröte. Fajr in der äußeren Sprache, Aube in meiner inneren.

(Atme.)

Meine beiden Sprachen schließen sich wie zwei Hände um meinen Hals. Die erste ist die Sprache, die in meinem Kopf tanzt wie ein Seidenschal, ein im Koran erwähnter Fluss, eine zweite Haut unter meiner Haut. Mit ihr spreche ich zu dir, um dich zu den Frauen im Paradies zurückzuschicken und dich zu überzeugen, dass es sich nicht lohnt, auf die Welt zu kommen. Statt vom Himmel zu fallen wie ein Schaf, solltest du dort bleiben, unerreichbar für Männer. Diese innere Sprache besteht aus all den Worten, die nie aus meinen Mund erschallen, wegen ..., wegen ... dem, was ich dir sagen werde. Ich verberge nichts. Ich schäme mich nicht für das, was ich auf meiner Haut trage. Weil sie mich versteht, hat meine Mutter Khadija mir sehr früh erklärt, dass Menschen alles, was sie geschrieben haben, überall wieder ausradieren können, nur nicht auf ihrer Haut. »Und du bist ein Buch«, versicherte sie mir. »Ein wahrhaftiges Buch, der Bericht über etwas, das nicht vergessen werden darf, ein Alphabet, von dem nur die Unwissenden nichts wissen«, wiederholte sie immer wieder an meinem Krankenbett in den Krankenhäusern, als man noch versuchte, meine Stimmbänder zu flicken. »Wenn sie meinen, alle Spuren ihrer Verbrechen beseitigt zu haben, wird es immer noch dich und deine herrlichen Augen geben.« Ich bin die wahre Spur, der unwiderlegbare Beweis für alles, was wir in zehn Jahren in Algerien erlebt haben. Ich berge die Geschichte eines ganzen Krieges in mir, der meiner Haut seit meiner Kindheit eingeschrieben ist. Wer lesen kann, wird es verstehen, wenn er meinen skandalösen Augen und meinem monströsen Grinsen begegnet. Wer vergessen will, wird sich vor mir und meinem Anblick fürchten.

Draußen bin ich stumm. Ich benutze kaum Wörter, um zu sprechen. Doch hier in meinem Kopf, zwischen dir und mir, kommen die Worte für fast alles, woran ich mich erinnere, wie von selbst. Gegenüber der Außenwelt bleibt meine innere Sprache ein Wunder an Genauigkeit und alten, darin zurückgebliebenen Geschichten, die nur darauf warten, wieder ausgerollt zu werden. Auch ohne Licht erhellt sich mit ihr alles oder fast alles, außer dem Ort, an dem du bist. Stimmt! Diese innere Sprache wird heller, wenn ich liebe oder wütend bin oder lache. Besonders die Schlaflosigkeit lässt sie anschwellen wie Hochwasser im Sommer. Sie umfasst auch die Stimmen derer, die ich geliebt habe, ihren Tonfall oder ihren Klang, etwa die von Souad, meiner Lehrerin in der Schule, die mich als Fünfjährige unterrichtete und aus meinem scheußlichen Grinsen ein weniger verletzendes Spielzeug auf meiner Kehle machte. Ich erinnere mich an diese Frau, die mich mochte und es liebte, meine Augen zu beschreiben, damit ich mein Grinsen vergaß. Eine Aura umspielte ihr glänzendes schwarzes Haar, und ihr darin versunkenes Gesicht erinnerte mich, ich weiß nicht warum, an den Mond oder an einen Spiegel oder eine glückliche Heirat. Ihre Schönheit war der erste Buchstabe im Alphabet meiner heimlichen Sprache. Nur damit du weißt, wie schön meine Lehrerin Souad war, doch damals, in dem Alter, kannte ich das Wort noch nicht, spürte aber mein Herz höherschlagen. Ich wünschte mir, ihr Spiegelbild zu sein! Ich erinnere mich, dass ich am liebsten jedes Mal geweint hätte, wenn sie mich liebevoller ansah als die anderen Schüler. Dann wollte ich sie um Verzeihung bitten, dass ich mit meinem Grinsen so schrecklich aussah. Meine innere Sprache begann mit ihr, das schwöre ich vor sämtlichen Büchern.

In dieser Sprache schreibe ich auch: Sie ist schnell wie eine Schlange, jagt im Zickzack, flitzt über den weißen Bauch des Papiers, und in der Schule kam immer ich auf die schönsten Antworten, weil ich gern schrieb. Oft war ich die Schnellste beim Lösen eines Problems, weil ich stumm oder fast stumm war. Denn seit meinem fünften Lebensjahr verschwende ich nie Zeit darauf, mit den anderen zu sprechen; ich schweige, und wenn ich zu schreiben beginne, geht es schnell, unbekannte Gebiete erreiche ich als Erste, vor den anderen. Vor meinen Mitschülern, die in meinem Kopf immer Schlange stehen, um über mich zu befinden und mich zu umzingeln, ihre Füller auf mich gerichtet, um mein Grinsen zu berühren, ohne sich die Hände schmutzig zu machen.

Die Nacht löst sich auf, meine Sprache, meine Ohrmuschel, mein Makel; ich würde gern weggehen, schweigen, mich jeder Rechtfertigung entziehen, aber ich versuche, es dir zu erklären. Ich zögere den Augenblick hinaus, dir von der anderen Sprache zu erzählen, der äußeren, mit der ich mich an andere wende: an meine Mutter, meine andere Mutter, meine seit über zwanzig Jahren tote Schwester, den ersten Arzt, als ich fünf Jahre alt war, den benachbarten Imam, an den Wächter meines Autos mit seinen verklebten Augen, meine beiden Angestellten, die mit Worten geizen, die Kundinnen meines Salons, an einen Hund, der vor dem Regen flüchtet, an dich, an Abdou, den Rechtsmediziner und Freund meiner Mutter, an das Messer, an Gott und seinen Widder. Die fremde Sprache, die andere vor Scham verstummen lässt, wenn ich rede, sie finden kaum Worte und suchen Zuflucht in meinen Mondaugen oder in meinem Grinsen. Ach, meine in der dämmerigen Dunkelheit gefangene Unbekannte, es ist die Sprache des Mitleids der anderen.

Pssst!

Es ist schwierig, dir das zu erklären, denn vielleicht haben sich deine Ohren noch nicht gebildet. Ich drehe mich in meinem Zimmer im Kreis, dein Schweigen quält mich. Nachts überfällt mich manchmal die Angst vor deiner Zukunft. Angst wovor eigentlich? Vor der Scham, nach dir irgendwie weiterleben und dich überleben zu müssen. Wenn ich zur Tat schreite, werde ich wieder keinen Schlaf finden, die weiße Wand anstarren, um meine Augen zu trocknen. Alles wieder von vorn beginnen, alles rechtfertigen, alles erklären, verhandeln müssen ... Zum zweiten Mal raube ich mein Leben einer anderen und schlüpfe in einen Leichnam, um im Sonnenlicht zu bleiben. Verstehst du? Wenn ich dir helfe zu sterben, werde ich nichts mehr haben, ich werde mich überall verjagt fühlen. Und nicht einmal mehr schreien können, denn ich habe ja keine Stimme. Das jedenfalls ist mein Schicksal: Mich abtasten, um zu wissen, was in mir tot ist und was lebt, ob der eine oder der andere Teil von mir noch atmet. Weißt du, ich rieche zum Beispiel seit Langem nichts mehr, der Geruchssinn ist verloren. Wie die Haut von anderen duftet, ist mir nahezu unbekannt. Ich fühle mich zweigeteilt, in zwei Körper, zwei Sprachen. Mein Grinsen durchschneidet mich.

Man erstickt.

In diesem Jahr hat der Sommer dem Himmel anscheinend alle Luft geraubt. Selbst um diese Uhrzeit ist es noch heiß, zu heiß für mich, aber ich habe mich nicht getraut, die Temperatur der Klimaanlage abzusenken, meine Mutter dreht durch, wenn ich krank werde. Ich würde gern rauchen, Tabak fressen, mich damit umbringen. Es rast in mir wie ein Tier, wie jemand, der flieht und mit den Füßen in meinem Blut trampelt. Aber ja, sogar in meiner Lage rauche ich manchmal! Es ist fast der einzige Geruch, den ich wahrnehme, beißend und stark. Mit der Austrocknung meiner Riechzellen sind alle anderen Gerüche seit Jahren verschwunden. In meinem Zimmer gibt es so wenige Parfümfläschchen wie Fotos aus meiner Kindheit, und auf denen sieht man mich im Sommer mit einem Schal um den Hals. Der Tabakgeruch macht meine Mutter wütend, denn Tabak bringt mich um, aber sie sagt nichts, sie blickt zu Boden und erkennt in ihrem Unglück den Beweis für ihre Mutterschaft. Wenn ich rauche, huste ich, und Husten ist das Schlimmste, was einer Frau wie mir passieren kann. Weißt du, in meinem Fall ist alles schwierig: husten, niesen, lachen und schreien. Düfte riechen, Geschmack empfinden, sie in meine Nase und bis ins Gedächtnis steigen lassen, mich an Dinge in meinem früheren Leben erinnern. Und sprechen.

Als Schülerin auf der Schule dort drüben, auf der anderen Seite des Platzes, sprach ich wenig, aber ich hatte bohrende, wütende, harte, sanfte, schneidende, scharfe Blicke, meine Pupillen änderten die Farbe und schimmerten in tausenderlei Tönen ... Große Huri-Augen, auffällig wie goldene Nächte, in denen meine innere Sprache funkelte. Ich konnte mit meinen Augen einen Erwachsenen verlegen machen oder eine Klassenkameradin zum Weinen bringen. Ich schwöre dir, meine Augen waren das reinste Alphabet, eine Messersammlung. Ich sprach schlecht oder wenig oder gar nicht mit dem Mund, sodass mich die anderen hinter meinem Rücken »Fisch« nannten. Die Erwachsenen und die Freunde meiner Mutter, die 2000, im Jahr meiner zweiten Geburt, vorbeikamen, um sie zu beglückwünschen, musterten mich neugierig: Wie konnte man in ein und demselben Gesicht zugleich Schönheit und Entsetzen zeigen? Was zu einem solchen Kind sagen? Ich habe die Gabe, Schwindel zu erregen wie ein Minarett oder ein Abgrund. Um mich darin zu üben, habe ich in der Schule sehr früh gelernt, unseren Lehrer zu fixieren (Herr Safi, Glatze, Glubschaugen wie ein Fisch, auch er, fünf Jahre lang in ein und derselben Hose, der Fehler hasste, als wären sie Läuse im Haar der arabischen Sprache, in der er uns unterrichtete und von der er schwor, sie sei einzigartig auf der Welt, die aber meiner heimlichen, meiner inneren Sprache nicht das Wasser reichen konnte), ich nagelte ihn fest, und trotz seiner Hartnäckigkeit gab er nach, wich mir aus, blätterte schnell die Seite seiner Namensliste um, um mich zu übergehen, und wendete sich mit seiner Frage dem Mädchen zu, das hinter mir saß. Ich begriff sehr früh, dass meine Sprache die Niederlage seiner Sprache war. Meine ist mächtig wie eine Beleidigung, sie ist schmerzhaft oder erhellt besser, was im Kopf oder in der Nacht vor sich geht.

Was meine andere Sprache anbelangt, die äußere, die vom Mund in die Ohren geht … Wie soll ich dir etwas erklären, das es nicht gibt? Dort, wo du bist, dringen nur Töne zu dir. Hör hin, denn du kannst weder lesen noch schreiben.

Als ich zum zweiten Mal geboren wurde, war ich fünf Jahre alt. Ich schaute im Fernsehen gern die Abenteuer eines Enterichs an, er hieß Donald Duck; er war drollig, knallbunt koloriert und sehr ungeschickt. Ich lachte über seine Wutanfälle; er konnte in einem Feld stecken bleiben, hinfallen, sich wieder aufrichten, sich zu einer Kugel zusammenrollen und sich über alles wundern. Was mir an ihm gefiel? Man verstand ihn kaum oder nur, wenn er seine Mimik und sein Gequake mit seinen Händen unterstrich. Um zu sprechen, zappelte er also herum, warf in seinem schönen bunten Haus alles um, verschluckte sich, verlor den Faden und wiederholte sich. Es ist ein bisschen dumm, aber in dem Alter dachte ich, dass dieser Enterich wirklich existierte und dieselbe Sprache hatte wie ich: eine ganz löchrige Sprache, die ohne Augen und Hände nichts umreißen konnte. Das ist also meine zweite Sprache, die äußere. Während hier, wenn ich mit dir in meiner inneren Sprache rede, alles deutlich erscheint wie in einem Spiegel.

Gestern hast du mich toben gehört. Selbst dort, wo du bist, gut geschützt, musstest du alles mitanhören. Ich zitterte, und meine Mutter schwieg. Sie wartete auf das nächste Wort, das nicht aus meinem Mund kommen wollte. Ich schrie, und mein Schrei hallte so lächerlich wider, dass ich wahrscheinlich ausgesehen habe wie Donald in der bunten Flimmerkiste. Ich brachte es nicht heraus; es kehrte zu dir zurück, und du hast dich gewunden und gezappelt wie eine Wahnsinnige im Irrenhaus. Du hättest sterben, an meiner Atemnot ersticken können. Dann weinte ich. Wenn man wütend ist, verliert man sich irgendwo in den zwei Sprachen und hat nur noch Steine im Mund. Begreifst du meine Not? Ich kann mit meiner äußeren Sprache nicht einmal schimpfen. Allerdings stecken wir nun zu zweit in der Klemme. Du bist da, wenngleich ich dich nicht sehe, selbst wenn du in deiner Dunkelheit an der Nabelschnur ziehst. Ich bin ein Buch und leuchte mich allmählich für dich aus. Denn meine innere Sprache entdeckt endlich einen Weg aus mir hinaus: Sie hat in dir zwei Ohren gefunden, sie gräbt sich einen Gang, um sich in der Welt deiner anfänglichen Blindheit zurechtzufinden. Sie war eine blockierte unterirdische Quelle, jetzt entdeckt sie in dir einen Riss, der ihren Lauf zum Delta weitet. Du bewahrst mein Geheimnis und du wirst hierbleiben, bis ich dich nach Hause zurückbringe, in die entgegengesetzte Welt, dorthin, wo man nur lachen muss, um Gärten hervorzubringen.

Der Muezzin! Das ist die Stimme des Muezzins. Es ist 4 Uhr 34 morgens. Die dröhnende Stimme ruft zum Gebet, und sie ruft laut, um die Schlafenden wachzurütteln. Es ist eine Sprache der Mahnungen und Drohungen, sie führt von morgens bis abends das Ende der Welt vor Augen. Nach seinem Ruf stehen die Männer auf, rülpsen, taumeln und waschen sich mit kaltem Wasser, zuerst die intimen Körperbereiche, dann die Arme und den Kopf. Schläfrig machen sie sich auf den Weg zu Gott, der nie schläft. Ich bleibe dabei: Du musst gehen, ich muss schweigen, du wirst dorthin zurückgehen, von wo du in meinen Bauch gelangt bist, oder du gehst mit dem Urin in die Kanalisation, die schwarze Kehle der Stadt. Ich lege keinen Wert darauf, dass du bleibst, ich werde dir das immer wieder sagen. Aber ich werde dich tolerieren, wenn du meine Geschichte anhörst, darauf achtest, was meiner Haut eingeschrieben ist: diese Narben, die du nicht berühren kannst. Danach, wenn ich aufhöre, werde ich dir den Kopf abschneiden, nicht mit einem Messer, sondern mit tausend zärtlichen Worten, tausend Ratschlägen, damit du dorthin zurückkehrst, wo du hergekommen bist. Denn das hier ist kein Platz für dich, in diesem Land zu leben, ist für eine Frau ein dorniger Weg. Ich werde dich aus Liebe töten, dich in Richtung Paradies mit seinen riesigen Bäumen verschwinden lassen. Nicht ich halte an dir fest, meine zweite, allzu verwaiste Sprache tut es. Ihretwegen bin ich hier, spreche möglichst schnell im Dunkeln, während die anderen schlafen oder Anstalten treffen, um zu ihrem Gott zu beten, ihretwegen finde ich keinen Schlaf. Ich schaffe es nicht, die Augen offen zu halten, um meiner Mutter zuzusehen, die in einem anderen Zimmer ihre Koffer packt. Noch sie zu schließen, ohne dich dort, im Undurchdringlichen, eingenistet zu sehen. Meine zweite Sprache, die innere Sprache lockt mich in die Falle dieses Monologs. Sie besteht darauf, dass ich dich am Leben erhalte und dir erkläre, wie du, von drei tödlichen Pillen ausgestoßen, sterben wirst. In der äußeren Sprache stumm, hätte ich niemanden mehr, mit dem ich sprechen könnte, wenn ich dich töten würde. Draußen ginge die Sonne auf, und die Sprachen schnatterten, heulten auf ewig ohne mich weiter. Deshalb wirst du, mein Stern, am Leben bleiben, ich meine, zwischen Leben und Tod, bis ich mich entschließe, dieses Gespräch zu beenden. Es ist alles mein Fehler. Ich hätte vorsichtig sein sollen, nicht auf idiotische Weise schwanger werden dürfen, dann müsste ich nicht abtreiben wie ein gehetztes Tier.

2

17. Juni, am frühen Morgen.

Ich mache das Fenster auf, denn es fehlt an Luft wie in einem Grab. Hörst du sie? Ich habe sie vorgestern gesehen, als ich von meinem Friseursalon zurückkam. In drei Tagen werden sie alle tot sein. Die ersten liegen schon paarweise gefesselt auf den Märkten am Stadtrand von Oran. An den Hörnern zusammengebunden in einem aussichtslosen Kampf. Nachts gelingt es ihnen besser, ihre Stimmen zu vereinen, sie blöken ununterbrochen. Als würden sie flehen, nach einer Antwort suchen. Wenn du auf den Tiermärkten in den neuen Stadtvierteln im Osten herumspazieren könntest, würdest du überall welche sehen. Während die Männer über ihren Preis und ihr Gewicht verhandeln, scheinen sie alle nach Süden zu schauen. Vielleicht schielen sie nach den Städten auf den Hochebenen, in denen sie geboren wurden, und suchen in dem Durcheinander einen Weg dorthin. Es sind nur noch wenige Tage bis zum Fest. Bald werden es noch viel mehr sein. Wenn du dann immer noch da bist, wirst du sehen, wie sie sich sogar hier unter dem Fenster zusammenrotten, am Fuß dieses Wohnhauses in der Innenstadt von Oran. Unser Viertel, Miramar, wird voll von ihnen sein, sie werden sich auf den Balkonen, in den Kellern, in den verfallenen Eingängen der französischen Art-déco-Häuser drängen. Überall in den Straßen, ich schwöre dir, überall, als wäre es der Tag des Jüngsten Gerichts. Und wie ein dreckiges Kleid werden sie den Angstgeruch, den sie zwischen ihren Klauen ausschwitzen, mit sich herumschleppen.

Meine Mutter Khadija feiert dieses Fest nie. Das ist nichts für meine Familie. Nicht mit meiner Narbe am Hals, der Geschichte auf meiner Haut, meinem Grinsen. Wir begnügen uns damit,

Fisch und ein paar Kilo Fleisch zu kaufen, legen sie in den Kühlschrank und warten, bis sich die Hysterie beruhigt und der Wind das letzte Brüllen davonträgt. Zuletzt sind sie still, diese vom Himmel gefallenen Tiere, die mit jahrtausendealten Anekdoten, Propheten und Opfern verknüpft sind. Mich bekümmert dieses alljährliche Spektakel nicht. Es bringt einfach nur Staub in die Stadt, panische Angst. Und verwandelt Oran, die sonst so schöne Stadt, mit dem Meer am Busen und seinen verliebten Palmenpaaren, zu einem riesigen Zelt von Schafzüchtern, das im Wind schlägt, und weißt du, der Wind verfolgt mich seit meiner Kindheit, denn er schürt die Leere in mir. Manchmal denke ich, dass ich dasselbe fühle wie diese entsetzten Tiere, wenn sie ihre Todesstunde nahen spüren. Ich meine diesen Moment, in dem man zum Himmel blickt und der Hals die von einem Messer gebannte Halsschlagader entblößt.

Ob du das weißt? Das stärkste Gefühl in diesem Augenblick ist nicht der Hass auf den Schächter, sondern vielmehr die entfesselte Hoffnung, verschont zu werden, nachdem man übermäßig viel Blut verloren hat. Du denkst: Wenn ich gehorche, werde ich nicht getötet. Hör zu, mein kleiner Eindringling. Es ist nicht so leicht zu begreifen für jemanden, der dieses heilige Fest, diese Religion, diese Stadt nicht kennt. Warum treibt man so viele Tiere zusammen, um sie am Ende binnen einem oder zwei Tagen zu essen? Warum verschulden sich die Leute, um sie zu kaufen und lastwagenweise aus den Städten im Süden herzubringen? Es ist mühsam, diese Geschichte jemandem zu erzählen, der dieses Land vor meiner Bauchdecke allenfalls flüchtig kennt. Ich versuche, es dir zu erklären und erscheine dir dabei nebulös wie eine fremde Sprache. Seit den paar Stunden, die du zappelst, weißt du wenigstens, dass ich stumm bin, dass mein Gesicht seit gestern im Spiegel zerbrochen ist und in tausend Scherben liegt, dass ich dich nicht in mir haben will. Ich will absolut nicht, dass du dir einen Platz in mir aushöhlst, und ich träume zugleich davon, dass du dich dort einnistest, über alles hinwegsetzt, um mir endlich zuzuhören, als hätte ich es mir auf einem fliegenden Teppich bequem gemacht. Denn, schau, auch ich bin eingesperrt, oder fast eingesperrt. Aber einen Spaltbreit offen, am Leben gehalten durch ein Loch in meinem Hals. Ich atme durch eine Kanüle und kämpfe gegen die Wellen an, die sich auf der Wasseroberfläche der Welt der Lebenden bilden. Wäre der Spiegel nicht zerbrochen, hättest du das Loch in meiner Kehle sehen können, das mein monströses Grinsen zu verbergen versucht. Meinen sperrangelweit offenen Kehlkopf, meine entblößte Speiseröhre, diesen falschen Mund mit seinen vernarbten und zusammengekniffenen Lippen. Es ist dunkel, rot, zuckt wie ein Eingeweidebruch. Man darf nie den Finger reinstecken und muss die Öffnung immer desinfizieren, nachdem man sie berührt hat. Das Grinsen selbst reicht von einem Ohr zum anderen, es ist die Spur des Messers, sein Schnitt in mein Fleisch. Eine siebzehn Zentimeter lange Wunde, die genäht wurde. Man darf nicht reinschauen, sie nicht zu lange der frischen Luft aussetzen. Wie soll ich dir beschreiben, was ich empfinde, wenn ich mich ohne die Kanüle, die dieses Loch zudeckt, und den Seidenschal im Spiegel betrachte? Selbst meine Mondaugen werden dann matt. »Man kann deine Geschichte nicht auslöschen, sie ist dir auf den Leib geschrieben«, sagte meine Mutter immer. Wie stolz mich dieses Bild gemacht hat, als ich klein war! Ich, ein Buch? Mein Körper soll ein großes Heft voller Geheimnisse sein? Eine Schrift, damit niemand vergessen kann, was zehn Jahre lang in Algerien geschehen ist?

Um mich von meinen Gedanken abzubringen, nahm mich Khadija oft mit ans Meer, an den Strand Les Andalouses. Das ist ein kleiner, altmodischer Touristenkomplex im Westen von Oran. Nach einer Spazierfahrt erwarteten uns jedes Mal weiße, am Strand aufgereihte Bungalows. In meiner Erinnerung war es immer kalt in diesen ungetrübten Stunden. Denn Khadija brachte uns, ihre Freunde und mich, im Herbst, im Winter, wochentags und immer in der Morgendämmerung dorthin. »Dann haben wir das Meer ganz für uns, niemand sonst wird da sein!«, rechtfertigte sie sich. In Wirklichkeit ertrug sie das Spektakel der lauten Familien, der unverschämten und flegelhaften Jugendlichen an den Sommerwochenenden nicht mehr, ihr graute vor dem Schmutz der Badenden, den schwarz verschleierten Mädchen und ihren

Plastikflaschen, die sie dem Wind überließen. Weißt du, Khadija liebte das Meer wie ein verlorenes Schmuckstück. Du hättest sie sehen sollen, wenn sie ankam, schwieg, sich mit bloßen Füßen auf ihr Handtuch setzte, ihren Blick auf die Fluten heftete. Und sie, die immer so umtriebig war, die starke Stimme der Anwaltschaft, hielt inne, als hätte sie die endgültige Erklärung in sich selbst gefunden. Das Meer füllte die Leere ihrer Erinnerungen, die eines Waisenkinds, das am 5. Juli 1962 ausgesetzt worden war. Wir blieben lange schweigend im nassen, von Algen übersäten Sand sitzen, damit alles in uns an seinen Platz zurückkehrte. Das Meer hat eine laute Stimme, die die meiner Mutter und die meiner inneren Sprache übertönt. Man konnte stundenlang reglos dasitzen und dieser rauen Stimme zuhören, die sich uns anvertraute. Dann nahm jeder nach und nach wieder seine Rolle ein und die Bungalows stellten sich wieder in eine Reihe. Der Sand mit seinen Mulden und Buckeln kehrte zurück, marode Boote erschienen wieder in unserem Blick, und in der Ferne tauchten Fischer auf und bevölkerten den Ort. O wie schön und schwer das Meer ist, wenn man es in sich trägt, mein kleiner Fötus! Sobald ich es mit meinen Zehen berührte, begannen tausend Möwen vereint zu schreien. Sie verlachten mich im Flug und schwenkten dabei ihre Stoffe, schimpften mich aus mit ihren Schreien; spöttisch hielten sie mir vor, dass ich meine versteckte.

Seitenlange Plaudereien am Feiertagshimmel. Und in mir. Mit dem Tosen des Meeres in uns kehrten wir so spät wie möglich nach Hause zurück.

Weißt du, im Sommer, kurz vor den großen Ferien, wenn die Schüler den letzten Schultag feierten, flogen überall in der Rue Miramar im Zentrum von Oran Papierstücke durch die Luft, zerrissene Hefte und aufgetrennte Bücher. Die tausend handschriftlichen Datumsangaben oben auf den Seiten, die tausend Geschichtslektionen, alles wirbelte am Himmel und verwandelte sich in lachende Möwen. Und hier, in meinen Stranderinnerungen, sind diese Vögel so. Die Möwen kehrten tausendfach als Hefte zurück und boten mir die Stirn, mir, dem einzigen Buch, das in der nächtlichen Eile der Bluttat geschrieben worden war. Das Buch, das die tatsächliche Geschichte des wahren Krieges in Algerien vor dem Vergessen bewahrt. Von all dem hast du natürlich keine Ahnung. Du weißt nicht, wie viele Steine es in einem Leben gibt. Womit soll ich also um unser beider Willen beginnen? Womit? Vielleicht fange ich mit dem einfachsten an und erzähle dir die Geschichte meines Vornamens, den habe ich dir bereits gesagt: Aube.

Mein Vorname war ein Geistesblitz meiner Mutter in dem Rettungswagen, dessen Sirene am 1. Januar 2000 auf der Straße zwischen einer Stadt im Osten, die Relizane heißt, und Oran heulte. Sie gab mir den Namen, während ich blutete wie ein geopferter Widder, als wollte sie mit diesem ersten Akt dem Tod die Stirn bieten.

Lies.

Lies in mir.

Und höre mit mir, um zu verstehen. In der Sommerhitze wehklagen die Schafe überall in Oran über ihr Schicksal. Höre diesen langen und weit verstreuten Klagen gut zu. Diese Geschichte kennst du nicht, sie spielt in einem Land, um das du dir keine Gedanken machst. Glaub mir, Töchterchen, ich will dich daran hindern, in eine Geschichte verwickelt zu werden, in der du nur eine Frau bist und kaum mehr zählst als eines dieser Schafe. Verstehst du? In ein paar Tagen ist das Opferfest, Aïd al-Adha in der äußeren Sprache. Vor langer Zeit träumte ein Prophet mit Namen Ibrahim, er würde seinem Sohn die Kehle durchschneiden, um seinem abgefeimten Gott zu gefallen. Als auf dem Berggipfel die Halsader schon auf dem steinernen Altar pochte und das Kind die Augen schloss, um sich vor dem Tod zu verstecken, ließ Gott im letzten Moment einen Widder vom Himmel hinabsteigen. So wurde der Sohn gerettet. Zumindest für eine gewisse Zeit, denn später wurde er in der Wüste zurückgelassen, wie der Koran erzählt. Und seit diesem Vorfall, kleine Kaulquappe, schneidet man Schafen statt Menschen die Kehle durch. Allerdings nicht immer! In dem Jahr zum Beispiel, als mein Grinsen entstand, am Ende des Bürgerkriegs, wurden mehr Menschen als Schafe getötet. Wie soll ich dir vom Krieg erzählen, ohne dich zu beschmutzen oder dir Monster zu zeigen und sie dir eines nach dem anderen in den Mund zu legen, damit du sie kaust und schluckst? Der Prophet Ibrahim muss während dieser Jahre in Algerien lange im Bett geblieben sein. Er muss weit über den Tag hinaus geschlafen haben, und wir alle sind in seinem blutgetränkten Traum eingesperrt geblieben, in dem er mit dem Messer in der Hand umherrannte, um jedem Sohn die Kehle durchzuschneiden. Und wenn man in diesem dunklen Jahrzehnt eine Frau war? Dann war es noch schlimmer. Siehst du, kleine, unerwartete Fremde, wenn du in diesem Land geboren wirst, riskierst du etwas. Es wird Jahre geben, in denen wirst du dich sattessen, und andere, in denen wird man dich aufessen, und noch andere, in denen wird man dir die Kehle durchschneiden. Du wirst für den rabulistischen Traum eines alten Propheten damit bezahlen, dass dich jemand vergewaltigen wird. Übrigens erlösen die vom Himmel gesandten Schafe nur die Knaben, nicht die Mädchen. Wenn der Nachkomme Ibrahims ein Mädchen ist, endet die Geschichte immer blutig. Spitze die Ohren und höre den Schafen zu. Hörst du? Sie blöken. Auch sie sehnen sich danach, in den Himmel zurückzukehren, diesem Krieg zwischen dem Traum und dem Sohn, dem Propheten und dem Tier, dem Albtraum und dem grinsenden Messer zu entkommen. Sie wollen weiter nichts, als die Menschen ohne Mittelsmänner und ohne Tieropfer zurückzulassen, sollen sie sich doch gegenseitig töten. Das ist schon vorgekommen, meine kleine Sardine, und zwar in diesem Land, und nicht nur einmal.

Verstehst du jetzt?

Meine Mutter schläft oder tut so, wie damals, am 5. Juli 1962, als man sie vor dem Eingang einer Moschee in Algier in einer Wiege fand, über die die Gläubigen hinwegstiegen. Morgen wird sie in ein fernes Land reisen, das Belgien heißt, um einen Arzt zu bitten, mir zu helfen, und wir werden allein sein, du und ich, und können nach einer einvernehmlichen Lösung suchen. Ich gebe das Schaf seinem Gott zurück, ich töte dich, ich dränge dich aus dem Leben, ich schicke dich zurück ins Paradies, wo die Huris plappern, und ich erspare dir das Schlimmste. Ich behalte den Albtraum, ich gebe dir das ursprüngliche Licht vor dem Leben wieder, ich verhindere, dass du unter die Hände und die Messer kommst. Selbst wenn es nur ein paar Tage lang sein wird, irgendwie bin ich deine Mutter, und ich denke an dein Wohl, und dein Wohl ist es zu sterben.

3

Tock tock! Bist du da?

Schlummerst du? Meine Mutter ist, glaube ich, aufgestanden. Sie reißt die Fenster auf, schlägt eine oder zwei Türen zu. Das ist unsere gemeinsame Sprache, wenn wir streiten. Wir schlafen dann schlecht, alle beide. Liegen einen Teil der Nacht wach und lauschen auf das, was hinter den Wänden geschieht. Und weil wir beide verlorene, adoptierte Kinder sind, reden wir zum Schluss immer miteinander, um nicht in die Einsamkeit zurückzufallen. Mit den Jahren und den Streits hat sich dieses Duell umgedreht, meine Mutter ist quasi kleiner geworden, hat ihre Autorität nicht mehr in die Waagschale geworfen. Und ich habe im Gegenzug ihr Alter angenommen, ihre Strenge, ihre Ticks (mehr mit dem Zeigefinger und den Brauen reden als mit dem Mund). Wir tauschen die Rollen. Dieser Tanz ist unergründlich, ich bin sechsundzwanzig Jahre alt, sie achtundfünfzig. Doch von nun an sieht es so aus, als würde sie rückwärts auf eine Kindheit zulaufen, die sie nicht hatte. Meine Mutter Khadija ist unergründlich. Sie ist ein dickes Schaf. Sie ist klein, hat kurzes schwarzes Haar, und eine alte Panik verschleiert stets ihre Augen, wenn sie meinem Blick begegnet. Sie ist Ibrahims Widder. In einem Augenblick in meiner Geschichte hat der Himmel sie gesandt, um die Aufmerksamkeit des Messers abzulenken und ein Kind zu retten, das eine große Narbe am Hals abbekommen würde. Nur dass in dieser Version der Prophet flieht und der Widder mit seinen sanften dunklen Augen bleibt, und das ist meine Mutter. Sie schützt mich, umgibt mich mit Wattemauern, trifft alle Arten von Vorsichtsmaßnahmen und verbietet mir, fortzugehen, zu reisen, nachts auszugehen, zu rauchen oder Männer zu treffen.

Hörst du? Sie rächt sich an den Gegenständen, den Tassen, den

Haushaltsgeräten. Gestern hat sie mitbekommen, wie ich den Spiegel in tausend kleine Wahrheiten zerbrochen habe, die man nicht wieder zusammensetzen kann. Und jetzt? Jetzt zeigt er tausend Gesichter, dieser arme Spiegel. In einer Scherbe läuft eine Schnittwunde über einen weißen Hals. In einer anderen stehen Haare zu Berge. Eine Lippe bebt, wenn ich mich herabbeuge. Sie zittert, als wollte sie zu einem Geständnis ansetzen, hier, siehst du? Und aus noch einer anderen starren Augen mit einer Iris von seltener Farbe hervor wie eine Frage ohne Antwort. Sieh dir meine Kanüle an: Es ist dieses dicke Plastikröhrchen, das wie ein halber Wasserhahn an meinem Hals klebt, es verbirgt die Grube in meiner Kehle. Die Kanüle sieht aus wie das Ende einer Zahnpastatube, eine Flöte mit einem einzigen Loch. Durch dieses Loch atme ich, es sitzt direkt auf meiner Haut.

Gestern saß meine Mutter im Salon, als sie mir ankündigte, sie werde am nächsten Tag das Flugzeug nehmen. Sie richtete die Augen auf ihre Hände, die sie wrang wie ein Wischtuch. Sie würde ein Flugzeug nach Brüssel nehmen, um mit einem bekannten Chirurgen über meinen Fall zu sprechen. Die Hoffnung, durch die Chirurgie meine Stimme wiederzubekommen, ist eine alte Geschichte, die für mich immer schlecht ausgeht. Wir haben es schon versucht. Doch dieses Mal warst du in mir und lachtest über diese gewollte Hoffnung, und auf ihr lag ein Schatten der Mutlosigkeit. Sie machte sich etwas vor. Ich merkte es an ihren Sprechpausen, an ihrem Blick und an ihrer Angst, die daher rührte, dass sie als Kind in einer Wiege gefunden wurde, und die sie nie loslässt. Sie verstummte, und das Schaf mit der Wolle für zwei trat wieder zutage. In der Zwickmühle zwischen der Stimme mit ihrem falschen Versprechen und der deinen in mir, schrie ich los wie eine Irre, und nichts regte sich mehr im Raum. Später habe ich in meinem Zimmer diesen Spiegel zerbrochen.

Weißt du, wenn Khadija lügt, sieht sie mich nicht an, sondern mustert sich selbst, als ob sie in den Opferflammen läge. Insgeheim will sie, dass ich nie erlebe, was sie erlebt hat. Im Gegensatz dazu bekommt ihr Leben dadurch den Anschein, ein Fehler zu sein, und das quält sie, treibt sie zu maßloser Liebe und zur Perfektion bei der Verteidigung ihrer Mandanten. Ihre Geschichte? Die Geschichte eines Schafs, sagte ich dir, das zwischen einem Propheten und einem Messer, zwischen Himmel und Altar eingeklemmt ist. Weißt du, dass sie alles einem Blick unterwirft, der hart ist wie das Gesetz, die Stimme der Autorität? Sie ist eine angesehene Rechtsanwältin in Oran. Ihre Stimme ist bekannt, wird gehört, sie rettet Leben oder schneidet Köpfe ab, und sie tut das mit so viel Leidenschaft, wie jemand, der mit seinen eigenen Gespenstern verhandelt. Sie hat ihre Kanzlei am schönsten Boulevard der Stadt in einem haussmannschen Appartement neben dem Hotel Royal. Khadija ist dort seit über dreißig Jahren als Anwältin tätig. In Oran ist meine Mutter berühmt. Du könntest sie kennenlernen, wenn du leben würdest, sie kommt aus Algier, der Hauptstadt dieses Landes. Sie ist eine mutige Frau, wird respektiert und ist seit jeher unverheiratet! Die aufopfernde Art, mit der sie mich liebt, ist schön und ungeheuerlich. Heute verstehe ich ihre seltsame Liebe für mich besser, ihr Leben ohne Mann oder Ehemann an ihrer Seite, auch die Tatsache, dass sie ihr Glück in der Kindheit eines geschundenen kleinen Mädchens gefunden hat. Ich sage dir: Man hat sie am algerischen Unabhängigkeitstag in einer Wiege entdeckt. Vielleicht war sie überzeugt davon, dass sie durch Erfolg Aufmerksamkeit erregen oder sich ihr Leben über meine Kindheit zurückholen, mich behüten musste, da man sie bei ihrer Geburt nicht behütet hatte.

Für manche ist das so: Sich für andere zu Tode schuften, ist für sie eine Art zu leben und Vergebung zu erlangen. Sie demütigt sich ständig vor mir, wartet, dass ich ein oder zwei Worte in der hoffnungslosen Entensprache finde, schweigt, um mir Zeit zu lassen, sie zu peinigen. Ich verheddere mich im Mienenspiel, erstickt von den endlos vielen Seiten, die ich in mir trage, die ich in zwei Jahrzehnten des Schweigens in mir fabriziert habe, und die laut vorzulesen ich nie schaffe. »Doch, ich schwöre dir bei Gott, es stimmt! (sie glaubt nicht an Gott oder nur bei den großen Ereignissen oder wenn ihre Pflegefamilie sie besucht). Er hat beteuert, dass man deinen Fall gründlich untersuchen kann, dass man es noch einmal versuchen sollte.« Dabei blieb sie, dann schwieg sie, zog sich in sich zusammen und kehrte in die Wiege zurück, in der man sie im Juli 1962 in der Morgenröte am Eingang der großen Ketschawa-Moschee in der Kasbah von Algier fand. Ich begann zu schreien, mit meiner Stimme an den Wänden zu rütteln. Dabei lösten meine entrüsteten Kinderschreie einen Skandal aus und machten die Nachbarn auf uns aufmerksam. So zumindest erzähle ich es mir. In Wirklichkeit träumten die weißen Vorhänge im Salon in aller Ruhe weiter, und in dem hellen Zimmer unserer Wohnung im zweiten Stock übertönte das Murmeln aus meiner zerstörten Kehle kaum den Autolärm auf der Straße. Meine ganze Wut war versammelt, lag in meiner Hand wie ein Kieselstein, aber es half nichts, wie immer. In unserem Viertel brummte, hupte der Rest der Welt und lebte weiter wie jeden Tag.

Khadija log, ich grollte deshalb, und auch ich machte ihr etwas vor, verschwieg die neue Hoffnung, die ich in meinem Bauch barg. Ich wollte glauben, ich sei wütend auf diese falsche Geschichte von der Stimme, die ich bekäme, wenn man mir Stimmbänder einpflanzte, von der Wiederherstellung des Kehlkopfs nach einer heroischen achtzehnstündigen Operation (»In den Vereinigten Staaten ist es gelungen!«, murmelte sie gequält). Tatsächlich war ich wütend auf mich, weil mein Herz aufgeregt und verräterisch pochte bei der Vorstellung, dass ich wieder sprechen könnte, und bei dem Gedanken, dass ich diese Stimmbänder durch dich bereits in mir hatte. Dass es genügen würde zu gestehen, dass du da bist, damit mein Kehlkopf gerettet wäre und meine beiden Sprachen sich vereinigten. Dass es den beiden, der Entenstimme und der Engelsstimme, gelingen könnte, sich zu einer einzigen, reichen und kraftvollen Sprache zu verwandeln, und dass diese Sprache die wahre äußere Sprache werden würde. Ich habe nichts gestanden. Ich ließ Khadija an ihre Reise glauben, und ich ließ sie im Glauben, ich wüsste nichts von ihrer Lüge.

Seit Stunden ist es nicht mehr dunkel. Ich liege mit geschlossenen Augen auf meinem Bett, und du liegst in mir wie der Mond im Wasser.

Khadijas Flug ging um zehn Uhr früh. Sie ließ sich viel Zeit, um die Tür hinter sich zu schließen, als wollte sie einen herzzerreißenden Abschied aufführen.

Bevor sie fortging, hat sie Kaffee für mich gekocht. Riechst du es? Ich rieche seit über zwanzig Jahren nichts mehr, höchstens Spuren. Die Luft geht nicht mehr durch meine Kehle, und wie der Arzt erklärt hat, würden meine Riechzellen erschlaffen und eingehen wie Blumen, die kein Wasser bekommen. Bevor sie fortging, weinte meine Mutter, doch ich blieb ungerührt. Ich glaube, dass all ihre Tränen immer demselben Bild entspringen, das sie mehr oder weniger vor sich versteckt. Als man sie am 5. Juli 1962 in der Morgenröte fand, stiegen Gläubige auf dem Weg zum Gebet über die Wiege des unehelichen Kindes hinweg. Sie ist der Beweis für die Verfehlung einer Frau (warum niemals für die eines Mannes?), und sie klagt diese Ungerechtigkeit immer an. Es ist ihre Geschichte, das unsichtbare Loch in ihrer Kehle. Vielleicht hätte ich ihr alles gestehen, ihr diese auf Illusionen beruhende Reise ersparen und dich in meinem Leben als einzig mögliche Verpflanzung, einzige wirkliche Stimme akzeptieren sollen. Ihre kummervolle, ostentative Abreise nimmt deine vorweg. Eure beiden Geschichten durchdringen mich, als strömten sie in mir zusammen. Sie ähneln sich, doch du wirst nicht in der Wiege landen, nicht vor der Moschee und nicht vor den Männern, die mit gleichgültigem Blick zum Morgengebet eilen.

Meine Mutter Khadija weiß nichts von dem, was ich im Bauch trage. Selten geht sie am Tag vor einem Fest weg, wenngleich wir nie am Opferfest teilnehmen. Doch dieses Mal würde sie aus wichtigem Grund fortgehen, sagte sie mir gestern noch einmal. »Ich schwöre dir, er sagte, es sei möglich. In Amerika, in Kalifornien, ist es gelungen. Wenn nötig, werde ich das Haus verkaufen, um das zu bezahlen!« Dann schwieg sie und beobachtete, wie die Worte in mich eindrangen, mich betörten, ihren Budenzauber in meinem Kopf veranstalteten. Weißt du was? Ich gewinne eine Woche Zeit zum Nachdenken, und du eine Woche, in der du dir deine Gründe zurechtlegen kannst, warum ich Gnade walten lassen soll.

Ein Aufschub von ein paar Tagen. Mal sehen, wer gewinnt, meine mörderische Liebe oder dein vom Himmel gefallenes Leben. Khadija hat eine Nachricht auf dem Tisch zurückgelassen: »Ich werde dich jeden Tag anrufen, in weniger als einer Woche bin ich zurück, spätestens.« Sie hat das Flugzeug nach Paris genommen, und dort dann eines nach Brüssel, weil es keinen Direktflug aus Oran gibt. Sie wird in Belgien mit einem HNO-Spezialisten verhandeln. Wochenlang hat sie ihn angefleht, ihm geschmeichelt, ihn gehätschelt, damit er meine Stimmbänder wieder zusammennäht und das Loch in der Mitte meines Kehlkopfs schließt. Mir eine Stimme in der Welt zu verschaffen, ist der Kampf, den meine Mutter für sich führt.

Ihr Bericht über den Fund der Wiege kennt tausend Varianten, tausend Versionen. Einmal behauptet sie, man habe sie in der Morgendämmerung des 5. Juli 1962 gefunden; ein anderes Mal war es in der Abenddämmerung zur Zeit des Fastenbrechens. Die Jahreszeiten dieser Geschichte ändern sich gemäß ihrer Stimmung. In anderen Versionen wurde sie am Eingang zu einem Haus in der Kasbah, dem Altstadtviertel von Algier, abgelegt, und seine Bewohner hätten sich sehr beeilt, sie wieder loszuwerden und sie auf die Schwelle des Nachbarhauses gelegt und so weiter, bis die Wiege auf den Stufen der berühmten Moschee landete. Diese alte Geschichte hat noch kein Ende. Weißt du, an diesem Tag feierte das ganze Land die Unabhängigkeit Algeriens. Mit Jubelrufen, Fahnen, Luftschüssen, Gelächter, Tränen. Als alle schubsten und drängelten und »Tahya Al Djazair!«, »Es lebe Algerien!«, riefen, nutzte das jemand aus. Ein Mann (oder eine Frau, die einen Haik trug) näherte sich in der schummrigen Dunkelheit der berühmtesten Moschee und stellte diese Wiege in ihren Eingang oder auf die Schwelle eines alten Hauses. Was geschah dann? Es gibt immer wieder andere Versionen meiner Mutter. Manchmal schwört sie, der Imam habe eine Strafpredigt gegen die fleischlichen Sünder gehalten, während sie draußen vor Hunger weinte: »Eine unreine oder untreue Frau wird nicht am Tag des Jüngsten Gerichts in ihrer irdischen Gestalt auferstehen können, sondern in Gestalt eines Schweins.« Kaum geboren, brüllte Khadija, um ihm zu antworten, doch die Rufe des Imams schwollen noch lauter an, und die Wiege wurde gerade noch rechtzeitig, bevor das Tageslicht der Nachbarschaft den Skandal ihrer kleinen Stimme verraten hätte, von Hand zu Hand bis in eine andere Straße der Kasbah weitergereicht. In einer anderen Version wurde der Korb in die Loge des Imams gebracht, der schleunigst die Polizei und den Sozialdienst verständigte. Und in einer dritten Variante fand ein Mann, der nicht betete, während sich die Gläubigen niederwarfen, die Wiege beim Überqueren der Straße und nahm sie mit nach Hause. In diesem Szenario wurde meine Mutter hinter dem Rücken der Unabhängigkeit diskret von einem Krankenpfleger-Ehepaar adoptiert, das in Algier im Mustapha-Pascha-Krankenhaus arbeitete. Die beiden waren gerade von einer Mission in El Bayadh im Südwesten der Hauptstadt zurückgekommen. Wie ihre Eltern waren? Ich habe sie nicht gekannt. Sie sind jung gestorben, Hand in Hand wie auf der Fotografie, die vergrößert in unserem Wohnzimmer steht. Khadija studierte, befreite sich, wurde Rechtsanwältin. Welche Version auch immer sie erzählt, ich merke mir nur eine Sache: Als man sie aussetzte, konnte sie nach Herzenslust vor dem großen Eingangsportal der Ketschawa-Moschee schreien; sie konnte vor Hunger schreien, sie konnte in den Gassen des feiernden Algier ihre schrille Stimme sich überschlagen lassen. Ich nicht.

Nach dem Fehlschlag der letzten Transplantation gab es praktisch keine Hoffnung mehr. Am Telefon hatte es der Arzt meiner Mutter in einem langen Gespräch sogar noch einmal geduldig erklärt, aber dieses »praktisch« verwandelte sich für sie in einen Funken Hoffnung, dann in einen Brand. Da sie es gewohnt ist, für etwas einzutreten, weigert sich Khadija, das Scheitern anzunehmen. Sie gibt nicht zu, dass es aus ist und ich weiterhin mit einem einzigen Vokal im Mund und meinem in unserem Viertel berühmten Grinsen leben muss. Khadija hofft, wie du. Man hat es versucht, doch jedes Mal, wenn ich in einem Krankenhausbett wieder aufwachte, war meine äußere Sprache noch immer gebrochen. In meiner Erinnerung war Paris nur dieses blutbefleckte Krankenbett, dieser unmögliche Schrei. Und wenn ich nach einem nutzlosen chirurgischen Eingriff zu mir kam, war es Khadija, die ohnmächtig wurde und zu Boden ging, als hätte sie plötzlich keine Knochen mehr im Leib, während die Krankenschwestern herbeirannten. Bei jedem Versuch ging meine ganze Geschichte am selben Punkt von Neuem los.

Seit zwei Stunden brüllt ein Fischhändler: »Sardinen zu 500!«, »Fangfrische Sardinen, direkt aus Ghazaouet!«, und mit ihm kommt der neue Tag. In den Stadtvierteln beginnt das Leben, auf der Terrasse des Cafés Marhaba gegenüber werden Stimmen laut.

Als sie mir gestern schwor, endlich den richtigen Chirurgen gefunden zu haben, habe ich also, anstatt zu schreien, was ich nicht kann, die Tür zu meinem Zimmer zugeschlagen. Sie blieb bei ihrer falschen Hoffnung und ich bei meiner Lüge. Das letzte Mal, als wir uns gestritten haben (über meinen Friseursalon und seinen, wie sie meint, provozierenden Namen: er heißt Schahrasad), kam unwissentlich derselbe Sardinenverkäufer mit seinem abwegigen Geschrei dazwischen. Während sie weinte und sich in ihre ursprüngliche Wiege abgedrängt fühlte, und ich in der toten Sprache meines zerstörten Kehlkopfs schrie, machte es der Händler besser als wir. Er erhob seine nervige Stimme, wurde unter unseren Fenstern lauter und brüllte an meiner Stelle mit dieser Gabe, die ich nicht besitze, weiter: »Sardinen, fangfrische Sardinen!« Meine Lippen bewegten sich, als steckte ich in einem schlecht synchronisierten Film.

Um diese Zeit sitzt Khadija sicher schon im Flieger. Wie ich sie kenne, dürfte sie heulen und die Hände zusammenpressen, um alles Leben aus ihnen zu wringen. Ja, sie liebt es, Opfer zu bringen, wie andere das Beten. Jeder hat seine Schwächen. Meine Schwäche? Mit dir zu sprechen, wo ich dich doch töten sollte. Ich mache das Fenster auf, ich denke, du hast ein Anrecht auf ein wenig Licht in deiner Höhle. Man kann das Meer nicht richtig sehen, denn gegenüber liegt das Café Marhaba und dann die Bushaltestelle des Colonel-Lotfi-Lyzeums, auf dem ich meine gesamte Schulzeit verbracht habe, bis mir die Zahlen und besonders die Daten des Befreiungskriegs dieses Landes zu den Ohren herauskamen. Das ist ein anderer Krieg als der, von dem die Narben erzählen, die auf meine Haut kalligrafiert sind. Oran ist gemacht, um zu vergessen, nicht, um sich zu erinnern. Hier ist nichts von dem Krieg übrig, den die Schächter Gottes vor einigen Jahren geführt haben. Nichts, außer mir mit meiner langen Geschichte, die sich aufwickelt und abwickelt und dich dabei einwickelt wie eine Nabelschnur. Deshalb sind die Leute in der Nachbarschaft so nervös, wenn sie mich vor dem Haus treffen. Vielleicht ahnen sie, dass es die Hunderttausenden von Toten des algerischen Bürgerkriegs sind, die sie durch das Loch in meinem Kehlkopf anstarren.

Sieh mal, du kannst von hier aus das Getreidesilo im Hafen ächzen hören. Und wenn du deine Ohren spitzt, wirst du wieder die Tiere hören, die zum Jüngsten Gericht eintreffen. Sogar am Morgen, zwischen dem Dröhnen der Busse und dem Straßenlärm. Die blaue Linie dort, ganz da hinten, ist das Meer. Wenn du es zu lange betrachtest, ergießt sich das Meer in dich, das schwöre ich dir! Die Jungen aus Oran, die der Wunsch quält, nach Europa fortzugehen, behandeln die See wie eine Frau, die ihre Schenkel nicht spreizen will. Deshalb haben sie ständig ein Auge darauf und warten auf schönes Wetter, um den Versuch zu wagen, sie zu entblößen. Aber die See tötet sie auch. Es gibt außerordentlich viele Ertrunkene, die weiter im Osten angespült werden. Gräulich, die Augen von Fischen gefressen, werden sie wieder zu ausgestoßenen Föten.

Geh zurück ins Paradies. Von dort kommst du doch, oder? Nach diesem Ort lecken sich die Männer die Lippen, für ihn bringen sie sich gegenseitig um. Unterwegs ist sein Duft siebzig Jahre lang zu riechen, hat der Imam der benachbarten Moschee erzählt. Meine Huri, höre auf den Rat deiner mörderischen Mutter! Kehre in dein Zelt zurück, das aus einer einzigen ausgehöhlten Perle besteht, wie der Imam den Gläubigen immer wieder erzählt.

4

Es ist mitten am Vormittag. Ich muss dir etwas zeigen: Wie man eine Kanüle wechselt?

Wenn du vorsichtig mit den Fingern über sie streichst, spürst du sie; doch ich weiß nicht, ob man von dort, wo du bist, meinen »Schnorchel« erkennen kann. Vielleicht siehst du nur weit oben in deinem Universum undeutlich einen Durchstich. Ein wenig so, als wäre es deine Dachluke, ja? Dort befindet sich die Öffnung der Tracheotomie, die seit zwanzig Jahren vernarbt ist. Das Grinsen hat keine Zähne, man sieht nur die Punkte der Naht, fünfzehn Stiche, es ist eine langgezogene Grimasse, ein unglaublicher Schmiss. Durch diesen Hohlraum atme ich die für uns beide notwendige Luft ein, rufe ich in meinem Albtraum um Hilfe. Ich schreie, doch was an Worten herauskommt, ist lächerlich, weil ein Teil meines Atems durch meinen Mund entweicht, und der andere durch meinen Schlitz pfeift. Ein merkwürdiger, lippenloser Mund, dessen vermutlich einzige Sprache deine künftige ist, solltest du leben. Nein, das ist gelogen. Es ist ein Loch, das man, als man mir am 1. Januar 2000 das Leben rettete, in meinen Kehlkopf geschnitten hat, damit ich atmen kann. Danach folgten einige Versuche, diese Spalte in meinem Leib zu schließen, sie zu flicken, zu vergrößern, Stimmbänder und eine Stimme dort einzupflanzen, ihr wieder das Sprechen beizubringen, doch sie blieb stumm oder nahezu stumm. Und mit der Zeit hat dieses Grinsen mein Gesicht in eine Art Bullauge und meinen Körper in einen Taucheranzug für meine Tauchgänge an die Luft und in die Sonne verwandelt. Ich atme durch diese Kanüle und schlucke durch den Mund genau darüber. Die Kanüle ist dieser weiße und gut eingepasste Teil meines vereisten Lebens. Sie ist aus Plastik und nicht aus Fleisch. Ich trage sie, seit ich fünf Jahre alt bin, seit der ersten Woche nach meiner wundersamen Geburt, meiner Rückkehr in die Welt der Lebenden, und sie gehört zu mir. Sobald das Grinsen im ersten Jahr vernarbt war, hydratisierte sich meine ausgetrocknete Speiseröhre allmählich wieder. Dann führte man ein Röhrchen in mich ein, durch das ich wieder im Leben auftauchen und wie eine vor dem Ertrinken Gerettete atmen konnte.

Schlürf den Kaffee mit mir. Hinterher rauche ich eine, und du öffnest ein Fenster zu deinem Paradies und lässt den Moschus herein. Rauchen ist schlecht, aber was ändert das schon, da du sowieso nicht leben sollst? Und ich habe dich nie gebeten zu kommen. Du bist in mich eingedrungen, ohne mich zu warnen, du hast dir meinen Bauch, meinen Kopf und meine Sprache angeeignet.

Um mir mein neues Aussehen zu erklären, erzählte mir meine Mutter Khadija, als ich noch ein Kind war, ich sei in gewisser Weise eine Sirene. Eine große Sirene, bei der unten und oben vertauscht sind: Unten sind die Füße, die Beine, die Schenkel, ein weibliches Geschlechtsteil, eine nicht besonders große Brust. Das ist mein menschlicher Teil. Oben dagegen bin ich halb Fisch, mit Schuppen, großen, staunenden Augen wie ein Habenichts beim Anblick von Gold, und einem Mund, der zu nichts taugt, offensteht im leeren Aquarium dieses Landes. Jedes Mal, wenn ich die Kanüle herausziehen muss, um sie zu reinigen oder zu ersetzen, muss ich zuerst meine Hände desinfizieren und dann während des Vorgangs den Atem anhalten. So hustet und erstickt man nicht. Zur vorherigen Kanüle gehörte nach den missglückten Eingriffen noch ein kleiner, prall gefüllter Luftsack. Für die Reinigung musste man die Luft ablassen. Spürst du sie? Ganz vorsichtig, da ist sie. Und dann? Dann kommt der Verband, und die Handschuhe muss man wegwerfen. Wie häufig man sie wechseln muss? Einmal die Woche. Ich mache es freitags zur Gebetszeit, wenn der Imam aus der Nachbarschaft im Namen Gottes brüllt. Ich glaube, ich habe diesen heiligen Moment absichtlich gewählt, um ein wenig über das Schicksal zu spotten und in dieser Stunde, in der am wenigsten passiert, beschäftigt zu sein. Man muss alles mit Seifenwasser desinfizieren und beim Einsetzen Handschuhe tragen. Dann atmet der Fisch mit dem Kopf im Wasser; ich tauche in meine innere Sprache ein, die so schön, so stark ist und Tausende Seiten hat.

Weißt du, in den ersten Jahren war es schwer: einen Stein in der Kehle zu spüren und gleichzeitig mit einem idiotischen Grinsen herumzulaufen. Wer mich zum ersten Mal sieht, fällt unweigerlich in dieses Loch meiner Kehle. Um mich herum sind nur sehr wenige Leute lebend aus meiner Kehle gekommen. Zu ihnen zähle ich meine Mutter, die Lehrerin Souad in der Grundschule, deinen Vater, aber auch den Tabakhändler dort an der Ampel der Rue Larbi Ben M'hidi (das ist ein Märtyrer des ersten Krieges in diesem Land) und Abdou, den Rechtsmediziner und Freund meiner Mutter. Früher auch einige Klassenkameradinnen. Insgesamt zehn, höchstens zwölf Leute. Sie sind gestolpert, in meinen Schlitz gefallen, sie wurden von der Grube in der Mitte meines Kehlkopfs geschluckt und kamen wieder heraus: Einige krochen, wurden von Schluchzen geschüttelt, andere schworen Treue, und die letzten küssten mich schließlich, wobei sie darauf achteten, mich nicht zu ersticken. Weiß du, wie man küsst, wenn man eine Kanüle und zum Atmen ein Loch im Hals hat? Wie die anderen. Man kann sogar stundenlang küssen, ohne zu verschnaufen, während der Partner Luft holen muss. Eine Sirene zu küssen ist gefährlich. Ich musste alles lernen, meine Huri: Ich meine nicht das Küssen, sondern das Atmen durch die Kanüle, die Atmung zu synchronisieren und nach meiner Rettung die ersten Worte hervorzubringen, meinen Atem zu bändigen, damit er mich nicht umbringt, mit der Kanüle zu schwimmen. Man kann nicht alles essen, was man will. Nur Suppen (ich hasse Suppen), Essen aus dem Mixer, alles, was zerkleinert, gehackt, gerieben, zerkaut ist ... Meine Mutter knetete alles für mich durch, und ich schluckte es. Wie man einen Spatz füttert. Diese aufwendige Nahrungszufuhr ohne Geschmacks- oder Geruchssinn führte dazu, dass ich Fleisch, Kräuter, Brot, Kieselsteine, Vorhangstoffe und Kuchen, Düfte und Wolken oder Bodenbeläge und Desserts und auch die afrikanischen Masken, die im Salon an der Wand hängen, durcheinandergebracht habe. Ich verschlinge alles außer dem Stein, die stumme Welt von damals, Gott, die mitleidigen Blicke und die Widder. Sie bleiben zurück wie Klumpen in der Wintersuppe. Komm, ich zeige dir diese rote und feuchte Spalte in dem anderen Spiegel, der im Salon hängt, ich habe ihn nicht zerbrochen. Ich ziehe die weiße Kanüle an einem Plastikring heraus, damit sie nicht von meinem Hals fällt, es sieht aus, als wäre ich frisch operiert und sie gerade erst an meinem Oberkörper befestigt worden. Diese Vorrichtung an mir war die einzige Lösung: sie oder der Tod. Deshalb haben die Ärzte sie eingesetzt; das Weiß ist am Ende immer rot von Blut, und die Worte bleiben in meinem Hals stecken. Als man sie mir zum ersten Mal eingesetzt hat, schrie ich und bekam vor lauter Panik keine Luft mehr; die Ärzte lächelten, waren zufrieden. Der Schrei bewies, dass ich lebte; meine Atmung dagegen steckte in der Falle. In diesem Augenblick teilten sich die beiden Sprachen – in die äußere, rau und unverständlich, und die andere, innere, samtweich und wortreich – wie ein Fluss, der sich in zwei Arme spaltet. Dort, wo du eingewickelt bist, ist er ein Strom. Der andere ist ein Moor, in dem der Enterich Donald Duck herumplantscht. Warum, mein Böhnchen, ist das ausgerechnet mir passiert? Höre auf das Blöken in der Stadt; ich sage dir, die Schafe sind schon da. Man bindet sie auf den Terrassen der Wohnblöcke und sogar in den Küchen an. Man verschlingt sie, damit man nicht die eigenen Kinder essen muss; sie werden geopfert, dann verschließt Gott die Augen vor dem Rest, und der Rest verschließt die Augen vor Gott. Die Widder haben keine Kanüle, sie haben weder eine Adoptivmutter noch eine zweite Chance.

Was, meine kleine Huri, würdest du mit einer Mutter wie mir anfangen in einem Land, das uns Frauen nicht oder nur nachts will? Ich werde dir alles erzählen, was ich erzählen kann, aber irgendwann muss man aufhören. Ich bin ein Buch, dessen Ende dein Ende ist.

5

*Hallo, ich bin in derselben Lage, helft mir bitte … ich bin ebenfalls in Algerien, in *** … 43 Jahre alt … ich bin verzweifelt und verloren … ich möchte einfach wissen, wo ich gefahrlos abtreiben kann, in einer Privatklinik … bitte helft mir.*

Hallo,
es ist passiert, ich bin schwanger und will die Schwangerschaft medikamentös abbrechen, wie komme ich an diese Medikamente, ich bin in Algier, ist es verboten
großes Dankeschön.

Hallo,
Ich bin in der 4. oder 5. SW, ich habe einen Bluttest gemacht, er war positiv. Bitte, ich möchte die Schwangerschaft so schnell wie möglich abbrechen.
Kennt jemand Adressen von Ärzten oder Methoden, damit es schnell erledigt ist? Danke.

Hallo,
meine Cousine ist verzweifelt!!! Sie ist im dritten Monat schwanger und wohnt in Algier. Wer kann mir die Adresse eines Gynäkologen für einen eventuellen Abbruch geben? Herzlichen Dank.

Hallo,
es ist sehr dringend, ich muss abtreiben, mein Vater ist ein Extremist, wenn es rauskommt, ich bin eine tote Frau, helft mir bitte, habe einen Blut- und einen Urintest gemacht und bin schwanger, bitte, bitte, bitte helft mir

Ich habe die Nacht über gelesen, während du geschlafen und dich mit deiner kleinen Hand an deine Lebensleine geklammert hast. Die Pille ist teuer, aber man kann sie auftreiben, ja.

Dieses Hinauszögern bringt mich zur Verzweiflung. Am liebsten würde ich in dich schlüpfen und getötet werden. Außerdem würde ich gern trinken und rauchen. Kein Mensch ist im Haus. Hörst du dieses Hin und Her in meinem Kopf? Ich mag keine verlassenen Häuser. Hier die Liste mit allem, was ich nicht mag, meine Mutter kennt sie in- und auswendig: Ich hasse große Koffer unter den Betten, das Möbelschieben beim Wohnungsputz, die flehenden Gesichtszüge meiner Mutter, wenn ich essen soll, ihre knotigen Fingerknöchel, wenn Gewissensbisse sie plagen, ihren hilflosen Blick, wenn sie sich weigert, das Monster in mir zu sehen und es als das zu erfassen, was es ist. Auch Kinder hasse ich. Sie glauben, ihre Augen wüssten alles über unser Innerstes, sie feixen mit ursprünglicher und aufrichtiger Animalität, sie sind dumm, vor allem aber mustern sie mich, als wäre ich eine Gestalt aus einem Horrorfilm. Sie kümmern sich nicht um die Wortwahl und versuchen nicht, die Verblüffung und den Schrecken zu bemänteln, den mein Grinsen bei ihnen auslöst. Was noch? Ich mag keine Abschiede und werde auch nicht gern berührt, umarmt oder gestreichelt. Und ich hasse die Wörter, die man der Liebe gibt, dabei ist es doch ein Mangel an Worten in meiner äußeren Sprache, ein Loch in der Kehle, eine Bresche und ein Sprachverlust. An Liebe wird es uns, glaube ich, immer mangeln, sie wird uns im Leben nie begegnen, meine kleine Huri. Du merkst schon, bei dem Thema verschließt sich mein Herz, und ich suche Ausflüchte: Soll ich fortfahren? Ich mag keine Liebesschwüre und auch keine Feste, bei denen gesungen wird, während ich schweige. Was mir dann noch bleibt? Nicht viel. Ich lache gern über alles, um die Erste zu sein, die lacht, bevor mir einfällt, wie ich eigentlich aussehe. Ich stehe gern am Fenster und sondiere die Laune des Meeres im Norden von Oran, ich schaue gern Filme, um die Erinnerungen anderer und ihr falsches Leben in mir aufzunehmen, ich gehe gern spät schlafen und mache die Nacht zum Tag, ich zähle gern, ohne aufzuhören und die Augen zu schließen, es gefällt mir, eisern in meinem Friseursalon zu arbeiten, von niemandem abhängig zu sein, Männerhosen zu tragen, mein Haar und das anderer Frauen zu pflegen, und ebenso ihre Körper, ihre Haut, ihren Teint und ihre Augenlider.

Schau hinaus: Der kleine Käfer, der da unten in der Gasse parkt, ist mein verbeultes Auto. Es riecht nach Tabak, nach einer alleinstehenden und unabhängigen Frau. Der Parkplatzwächter spricht mich selten an, weil ich immer Musik höre, weil Zigarettenschachteln auf dem Armaturenbrett herumliegen, und weil ich so frech bin, ohne Mann daherzukommen, also keine Angst vor Männern habe. Ich habe Geld und habe es in eine Wohnung im Westen von Oran investiert, und stell dir vor, meine Schöne aus Allahs Paradiesgarten, in einem Jahr bekomme ich die Schlüssel. Die Wohnung ist noch im Bau, aber in schlaflosen Nächten richte ich sie ein.

Schlaflose Nächte, drei Pillen. Sie liegen da, ich habe sie gekauft.

Vor ein paar Tagen habe ich sie gekauft.

Ich musste einen langen Weg zurücklegen, eine Apotheke im Westen der Stadt suchen, weit draußen am Stadtrand. Als ich das Rezept vorlegte, flüsterte ich. Der Apotheker sah mich nicht an.

Ich verstecke die Pillen in einer Schublade wie drei Zaubernüsse, ich zähle sie immer wieder, mustere sie wie große blaue Insekten, sie brummen in meinem Schädel.

Drei Pillen für eine Abtreibung. Um es noch einmal zu sagen, aber sonst bleibt alles unklar, Zukunftsmusik.

Wie fühlt es sich an, wenn man abtreibt?

Drei Pillen, damit würde ich ein ganzes Leben vor dem ganzen Leben retten.

Ein Glas Wasser, und du kannst wieder zurückkehren und dich ans Ufer jener Paradiesflüsse aus Honig, Wein oder Milch setzen, die im Koran beschrieben werden. Du wirst ins Firdaus, in die Dschanna, in die Riyad, in den Garten Eden zurückkehren (das sind die Namen für das Paradies in der äußeren Sprache), und ich werde hierbleiben, auf der Stelle treten, allein und ohne jemanden, dem ich meine Geschichte erzählen könnte. Mit dir widersetze ich mich der Auslöschung, die dieses Land für Leute wie mich vorgesehen hat. Nur wenige erinnern sich an den Bürgerkrieg in den 1990er Jahren, und ich bin der lebende Beweis, dass es diesen zehn Jahre dauernden Krieg wirklich gegeben hat, dass er blutig war. Der letzte Beweis, offen gesagt.

Begreifst du, warum ich hin- und hergerissen bin zwischen dem Drang, dich zu töten, und dem, dir endlos zu erzählen?

Siehst du, wie ich schwanke zwischen der Notwendigkeit, mich auszulöschen, und der Notwendigkeit wiederherzustellen, was ausgelöscht wurde? Alle Eckpunkte meiner Geschichte als einem Terrorismusopfer, jeden Augenblick; die Tatsachen, eine nach der anderen; die Spuren; die Namen der Mörder, ihre aus dem Zeitalter des Propheten entliehenen Decknamen; ihre militärischen Grade und Heldentaten; ihre Reden und ihre Ausflüchte, als sie vor einigen Jahren bereuten und die Waffen niederlegten. Alles kann in der Abfolge der Tage erzählt werden, wenn ich meine Stimme wiederbekomme. Vielleicht wird dieser Krieg, von dem nichts erhalten ist, danach wieder im Unterricht behandelt, vielleicht wird man ihn mit all seinen Toten und seinen Verlusten ebenso anerkennen wie den anderen, den Krieg gegen Frankreich.

Begreifst du, was ich dir in der Dunkelheit im Bauch und im Licht meiner Kanüle zu erklären versuche? Alles ist zu deiner Tötung vorbereitet, ich habe drei Pillen, die Medikamente gegen die Schmerzen, ein Datum, und ich habe sogar einen Vorwand gefunden. Ich habe Khadija darauf vorbereitet, dass ich mich während des Opferfests in der Wohnung einschließen werde: Sie versteht gut, dass ich vor den blutenden Widdern, dem Lachen der versammelten Leute und den langen Predigten der Imame das Weite suche. Sie weiß es, seit ich fünf Jahre alt bin und sie mich in die Welt zurückgeholt hat. Bei uns wird nie ein Schaf geschlachtet, und selbst unsere Flurnachbarn haben Hemmungen, es unter unseren Fenstern zu tun, sie wenden sich ab, schauen gebannt auf den Boden oder geben mir ein Zeichen und vertiefen sich wieder in Gespräche, nehmen darin Zuflucht, als wollten sie sich verstecken. Am Tag des Opferfests versuchen alle, mich zu vergessen.

Ich spreche und spreche mit dir, dabei sollte ich schweigen und mein kleines Auto nehmen und nachsehen, wie es in meinem Friseursalon steht, um auf andere Gedanken zu kommen. Aber ja, ich besitze einen Friseursalon, der sehr gut geht und von dem ich lebe. Er ist seit drei Tagen geschlossen, weil meine beiden Auszubildenden zu ihren Familien gefahren sind. In der Woche des Aïd gehen die Frauen nicht zum Friseur und betreiben keine Körperpflege. Sie widmen sich dem Kochen und Backen, dem Fett und den Innereien der getöteten Tiere. Daher erwarte ich keine Kundschaft. Und wenn die Kundinnen ausbleiben, gebe ich den beiden Mädchen frei, die ein wenig Abscheu vor mir haben, mich ein wenig mögen und mich nachahmen, indem sie in meiner Gegenwart schweigen. Ich lächle darüber, und dieses Lächeln ist echt, verglichen mit dem an meinem Hals, bei dessen Anblick die Leute um mich herum wie zu Stacheldraht erstarren. Weil es die lange kalligrafische Unterschrift des Mörders ist, der seine Bluttat aus Zeitmangel nicht zu Ende brachte. Das irre Lachen des Propheten, der seinen Sohn töten wollte. Ich spreche zu dir und verschaffe uns einen Aufschub unter dem schönen Himmel von Oran, dabei wäre es gut für mich, wenn ich schweigen und dir ein für alle Mal den Kopf abschneiden würde. Mit drei Pillen oder mit kalten Pinzetten, mit verbotenen Säften, mit Faustschlägen gegen den Bauch, indem ich stundenlang mit geschlossenen Beinen hüpfen, Säure in mich hineingießen, mich absichtlich eine Treppe hinunterstürzen oder verbotene Kräuter kauen würde. Komm nicht her, komm bitte nicht in dieses Land!

Hau ab.

Nur bringe ich, wenn ich dich zum Schweigen bringe, alles in meinem Kopf zum Schweigen, auch diese schöne Stimme, die ich nie oder allenfalls vor meiner zweiten Geburt hatte. Ich erinnere mich fast nicht mehr an diese Jahre und unseren Hof in Had Chekala, wo ich schreien, mit lauter Stimme zählen, schmollen, den Regen riechen, in eine Zitrone mit rauer Schale beißen oder mit geschlossenen Augen meine Schwester finden konnte, wenn ich dem Duft ihrer braunen Haut folgte. Ich sehe sie schemenhaft vor mir, sie hält sich die Augen zu, zählt, gibt mir Zeit, mich hinter den Schafen oder den hohen Sträuchern zu verstecken, in denen sich der Wind verfängt. Weißt du, das ist eine alte Erinnerung. Ich muss tief tauchen mit der Kanüle zwischen den Zähnen, um diese Erinnerungsfetzen zu finden.

Was willst du hier? Ein toter Sack Knochen werden? Hörst du die Männer draußen im Café? Ihr Gott rät ihnen, sich zu waschen, nachdem sie unsere Leiber umarmt haben, die man im Tageslicht verhüllen muss. Sie nennen das »die große rituelle Waschung«, weil wir der große Schmutzfleck sind. Was willst du hier? Alle Frauen sind wie ich, auch wenn sie kein Loch in der Kehle haben oder ein blödes Grinsen im Gesicht oder eine in der Agonie abgewürgte Sprache. Das bedeutet hier Frausein. Willst du das wirklich?

Wir gehen raus.

Wir fahren in meinen Friseursalon, ich will dir ein wenig die Welt zeigen, die so anders ist als das Paradies, aus dem du gekommen bist, und danach schlucke ich die drei Pillen. Ich will dir zeigen, dass von meiner Geschichte nichts mehr da ist. Mit ihren Gesetzen, einem Stirnrunzeln und der Androhung von Haftstrafen haben sie alles ausradiert. Niemand in Algerien erinnert sich mehr an den Tag oder wagt sich noch an den Tag zu erinnern, an dem man versucht hat, mir die Kehle durchzuschneiden.

6

Du kannst sie nicht sehen, aber links von mir ist die Meeresfront mit den Spaziergängern auf der Promenade oberhalb des Hafens und den schlecht instand gehaltenen Häusern. Dort stehen die großen Palmen, die nicht von hier sind: In deinem Paradies hast du wahrscheinlich welche gesehen. In Oran stehen sie seit ich-weiß-nicht-wie-lange und warten auf ich-weiß-nicht-wen. Vor allem morgens vor dem ersten Gebet kommen Obdachlose und einsame Männer dorthin, setzen sich und schweigen. Ich glaube, dass ihnen ihre äußere Sprache ausgegangen ist, deshalb kommen sie und warten, bis das Meer in ihrem Kopf spricht. Hinter mir ist der Berg Murdjajo. Ich fahre langsam, damit du hinter deinen geschlossenen Lidern die Einzelheiten zusammenfügen kannst. Oben auf dem Berggipfel sieht man ein spanisches Fort, das dieselbe Farbe hat wie das Geröll in der Umgebung, eine leere Kapelle und, noch weiter oben, eine Moschee, die man gebaut hat, damit sie die Kirche überragt, wie mir Khadija mit verächtlichem Lächeln einmal erzählt hat. Ich bin zwei- oder dreimal mit ihr dort gewesen, aber ich mag die Kurven der Bergstraße nicht, in denen es einem den Magen umdreht. Abgeschieden von der Welt lebt dort eine Frau, die Jungfrau Maria, die von den Christen vor zwei Jahrhunderten, ich glaube, zur Zeit der Cholera-Epidemie, auf den Gipfel gesetzt wurde. Was die Jungfrau ist? Kümmere dich nicht darum, was andere für Theorien darüber aufstellen. Hier hat jeder Tuchfühlung mit einem Teil von etwas Göttlichem. Am Fuß des Berges liegt der Jardin des Verdures. Dieser Park trägt heute den Namen des Raï-Sängers Hasni Chakroun, genannt Cheb Hasni, der während des Bürgerkriegs in den 90er Jahren, meinem Krieg, ermordet wurde. Aus unerfindlichen Gründen wurde ihm als einzigem diese Ehre zuteil. Ich fahre nach Osten und gebe Gas. Hin zum schönen Villenviertel Canastel und dem anderen, »Montagne des Lions« genannten Berg steigt die Straße an. Ich liebe diese Straße, auch wenn der Blödmann vor mir uns ausbremst und mir obszöne Zeichen macht. Links von mir folgt uns das Meer, versteckt sich, zeigt sich, du wirst es gleich wieder sehen, verrenke dir nicht den Hals. Wenn du zur Welt kommst, werden so viele Dinge deine Aufmerksamkeit erregen, mit denen du spielen kannst: der Mond, die Sonne, das Meer, wie du siehst, Hunde und vielleicht Pferde. Bestimmt würdest du Pferde mögen. Ich gehe oft auf die Pferderennbahn von Es-Senia im Westen der Stadt, um sie anzuschauen. Wohin wir fahren? Zuerst sehen wir nach, ob niemand den Rollladen meines Friseursalons aufgebrochen hat. Die Nachbarin, die Schleier für ehrbare Frauen verkauft, hasst mich, sie wird nicht lauthals schreien, um die Diebe zu verraten, wenn bei mir eingebrochen wird. Der Imam des Stadtteils unterstützt sie übrigens, und mit ihm das ganze Viertel, aber mit meinem monströsen Grinsen und meinen riesigen Augen, in denen sie sich nur ungern spiegeln, halte ich alle auf Abstand.

Das ist mein Leben, dieser Salon, mein Goldstück.

Dort verdiene ich mein Geld und meine Unabhängigkeit ebenso wie das Privileg, mein Haar nicht zu verschleiern und nackte Schultern zu zeigen, zu rauchen und Wein zu trinken. Es ist kein großes Geschäft, aber es bringt genug ein, um mir die anderen vom Hals zu halten. Weißt du, meine Perle, der Staat zahlt überlebenden Opfern des Bürgerkriegs wie mir eine elende Pension, und das Doppelte an die Familien der Mörder. Und ich musste mein Anrecht auf die Pension abgeben, um Besitzerin des Salons zu werden. Der Staat stellte mich vor die Wahl, entweder die Pension oder die Möglichkeit, von den Behörden ein Ladenlokal zu erwerben. Ich habe mich entschlossen zu investieren. Mein Friseursalon heißt Schahrasad, so steht es in rosaroten Leuchtbuchstaben über der Tür. Ich habe Fotos von Frauen mit vollen Lippen, fabelhaften Körpern und Augen, so schön und erschreckend wie meine, an die Tür gehängt. Die Kundinnen träumen davon, auszusehen wie sie, und die Männer glauben, sie könnten solchen Frauen im Paradies begegnen. Zuerst wollte ich den Salon

Rimitti nennen nach der Raï-Sängerin, zu deren Musik auch nach ihrem Tod immer noch Frauen tanzen. Aber einem Friseursalon den Namen einer Raï-Sängerin zu geben, »das ist zu viel!«, wetterte Khadija besorgt. Wenn sie aufgeregt ist, sieht sie mich an wie einst meinen kleinen Körper im Krankenwagen, mit einem Blick, der mich für immer in die Nacht des 31. Dezember 1999 zurückbringt. Als Frau muss man in diesem Land sehr behutsam vorgehen. Wir bleiben Sklavinnen, sind erst seit viel zu kurzer Zeit frei. Alles kann sich umdrehen, mit nur einem entblößten Schenkel verloren gehen; ein zu kurzes Blumenkleid entscheidet über dein Leben. Gleich sind wir am Ziel, meine Huri. Der Himmel ist hier brennend heiß, man hält den Atem an. Unter ihm ließ meine Schwester einst den Drachen steigen, den sie aus Schilfrohr und einem Stück von einer Papiertüte gebaut hatte.

Ja, ich hatte eine Schwester.

Ich hatte eine Schwester, ich habe sie noch immer, doch in meinem Gedächtnis hängt ihr ein Leichengeruch an. Es ist eine alte Geschichte. Ich erzähle sie nie, nicht einmal in meiner inneren Sprache. Warum? Zunächst weil meine Mutter sie kennt, sie für sich behält, verhindert, dass sie an die Oberfläche gespült wird. Khadija befürchtet das Schlimmste, sobald sie spürt, dass ich mich dieser Erinnerung nähere. Und dann, weil jeder Versuch, mich an meine Schwester zu erinnern, es erfordert, dass ich lange allein bleibe und mich nicht bewege, damit ich ihre Spur finde und die Bilder deutlich werden – Ähren, strenge Winter, ein Messer, der Rücken meines Vaters, ein Wolkenpferd. Später dann, wenn es dunkel wird und Schlafenszeit ist, fühle ich mich elend, weil ich nicht weiß, was ich mit diesen Erinnerungen anfangen soll. Vielleicht triffst du sie im Paradies wieder. Du wirst sie an ihrem Lachen erkennen, an ihrer Art, die Augen zusammenzukneifen, um so zu tun, als würde sie sich eine andere Welt vorstellen als unseren Bauernhof und das Bild in zwei Teile schneiden wie ein Stück Brot, um es mit mir zu teilen. Meine Schwester hat schon lange keinen Vornamen mehr. An eines erinnere ich mich: Wir pflücken Mohnblumen; wir rennen hintereinander her und schneiden dabei Grimassen; Ähren bleiben an unseren Röcken hängen und zu unserer Freude entflammt der Himmel. O, wie schön diese innere Sprache ist, die noch die letzten Winkel des Gedächtnisses ausleuchten kann. Bei klarem Wetter schauten wir den Riesenpferden in den Wolken über unserem Hof in Had Chekala zu. Auf der Erde, am Fuß der Berge, wirkten diese Tiere viel kleiner, wenn sie sich mit ihren Karren die Hänge hinaufkämpften. Pferde? Meine Mutter liebte sie, bevor sich ihr Geist trübte; manchmal erzählte sie uns davon. Meine Mutter aus dem anderen Leben, dem vor meiner zweiten Geburt.

Fahren wir fort? Siehst du, jetzt sind wir im Jardin des Falaises. Morgens ist hier niemand. Ich komme oft her, um im Wind zu baden. Es ist der einzige Ort, an dem ich die Augen schließen kann, ohne auf die Augen meiner Schwester zu stoßen.

Siehst du das große Gebäude da hinten, neben den Bauten an der Meeresfront? Man nennt es Air Algérie, weil sich die Agentur der Fluggesellschaft darin befindet. Es ist das älteste Bauwerk dort und scheint mehr Rechte auf das Meer zu beanspruchen als die anderen. Dort wurden 1996 zwei Bomben gezündet. Oder 1995. Selbst meine Mutter erinnert sich nicht mehr an die genauen Daten. Sie hat geschworen, dass es die Wahrheit sei und dass es sich morgens ereignet habe, doch niemand erinnert sich mehr daran. Sie (Abrahams Bande, die des Propheten, der seinen Sohn ermorden wollte, ja, diesen Namen habe ich ihnen gegeben) hatten die erste Bombe von geringer Sprengkraft, die am Morgen zur Hauptverkehrszeit explodierte, unter einer Bank versteckt. Die Leute sind auseinandergerannt und dann nach und nach in kleinen Gruppen zurück zu dem Krater im Asphalt gekommen, als würde Neugier oder die Leiche eines Verbrechens aus Leidenschaft sie anlocken. Alle haben sich vorgebeugt, um zu sehen, haben gedrängelt und begonnen, Hypothesen aufzustellen. Und dann war es ein Blutbad. Denn nun explodierte die zweite Bombe, die unter einer anderen Bank versteckt war. Wenn sie diese Geschichte erzählt, schnieft meine Mutter, schweigt einen Moment, damit ihre Erinnerung so wirkt, als hätte sie es selbst erlebt, und schließt: »Es war eine Falle, ein Verfahren, das Monster anwenden, um möglichst viele Opfer zu hinterlassen.« Von alldem gibt es keine Spur mehr.

7

Wenn du Augen hättest, könnte ich dir mit dem Finger einen Ort zeigen, den ich deinetwegen vor Kurzem besucht habe. Siehst du das große Gebäude dort, das Panoramique? Genau dahinter befinden sich eine Tiefgarage und eine Gasse, die zum Boulevard de la Vieille Mosquée führt. Das sagt dir nichts, aber stell dir Abrisshäuser vor, bröckelnde Fassaden, abblätternden Putz und Straßen, die morgens nach Müll und abends nach Meer riechen. Dort befindet sich die Praxis des Gynäkologen, der bereit war, mich abzuhorchen. Ich schwöre dir, ich habe tausend Vorsichtsmaßnahmen getroffen, damit meine Mutter nichts davon erfährt. Übrigens fragt dieser Arzt nicht nach Namen oder Vornamen. Man geht zu ihm, wenn man vor Scham am liebsten im Boden versinken würde und nicht erkannt werden will. Khadija hat vor Jahren einmal von ihm gesprochen, weil ihn in unserem Stadtzentrum, in dem jeder über jeden schlecht redet, eine geheimnisvolle Aura umgab. Er sei ein bedeutender Gynäkologe, aber auch ein großer Trinker, Musiker, und damals auch Kommunist mit schwarzen Locken gewesen, der im Ruf stand, ein Verführer zu sein. Deshalb habe niemand verstanden, was ihn umschwenken ließ. Eines Tages vor fünf Jahre beschloss er, reumütig zu Gott zurückzukehren. Nachdem die bewaffneten Islamisten besiegt und die Überlebenden fast alle aus dem Untergrund zurückgekehrt waren, glaubte man an einen Rückgang ihres Wahns, aber das war eine Täuschung.

Überall entstanden Moscheen, Prediger nahmen die kleinsten Tribünen in Beschlag, und dieses seltsame Anliegen wurde nach der Niederlage noch mächtiger. Es gab mehr verschleierte Frauen denn je, und die Zahl der Männer mit Gebetsschwielen auf der Stirn vervielfachte sich. Und so wurde aus dem Gynäkologen mit

Schlaghose und Gürtelschnallen aus falschem Gold ein Bärtiger mit Turban um den Kopf, der eifrig die Moscheen besuchte. Laut meiner Mutter geriet er sehr schnell in einen echten Zwiespalt mit seinem Glauben, weil er Gynäkologe war. Sein Beruf war es, Frauen zu entbinden, seine Finger in ihren Unterleib zu tauchen und ihre Geheimnisse anzuhören. Und weißt du was? Er wechselte nicht den Beruf, weil er damit gut verdiente. Keine Ahnung, wie er auf die Lösung seines Problems kam, über die anfangs zwar einige lachten, die ihm aber zugleich seinen Glauben und sein Geld rettete.

In seiner Praxis hängte er einen schwarzen Vorhang auf, der ihn von seinen Patientinnen trennte. Seine Frau übernahm das Abtasten, die invasiven Untersuchungen, die Befunde, die zwischen gespreizten Beinen gemacht werden. Rezepte und Ratschläge fielen in seine Zuständigkeit. So war es, ich schwöre es dir! Seine Frau tastete ab und beschrieb ihm die Organe, die Beschaffenheit des Gewebes, des Schleims oder die Schreie der Patientinnen, und er stellte auf der anderen Seite des Vorhangs seine Diagnose wie ein verborgener Gott. Am Ende der Konsultation unterschrieb er ein Rezept und seine Assistentin kassierte die Behandlungskosten.

Mit der Zeit erfand sich der Arzt neu und mauserte sich zum echten Propheten, er verschwand aus dem Tageslicht und den Blicken seiner Patientinnen, wurde zum wortkargen, planmäßig handelnden Gespenst und eine Legende in unserer Stadt. Da meine Regel auf sich warten ließ, habe ich ihn vor einer Woche aufgesucht.

Er flüsterte: »Seit wann?« Seine Frau wiederholte die Frage laut. Ich blieb stumm. Ich blickte in das vor Anstrengung und Unterwerfung rot angelaufene Gesicht der Frau des großen Gynäkologen. Sie tastete meinen Bauch ab, murmelte dabei etwas für ihren Ehemann und bestätigte, dass ich dich in mir trug, in deiner Höhle unter meiner Haut. Sie hatte kleine schwarze Augen und trug einen rosaroten Schleier. Ich lag auf dem Rücken, starrte ängstlich auf die großen Beinstützen und wartete, bis ich die Beine spreizen musste. Der Raum war mit einer Praxisliege und einige Apparaturen ausgestattet; von außen drang gedämpftes Licht herein. Ihn sah man nicht, er war eine Stimme hinter dem Vorhang, der seinen Schreibtisch vom Rest des Raums abtrennte. Die Frau sah mich demonstrativ nicht an, sie zuckte nur zusammen, wenn er seine Stimme erhob. Sie trug weiße Handschuhe, zeigte weder ein Lächeln noch Gefühle. Ich hörte sie tausend Gebete wispern. Sie zwang sich, so wenig wie möglich in Erscheinung zu treten, beschränkte sich auf ihre behandschuhten, im Dunkeln agierenden Hände, ein Gerät mehr im Zimmer. Was beichteten sich die beiden, dieses verrückte Paar, wohl am Abend? Eine Frau, die davon lebte, ihrem Mann das Geschlechtsteil anderer Frauen zu beschreiben, was für eine seltsame Geschichte. Sie sprach einen inbrünstigeren Vers und spreizte meine Schenkel, um mir ein kaltes Instrument in die Scham zu schieben. Ich lag da, die Pobacken am Rand des gynäkologischen Stuhls und die Beine auf den Beinstützen. Wahrscheinlich hast du dich in dein Loch verkrochen, so tief du konntest, um dich vor ihren zusammengekniffenen Augen zu schützen. Der Prophet, ebenso gut versteckt wie seine Frau hinter ihrem Schleier, schwieg eine Weile, dann stellte er zwei oder drei Fragen. »Der Vater?« Ich rührte weder die Hände noch die Lippen. Mein Gesicht muss rot vor Wut gewesen sein. Er sagte nichts, das feiste Gesicht seiner Frau verdüsterte sich kurz, und ich glaube, ihr Glaubenseifer verfestigte sich angesichts meiner Sünde. Meinem Blick ausweichend, murmelte sie einen weiteren Vers. Wieder tastete sie meinen Bauch ab, untersuchte meinen Muttermund und das umliegende Gewebe, beugte sich über meine Brüste, um sie mit der Hand zu wiegen. Sie vermied es geflissentlich, mein Gesicht, meine Augen, meine Kanüle und das Loch in meiner Kehle anzusehen. Weißt du, in diesen Momenten fühlt man sich wie ein Schaf, das zerlegt wird: Schnauze und Haxen in einem gesonderten Becken, der geöffnete Brustkorb den Pratzen der Kinder und ihren tausend Fragen ausgeliefert, und im Hof hängt die Haut schon in der Sonne, wo sie ausdörren wird wie ein Inhaftierter.

»Haben Sie in den letzten Tagen geblutet?«, fragte mich die

Stimme. Ich verneinte mit der Hand. Wie lange »überfällig«? Alle Frauen fürchten diesen Moment. »Überfällig« bedeutet Anspannung, alle haben denselben dunklen Gedanken, der deprimierend im Herz aufsteigt, eine Todgeweihte unter Strom setzt. »Überfällig« bedeutet, dass sich die anderen Frauen instinktiv von dir entfernen wie verängstigte Tiere. »Acht Wochen.« Sie murmelte dem Propheten etwas zu, und beide Frauen, sie mit einem Gott im Rücken, ich mit einer unverdauten Bohne im Bauch, warteten auf das Urteil, als müsste es vom Himmel fallen. Ich glaube, du hast noch nicht gelebt. In den Büchern steht, das Leben beginne erst Anfang des dritten Monats. Du warst noch ein vom Meer überrollter Stern, ein Kieselstein, den ich unter meiner Bauchdecke suchte, wenn die Nacht mich verschlang. In meiner Einbildung roch das Untersuchungszimmer nach Moder und Ausfluss. An der Wand leuchtete in goldenen Buchstaben der Name Gottes als Kalligrafie auf schwarzem Samt. In dieser Religion hat Gott neunundneunzig Namen, meine kleine Bohne. Dazu kommen die Namen all derer, die ihm begegnet sind, denn sie sind Gott. Dann sprach der Prophet: »Kommen Sie in drei Wochen wieder, wenn sie es behalten. Wenn nicht, empfehle ich Ihnen Pillen und die Gnade Gottes.«

Laut den Gesetzen in diesem Land ist es Mord und wird bestraft, aber der Prophet und Gynäkologe fühlte sich nicht mehr an die irdischen Gesetze gebunden und fürchtete sie nicht. Sein Ruf als frommer Mann hielt die Denunzianten fern. Ich spürte einen Dolch in mir, der dich suchte. Instinktiv glaubte ich, man würde mir noch einen Teil meines Körpers wegnehmen und ein anderes, größeres Loch hineinoperieren und dann den Schnitt zurechtflicken. Ich platzte fast vor Wut auf diesen Arzt, seine Frau, diese Inszenierung und ihren Glauben. Doch wohin mit dir fliehen? Was mit dir anfangen?

Ich zahlte alles, den Arztbesuch und das Rezept mit dem Namen der drei Pillen. Ich habe sie in meinem Schlafzimmer in eine Schachtel gelegt, wo sie wie alte Hexen ausharren. Wenn ich dich die Toilette runtergespült habe, soll ich den Propheten noch einmal aufsuchen und mich von seiner Frau untersuchen lassen. Soll ich. Muss ich wohl. Möwen segeln durch die Luft und kommen spöttisch den Fußgängern nah. Das Meer erwärmt sich, ein sanfter Wind trägt archaische Geräusche vom Hafen herauf. Sie ahmen das Pochen des Blutes im Ohr nach, wie man es nachts hört, wenn man kein Auge mehr zu bringt.

8

Ich habe es immer wieder gelesen. Für den Fall, dass ... »Wer durch Lebensmittel, Getränke, Medikamente, Handgriffe, Gewalt oder durch irgendein anderes Mittel den Abbruch einer Schwangerschaft oder vermeintlichen Schwangerschaft herbeigeführt oder herbeizuführen versucht hat, ob mit oder gegen den Willen der Schwangeren, wird mit einer Haftstrafe von einem bis fünf Jahren und einer Geldstrafe von 500 bis 10 000 Dinar belangt. Und sollte der Abbruch zum Tod führen, erhöht sich die Strafe auf zehn bis zwanzig Jahre Gefängnis.«

9

Ich erspare es dir, auf die Welt zu kommen, damit es dir erspart bleibt, jeden Augenblick zu sterben. Denn in diesem Land möchte man uns zum Vergnügen geiler Männer stumm und nackt haben. Ich weiß, dass ich meine Entscheidung selbst hintertreibe, dass ich mit dir spreche, um den Zeitpunkt hinauszuzögern, aber das wird dich nicht lange schützen; ich denke, du wirst es vielleicht verstehen, wenn ich dir die wahre Geschichte erzähle. Wie es wirklich war, das verbirgt sich und zeigt sich seit Jahren nur abends, wenn ich die Augen schließe. Die genaue Version der Ereignisse, die sich der inneren Stimme noch entzieht und die von der äußeren Stimme der bunten Comic-Enten, vom Idiom der Kanüle blindlings ausradiert wird. Ich berufe mich auf die Sprache ohne Stimmbänder und auf die vielen Stiche an meinem Hals, die mein Leben von einem Ohr zum anderen verunstalten. Würdest du mir die Geschichte glauben? Sobald man die Augen öffnet, verschwindet sie wie ein Berg im Nebel.

10

Ich würde gern hierbleiben, mich von diesem schäbigen Park nicht wegbewegen. Mich vor meiner eigenen Geschichte drücken. Aber ich glaube, dass unsere Geschichten gefährlich werden, wenn sie wortlos begraben sind. Wie ein Abgrund. Meine Geschichte bohrt das Loch in meiner Kehle.

Es klingelt. Khadija ruft an. Inzwischen dürfte sie in Paris gelandet sein und auf ihren Anschlussflug nach Brüssel warten, jener grauen Stadt, in der sich meine Stimmbänder verstecken. In ihrem Kopf beginnt wieder die Geschichte mit ihrer Wiege im Morgengrauen des 5. Juli 1962. Wenn sie mit mir spricht, falle ich in ihren Bauch zurück und du in meinen. Wir sind wie die Geschichten aus *Tausendundeine Nacht*, bloß dass es Nächte voller Lügen sind.

»Hallo? Bist du es, Mama? Ich …«

Sie spricht für zwei, für tausend. Und ich für einen Halbmond, eine Halbtochter, eine halbe Sekunde.

Hörst du sie? Meine Mutter klingt theatralisch, und ihr Wortschwall strömt im Tonfall der Entrüstung. Ich wage es nicht, sie zu unterbrechen oder mich zu Wort zu melden. »Ich bin in Paris, mein Engel. Stell dir vor, er geht nicht ans Telefon. Dabei ist er ein berühmter Chirurg, er müsste es mir wenigstens erklären. Seine Sekretärin? Sie bemüht sich angeblich um einen späteren Termin, ich kann ihre Versprechungen nicht mehr hören.« Sie verstummt, setzt angriffslustig zum nächsten Trommelwirbel an und fährt fort: »Ständig heißt es, er werde vielleicht zurückkommen. Es gebe einen Notfall, sagt jedenfalls die Sekretärin. Sie haben kein Mitgefühl, mein Schatz. Und zu allem Überfluss habe ich dich alleingelassen!« Sie kaut es immer wieder durch, schniefend deutet sie Tränen an, bestimmt wringt sie die Hände. Ich liege zusammengerollt in ihrem Bauch, denn sie ist seit einundzwanzig Jahren mit mir schwanger, brütet mich aus, verbietet mir, mich abzunabeln, und spricht ununterbrochen mit mir. »Sobald ich gelandet bin, fahre ich mit einem Taxi zu ihm. Ich verlasse gerade den Transitbereich, wechsele das Terminal. Und wenn er nicht da ist, Schatz, dann ... Dann komme ich zurück! Ja! Ich nehme das erste Flugzeug. Vielleicht hast du recht gehabt. Vielleicht lag ich falsch, meine Prinzessin, aber ich tue es für dich, für deine Stimme. Sie ist schön, das weiß ich. Und wenn es nicht funktioniert, dann leben wir, mein Schatz, wir werden leben.« Ihre Stimme ist aufgeladen mit Versprechungen, und sie schweigt zur Feier des Tages. Wie die Stimmbänder aussehen? Ich habe es mir tausendfach vorgestellt, meine Huri. Mal dachte ich an richtige Seile wie die Zugseile eines Brunnens, mal an Schnüre wie Gitarrensaiten oder wie Angelschnüre, oder an Seile wie die von Zirkusartisten, Jongleuren oder Trapezkünstlern, oder an Stricke, um Schafe anzubinden, an die Leinen von Schaluppen, an Seemänner, an Galgenstricke ... Wenn du »Stimme« zu Bänder hinzufügst, beginnen diese zu vibrieren, setzen Wasser und Wände in Schwingung. Im Augenblick verbindet uns, Khadija und mich, allerdings nur das eine Kabel, das das Meer durchquert, sodass ihre Stimme an mein Ohr gelangt. Meine Mutter hütet mich in ihrem Bauch, seit sie mich am Tag nach dem Massaker an den Meinen ins Krankenhaus von Relizane gebracht hat. Ich rolle mich in ihrem Universum ein, ich höre ihre Lobhudeleien und ihre Geschichten (»Du bist ein einzigartiges Buch«, »Deine Augen sind aus dem Paradies, verderbe sie dir nicht!«), ich zehre von dem, was sie mir vorkaut.

Nur dass wir jetzt zu dritt sind, ineinander verschachtelt wie russische Puppen. Und sie wird es bald erfahren. Sie droht schneller zurückzukommen, wenn ihr belgischer Chirurg nicht zur Sprechstunde erscheint.

Sie wird schneller als vorgesehen nach Oran zurückkommen, kleine Huri. Und es wird ihr einen Todesstoß versetzen, auf dich zu stoßen. Denn sie nährt einen Traum, meine kleine Luna, sie malt sich meine Hochzeit mit allem Drum und Dran aus, weißt du, sie will einen Palast, ein Märchen, eine Geschichte, die im Paradies endet. Aber das rein für die äußere Sprache. Ihre innere Sprache brüllt mir zu, mit ihrer Forderung nach einer prunkvollen Hochzeit für mich wolle sie den Fluch beenden, der auf Frauen liegt, die ohne Vater und Mutter auf die Welt kommen oder beide als Kind verlieren wie ich. Sie wünscht sich eine Erzählung mit einer Hochzeit, einem Vater, einer Mutter und einem Kind, das nicht eines morgens vor dem Eingang einer Moschee abgelegt wird. Sie will reparieren, was ein Gott oder der Zufall verpfuscht hat. Kannst du dir vorstellen, was es für sie bedeutet, wenn ich mit einem dicken Bauch ohne Stammbaum oder Verwandtschaft, ohne den Namen eines Vaters ankomme, weil sich dein Vater für das Meer als Geliebte entschieden hat? Nicht, dass sie konservativ wäre oder diese Gesetze der Männer hinnehmen würde, aber es geht um eine alte und immer noch bohrende Frage für sie. Und daher soll ich wieder aufblühen und leben und glücklich sein für zwei. Darum geht es.

11

Bei meiner Ankunft am Friseursalon entfuhr mir ein Schrei. Einige lachten; die Leute versammelten sich um mich, und einige hatten sogar Mitleid, glaube ich. Nicht wegen des Einbruchs in meinem Salon, sondern weil ich aussah wie ein Fisch auf dem Trockenen. Und weil mein ehrfurchtgebietendes Brüllen ihre Welt ohne seine natürlichen Töne erreichte. Ich schleuderte ihnen ein gewispertes Brüllen entgegen, das meine weit aufgerissenen Augen und klatschenden Hände widerlegten. In ihrem Geräuschuniversum spielte ich ein kleines Stummfilmdrama. Die Polizei? Was hätte das gebracht? Stundenlanges Warten, mit meiner Klage hätte mich ein Beamter an den nächsten verwiesen. Ihr Spott, ihre Fragen zu meiner offenen Kehle, meiner Wunde. Und immer wieder Worte und Sätze wiederholen oder schlucken wie Steine. Ich verharrte unter meinen Plakaten mit den bildschönen Frauen. Lieber wäre ich verschwunden. Nachbarn musterten mich von ihren Fenstern aus mit Neugier, Häme oder Mitleid. Manche Frauen entschieden sich sehr schnell für ein Lager. Sie glauben, das einzige Mittel, in einem Gefängnis zu überleben, bestehe darin, Aufseherin zu werden. Sicher! In diesem Land kann man nicht gegen Gott, das heißt, gegen die Männer, ankämpfen, kleine Luna, ich spürte, dass ihre Rache nicht ausbleiben würde. Meine Gedanken drehten sich im Kreis, ich musterte jedes Gesicht, um Beweise, Spuren zu finden. Vergeblich. Ich versuchte, das Rollgitter meiner Ladenfront anzuheben. Es ließ sich nicht bewegen, war verzogen, gebrochen, nutzlos geworden. Schließlich gelang es mir, das Gitter halb zu öffnen, und ich schlüpfte gebückt in meinen verwüsteten Salon. Die Einbrecher hatten die drei Friseurstühle aufgeschlitzt, wie man es mit den Kühen in Had Chekala gemacht hatte, die Waschbecken waren zertrümmert, über die Spiegel breitete sich

Shampoo-Schaum aus, die Parfümflaschen lagen offen auf dem Fußboden. Ihre brutale Mischung muss weithin zu riechen gewesen sein. Die Epilierer, die Glätteisen und die Haartrockner waren verschwunden. Dann sah ich das große Paket und mir kamen, keine Ahnung warum, die Geschichten aus dem Krieg, meine Geschichte, wieder in Erinnerung. Zu der Zeit, als man die Liste mit den Namen der Leute, die man umbringen wollte, an die Türen der Moscheen hängte, schickte man ihnen ein sauberes Leintuch und eine parfümierte Seife. Für ihre Totenwaschung. Vom Einbruch dieses blutigen Traums in meinen Alltag gequält, fiel es mir wieder ein. Ich öffnete das Paket: Man schenkte mir einen weiten schwarzen Schleier aus schlechtem Stoff. Und den unerbittlichen Koran mit grünem Einband und goldenen Lettern. Khadija durfte von dieser Sache nichts erfahren, flüsterte mir eine Hälfte meines Verstands zu. Ich zündete eine Zigarette an und rauchte vor den Augen der Neugierigen auf der Straße, die zwischen dem Salon und der Moschee liegt. Mitten am Tag fixierte ich ihre verhärteten Blicke. Ich ließ den Rauch des Tabaks langsam zu ihren empörten Nasenlöchern ziehen. Einen Augenblick erwog ich, die Fenster der Moschee einzuwerfen oder sie mit Schimpftiraden zu überziehen, doch woher die Stimme nehmen, meine Huri?

Hatte ich es kommen sehen? Ja, intuitiv dämmerte es mir. Ich wusste, dass uns ein Messer bedrohte. Der Kleinkrieg zwischen meinem Salon und der Moschee gegenüber, der vor einiger Zeit begonnen hatte, musste eines Tages enden. Die Spannung zwischen meiner Kanüle und dem Lautsprecher des Predigers war mit Händen zu greifen, und die Gerüchte, die er streute, hatten sich im ganzen Viertel verbreitet.

Die Bestandsaufnahme des vorgetäuschten Einbruchs war schnell gemacht. Was nicht kaputt geschlagen war, hatte man geraubt: etwas Geld aus der Kasse, die teuersten Geräte und Schönheitsprodukte. Auf dem Boden trat ich auf eine Perücke, die den kahlen Kopf einer Schaufensterpuppe bedeckt hatte. Man hatte mir meine tausend Parfüms gestohlen und nur eine große Flasche Moschus stehen lassen: den Lieblingsduft von Allahs Bärtigen. Draußen machte ein Lachen die Runde, sprang von einem

Mund zum nächsten, dann blähte es sich zu langen Gebeten über Gott und seine Zeichen auf. Wohnten die Frauen aus dem Viertel, die meine Kundinnen waren, diesem Schauspiel bei, standen auch sie hinter ihren Fensterläden? Ich nahm es ihnen übel, aber was konnten sie schon ausrichten? Sie würden anderswo hingehen, um sich für ihre Männer herauszuputzen. Ich bin weder Mann noch Frau, sondern eine Anomalie, die früher oder später vertrieben werden musste. Ab und zu beugten sich Kinder unter dem beschädigten Rollgitter durch, um mich zu fragen, was passiert sei. Eine laute Stimme donnerte vom Himmel und hielt die Zeit an. Sie brüllte abwechselnd flehentlich und herablassend, gekränkt und fordernd, wie der Schrei eines Ausgesetzten. Keine Frau hatte eine Stimme von dieser Kraft und schon gar nicht das Recht, sie in einem Minarett nachzuahmen. Es war der Ruf zum 13-Uhr-Gebet. Alle strömten in die Moschee, und die Straße leerte sich.

12

13 Uhr 30.

Heute werden keine Kundinnen kommen, auch morgen nicht oder später in der Woche. Ich werde tagelang nichts instand setzen können. Vor dem Opferfest sperren sich die Frauen in den Küchen ein, um Schafe auszunehmen, Fleisch herzurichten, zu würzen, dann warten sie auf das zufriedene Grunzen des männlichen Geschlechts. Früher war mein Salon immer hübsch dekoriert, ich hängte Fotos von Inseln auf, von Frauen mit Goldglanz in den Augen, und ich hörte gern den Kundinnen zu, die sich endlich frei von Männern unterhalten konnten. Heute gibt es kein Haar zu bürsten, keine Wimpern zu verlängern, Augenbrauen zu zupfen, Schamhaare seidig zu machen, wie Männer es lieben, um sich uns jungfräulich vorzustellen, es gibt keinen Teint zu klären, keine Mitesser zu entfernen, keine Haaransätze mit Farben zu tönen, die extra aus Paris geliefert werden. Nichts. Das Fest rückt näher, meine beiden Angestellten sind nach Hause gefahren, und die vermeintlichen Einbrecher haben mir mit ihrem Besuch eine klare Botschaft hinterlassen.

Wären wir vor einer Woche hergekommen, hättest du Hanane, meine Angestellte, kennenlernen können. Sie spricht fast nicht, aber ihre innere Sprache lässt sich an den Farbnuancen ihres Haars ablesen. Mit ihrer blondierten Mähne kommt sie daher wie ein Schrei. Um sich für ihr früheres Leben zu rächen, tönt sie ihr Haar in einem wütenden Exzess jede Woche mit leuchtendem Gelb nach. Weißt du, sie ist unglücklich und stark zugleich, ich habe sie im letzten Sommer eingestellt, weil sie ein Auto besitzt, mit dem sie Kundinnen besuchen kann, die unter Zeitdruck stehen. Ja, auch Hanane fährt Auto, und sie spricht nicht viel oder nur selten. Das hier ist der Friseurstuhl ihrer treuen Kundinnen. Diejenigen, die ununterbrochen schwatzen, gehen lieber zu ihr als zu ihrer Kollegin daneben. Ich glaube nicht, dass sie ihren endlosen Geschichten wirklich zuhört, aber sie unterbricht sie nie. Ihr Auto hat sie von ihrem vor fünf Jahren verstorbenen Ehemann geerbt: einen alten Wagen und das Schweigen, das sich darin eingenistet hatte. Kaum war sie in ihrer Heimatstadt Chlef Witwe geworden, verschleierten ihre fünf Brüder sie vollständig, zwangen sie, eine Gesichtsmaske zu tragen, und überwachten ihre Gesten, ihre Bewegungen, ihre Blicke streng. Sie hatte nicht einmal mehr das Recht, ans Fenster zu treten, durfte in ihrem Hause nicht mehr die Stimme erheben, kein Telefon und keine Freunde haben. Nur noch ihr Wolkenkuckucksheim. Und einen Koran. »Eine geschiedene Frau oder eine verwitwete Frau ist eine Bombe im Haus«, sagen Männer über ihre Mütter, Schwestern oder Töchter, wenn diese von ihren Ehemännern verstoßen und wie Servietten nach dem Essen weggeworfen werden. Die arme Hanane wurde beobachtet wie die Zündschnur einer Dynamitstange oder ein Riss in der Hauswand. Es ging um die Ehre ihrer Brüder, aber nicht um Hananes Leben. Die Brüder bewachten sie abwechselnd, und vielleicht träumten alle fünf davon, dass sie wie von Zauberhand sterben würde. Schließlich verheirateten die Brüder sie mit einem anderen Mann, dieses Mal nach Oran, ins Belgaid-Viertel, dreihundertfünfundvierzig Kilometer von ihrem Zuhause entfernt. Sie hofften, ihre Geschichte geriete in Vergessenheit und würde langsam aus den Gesprächen verschwinden. Oran war so weit weg: Die Wiederverheiratung war eine Art Begräbnis, sie sollte sich nicht mehr an ihren eigenen Vornamen oder den Weg nach Hause erinnern können. Sie war zudem gezwungen worden, den Sohn, den sie nach dem Tod ihres ersten Mannes geboren hatte, ihrer Großmutter zu überlassen. Nach und nach verschlug es ihr die Sprache, als wäre sie in ihrem Kopf weggezogen. Nach ihrem Erstgeborenen bekam sie ein zweites und ein drittes Kind von ihrem neuen Ehemann, der ihren Lohn an sich nahm und sie ebenfalls überwachte. Ich sah ihn oft hier in der Altstadt. Direkt an der Straßenecke, wo ich meinen Friseursalon eröffnet hatte. Mit seinen Rattenaugen und seinen stummen, hasserfüllten Monologen überwachte er den Eingang.

Hanane tut mir leid. Ihr Schicksal bricht mir das Herz, aber das Herz kann nicht mehr erschüttert werden, irgendwann wird es zum Steinhaufen und lässt sich nicht mehr rühren. Als sie eines Tages im Sommer zu mir kam und nach Arbeit fragte, stellte ich sie aus zwei Gründen ein: Sie hatte, wie ich dir bereits sagte, ein Auto und dazu sehr gepflegtes Haar, man sah, dass die Frau mit Haaren umzugehen wusste. Ich habe sie angestellt, ich bezahle sie, aber ich rühre nicht an ihrem Geheimnis. Sie pflegt wahrscheinlich eine innere Sprache, die subtiler und reicher ist als die der Damen, die unter ihren Bürstenstrichen losquasseln. Ihr Gatte beaufsichtigt sie wie ein Zuhälter. Er ist fast täglich da, außer er sammelt gerade Plastikflaschen ein, um sie weiterzuverkaufen, aber Hanane ist unerreichbar, ruht seit Jahren in sich. Am Ende eines jeden Tages verlässt er seinen Eckposten dort drüben und kommt näher. Wie ein Rabe näherte er sich Stück für Stück dem Salon. Und am Ersten jeden Monats steht er unter dem Reklameschild im Eingang, als wäre nichts gewesen, und wartet auf seine Frau, das heißt, auf den Lohn seiner Frau.

Die andere Angestellte? Sie heißt Meriam. Ich werde dir von ihrem Leben erzählen. Aber vielleicht erzählt es dir das Meer besser als ich. Sie hat zweimal versucht, dem Land mit dem Boot Richtung Spanien zu entkommen, um dort illegal einzuwandern. Und zweimal hat die Küstenwache sie abgefangen. Sie wurde ins Gefängnis von Gdyel gesteckt, dann, nach einiger Zeit, wieder an die Luft gesetzt. Beim dritten Versuch entdeckte man sie im Hafen von Oran im Laderaum eines Handelsschiffs, das Mehl transportierte. Sie war nachts an Bord gegangen, hatte sich in den Fluren des Schiffs verlaufen und lebte drei Tage im Dunkeln. Als man sie fasste, sah sie aus wie ein Gespenst, von Kopf bis Fuß weiß vom Mehl und durstiger als eine ausgetrocknete Blume. Sie hatte drei Tage nichts anderes gegessen als Mehl und die kalten Metallrohre abgeleckt, um ihren Durst zu stillen. Das erzählt sie immer wieder und bringt damit die Kundinnen zum Lachen, denen Meriems Geschichte von dem gepuderten Gespenst, das den entsetzten Seemännern erscheint, sehr gefällt. Sie ist witzig, aber gerissen, und ich glaube, in ihren Gedanken nimmt sie sich für die Zukunft nichts weiter vor, als an ihren freien Tagen ans Meer zu gehen und zu schwimmen. Seit ihrem letzten Fluchtversuch vor einigen Jahren betrachtet auch sie sich als tot.

Jetzt sitze ich auf einem der Friseurstühle, die überlebt haben, spürst du, wie sich mein Bauch entspannt? Meine Hände tasten nach der Wölbung unter der du lebst, nach deiner Düne in meinem Körper. Ich versuche, ruhig zu werden. Ich bin wütend. Jedes Mal, wenn mir Gefahr droht oder ein Ereignis mich aus der Bahn wirft, spielt sich der Tag des Massakers an den Meinen von Neuem ab. Als müsste sich der Augenblick wiederholen, an dem mir ein Terrorist die Kehle durchschnitt. Alles hängt mit diesem schicksalhaften Tag zusammen, und dieser Tag hängt im Leeren. Ich halte ihn fest in meiner Erinnerung, ich habe ihn mir auf die Haut tätowieren lassen, damit er nicht im Nebel verschwindet.

Schau dir die Zeichnungen auf meinem hingestreckten Körper an. Unter meinem Schlüsselbein siehst du einen Stern. Hanane macht die Tattoos für einige Kundinnen, sie hat auch meine gestochen. Ich glaube, man lässt sich tätowieren, wenn die Bilder in einem unscharf sind. Den Stern sieht man besser, wenn ich auf der rechten Seite schlafe. Er ist die erste Erinnerung an mein früheres Leben. Meine Schwester reicht mir ein Glas Wasser, in dem sich ein Stern spiegelt, und überzeugt mich davon, er sei darin gefangen. Ich bin fünf Jahre alt. Es ist Nacht, unsere Eltern schlafen, und die Schafe wühlen im hinteren Teil unseres Bauernhofs im Stall herum. Meine Schwester lacht und ich lache noch lauter, weil ich es ihr in allem gleichtun will. Aus diesem dummen Grund habe ich mir den Stern auf meinem Hals stechen lassen.

Hier siehst du die Zeichnung eines Bachs. Es sind diese drei Wellenlinien zwischen meinen Brüsten. Weiter unten, auf meinem Bauch, kreuzen sich zwei Weizenähren. Mittendrin sitzt du und zählst die Stunden, die dir bleiben. Die Männer wundern sich oft über meine Tattoos, stellen Fragen, und ich erfinde Geschichten: Die Ähren stünden für den Bauch und die Großzügigkeit. Die

Ähren stünden für die Ernte. Ähren? Es sind einfach nur Ähren. Wenn Liebhaber in dieses Weizenfeld vorstoßen, stöhnen sie bereits und sind schon so kopflos, dass sie meine Erklärungen nicht mehr hören. Sie wollen mit geschlossenen Augen das erstarrte Pferd berühren. Es ist ganz klein, direkt über meinem Schamhaar gestochen. Das Pferd, meine Tochter, ist meine zweite Erinnerung an das Leben mit meiner Schwester. Es trabt irgendwo in den Ouarsenis-Bergen bei unserem ausgestorbenen Dorf Had Chekala (in der äußeren Sprache El Djiha El Meyta) über die Felder beim Toten Flecken. In ihrer Kindheit besaß meine Mutter ein Pferd, wie sie uns erzählt hat. Sie verlor es, als ihre Brüder das Erbe ihres Vaters teilten. Man verweigerte ihr das Pferd, aber man bot ihr zum Ausgleich ein Stück Land an, das an unseren Hof grenzte. Es war ein steiniges und unfruchtbares Gelände, das sie während ihrer Verrücktheit bisweilen morgens abschritt, um es auszumessen und dabei ihre Brüder in einem langen, unbekannten Gesang zu verfluchen. Nach Gottes Gesetz in diesem Land hat eine Frau das Recht auf die Hälfte des Erbes eines Mannes. Ich weiß nicht, warum, aber ich liebe es, mir dieses Pferd vorzustellen. Dieses Tattoo hat dein Vater tagelang gestreichelt, während er mit seiner Schnauze auf meinem Bauch davon träumte, wie er über das Meer nach Spanien gelangen würde. Nach meinen Erklärungen hat er mit seinen gelben Zähnen gelacht wie ein Kind. Müsstest du zur Welt kommen, würdest du einen Vater brauchen, aber so weit kommt es nicht, mach dir keine Sorgen.

Lass uns weiter unten an meinem Körper fortfahren. An der Leiste spürt man die beiden abgebildeten Fische, zwei Sardinen oder zwei Delfine, meine Tätowiererin war nicht sehr genau. Ein Fisch ganz oben auf jedem Schenkel an der zartesten Stelle. Es ist meine dritte Erinnerung an unseren Bauernhof im Toten Flecken: Einmal brachte uns mein Vater Sardinen aus dem Dorf weiter unten mit. In den Bergen des Ouarsenis gibt es keine Fische. In unserer irrsinnigen Freude meinten meine Schwester und ich, sie seien noch lebendig, weil die Sonnenstrahlen auf ihren blauen Schuppen spielten. Ein Dutzend in Zeitungspapier verpackte Sardinen. Sie glitzerten, und ihre Münder standen offen. Heute ist die Erinnerung an meine Heimat in tausend Scherben zersprungen. Ich hole Bruchstücke zurück, darunter die Stimme meiner Mutter, die immer häufiger vor sich hin sang, je näher unsere letzte Stunde kam. Früh am Morgen richtete sie sich an ihre Ahnen, später stimmte sie einen langen Gesang an, wie ein Klagelied.

Entschuldige, wegen der Zigarette. Eine schwangere Frau sollte nicht rauchen, aber ich weiß nicht, was ich für dich und was ich für meinen Salon tun soll. Sie haben ihn kaputt geschlagen wie einen Spiegel.

Schlafe.

Schlafe!

Lass mich nachdenken.

Ich glaube, ich bin erleichtert darüber, dass bei mir eingebrochen wurde. Denn das bringt den stummen Krieg zwischen meinen Huris und den Huris des Imams von gegenüber ans Licht. Manche erraten, was ich wirklich bin, die Mörderin in mir, die Tote. Der Imam der Moschee zum Beispiel. Ich bin fast sicher, dass er es war. Als wir uns zum ersten Mal auf der Straße begegneten, sah er mein Grinsen und das Loch in meinem Kehlkopf, er wich zurück, fing sich dann aber wieder. Jedes Mal, wenn ich ihn treffe, ist ihm das Lachen in meinen goldgrünen Augen unangenehm, denn es stellt ihn vor allen Gläubigen, vor seinem eigenen Gott bloß. Mein Beruf ist es, Frauen schön zu machen, Düfte zu verkaufen, Haare zu glätten, damit sie länger sind als die Paradiesflüsse. Seiner ist es, vom Dschihad zu sprechen, von Krieg, von Beute, von Frankreich, den Gesetzen, von der Sünde in all ihren Spielarten, vom Paradies und den Propheten. Unter Berufung auf seine Worte, nicht auf meine, hat man in den 90er Jahren und bis zu meinem Tod am 31. Dezember 1999 Hunderttausende getötet, und das weiß er. Ich sehe es an seinem gesenkten Blick. Manche wissen, dass ich von den Toten zurückkomme. Dass ich den Halsschnitt überlebt habe, um die Opfer zu zählen. Und ihre Henker.

13

Der Krieg zwischen meinem Friseursalon Schahrasad und der Sargmoschee (so nenne ich sie, warum, erkläre ich dir später) wurde an einem Freitag vor zwei Monaten erklärt. Der Imam erhob die Stimme, und ich stand eine Zigarette rauchend am Fenster meines Geschäfts und stellte ihn mir auf seiner Kanzel vor, auf der er die Männer überragt, die gesenkten Hauptes im Gebetssaal sitzen. Er beugte sich über ein Verzeichnis atemberaubender Blasphemien und rezitierte: »Zehn Frauen finden keine Barmherzigkeit bei Gott.« Meine beiden Angestellten eingerechnet, waren wir elf im Salon. Ein leichter, sandiger Schirokko blies durch die baumlose Altstadt und brachte die Gebäude zum Verschwinden, die schmucklos waren wie Grabsteine. »Erstens, die tätowierte Frau«, und die Stimme des Imams überschlug sich angesichts der Ungeheuerlichkeit. In unserem duftenden Schützengraben schwiegen plötzlich alle, Kundinnen und Friseurinnen, wie bei einer Gerichtsverhandlung, um die Fortsetzung zu hören. Niemand wagte es in diesem Moment, mich anzuschauen, aber alle dachten an die Fische, das Pferd, den Bach auf meiner weißen Haut. Das Brummen des Haartrockners in Hananes Händen ertönte und hielt dagegen. »Zweitens, die Frau, die sich die Augenbrauen zupft«, und hier verordnete sich der Imam eine Pause, damit jeder Gläubige in seinen Erinnerungen nach dem Gesicht einer Nahestehenden, Gattin, Tochter oder Nachbarin, suchen konnte, um sie zu verfluchen. Anschließend verkündete er mit dem Wispern eines gereizten Gelehrten den dritten Schuldspruch: »El Wassila und El Moutawassila.« Wer ist diese Verdammte mit dem geheimnisvollen Doppelnamen? Jede Frau in meinem Friseursalon forschte in den Zügen der anderen, um zu verstehen, wer gemeint war, bis der Imam erläuterte: »Das ist die Frau, die sich die Wimpern oder die Fingernägel verlängern lässt« – und wir Frauen auf der anderen Seite der Moschee, die wir alle heimlich oder aus Widerstand hier waren, brachen in schallendes Gelächter über unsere Unwissenheit aus. Plötzlich war Hochstimmung im Salon. Es herrschten Freude an der Rebellion und ein Gelächter, das jede aus ihrer Kindheit schöpfte, aus der Zeit vor der Menstruation. »… Und ebenso die Unverschleierte!«, ergänzte der Imam, und ich schwöre, dass wir alle hier den Schauder spürten, der von den Männern auf der anderen Seite der Gasse kam, die von dem Wunsch erregt waren, die unverschämten Frauen zurechtzuweisen, deren unbedecktes Haar gute Ernten verhinderte. Mit meiner Schirmmütze, meinen Sneakern und meiner Hose wurde ich in die fünfte Kategorie gesteckt, zu den Frauen, »die Männern gleichen wollen«. »Wer ist El Moutfalidja?«, fragte meine frisch vermählte Kundin, die darauf wartete, dass ihre Ansatzfärbung einwirkte. Alle erstarrten und hingen an den riesigen Lippen des Lautsprechers der Moschee gegenüber. »Oh! Möge Gott uns vor jenen Frauen beschützen«, brüllte der Imam mit geheuchelter Bestürzung, »die sich die Zähne richten lassen, die Gott in seiner Großzügigkeit ihnen bei der Geburt geschenkt hat!« Dir kann ich es ja sagen, mein Eindringling, ich hätte es nicht für möglich gehalten, dass diese Gottheit, die alle Männer umfasst, den Hass auf unsere Körper so weit treiben könnte, uns zu verbieten, dass wir uns unsere schiefen Zähne richten lassen! Wozu diese Missgunst selbst gegenüber den Hässlichen unter uns?

Zu unseren Übeln trugen nach den Worten des Imams noch jene Frauen bei, »die Gräber besuchen, jene, die in ihrer Trauer heulen, und jene, die ihre Ehemänner erzürnen«. Und auch diejenigen, die sich parfümierten, wenn sie aus dem Haus gingen, die sich Zöpfe ins Haar flechten ließen, die ihre Knöchel zeigten, wenn sie spazieren gingen, fuhr der Imam immer weiter fort, bis von keiner Frau mehr etwas übrig blieb, keine Spur, kein Haar, nichts als ihr Blut an den Lefzen der Wölfe. Nur behaarte Schemen, stumme Gestalten und Tote mit sanfter Stimme, um »Ja« zum Mann zu sagen. Und ich schwöre dir, nach dem wilden Gelächter versanken wir im Salon in das tiefe Schweigen Überlebender. Wir waren nicht nur ängstlich, sondern sprachlos: Warum hasste uns dieser Gott so sehr? Was hatten wir getan, dass wir ihn seit dreitausend Jahren so erzürnten? Hatten wir ihn um die Mutterschaft der Welt gebracht, um das Vermögen zu gebären und zu stillen? Hatten wir ihm die Herzen der Männer geraubt? Mein Friseursalon war zum Bau verängstigter Wölfinnen geworden, von Unterleibern im Untergrund.

Als das Gebet zu Ende war, ertönte ein durchdringendes Johlen, während ich die Woge der Gläubigen beobachtete, die voller wild entfachter Träume und voller Wut nach Hause hasteten. Ein nicht enden wollender und glücklicher Youyou-Ruf, wie ich ihn manchmal gern selbst in meiner Kehle erzeugt und bei Festen angestimmt hätte. Mit diesem langen Schrei aus voller Brust, meine kleine Perle aus Fleisch, verschaffen wir Frauen uns Gehör, denn wir werden unter dem Verbot geboren, das Wort zu ergreifen oder laut zu sprechen, und dieser Ruf bedeutet zugleich Trauer, verlorene Jungfräulichkeit, Tod, Hochzeitsnacht, Erfolg oder Begräbnis, und die Männer können ihn weder nachmachen noch verbieten. Hanane, meine schöne, seit Jahren schweigende Angestellte, die niemals ihre Stimme erhob, hatte diesen Schrei ausgestoßen, als die Männer vorbeigingen. Ich sah, wie die Menge stehen blieb, wie sie zögerte und sich dann meinen Plakaten und meinem von einem Vorhang verdeckten Schaufenster zuwendete. Die Gläubigen zuckten mit den Schultern und zerstreuten sich. Hinter ihnen musterte der Imam, kalt und unerschrocken wie ein Grabstein, mit eisigem Blick die Auslage meines Salons. Er hatte die Unverfrorenheit der Botschaft verstanden. An jenem Freitag begann der Krieg.

14

Ich soll dich behalten? Spinnst du? Sie haben bewiesen, dass sie imstande sind, einen ganzen Krieg zu beerdigen, 200 000 Tote und zehn Jahre, in denen sie sich für Schafe und Propheten hielten, aber sie würden nie vergessen, dass du vaterlos, namenlos geboren wurdest. Dass du ihnen von einer monströsen Mutter aufgebürdet wurdest, die sie daran erinnert, wie viele Kinder, Frauen, Männer und Tiere sie zum Ruhm ihres Gottes massakriert haben. Sie werden dich bei den Behörden, auf der Straße, in der Nacht, in der Schule daran erinnern. Überall, wo du hingehst. Du wirst in einer Scharte leben, die tiefer ist als die, aus der du mich jetzt mit deinen großen Augen anstarrst, deren geheimnisvolle Schönheit ein Erbe von mir ist. Du bist dir nicht im Klaren darüber, durch welche Hölle man gehen muss, wenn man in diesem Land als Frau geboren wird und keinen Vater hat, der sich den Männern entgegenstellt, wenn man ein verlassenes Kind ist. Meine Mutter? Es wäre ihr Tod. »Also, Khadija, ich bin schwanger, und der Vater ist verschwunden, oder ich habe alles getan, damit er abhaut, er war ein Fischer, ein bisschen kleinwüchsig, ein bisschen dumm, aber mit einem gutherzigen Lachen.« Der beste Zeitpunkt dazu wäre morgens bei einem starken Kaffee. Oder abends, wenn sie mich, wie immer, aus den Augenwinkeln beobachtet und dabei so tut, als zappe sie durch ihre Fernsehsender. Sogleich zerbröselt eine Mauer oder ihr bleibt das Herz stehen. Oder alles Blut weicht aus ihrem Gesicht und verschwindet im Siphon einer großen Bestürzung. Tief in der Nacht wird sie dann schluchzen. Sie wird über ihr Schicksal weinen, ihr Verhängnis, ihr Leben, über den Tag, an dem sie mich geboren hat, ohne auch nur die Schenkel zu spreizen, ohne zu bluten oder zu schreien, ohne dass ein Mann ihr nahegekommen wäre, ganz wie die Mutter von Jesus im Koran. Sie wird alten Dingen nachtrauern, die ich nie erfahren werde, die ihre intimsten Geheimnisse sind. Vielleicht wird sie wirklich sterben, das Essen verweigern, bis sie tot ist. Und was mache ich dann mit dir? Und mit meinem Friseursalon, auch wenn er demoliert ist? Denn dann werden die Gläubigen jubilieren, toben und ihn unter Berufung auf das Gesetz wegen Prostitution und der Schaffung eines Orts für Ausschweifung verwüsten. In diesem Viertel fehlt zu meiner Gottlosigkeit nur noch ein Bauch, der Gott den Rücken kehrt. Das ist unmöglich.

Habe ich dir von dem Tag erzählt, an dem Kleider, bunte Tücher, Parfüms, und teure Schuhe vom Himmel fielen? Nein? Es war zwei Wochen nach Hananes aufrührerischen Youyou-Rufen. Der Imam aus der Sargmoschee spann sorgsam sein Netz um mich und fesselte mich für meine endgültige Opferung unter seinem grinsenden Messer.

Auch das ereignete sich an einem Freitag, diesem für Frauen verfluchten Tag. Seit Januar warteten die Menschen vergeblich auf Regen, die Bäuche sorgten sich wegen der mageren Ernten. Überall auf den Straßen sprachen Männer, Alte, Kinder darüber und seufzten vor Kummer und Schrecken. Wir Frauen wussten vor allem, dass man in diesem Land uns die Schuld gab, wenn der Regen ausblieb und die Trockenheit wie ein Fluch auf den Feldern lastete, weil wir immer nur für kurze Zeit Ruhe gaben und unsere Sünden immer zu groß waren. In den letzten Wochen hatte es der Imam der Sargmoschee dreimal während seiner Predigten hinausgeschrien. Seine auf stinkenden Teppichen knienden Anhänger hatten ihm in ihrer Bedrängnis zugestimmt, während die Frauen in den staubigen Gebäuden ringsum von den Fenstern zurücktraten. In Hai El Yasmine (einer riesigen Vorstadt, in der sich die Leute ballen in der Hoffnung auf das Paradies und Couscous und wo sich mein Salon befindet) spürte man, wie sich die Welle auftürmte, wie man zum Schlag, zur grundlosen Ohrfeige ausholte oder denjenigen ins Gesicht spuckte, die sich ein wenig zu sehr schminkten. Wie Funken neben einem Benzinkanister wetterte ab und zu ein Mann gegen eine Frau, die ihn in der Bäckerei angeblich angerempelt hatte, oder zog ein Jugendlicher ein junges Mädchen an den Haaren, das zu laut geredet hatte. Tagelang ging es so, eines morgens regnete es los. In wütenden Sturzbächen, als hätte ein von den Gebeten genervter Gott den Männern nachgegeben. Es regnete, aber kein Wasser.

Ich hatte gerade das Eisengitter des Schahrasad-Salons hochgezogen, Hanane wartete draußen. Vor dem Eingang von Gebäude C der Residenz Wafi, einer Wohnanlage am Ende der Straße, versammelten sich Männer. Sie murrten, zeigten mit dem Finger auf das vierte Stockwerk. Von seinen Anhängern umringt, ächzte der Imam der Sargmoschee und zeigte sich übertrieben bestürzt wie in einem plumpen Film, schwirrte zwischen den Grüppchen hin und her wie eine Hornisse. Dann hörte man Frauen schreien. Es war kein Schrei, wie man ihn bei einem Trauerfall oder einem Unfall hört, auch kein Schmerzensschrei, sondern Ausdruck einer uralten Angst, das Winseln, das schon immer in uns sitzt und das wir wie einen letzten Schild den Männern entgegenhalten. Ich wusste, wer in diesem Stockwerk wohnte, auf das alle mit dem Finger zeigten. Das Wehklagen wurde zur Beschimpfung, dann hörte man Spiegel oder Gläser, Teller und Glasscheiben zerbrechen. Im Himmel, der zwar von den Gebeten gereinigt war, den Regen jedoch weiterhin verweigerte, schwoll das unzusammenhängende Schluchzen zu einem Heulen an, vor Abscheu wurde ich grün wie in der Sonne gegerbtes und von Salz durchlöchertes Schafsleder. Frauen wehrten sich gegen irgendwen, und wir waren alle wie versteinert.

Ich bin sicher, dass sich in dem Moment, als man die drei jungen Frauen im Hauskleid an den Haaren auf den steinigen Gehweg zerrte, alle Frauen, die sich in den anderen Stockwerken aus den Fenstern lehnten, an die älteste Geschichte unseres Geschlechts erinnerten. Eine der drei jungen Frauen mit einer schwarzen Handtasche am Arm blieb am Pflaster hängen und schrie, während ihre roten Fingernägel in der Luft leuchteten. Jedes Mal, wenn es mir schlecht geht, zerbricht meine Erinnerung wie ein Spiegel, und die darin aufgereihten Dinge stieben auseinander, später finde ich dann nur noch kleine Bruchstücke und es gelingt mir nie, sie wieder vollständig zusammenzusetzen. Ihr Haar war blond wie eine verblasste Galafrisur, und ich erinnerte mich, dass Hanane wegen des Schweißgeruchs ihrer Haut das Gesicht verzogen hatte, als sie eine Woche zuvor für ein Brushing zu mir gekommen war. Die andere junge Frau schien zu schmollen, als weigerte sie sich zu erkennen, was geschah. Sie schwieg und schleppte sich beinahe auf den Knien weiter, einen Schuh in der Hand, während der andere an ihrem Fuß hing. Die dritte, eine magere Brünette, heulte pausenlos. Sie versuchte, sich den Männern zu entziehen, die sie umringten, und grub mitten im Kreis ein großes Loch aus Angst und Hass. Niemand griff ein, der Imam hatte alle in seinem Schreckensnetz gefangen, und die Wände beugten sich vor, damit ihnen nichts entging.

Die Polizei kam mit nervös aufheulenden Autos an, und alle Männer begannen zu schreien und zeigten mit dem Finger auf den Sündenpfuhl. Also auf die drei Frauen, die man aus ihrer Wohnung im vierten Stock verjagt hatte. »Es ist skandalös!«, urteilte eine Stimme. »Bilden sich ein, sie könnten sich unter dem Auge Gottes alles erlauben!«, rechtfertigte sich eine andere. »Davor wollen wir unsere Töchter schützen«, erklärte ein Hausbewohner dem Polizisten eilig, der mit einem Walkie-Talkie winkte. Schnell wurden die Fenster geschlossen, damit die Männer nicht die entsetzten oder seltsam genüsslich zuschauenden Frauen erkannten, die sich zu weit hinausgelehnt hatten; sogar ich zitterte. Denn es genügte, dass einer der Männer sich nach meinem Salon umsah, und die ganze Wut strömte dorthin zurück wie eine Welle, der nichts anderes übrig blieb, als gegen meine Fassade zu branden. Die drei jungen Frauen waren meine Kundinnen, sie ließen sich in meinem Salon für ein freies, kapriziöses, betörendes »Nachtleben« aufpeppen. Hier frischte ich die Haarfarben auf, zupfte die Brauen, enthaarte die Beine, den Schambereich und putzte die Körper so heraus, dass die Männer anbissen. Im unwirklichen, grauen Licht marschierte der Polizist in die Mitte des Hofs zwischen den Gebäuden, wo die drei jungen Frauen taumelnd und resigniert warteten: Sie waren vielleicht schon daran gewöhnt.

Dann verfrachtete man sie in den Wagen. Danach setzte Regen ein.

Es war kein Regenguss, keine dicken Tropfen, die bis zu den Wurzeln gedrungen wären.

Nein.

Man sah etwas anderes am Himmel. Zuerst Seidenkleider, die langsam wie Erinnerungen herabflatterten, dann schlugen laut krachend Schminketuis auf dem Gehweg auf, anschließend alles Übrige: Parfümfläschchen, Handtaschen, Taschenspiegel, Lippenstifte, Strümpfe, Röcke, Halsketten, hochhackige Schuhe, Perücken … Alles wurde aus dem vierten Stock geschleudert, und dieser Regenschauer schien die versammelten Männer nach und nach zu beruhigen und die Atmosphäre und die Wohnung nach ihren Gesetzen zu reinigen. Eine Hand übernahm es, alles hinauszubefördern, aus dem Fenster zu werfen, was diese Frauen an Kleidungsstücken und Utensilien besaßen, um schön und betörend zu sein. Und alles türmte sich auf der Straße auf, damit man mit dem Finger darauf zeigen konnte, während die Männer sich in endlosen lebhaften Gesprächen darüber aufregten. Die Spuren dieses Regens blieben noch zwei oder drei Tage sichtbar, dann sah man Kinder, die damit spielten, sie als Lumpen oder Bälle nutzten oder versuchten, sie weiterzuverkaufen. Die Wohnung stand lange leer, offen, die Tür war aufgebrochen, nur gähnende Leere wie ein Loch in einem Kehlkopf.

Verstehst du, meine Sardine, ich habe vor Angst gezittert. Alles hier bleibt unsicher, schwankt über unseren Köpfen. Was mich betrifft, so rettet mich und meinen Salon mit meinen beiden Angestellten ausgerechnet dieses Loch in meinem Hals. Dieses monströse Grinsen, das sich wie ein stimmloses Lachen von einem Ohr zum anderen zieht.

15

Sie hat mich gerade wieder angerufen. Sie hatte nichts Neues zu vermelden. Sie erzählte mir vom grauen Himmel in Brüssel und erinnerte mich daran, die Stromrechnung zu bezahlen, abends die Türen abzuschließen, möglichst wenige Menschen zu sehen und mein Auto direkt unter dem Balkon zu parken, damit ich selbst ein Auge darauf haben kann und nicht Tayeb, dieser Schurke von einem Wachmann. Sie wies mich mehrfach an, mir die Hände mit Gel zu waschen, bevor ich die Kanüle wechsele und reinige, und beauftragte mich einzukaufen, »da in der Woche des Aïd kein Laden aufmacht«. Dann versprach sie, bald zurückzukommen, sobald sie einen Flug bekommen würde. »Spätestes direkt nach dem Fest«, erklärte sie. Aber kein Wort über die Transplantation! Nichts. Kein Wort über den Chirurgen. Das heißt, dass sie ihn nicht gesehen hat, oder dass sie begriffen hat, dass es nichts genützt hatte, daran zu glauben. Mit meiner äußeren Sprache habe ich geknurrt, gewiehert, geblökt, gewinselt, gemuht, gebrüllt, miaut, gequiekt (ich hatte die ganze Arche Noah in meiner Kehle), und sie schloss daraus, dass ich sie im Bau ihrer Entschuldigungen aufgestöbert hatte. Als sie mir erklärte, sie werde zurückkommen, sobald sie ein Flugticket bekäme, zog sich mein Bauch zusammen, und ich erinnerte mich wie unter einem Messer, dass auch ich mich beeilen musste. Dich mit drei Pillen töten musste. Wir machen das spätestens am Tag des Opfers, meine Kleine, keine Stunde später. Ich hätte die Geschichte gern zu Ende erzählt, aber dafür haben wir keine Zeit mehr.

16

Wir müssen jemanden finden, der das Rollgitter repariert. Das ist leichter gesagt als getan, denn an den Tagen des Operfests arbeitet niemand. Und die Leute mischen sich nicht gern in solche Dinge ein. Ich bin jetzt mit der gelben Farbe der Gottlosigkeit bespritzt. Wir sammeln die Scherben ein und warten, bis sich die Straße unter der sengenden Hitze ein wenig geleert hat.

Ich öffne das Fenster des Salons. Riechst du es? Seit einer Woche stinkt die ganze Stadt nach den Innereien und dem Entsetzen der Tiere. In der Innenstadt wirst du nichts davon sehen, aber in allen Vororten, in den Wohnvierteln mit den Namen der Märtyrer des Krieges gegen Frankreich (die Toten des Krieges gegen mich haben kein Anrecht darauf) steht die Stalltür offen, das Blöken ist schwer zu ertragen. Noch drei Tage. Töten oder getötet werden? Ich muss mich entscheiden. Heb deine kleine Nase und atme tief ein: Überall riecht es nach nassem Heu, nach Schlamm, nach unter Schuhen und Autoreifen zermatschtem Kot. Aus unserer Welt wirst du nichts als diesen Geruch mitnehmen. Der scharfe Angstgeruch und das Rumoren der Tiere im Gedränge der Käufer, die sie demnächst verschlingen, werden an dir kleben bleiben. Schafe können nicht fliehen, sie haben keine Flügel mehr, um lebend in den Himmel zu kommen. Spitz noch einmal deine Ohren. Dort hörst du eines, das im Straßenlärm kaum zu vernehmen ist. Es blökt in seiner alten Sprache, das Blöken kommt von einem Balkon, der direkt links an meinen Salon grenzt. So klagen diese armen Tiere über das Los, das Gott ihnen beschieden hat. Bald wird man sie auf den Boden werfen und ihnen, begleitet von den Schreien der Kinder, hastig die Kehle durchschneiden.

Es lässt mir keine Ruhe, als würde hinter diesen Szenen jemand auf mich zielen. Jedes Jahr fällt es mir wieder ein, es wiederholt sich in mir wie ein Bild, das sich dagegen sperrt, nur eine Erinnerung zu sein.

17

Das Paradies, seine Baumriesen, seine Flüsse, seine saftigen und leuchtenden Wiesen, aber ohne die Männer. Ist es so vielleicht besser? Nein? Ich werde die drei Pillen schlucken und du wirst in dein honigsüßes Leben im Blattwerk zurückkehren. Zu deiner Gesellschaft wird es schmachtende und glückliche Frauen geben, ein großes Königreich von Huris ohne Mens, ohne Schuppen in der Mähne, ohne Körperhaare. An den Freitagen sprechen fast alle Imame davon und erzählen von den tausendundeinen Wonnen an diesem Ort, der Gläubigen vorbehalten ist. Ihr Huris werdet einen unendlichen Garten voller Gold und Juwelen genießen können, in dem ihr niemals kochen, keine dreckigen Böden schrubben, niemals schreiend Kinder gebären werdet, ein Ort, an dem euch niemand schlagen und vergewaltigen wird, an dem ihr nackt spazieren gehen und euch an Flüssen von Wein laben könnt.

Freitags sind wir in meinem Salon still, damit wir diese flammenden Predigten nicht verpassen! Zwischen der Mittagsstunde und 14 Uhr dürfen wir keine Musik laufen lassen, nicht laut sprechen und nicht lachen. Wir hören, was der Imam uns über diesen Ort erzählt, und auch wir träumen von ihm. »Ein Platz im Garten Eden, so groß wie die Hälfte der Sehne eines Bogens, ist gewiss besser als jede Fläche, über der die Sonne auf- oder untergeht«, schwört er. »Wer im Paradies wohnt, isst und trinkt und hat dennoch keine Ausscheidungen, weder Rotz noch Urin. Seine Speisen verursachen lediglich ein Rülpsen, das nach Moschus duftet«, verspricht er. Und Huris wie du? »Allah hat ihre Gesichter mit Licht und ihre Körper mit Seide bedeckt. Sie haben eine weiße Hautfarbe, grüne Gewänder, geflochtenes Geschmeide. Ihre Weihrauchgefäße sind aus Perlen gemacht und ihre Kämme aus Gold. Sie sagen: ›Wir sind ewig und sterben nicht, wir sind glücklich und kennen kein Elend, wir sind die Frauen, die bleiben, und wir gehen nicht fort, wir sind zufrieden und erzürnen euch nicht!‹«, brüllt er und zeigt mit dem Finger zum Himmel als seinem Zeugen. Die Huris besitzen ein Land für sich allein, während wir in diesem Leben, in Algerien, auf der untersten Stufe der Leiter festgenagelt sind. Eden ist bestimmt die Heimat, die wir Frauen verloren haben! Aus dem Grund sind die Männer sauer auf uns. Das erklärt ihren Groll, die Morde, den Schleier, die Verachtung. Alles ist nur eine Frage der männlichen Eifersucht. Verstehst du?

18

Wenn die Polizei bis zur Siesta nicht kommt, gehen wir. Seltsam, dass sich der Imam der Moschee gegenüber nicht zeigt. Er ist jung, stämmig und energisch, unter den Gläubigen bewegt er sich kraftvoll und sinnlich, wenn er nicht predigt, ist er schweigsam, und er ist immer tadellos gekleidet. Man nennt ihn ehrerbietig Scheich Kaschk. Ich habe stets den Eindruck, dass er sorgfältiger auf sein Aussehen achtet als meine um ihr Alter besorgten Kundinnen. Seine Bekanntheit im Viertel Hai El Yasmine verdankt er seiner Stimme. Er pflegt sie in einem stummen Land wie eine Begabung, den Broterwerb eines Propheten, und er nutzt sie nur bei bedeutenden Anlässen. Wenn er sonst auf seine Anhänger trifft, begnügt er sich damit, mit übertriebenem Ernst zu raunen. Die Moschee befindet sich in einem Ladenlokal im Erdgeschoss des Gebäudes gegenüber, doch dem Imam ist es gelungen, die Räumlichkeiten nach und nach zu erweitern. Um den Gebetssaal zu vergrößern, nimmt er ein Stück des Bürgersteigs in Beschlag. Meinem Nachbarn ist es sogar gelungen, dort einen illegalen Parkplatz für sich zu reservieren. Der andere Parkplatz ist für diese lange grüne Kiste reserviert, die ein Vers ziert und die du von hier aus sehen kannst. Es ist ein Holzsarg, grün gestrichen, in der Farbe des Paradieses. Er bleibt dort stehen wie zur Erinnerung an alle Moralpredigten des Imams. Ich glaube, er lässt ihn absichtlich draußen, stellt ihn aus wie eine Leichengrube aus Holz: Das bekräftigt seine leidenschaftlichen Predigten.

Die grüne Kiste wird für die Toten aus dem Viertel genutzt, man bahrt sie für das letzte Gebet darin auf, bevor man sie eilig in ihrem Leichentuch bestattet, das ihnen ein großzügiger Spender schenkt. Dann kehrt die Kiste an ihren Platz zurück und wartet auf den nächsten flüchtigen Gast. In der Vorstadt berührt sie niemand, alle senken den Blick und machen einen großen Bogen um sie, sogar die Kinder.

Zur Mittagszeit verbreitet die Sargmoschee häufig Koranverse mit wütendem Gezeter. Niemand traut sich zu bitten, den Lautsprecher leiser zu stellen. Daher höre ich sie unfreiwillig, oft klingen sie so, dass man nicht länger auf den Tod warten will. Soll ich dir ein witziges Detail erzählen? Zum Freitagsgebet müssen alle Geschäfte die Rollgitter herunterlassen, denn angeblich ist es verboten, Geschäfte zu machen, wenn der Ruf zum Gebet ertönt. In den zwei oder drei Stunden, in denen sich die Frommen von den Sünden der vergangenen Woche reinwaschen, kann man weder eine Flasche Wasser noch eine Kopfschmerztablette verkaufen. Alles muss stillstehen. Und weißt du, welche Geschäfte als einzige von dieser göttlichen Waffenruhe ausgenommen sind, meine kleine Huri? Friseursalons, Kosmetik- und Schönheitsstudios für Frauen. Das ist gewissermaßen unsere Spitzenzeit. Der Großteil unserer Kundinnen sind dann Frauen, die nur in diesen beiden Stunden auf die Straße dürfen. Vielleicht wünschen sich die Männer, die von den Predigten heimkehren, wo man ihnen weißgekleidete Jungfrauen versprochen hat, dass sie schön sind wie Huris. Oder es ist vielleicht der einzige Moment zwischen den Mühsalen des Haushalts und der Kindererziehung, an dem die Frauen sich erlauben können, sich an ihren Körper zu erinnern. Dann eilt meine Kundschaft gesenkten Hauptes und verschleiert in die von den Imamen oft verfluchten Friseursalons. Sie ergreifen die Gelegenheit, bei Tag unterwegs zu sein, ohne beschimpft, eingeschüchtert oder durch Blicke in Stücke gerissen, ermordet zu werden. Schwitzend kommen sie bei mir an, haben zwischen der Wäsche und der zu kochenden Suppe etwas freie Zeit und hoffen, dass sie ihre Jugend wiedererlangen oder die Erinnerung daran auflebt. Und während der Imam brüllt, das Übel des Landes liege zwischen den gespreizten Beinen der Frauen, und Argumente für die Notwendigkeit findet, den Verkauf von Parfüms und Make-up an Frauen zu verbieten, die »kein männlicher Vormund begleitet«, epilieren meine fröhlichen und schelmischen Angestellten Beine, zupfen Augenbrauen und frischen Haarfarben auf.

Seit Wochen kommt es jeden Freitag gegen 13 Uhr zu Szenen eines stummen Krieges, meine Huri! Man spürt eine Spannung zwischen meinem Salon und der Moschee. Meine Kundinnen schätzen diesen Widerstandsgeist in meinem Laden. Während meine beiden Angestellten frisieren, tönen, glätten, schreit der Imam gegenüber, man müsse das himmlische Gesetz fürchten und die Ehre, den Ruf und die Tugend schützen. Während auf der einen Straßenseite der Imam flucht und brüllt, im Paradies warte eine bartlose Armee aus »jungen Frauen mit keuschen Blicken, alle gleichermaßen jung und jungfräulich, die zurückgezogen unter ihren Zelten leben, reine, von Männern wie von Dschinns unberührte Gemahlinnen, die Rubinen, Korallen und Perlen in ihren Muscheln gleichen«, halten wir uns hinter unseren Mauern auf der anderen Straßenseite zurück, um nicht lauthals in respektloses Gelächter zu verfallen, und schwatzen mit unverschleiertem Haar und hochgelegten Schenkeln für die Haarentfernung über alles und nichts. Diese Momente erheitern mich und ich koste es aus, dass dieses Jahrtausend voller Ironie mich, halb Mann und halb Frau, halb tot und halb lebendig, halb stumm und halb geschwätzig, halb mit durchgeschnittener Kehle und halb mit grinsender Narbe am Hals, zwischen Gott und unsere Geschlechter stellt.

Dieses Scharmützel zwischen meinem Salon und der Sargmoschee geht schon einige Monate und manchmal zu unseren Lasten, wenn die Männer aus der Moschee kommen. Denn nach den heftigsten Predigten sind die Gläubigen schreckhaft, aufgeregt und überzeugt, sie seien auf dem richtigen Weg ins Paradies. Die letzten Kundinnen beeilen sich dann, nach Hause zu gehen. Ich reiße die Ladentür weit auf und riskiere dabei, dass der Tabakgeruch zu Scheich Kaschk zieht, fixiere ihn mit meinen großen Augen, deren Wirkung auf Männer ich kenne, und lockere langsam mein Halstuch, damit er meine Kanüle und mein monströses Grinsen sieht. Das ist unser bestes Duell. Denn er weiß Bescheid. Er weiß Bescheid, schweigt und wird nicht ausfällig mir gegenüber. Er hält den Mund, aber ich bin sicher, dass er es sich vorbehält, mich mit seinen Predigten in der nächsten Woche indirekt anzugreifen. Mit seiner einmaligen Stimme wartet er geduldig, bis das Dach meines Salons über meinem unverhüllten Haupt einstürzt oder die Männer meine Habseligkeiten auf die Straße werfen. Bis jetzt hat mich nur mein monströses Grinsen beschützt. Mein breites Grinsen, das ihm und seiner Anhängerschaft spottet. Ich glaube, der Imam hat mich in der Flut seiner Erinnerungen wiedererkannt, er hat immer gewusst, woher meine Wunde stammt. Er hat erraten, dass ich ein Opfer des Krieges in den 90er Jahren bin, ein Opfer der Predigten, die an tausendjährigen Mühlen geschliffen wurden, des Paradieses, das alle verrückt macht, der versprochenen Huris, der Moscheen, der Messer und der allzu schönen Stimmen, die ihre Klingen schärfen. Seit einiger Zeit sehen wir uns an, wenn wir uns freitags nach dem Gebet begegnen, er senkt den Blick, geduldet sich. Meine zurechtgeflickten Jungfrauen gegen seine, die noch nie jemand gesehen hat. Dieser Wettkampf findet jeden Freitag statt, und das seit Monaten. Es musste mit einer Niederlage enden.

Verstehst du jetzt, warum sie heute gekommen sind und meinen Salon verwüstet haben?

19

In meinen Salon kamen schon immer tausendundeine Kundin.

Die Frau, deren Hochzeit bevorstand, ebenso wie die, die alles daransetzte, ihre Chancen zu verbessen, indem sie so viele Hilfsmittel wie möglich zum Einsatz brachte, Cremes, Haarschnitte, Farben und Parfüms, die im Grunde jedoch an sich selbst verzweifelte und davonlaufen wollte. Es kamen aber auch Frauen zu mir, die andere schlechtmachen und beschimpfen wollten und zur Verteidigung der Tugend bliesen. Was soll man machen, mein Floh? Es ist ein altes Gesetz: Gefangene, die zu Aufseherinnen des Gefängnisses werden, ich sagte es bereits. Diese Frauen habe ich gehasst, und ich weigerte mich, ihnen dabei zuzuhören, wie sie andere Frauen aus der Vorstadt verleumdeten. Ihr fortwährendes Geschwafel über die Worte des Propheten und Gottes Verbote brachten mich zur Weißglut.

Im diskreten Paradies meines Salons waren wir die Jungfrauen, die wahren Jungfrauen aus Eden, diejenigen, die den Mördern oder den Gläubigen, den Armeen oder den Heiligen versprochen waren. Wir erwarteten sie, doch in Oran waren die Flüsse von Wein und Honig ausgetrocknet, die Paläste verfielen, und in den Tälern, von denen in den Versen die Rede war, lag lauter Müll. Warum finden diese Männer es toll, nach Frauen Ausschau zu halten, die es nicht gibt, und uns, die wir ihnen das Leben schenken, dafür zu begraben? Ich schweife ab. An jedem Monatsende kommt Hanane mit blauen Flecken im Gesicht und am Hals in den Salon, und das Loch in der Sprache ihres Lebens weitet sich und schluckt, was ihr noch an Worten in der äußeren Sprache bleibt. Wir Frauen sind die Stiefschwestern der Huris im Paradies, ihre Schwägerinnen, ihre Konkurrentinnen, ihre glanzlosen Verwandten, ihre ungeschliffenen Doppelgängerinnen. Und in meinem Salon erzählte man sich Geschichten, vor allem aber legte man viel Geld hin, um ihnen ein wenig zu gleichen, ihnen Konkurrenz zu machen, um unsere Männer in unseren Betten zu halten anstatt sie an Moscheen zu verlieren. Doch selbst wenn ich noch so teure Produkte gekauft hätte, noch mehr Haartrockner und Friseurstühle, um noch mehr Stammkundinnen zu bedienen, noch mehr Massageliegen, UV-Lampen, luxuriöse Bürsten und Cremes, konnte ich gegen keinen einzigen Vers, keine gebrüllte Predigt etwas ausrichten. Wie hätte ich aus meinen dicken Kundinnen, die den ganzen Tag der Küchenhitze und den Putzmitteln ausgesetzt waren, ausgemergelt vom Stillen der Kinder und verhärtet von den Schlägen ins Gesicht, die Menstruationszyklen und Entbindungen unter Schreien ertragen mussten, vollwertige Huris machen sollen? Huris wie sie Gott in seinem Buch beschreibt, in dem wir, die Frauen, kaum erwähnt werden? »Der Gläubige erhält entweder 2 Huris, oder 72, oder 500 oder 8000 Huris«, versprach Imam Kaschk mit einer Stimme, bei der man am liebsten alles stehen und liegen lässt, um in den Tod zu gehen. Ich bot ihm die Stirn. Mein Salon Schahrasad empfing alle Frauen, die in diesem unbekannten Krieg, diesem wahren heiligen Krieg, diesem Dschihad der Sinne kämpften. Jeden Freitag, wenn die Männer beim Gebet sind, ist Feiertag, geht es um Bräute und Brushing, Parfüms und schöne Kostüme. Du würdest es erleben können, solltest du am Leben bleiben. Ja, schade, wir könnten die Gerätschaften unseres Kampfs gegen die Paradies-Huris gemeinsam aufräumen.

20

Vor knapp zwei Wochen, meine Kleine, besiegten die irdischen Huris einen oder zwei Tage lang die Huris des Himmels und ihre Zuhälter. Es war ein kurzer, vorübergehender Triumph, aber wir haben im Salon gelacht wie riesige Möwen. Dabei waren sich diese Frauen, meine Kundinnen, nicht wirklich bewusst über den Kampf, den sie führten, doch, ohne es zu wissen, hatten sie Anteil an diesem Sieg über den Imam. Du meinst jetzt vielleicht, es wäre uns gelungen, ihm seine göttliche Approbation zu entziehen, oder wir hätten ihn als Gruppe aufgesucht und von ihm gefordert, sich bei seinen Predigten gegen die irdischen Huris im Tonfall zu mäßigen? Nein. Meinst du, ich hätte seine Sargmoschee mit Haaren gefüllt, mit Shampoos oder Schönheitsprodukten, wie ich es mir in meinen verrückten Gedanken immer wieder ausmale? Oder ihn beleidigt, indem ich ihn mitten auf der Straße am Bart gezogen oder bei seinen Moralpredigten meine Musik lauter gestellt hätte? O nein, meine Fee! Ich habe nur über tausend Umwege eine Nachricht an seine Frau geschickt, deren Vornamen man mir zugetragen hatte. Man sah sie fast nie, denn der Imam wohnte in der zweiten Vorstadt, Wafi 2, gleich hinter unserer, auf der Seite, wo die Gemüse- und Fischhändler ihre Stände haben. Man konnte sie auf der Straße nicht einmal erkennen, so sehr glichen sich die vollverschleierten, in ihrer Dunkelheit eingeschlossenen Frauen. Und mir ist es gelungen, meine Schöne! Ein paar Tage später konnte ich sie mit dem Angebot für meine Schönheitspflege und einem Preisnachlass für die Ehegattin des sehr ehrenwerten Scheich Kaschk in meinen Salon locken. Vielleicht war sie unglücklich mit ihrem Leben, vielleicht hatte ihr berühmter Gatte sie zwischen zwei Gebeten und zweimal »Beackern« (Gott legt genau dar, dass man seine Ehefrauen beackern müsse wie einen harten Boden) auf den Gedanken gebracht, oder sie hatte im Wettbewerb mit den polygamen Moralpredigten der Gläubigen ihrer weiblichen Schwäche nachgegeben, jedenfalls kam sie. In Begleitung einer Verbündeten und Nachbarin, die hoffte, ein Parfüm und einen kostenlosen Haarschnitt zu ergattern.

Auch das war wieder an einem Freitag, ich schwöre es. Ich öffnete die Tür und bot der Frau des Imams großzügig und freundlich den besten unserer Friseurstühle, den besten Kaffee und die Dienste meiner besten Angestellten an. Überwältigt von meiner Gastlichkeit legte sie den Schleier ab, zeigte ihr nichtssagendes Gesicht, ihre unscheinbaren Gesichtszüge, ihre ängstlichen Augen, und brachte erst ihr Haar, dann ihre Arme und ihre Schenkel ans Licht, ihr ganzes, wie ein Vers verschlossenes Dasein. Ihre Wiederauferstehung ging langsam vonstatten, aber sie war ein Erfolg. Denn am Ende der zweistündigen Behandlung war sie eine andere Frau, die sich erstaunt über ihr geglättetes und getöntes Haar, ihre gepflegte Haut und ihren durch das Mascara betonten Blick lange im Spiegel betrachtete. Sie stand auf und sagte kein Wort, aber in ihrem Blick sah ich eine Erinnerung aufblitzen, oder vielleicht war es sogar Wut gegen die arme junge Frau, die sie gewesen war, als sie hereingekommen war. Vielleicht fand der Imam später sogar wieder Geschmack an seiner noch vor dem Jüngsten Gericht wiederauferstandenen Frau, ließ sich von seiner Beute beschwichtigen und befühlte in der Dunkelheit einen Körper, der wohlriechender war und etwas mehr dem entsprach, was er den Männern von seiner Kanzel herab predigte. Jeder predigt auf seine Art, ist meine Auffassung: er mit dem Koran, den Versen, den Gewändern, den Auslegungen, den Wutausbrüchen, ich mit Keratin, Glätteisen, Cremes, Pomaden und Warmwachs-Epiliergeräten. Heute denke ich, dass ich diese Frau vielleicht auch getötet habe, vielleicht war ich schuld, dass sie verstoßen, davongejagt oder lebendig begraben wurde, jedenfalls ist sie nie wieder gekommen.

Leben, meine Huri, ist ein Krieg. Ich habe diese arme junge Frau weder verraten noch sie an meiner Stelle in den Tod geschickt, sondern bloß Imam Scheich Kaschk nach dem Asr (dem dritten Gebet am Ende des Nachmittags, zwei Stunden vor Sonnenuntergang) abgepasst und ihm eine lange Rechnung für die »Behandlung« seiner Frau präsentiert. Darin war alles namentlich aufgeführt, was er als Verbrechen gegen Gott anprangerte: Parfüms, Lippenstifte, Puder, Tönungen, Salben und Produkte zur Haarentfernung. Zuerst starrte er in meine großen Augen, die bei schönem Wetter die Farben seltener Marmore annehmen, streifte mit seinem Blick meine Kanüle und las dann die Rechnung. Später habe ich mir heftige Vorwürfe gemacht, aber in dem Moment sah ich mitten auf der Straße zwischen meinem Salon und der Moschee die Niederlage im Gesicht des Imams. Ich, das Kind mit der durchgeschnittenen Kehle, genoss seine Verblüffung, seine Wut, seinen Hass, seine aufkeimenden Rachegedanken. Vom Röcheln der Kanüle verschleiert, raunte ich ihm zu: »Geht alles auf Rechnung des Hauses. Bis auf die Parfüms.« Seine unvergleichliche Stimme zitterte, blökte, versagte. Er schwieg, doch an diesem merkwürdigen Ort der Begegnung mit dem Gegner steckte er den Schlag ein, wandte mir schnell den Rücken zu und rannte zurück in die Sargmoschee.

Als ich einige Tage später, nachdem er nicht bezahlt hatte, meine Rechnung an sein Auto klebte, das direkt vor dem Gebetsraum parkte, nahm der Krieg an Schärfe zu. Und wieder einige Wochen später kursierte nach einer geharnischten Predigt eine Petition zur Schließung dieses Orts der Ausschweifung, des Salons Schahrasad. Lange Zeit hatte mich der Mann gerettet, der mir vor zwanzig Jahren die Kehle durchschnitt. Mein Mörder beim Massaker von Had Chekala hatte das Opfer nicht vollbracht, er hatte die Regeln der Opferung nicht beachtet, sein Messer nicht geschärft und sich nicht durch ein ausgiebiges Bad gereinigt. Der Schnitt war ihm missraten und hatte eine Narbe bei mir hinterlassen. Das hat mich bis jetzt verschont: Die Leute wagten alles, aber mein Status als Opfer des Terrorismus schützte mich. Scheich Kaschk ließ also Zeit verstreichen, den Staub der Wut sich anhäufen, aber zuletzt rächte er sich. Der vorgetäuschte Einbruch war seine Botschaft.

21

16 Uhr 30.

Die Polizisten wollten weder eine Frau noch eine Sache wie meine während der Siesta an der Backe haben. Es war schnell erledigt: ein harter Faustschlag gegen das Eisengitter, eine kurze Begutachtung des vorgetäuschten Einbruchs und einige Fragen. Kennen Sie die Angreifer? Nein. Ihr Chef schien genervt zu sein von der lästigen Fallaufnahme, er musterte den Salon, dann floh er ins Freie und verabschiedete sich in ein langes Telefongetuschel. Seine beiden Untergebenen, die nicht wussten, wie sie ohne ihn weiter vorgehen sollten, machten sich einen Spaß daraus, an meinen Parfüms zu schnuppern und mich nach meiner Telefonnummer zu fragen. Als der abgenutzte und klapprige Dienstwagen eingetroffen war, hatten sich Kinder um ihn versammelt, während die Erwachsenen sich im Hintergrund gehalten und neugierig beobachtet hatten, auf welche Seite sich die Polizei schlagen würde. Mein Fall wirkte lächerlich, wie belanglos er war, wurde durch die Langsamkeit der drei Polizeibeamten deutlich und durch ihre Gereiztheit, als hätte ich sie aus ihrem Familienleben herausgerissen. Niemand befragte mich zu meiner Kanüle, meinem Grinsen; ich leitete daraus ab, dass sie ahnten, wen sie vor sich hatten. In Algerien weiß man nicht, was man mit den Opfern des Bürgerkriegs anfangen soll, man lässt sie unbehelligt, wartet, dass sie sterben. Man stellte mir weitere Fragen zu meinen Öffnungszeiten und zu den Kundinnen meines Salons. Und allmählich wurde mein Leben zum Thema des Verhörs, mein Kundenaufkommen, mein Alltag; man wollte wissen, ob ich verheiratet war. Einer der Untergebenen zeigte seinem Kollegen den Aschenbecher, der von Zigarettenstummeln überlief. Danach herrschte erst einmal Stille. Ich malte mir schon aus, wie sie mich fragten: »Bist du eine Prostituierte, weißt du, dass es vor Gott schlecht ist, diesen Beruf auszuüben? Wie viel nimmst du tatsächlich ein und für welche Dienste?« Große Müdigkeit stieg in mir auf. »Du musst vorsichtig sein, es gibt andere Möglichkeiten, seinen Lebensunterhalt zu verdienen«, warnte mich der Chef, als er wieder zum Schauplatz des Verbrechens, meines Verbrechens, zurückkehrte. Er gab seinen Untergebenen ein Zeichen, dann verschwand er. Etwas ratlos boten mir die beiden Polizisten an, mich bis zu meinem Auto am Ende des Häuserblocks zu begleiten. Ich wurde wie eine Verbrecherin eskortiert, und die kleine Zuschauermenge machte mir den Weg frei. Plötzlich stieß eine Stimme ein zu lautes »Allahu akbar!« (»Allah ist groß!« in meiner inneren Sprache) aus. Es war nicht der Mann, der normalerweise für diesen Ruf zuständig war, sondern der weiche Tonfall von Imam Scheich Kaschk persönlich. Nur dieses eine Mal schlüpfte er selbst in die Rolle des Muezzins. Auf den Gesichtern einiger Nachbarn lag Zufriedenheit. Und während sich die Stimme des Imams wie zum Jubel erhob, erklärten mir die beiden Polizisten, niemand würde sich an meinem Salon, am Rollgitter zu schaffen machen, auch wenn es kaputt sei. Dann ging ich unter ihren Augen fort; auch ich sah mich verschwinden. »Hauen wir ab!«, hast du mir ins Ohr geflüstert.

22

Das Maghribgebet.

Häufig klettere ich auf das Dach unseres Wohnhauses und lausche. Heute dem Gebet während der Abenddämmerung. Unser Nachbar brüllt sich als Stellvertreter Gottes oder seines Boten stets die Seele aus dem Leib. »Der Prophet Mohammed hat gesagt: Durch nichts kann der Mensch am Tag des Aïd Allah mehr erfreuen als dadurch, ihm ein Opfer darzubringen. Am Tag der Wiederauferstehung wird das Opfer unversehrt zurück sein, mit Hörnern, Hufen, Haut und Wolle. Das Blut, das dabei fließt, wird von Allah gewürdigt, noch bevor es den Boden berührt (...). So will es die Tradition eures Vaters Ibrahim.« Von hier aus ist das Minarett der Moschee nebenan greifbar nahe. Der Imam richtet sich allein an mich wie ein Zyklop. Seine Worte steigen auf, überschwemmen die Stadt, suchen die Ungläubigen, die Faulen. Die heiligen Worte packen sie an der Kehle und befehlen ihre Bestrafung. Wenn der Imam wettert, wickelt er die Leute mit seinen Stimmbändern ein, legt ihnen Fesseln an und befragt sie dann nacheinander zum Paradies, zu ihrem Geschlecht, der Kleidung, die man tragen soll oder nicht, zu den Lebensmitteln und Opferungen. Ich hole meine Zigarettenschachtel heraus, stelle meine Tasse Kaffee vorsichtig auf die Brüstung und höre spöttisch zu. Ich mache mich lustig über die großen Sprüche und die Wirkung, die der Imam mit seiner Diktion erzielt. Denn ich habe einen gewaltigen Vorteil: Ich bin stumm, mein Schweigen verrät niemandem, was meine wahre Stimme spricht und was ich dem Minarett unter die Nase reibe. Manchmal mischen sich der Wind, Motorenlärm oder Stimmen ein, und ich berausche mich dort oben am Nachhall und genieße es eine Zeitlang, die einzige Frau zu sein, die noch steht, während alle anderen herbeiströmen, um sich niederzuwerfen und voller Glaubenseifer mit der Stirn gegen den Boden schlagen. »Dieser Tag der Auferstehung wird der schönste aller Tage sein«, wiederholt mein Nachbar, der drei Nächte vor dem Opferfest seine Predigten vervielfacht. Mit einem lauten Brummen stimmen ihm die Gläubigen zu. Ich mit meiner Narbe frage mich, auf welche Seite ich mich am Tag des Gerichts stellen werde. Zu den geopferten Tieren oder zu den Menschen, die geopfert haben? Und wird mein Schächter da sein? Vielleicht werde ich dann endlich sein Gesicht sehen, das mir in der Nacht des 31. Dezember 1999 durch die Dunkelheit und seinen Bart verborgen geblieben war. Welche Taktik wird er an jenem Tag verfolgen? Wird er sich darauf berufen, er habe sich während des Bürgerkriegs bei der Opferung im Tier geirrt? Oder wird er um Verzeihung und die Auslöschung der Spuren dieses Gewaltausbruchs, des Dorfs und des Bürgerkriegs bitten, der zur Gänze baden gegangen war? »Die Tiere müssen am Tag des Opfers nüchtern sein«, schloss das Minarett mit seiner lauten rostigen Stimme, bevor es die Gläubigen dazu aufrief, sich zum Gebet aufzustellen. Mein Haar ist trocken, seit zwei Tagen unfrisiert, wieder zur Mähne geworden. Wenn ich mich lange nicht kämme, nennt Khadija sie Amazonien.

Khadija ist noch nicht zurück, sie wird vielleicht morgen oder übermorgen ankommen. Mit leeren Händen. Ich kehre immer wieder auf diese Terrasse zurück, um nach einer Krise Atem zu schöpfen. Meine Kanüle holt hier tiefer Luft, als wäre ich eine große Schwimmerin. In dieser Höhe spüre ich, dass ich wiederauflebe. Sieh dir mit meinen Augen das Meer hinter den Wohnblöcken an, in deinem ewigen Garten wirst du es nicht wiedersehen. Seine Eleganz ist bestechend, nicht wahr? Seine tiefe Stimme reicht aus der Vergangenheit zu uns. Es macht Lust auf ein anderes Leben oder darauf, es ihm gleich zu tun und die Kleider abzustreifen, nicht wahr? Atme bitte an meiner Stelle seinen Geruch tief ein. Mein Gott! Was gäbe ich dafür, wenn ich jetzt an den Strand gehen und diese Sache mit den drei Pillen vergessen könnte!

Als ich einmal hier oben war, um heimlich ein Glas Wein zu trinken, erzählte der Imam von nebenan, dass die Taten von Verrückten, Kindern und Schlafenden im »Buch des Lebens« nicht verzeichnet würden. Vielleicht wurde nicht aufgeschrieben, was ich in der Nacht vom 31. Dezember 1999 tat, weil ich schlief? Und außerdem ein Kind war? Niemand musste meine Taten festhalten, um ein Urteil über mich zu fällen. Warum lastet diese Bürde dann so sehr auf mir? Weil Gott nicht alles ist, auch seine Bücher und seine Widder nicht.

23

18. Juni, am frühen Abend.

Ein weiterer Tag ist vergangen. Ich schaue aus dem Fenster. Im Café Marhaba unter mir bricht ein Mann in lautes Gelächter aus, von dem er hofft, dass es ansteckend ist, dazu spielt er im Stehen mit ausladenden Gesten eine komische Szene nach. Dann zuckt er die Schultern und setzt sich vor den Fernseher, der die Aufmerksamkeit fesselt. Am Ende des Tages ist das Café gut besucht und füllt sich mit Rauch und Lärm. Weiter drüben machen zwei Mädchen einen großen Umweg über den Hauptplatz, um diesen Männern vorbehaltenen Ort zu meiden. Jedes Mal, wenn ich auf der Gasse unterwegs bin, verstummt alles, und die Blicke der Passanten, die zuerst von meinen goldenen Pupillen angezogen wurden, richten sich zu Boden, um sich nicht in meiner Kanüle zu verfangen. Meine Mutter wiederholt es ständig, das Land bestätigt sie: Vergiss. Vielleicht sollte ich nie von einer Transplantation träumen noch davon, das Wort zu ergreifen. Warum sollte unter den 200 000 Toten ausgerechnet mir das Vorrecht zukommen, wiedergeboren zu werden? Und was wären wohl meine ersten Worte, wenn ich meine Stimme wiederfände? Ich weiß es nicht. Würde ich vielleicht immer wieder einen Namen aus meiner früheren Familie nennen? Vielleicht den Vornamen meiner Schwester, damit ein Neugeborenes nach ihr benannt wird? Auch ich vergesse, unter Mühen. Jede Nacht bemühe ich mich darum, während die da unten auf natürliche Weise vergessen, so wie sie atmen. Ich fechte tausend Kämpfe aus, um nicht zu blinzeln, um eine Nacht durchschlafen zu können, ganz und ohne zu ächzen, während sie die Fehlenden mit einer einfachen Handbewegung begraben und dazu noch nicht einmal den Kopf neigen.

Für sie ist das Vergessen sogar Gesetz. Es wurde 2005 fast einstimmig beschlossen an dem Tag, als Khadija mich an den Strand von Bousfer östlich von Oran mitnahm. Ich war elf Jahre alt, und in diesen letzten Septembertagen fanden wir einen menschenleeren Strand vor. Wir ließen uns nieder, und ich glaubte einen Tag lang, ich könnte allein dadurch mit den Möwen davonfliegen, dass ich auf dem nassen Sand herumrannte. An diesem Tag war die Luft so kalt, dass sie in meine Kehle schnitt. Ich trage eine Geschichte mit mir herum, die ständig in mir wühlt und der drei Dinge fehlen, um zu einem Ende zu kommen: eine Stimme, eine Person, die in mir lebt, und eine Sprache. Deshalb drehe ich mich immer im Kreis. Seit Khadija fortgegangen ist, um mir in Brüssel zu Stimmbändern zu verhelfen, habe ich ständig das Bild vor Augen, wie sie einen weiteren Chirurgen auf Knien anfleht, eine Operation zu versuchen. Was für eine Irre, meine Mutter! Sie glaubt an Wunder, weil sie ihr Leben einem Wunder verdankt. Schau, in der Hauptstraße da vorn, beim Lyzeum: Alles ist so, dass nichts von meiner Geschichte durchdringt. Die Leute tun so, als würden sie über wichtige Dinge diskutieren. Der Himmel hat keinerlei Erinnerung an die Ereignisse in der Nacht, und Gott legt seinen Zeigefinger auf seine Wolkenlippen. Würdest du schwören, dass in Oran Krieg geherrscht hat? Würdest du glauben, dass es hier jahrelang Tausende von Toten, Bomben, Massaker und Verwundete gegeben hat? So schön wie das Juniwetter ist, kommt einem sogar das Sterben wie üble Nachrede vor. Alles ist so geregelt, dass alle vergessen, auch ich.

24

In der Nacht, während des Ischagebets.

Oran entzündet seine Lichter am Meer. Ich weiß, was ich tun muss; ich erkenne das Opfer, ich habe von der Stimme Gottes geträumt. Genauer gesagt ist es die der Männer, wenn sie im Blut von uns entsetzten Frauen alle durcheinander plappern, und ich muss gehorchen und dich retten, indem ich dich umbringe. Mir fehlt dazu ein Ort, das Gebirge, der richtige Augenblick, das Rot und Blau der Morgendämmerung. Ich habe das Messer, die Adresse des unsichtbaren Gynäkologen in der kleinen Straße dort, die von der Meeresfront aufsteigt, die drei Pillen, die tausend Gründe. Ich gebe zu, es wird nicht das erste Mal sein, dass ich töte, mein ganzer Leichnam bekennt sich dazu mit seiner Kälte und seinem Abscheu davor, berührt zu werden. Und dieses Mal wird es in der Sache weder Gott noch Schaf geben. Es wird mir nicht missglücken, und meine Hand wird nicht zittern. Denn ich töte dich, um dich zu retten. Aber das dachte doch auch der Mann, der euch, deiner Schwester und dir, die Kehle durchschnitt, wirst du einwenden. Sei still! Was weißt du über diese Nacht? Du warst nicht dort mit deinen Augen und deinem Springseil. Zwischen dem Gebetsruf nach der Dämmerung und dem Gebet ist Stille geboten. Man hört Räuspern, Husten und manchmal Flüstern. Die Männer erheben sich wieder unter lautem Gemurmel, tummeln sich, reihen sich auf. »Lasst keinen Raum zwischen eurem kleinen Zeh und dem großen Zeh eures Nebenmanns, der Teufel würde den Platz einnehmen«, wiederholt der Imam, und darüber muss ich lachen, was für eine idiotische Vorsichtsmaßnahme! Beim Gebet am Ende des Tages quillt die Moschee über von Gläubigen, die dicht gedrängt stehen, als wären sie aus der Erde geschossen. Wenn ich mich über die Brüstung der Terrasse beugen würde, könntest du sie sehen. Das Opferfest steht bevor. Sie fühlen sich schon fast wie Propheten, kleiden sich im Voraus in Weiß, tauschen sich mit feierlichem Ernst über das Jüngste Gericht aus, benommen vom Traum und starr vor Hunger; bald werden sie ihre Messer ergreifen und die Geste Ibrahims wiederholen. Und wir Frauen? Uns Frauen steht es laut Gesetz nicht zu, die Opfertiere zu töten, wusstest du das? Unsere Pflicht ist es, den Kadaver zu reinigen, auszunehmen, zu würzen, zu räuchern, zu rösten, zu kochen und zu waschen. Während der Imam »Allahu akbar!« ruft, schießt mir ein Gedanke durch den Kopf: Ist es ungewöhnlicher, mit seiner Tochter im Bauch zu diskutieren, als in den Straßen von Oran Selbstgespräche zu führen? Komm, meine kleine Huri, wir müssen jetzt schlafen.

25

19. Juni, am Tag vor dem Aïd.

Einen Tag noch. Heute Abend werden wir uns voneinander verabschieden. Gehen wir ein paar Schritte? Schwangere sollen gehen, heißt es. Was du hörst, sind die Leute, die auf dem Boulevard unter Palmen flanieren, ich liebe es, dorthin zu gehen. Sie machen Fotos von sich oder setzen sich auf die Bänke und tun nichts. Autos fahren vorbei, man hört Kinder, Sirenen und die Marktschreie der Verkäufer. Dieser Vormittag fühlt sich an wie ein Festtag oder ein Tag der Befreiung. Ich weiß, was ich zu tun habe. Vielleicht erleichtert mich die frische Luft oder die Morgenstunde oder diese Nachricht meiner Mutter: »Guten Morgen, mein Engel, ich werde weder heute noch morgen zurückkommen. Es gibt über die Feiertage keinen freien Platz mehr in den Flugzeugen. Wir sehen uns nach dem Aïd, meine kleine Perle! Es tut mir wirklich leid, dich allein zu lassen.« Dann, um 7 Uhr 23, ein ängstliches Zusammenzucken: »Wirst du ohne mich klarkommen? Kaufe für die Woche ein. Geh nicht aus.« Und noch eine Nachricht zehn Minuten später, da die Angst sie in ihrem Brüsseler Hotelzimmer überrollt hat: »Wie in der Geschichte vom Blinden und seinem Freund ohne Beine: Du leihst mir deine Augen und ich dir meine Stimme. Hi, hi!« Von dem Chirurgen, der mit seinen Fingern in meiner Kehle wühlen sollte, ist nicht mehr die Rede. Meine Lüge hat sich als Wahrheit entpuppt und ihre Wahrheit als Lüge. Jedes Mal, wenn sich die Geschichte mit der Transplantation von Stimmbändern erledigt hat, meint sie, sie müsse geschwätzig werden, für zwei reden, wie ich es hier mit dir tue.

Schau, der Wind streicht über das Meer, man spürt um diese Zeit, wie frisch er ist, weil die Sonne ihre langen Klingen erst um die Mittagszeit enthüllt. Ich werde dich heute Abend abtreiben. Auch wenn ich dabei möglicherweise riskiere, mit dir zu sterben und zu verbluten. Die Unentschlossenheit hat mich gequält, oder es war die Angst vor dem Leben, doch jetzt steht mein Entschluss fest, und hinterher werde ich mein vorheriges Leben wieder aufnehmen. Deine Bewegungen in meinem Bauch haben mein Leben durcheinandergebracht und bewirkt, dass die Zeit wie eine baufällige Mauer über mir einzubrechen drohte. Vor dir war in meinem Kopf und um mich herum alles wohlgeordnet. Meine Mutter Khadija reparierte dank mir ihr eigenes Schicksal als verlassenes Kind; ohne daran zu glauben, wartete ich darauf, meine Stimme wiederzubekommen, um eines Tages erzählen zu können, was mir widerfahren ist, während meine heimliche Sprache immer mehr verblasste. Ich verharrte in dem Glauben, ich sei tatsächlich so etwas wie ein Buch, sodass ich es nicht selbst schreiben musste, und ich verdiente Geld damit, dass ich in meinem Salon Schahrasad um ihr Schicksal besorgte Huris frisierte. Ich lebte. Eher schlecht als recht, da meine Geschichte ausgelöscht war. In den Stunden, in denen ich nichts zu tun hatte, dachte ich mir tausend Varianten von Ibrahims Geschichte aus, während ich auf dem Dach Zigaretten rauchte und mich über die Gläubigen lustig machte, die sich zum Freitagsgebet aufstellten. Alles hätte so weitergehen können, meine Huri, nichts konnte meiner Wut auf die Welt und ihre Stimmen etwas anhaben. Es stimmt, dass ich langsam starb, aber ist das nicht auch ein Beweis dafür, dass man lebt? Meine innere Sprache, die keinen Gesprächspartner hatte, verzichtete auf Glanz, und ich begann sogar, meiner tiefsten Schuld Herr zu werden. Wenn ich in meinen Gewohnheiten versank, kam mir die Geschichte meiner Schwester und ihrer Augen, die mich überall verfolgten, falsch vor. Sie wurde nach und nach unbegreiflich, entkernt durch die Varianten der Datums- und Ortsangaben. War ich mit einer Missbildung geboren, oder bewies diese Missbildung, dass in Algerien ein Krieg stattgefunden hatte? Hatte mir in der Nacht vom 31. Dezember 1999 ein Terrorist in Had Chekala die Kehle durchgeschnitten oder rührte die Narbe nur von einem Autounfall mit nachfolgendem Gedächtnisverlust her? Was beweist meine Kanüle, wenn man sie im Spiegel betrachtet? Dass ich stumm geboren bin? Oder dass ich die Stimme aufgrund eines Tumors oder einer Fehlfunktion der Schilddrüse verloren habe? Wenn es in einem Krieg nur eine überlebende Person gibt, wird dieser Krieg zum Gegenstand ihrer Einbildungskraft, da sie nirgendwo sonst über ein Schlachtfeld verfügt.

26

Das dort ist der kleine Platz beim marokkanischen Konsulat. Siehst du das Denkmal zu Ehren der Gefallenen im Krieg gegen Frankreich? Hinter mir suchen unbeschäftigte Fotografen Kunden, die gern das Mittelmeer mit sich nähmen, das sich vor mir auftut, direkt unter dem großen Balkon des Boulevard de l'Armée de la Libération Nationale. Das Kriegerdenkmal ist eine große vertikale Platte, die wie die Halle eines Hammams mit bunten Fayencen gekachelt ist. Ein Gedicht zum Ruhm der Märtyrer des Befreiungskriegs rankt sich wie Efeu um sie. Siehst du das zertrampelte Gras ringsum? Abends kommen Säufer hierher. Es ist ein bisschen schmutzig, aber zu den Gedenkfeiern oder Nationalfeiertagen wird alles wieder sauber gemacht. Man ehrt hier die Toten des einzigen anerkannten Krieges, des Krieges, der zwischen 1954 und 1962 stattgefunden hat. Mehr habe ich aus dem Geschichtsunterricht nicht in Erinnerung behalten. Ich glaube sogar, dass es eigentlich ein Denkmal der Franzosen zum Gedenken an ihren eigenen Krieg war, aber die Algerier haben sich seiner bemächtigt und es für ihre eigenen Toten umgestaltet. Es steht mitten auf dem kleinen Platz, doch die Leute bemerken es fast nicht mehr, das Meer stiehlt ihm die Schau. Und wenn Kinder um das Denkmal herumrennen, spielen sie oder suchen ein Versteck.

Wegen des Krieges gegen Frankreich stößt man überall in Algerien auf Denkmäler wie dieses. Und ich zähle nicht die Unterrichtsstunden, die Namen der Helden auf den Straßenschildern und die Veteranen, die unsere Schüleraugen inspizieren; hier kannst du der Erinnerung an den algerischen Befreiungskrieg nicht entgehen. Und wenn wir, die Überlebenden des Bürgerkriegs der 90er Jahre, ein Denkmal fordern würden? Wie würde es aussehen? Vielleicht wie eine Kanüle aus weißem Marmor in einer dem Himmel über Oran entgegengestreckten Kehle aus Beton. Vielleicht hätte es auch die puristische Architektur eines leeren Grabes in einem ausgehöhlten rechteckigen Marmorblock. Ein Silo, den nur der Regen, das welke Laub und der Wind hin und wieder füllen würden. Ja! Ein viereckiges Loch in der Mitte des kleinen Platzes an der Meeresfront. Keine schlechte Idee! Oder warum sich nicht einen großen Ofen aus opakem Marmor mit lauter Neugeborenen darin vorstellen? Kinderleichen, die in seinem dunklen Maul stecken. Denn ja, mein Engel, die Emire, die Fürsten, waren in diesem Krieg, dessen Vorkommnisse heute niemand beschwören darf, Helden darin, Kinder zu verbrennen. Die Brigaden haben Neugeborene in Küchenöfen geworfen, sie haben Frauen ausgeweidet und Köpfe abgeschnitten, um sie auf Türschwellen zu legen, und Mädchen die Kehle durchgeschnitten, um Gott zu gefallen. Ende des Jahres 1999 hatten sich zwei von ihnen in eine dicke Decke eingerollt, auf der ein Tiger abgebildet war, während das Jahr und das Jahrhundert im Knistern von Papier und Wind über dem Dach zu Ende ging. Eines schloss die Augen und öffnete sie in Oran wieder, das andere wird sie nie wieder öffnen.

Dort, auf der rechten Straßenseite, kommt man an Eisverkäufern, einem Kommissariat, dann an einem Hotel vorbei, das vor Jahrzehnten Prostituierte beherbergte. Hier haben die Bärtigen vor zwanzig Jahren Bomben gelegt. Folgt man der Straße weiter, geht es an der Kurve hinauf zum französischen Konsulat, und danach steht man vor dem großen Hotel Royal, dessen kunstvolle Fassade ich gern studiere wie ein altes Buch. Schau dir das an: Auf dem Boulevard Émir Abd El Kader sitzen Männer in Gruppen zusammen und schachern wie Pferdehändler. Sie sehen aus wie Hundertjährige, faltig, einige fuchteln mit Stöcken, aber in ihren Augen kannst du sehen, dass sie in ihrem Leben nur auf eines bedacht sind: Es sind Veteranen des Befreiungskriegs. Sie haben alles, damit ihre Geschichte nie vergessen wird: eine Fahne, Tausende Fotos von Menschen, die im Kampf gefallen sind, verrostete Waffen, die sie in ihrem Museum im Osten von Oran ausstellen. Geld, Orden, Standbilder, Straßen, Fernsehsendungen, Lieder,

Biografien ohne Ende … Dieser Krieg gegen Frankreich kommt einem vor wie eine steinreiche alte Dame, die strengstens ihren Schmuck bewacht. Seit dem misslungenen Mordversuch an mir habe ich diesen Krieg verabscheut, ich hasse ihn, weil er wie eine ältere Schwester allen Raum einnimmt. Dieser Krieg spielt sich auf wie ein Einzelkind, das alles Gedenken für sich beansprucht. Er reißt das Weiß, das Rot, das Grün an sich, die Lichter und die Menschenmengen, die Militärparaden. Und wir, die Überlebenden des Bürgerkriegs? Wir bekommen nichts. Keinen einzigen nationalen Feiertag, kein einziges Erinnerungsstück, das wir uns anheften können. Wir haben kaum das Recht auf Narben. Alles, was ich dieser Geschichte des Unabhängigkeitskampfs gegen Frankreich entgegenhalten konnte, waren meine sieben Tattoos, und das ist schon zu viel. Die Leute hier werden nie mit dir über den Krieg sprechen, der meine Familie am 31. Dezember 1999 getötet hat. Ich gehe oft über diesen Boulevard, und die Greise, die vorgeben, den französischen Tod überlebt zu haben, sind immer da, um uns, die Spätgeborenen zu belauern, uns zu mustern, als wären wir Diebe. In der Schule hasste ich es, die nationale Legende aufzusagen; der Geschichtslehrer begriff nicht, warum ich in diesem Fach so schlechte Noten hatte. Er verstand nicht, dass ich auch eine Stimme für meinen Krieg haben wollte. Nach zehn Jahren des Mordens haben wir nichts aus diesem Krieg mitnehmen können, nicht einmal Leichen. Nicht einmal Worte.

Ein einziges Foto für einen ganzen Krieg, ich zeige es dir heute Abend, wenn wir zurück sind.

Meine Mutter hat es vergrößert und am Eingang aufgehängt, gegenüber den Masken, die sie aus dem Senegal mitbrachte. Du wirst darauf eine Frau sehen, die schreit, den Mund unsagbar weit aufgerissen, das Gesicht gequält von einem Schmerz, der einen ins Leere stößt. Die Frau brüllt oder scheint am Ende eines langen Schreis angekommen zu sein, in ihrem Gesicht ist alles abgestumpft. Sie gleicht einem lange versiegten Bach, der seine steinigen Innereien freigibt. Um den Kopf trägt sie ein Tuch. Es ist verrutscht, zeigt ihr seidiges Haar, das ihre Weiblichkeit und ihr Leid als Mutter andeutet, nur dass sie keine Mutter mehr ist. Man nennt sie »Madonna von Bentalha«. Bentalha ist ein Stadtteil von Algier, in dem in der Nacht des 22. September 400 Menschen massakriert und ermordet wurden. Eine andere Frau hält diese Frau in ihrem dumpfen Schmerz in ihrem Arm, drückt sie gegen eine Wand und hilft ihr, etwas Monströses zu entbinden. Im Blick des Betrachters nimmt das Gesicht der Madonna allen Raum ein. »Das ist die Madonna von Bentalha«, wiederholte meine Mutter, als sie an der Wand unseres Eingangsflurs den besten Platz für sie suchte. Das Foto schreit es von der Wand, für die Frau, für mich und für uns alle ist die Zeit stehen geblieben, und nichts geschieht, um uns aus dieser Erstarrung zu lösen. Das Massaker geschah in den Außenbezirken von Algier während meines Krieges. Außer dem Foto ist nichts von ihm geblieben. Für den anderen Krieg findet man Tausende Fotos von Soldaten, Frauen, Maschinengewehren, Fahnen, von Demonstranten, Kämpfern für Frankreich, Greisen, Kindern. Verstehst du? Uns gibt es nicht; ich existiere nicht, auch du so gut wie nicht, nur ein paar Stunden lang.

27

Diese Ungerechtigkeit habe ich auf meine Weise beantwortet. So wie ein zehnjähriges Mädchen die Fragen seiner Klassenarbeit im Fach Geschichte und Geografie. Ich hatte sorgfältig gekämmtes Haar, sah ernst aus, war von meiner Mutter ordentlich gekleidet worden und fest entschlossen zu antworten. Ich schrieb in Schönschrift: »Für mich hat der algerische Krieg am 31. Dezember 1999 in den Ouarsenis-Bergen begonnen und aufgehört, und nicht am 1. November 1954 im Aurès-Gebirge im Osten unseres geliebten Landes. Dieser Krieg dauerte einen Tag, der so lang war wie zehn Jahre, oder tausend Jahre laut Koran, und nicht acht Jahre wie der Krieg gegen Frankreich.

Wie viele Tote es gegeben hat? Ich antwortete: »Das weiß niemand.« 200 000 laut den Siegern, eine halbe Million laut den Verlierern. Man zählt nicht, wenn man tot ist, und man zählt nicht mehr, wenn man überlebt hat, höchstens seine Herzschläge.

Welche Waffen eingesetzt wurden? Messer und Moscheen und Bärtige und der Winter, ein Versteckspiel und meine Schwester Taïmoucha und die Schafe meines Vaters und der breite Rücken eines Mannes, der nicht mehr wusste, wohin und was er noch versuchen sollte, um dem zu entkommen, was Tag und Nacht drohte. Es gab mehr als 1000 Tote in Had Chekala. Oder 453. Oder einige Dutzend, wie die Zeitungen schrieben. Oder keine, gemäß der heutigen Zählung.

Welches Ziel hatte man in diesem Krieg? Ich gab zur Antwort: »Zwanzig Jahre später weiß man es noch immer nicht.« Vielleicht wollte man ins Paradies einziehen, das uns die Geschichte vorenthalten hat. Oder einem hungrigen Gott etwas zu essen anbieten. Oder in die Bäuche unserer Mütter zurückkehren, oder das Land, die Höfe und das Geschirr nach dem Abzug der Kolonisatoren unter sich aufteilen? Zwanzig Jahre sind vergangen, und niemand hat es uns erklärt.

»Wie lange dauerte dieser Krieg?«, lautete die Examensfrage. Zehn Jahre. Oder fast. Von 1990 bis 2000. Das Leid macht Daten nichtig und legt sie nie fest.

Ich schrieb, dass der Krieg schrecklich gewesen sei, noch schrecklicher als der erste gegen Frankreich. Weil er von uns gegen uns selbst geführt wurde, oder von Propheten gegen Schafe, oder von Träumern gegen Söhne.

Als man eine Woche später die korrigierten Arbeiten austeilte, bekam ich meine nicht zurück. Ich wurde unter die Lupe genommen, Direktor und Schulinspektor wurden gerufen. Meine Mutter, die man für den Nachmittag einbestellt hatte, schüttelte den Kopf, regte sich über den Geschichtslehrer auf, der versuchte, ihr eine Lektion zu erteilen, dann über den Direktor, der mich in sein Büro geholt hatte. Er legte nicht den Zeigefinger auf seinen Mund, um mich einzuschüchtern, damit ich nichts sagte. Er schüttelte den Kopf, schien unentschlossen, erschöpft, es gelang ihm nicht einmal, wütend zu werden. Zwei oder drei Jahre später erfuhr ich, wie meine Mutter ihre Verbindungen zum Wilaya (das ist die Präfektur) und zur Vereinigung der Terrorismusopfer spielen ließ, um den Geschichtslehrer zum Einlenken zu bewegen, der meinen schon seit Jahren bereits schlecht auf dem Hals sitzenden Kopf wollte. Er wurde versetzt, und mich umgab man mit einer Aura des Schweigens, die mich nach und nach von den anderen Kindern entfernte. Vielleicht dachte man, man würde die Spalte in meinem Hals zum Verschwinden bringen und ihre Bedeutungslosigkeit in der Geschichte unseres Landes stärken, wenn man ein Loch in die Kehle der Lebenden bohrte.

Noch heute freue ich mich über diesen unsäglichen Skandal, diese Art und Weise, sie an den wahren Krieg zu erinnern. Ich bin stolz auf diese Episode, mehr noch als auf meine Tattoos, meine Grimassen, über die man lacht, oder auf das Unbehagen, das ich hervorrufe. In Wahrheit hasste ich es damals, mich zu erinnern, etwas auswendig zu lernen, aufzusagen. Ich zog den Todeszahlen die Zahlen der Mathematik vor, ihre Figuren ohne verwandtschaftliche Beziehungen, ihre reinen Verhältnisse und diese Klarheit, die sie allem gaben, selbst wenn man ihnen am Nachthimmel begegnete, um sie zu ihren schwindelerregenden Summen zusammenzutragen. Die echten Zahlen. Ja, vielleicht ist es das, was uns in diesem Land fehlt, in dem man nicht mehr weiß, wer am Leben und wer tot ist. Niemand kennt die Zahl der Verstorbenen, der Neugeborenen, der Verwundeten, die Daten, die Anzahl der Tage, an denen man wirklich gelebt hat, die Zentiliter, die Zentimeter, die Entfernungen, die Kilos, die Gewichte, die Gleichungen, die Ziffern, meine blutrote Schönheit. Solltest du dazu berufen sein, auf die Welt zu kommen, vergiss nicht zu zählen.

28

Weißt du, es geschah am letzten Tag des Krieges. Am 31. Dezember 1999 in Had Chekala im Nordwesten Algeriens, als die Jahreszahl, der Monat und das Jahrhundert wechselten. Die Welt ging zwischen 22 und 4 Uhr morgens unter. Der Tag, der einen kalten Wind hätte bringen sollen, um die Erde und die beiden Mädchen, meine Schwester und mich, aufzuwecken, war am Ende in tausend Stücke zerschellt. Der Spiegel des Toten Fleckens. Manchmal fügen sich die Scherben in meinem Kopf wieder zusammen, doch sie zeigen mir nie ein Gesamtbild, in dem ich meine Vergangenheit betrachten kann. Wer es zu oft versucht, schneidet sich in die Hände. Jeder Splitter spiegelt ein oder zwei Dinge wider, in einem Bruchstück findet man die Sonne festgenagelt, ein anderes zeigt die Urinspur zwischen den Schenkeln eines Mädchens, dem man in der Nacht die Kehle durchgeschnitten hatte. Die Mörder verschwanden vor Tagesanbruch, als wir, tot oder lebendig, vor Kälte schlotterten, meine Schwester und ich, jede von uns hatte mit ihrem Leben abgeschlossen.

Auf einem anderen Erinnerungssplitter erkennt man auf der einen Seite einen Kopf, auf der anderen einen durchgeschnittenen Hals mit meiner Speiseröhre, aus der milchige Blutblasen quellen. Durch die Augen meiner Mutter sehe ich den Rettungswagen mit der heulenden, roten und blauen Sirene, die Sanitäter, die sich beeilen, mich zwischen den Toten hervorzuziehen. Hände tasten mich ab oder drücken auf meine schlappen Venen. Viele Hände ergreifen mich, entkleiden mich hastig, waschen mich, tragen mich von einem Bett zum anderen. Je nach Beleuchtung in den Krankenhäusern, den Zimmern oder unter den Blaulichtern ändert das rote Blut hinter meinen geschlossenen Lidern seinen Farbton und seine Beschaffenheit. Das Rot wird ockerbraun, schwarz, orange oder gelb, aber ich öffne meine Augen noch nicht. Heute, mit sechsundzwanzig Jahren, kann ich bestätigen: Es war der letzte Tag des Krieges, der in den 90er Jahren zwischen den schnell in ihrem Stolz verletzten Militärs und den Bärtigen Gottes ausgebrochen war.

Wenn uns lange Zeit später Gäste in unserer Wohnung in Oran besuchten, wurde darüber diskutiert. Überall in der Welt war dieser Zeitpunkt schwierig zu bestimmen. Dann rief man mich in den großen Salon, als wollte man es dort entscheiden. Ich blieb stehen, und alle verstummten mit der Kaffeetasse oder dem Weinglas in der Hand. Nach den üblichen Seufzern und den betroffenen Gesichtern angesichts meines Schicksals nahmen die Gäste meiner Mutter Khadija allmählich die Unterhaltung wieder auf. Erst leise, dann immer lebhafter, als wäre ein Feuer in ihnen entfacht worden. Sie ereiferten sich, fielen sich ins Wort oder verbesserten sich mit bewegter Stimme, sahen mich eindringlich an und warteten auf meine Bestätigung. Sie sprachen über meinen letzten Tag, den wirklich letzten Tag des Krieges. Manche forschten hartnäckig nach, als wollten sie ihr eigenes zweites Leben datieren, andere schauten ungläubig. Doch hinter unseren Fenstern entkräftete der strahlende Himmel ihre Worte, und das Leuchten in ihren Augen glich nicht meinem. Denn nach dem 31. Dezember 1999 endete der algerische Bürgerkrieg schlagartig, vielleicht wegen dieses schlimmsten Massakers (es kostete 1001 Menschenleben in einer Nacht, wie man von 1000 Nächten spricht, um auszudrücken, dass man nicht weiter zählt, weil man endlos zählen könnte). Der Krieg hatte seinen Wendepunkt erreicht, die Welle der Gewalt war auf ihrem Scheitelpunkt. Später verzeichnete man noch einige Attentate, auch Blutbäder, aber wie ein schwaches Nachspiel, als versandete die Bewegung, oder weil die Wahrheit einfach nicht bis in die gedanklichen Abgründe einiger Meuchelmörder in den Wäldern gelangt war. Vielleicht wusste man instinktiv, dass man den Tod nicht weiter ausreizen konnte, und hörte auf, daraus einen Beruf zu machen.

Es mag dir vielleicht seltsam vorkommen, meine namenlose Huri, aber ich interessiere mich kaum für die Chronologie der Ereignisse, für die genauen Daten der Geschichte. Ich bin an einem 21. April geboren und später noch einmal, aber nicht im selben Jahr, an einem 1. Januar. Laut meiner Geburtsurkunde, die auf dem Rathaus von Aïn Tarek ausgestellt wurde, einem Dorf unweit von Had Chekala, kam ich am 21. April 1994 mit einem Namen väterlicherseits (Khaled Adjama) und einem Namen mütterlicherseits (Hasnia Belarbi) zur Welt. Und dann wurde ich am 1. Januar 2000 neu geboren, als man mir nach dem Massaker an 1001 Menschen in unserer Region das Leben oder die Hälfte des Lebens gerettet hat. Danach, meine schöne Mandarine, hörte der Krieg fast von selbst auf, wurde des Blutes überdrüssig.

Ich erinnere mich (oder war es meine Mutter, die mir diese Erinnerung aufdrängte? Oder die Zeitungen?), dass man 2005 eine Volksabstimmung im Land organisierte, um den Mördern zu vergeben! Und das brachte meine Mutter zum Weinen und ihre entrüsteten Gäste, die insgeheim vielleicht erleichtert waren, ereiferten sich. An diesem Tag nahm Khadija mich mit ans Meer, das macht man in Oran üblicherweise so, wenn man nicht wählen gehen will. Ich sammelte Kieselsteine auf, die kalt und beruhigend sind wie Waffen. Mit ihrem Gewicht in den Händen wanderte ich umher, um mich zu füllen oder aus mir eine wahre Last zu machen. Grau und blau lag das Meer da, träge von seiner fortwährenden Reise. Mit seiner flachen Hand streichelte es die Menschen an den Knöcheln, und man sah prüfend zum Himmel, um zu sehen, ob sich Regen ankündigen oder die Sonne herunterbrennen oder wie so oft nichts passieren würde. Es war ein unermessliches Blau wie ein kalter Schal über dem Loch in meiner Kehle. Das ist meine Erinnerung an den »Tag der nationalen Versöhnung«: eine eisige Leere und das missmutige Schweigen meiner Mutter. Unterwegs hatten wir überall Plakate gesehen, die uns dazu aufriefen, für die »Versöhnung« zu stimmen, um dem »Hass« ein Ende zu setzen und nicht mehr das Blut der Algerier zu vergießen. Meine Mutter fuhr wortlos, die Augen starr auf die Straße gerichtet.

In der Woche zuvor hatte man in der Schule ähnliche Plakate an uns verteilt, darauf ein gut gelauntes Kind, eine sehr große Sonne, eine Hand, die eine andere drückte und eine weiße Taube auf der algerischen Flagge. Auf manchen sah man das Porträt des lächelnden Präsidenten (ihm hatte nie jemand die Kehle durchgeschnitten), der die Hand hob und uns als ferne und glückliche Bürger grüßte. Auf dem Schulhof bildete man einen Kreis um mich, um meine Reaktion zu prüfen, und mein Lehrer hatte absurderweise Angst, ich könnte das Wort ergreifen. Ich zuckte mit den Schultern, packte meinen Schulranzen, und wir spielten. So war das, mein Töchterchen. Der Krieg endete, wie man zu essen oder zu atmen aufhört. Er verschwand wie eine böse Cousine, die mit ihrer unerträglichen Geschichte von Erbschaften und Racheakten, prügelndem Ehemann und Fußtritten in den Bauch den Rückzug antritt, und man nahm es hin.

Ich erinnere mich, dass man im ersten Jahr die »Nationale Versöhnung« ein wenig gefeiert hat. Ich meine, man feierte den Schritt des Präsidenten dazu, seinen Mut und seinen Großmut, und man hörte wieder Reden über den Frieden. Im dritten Jahr feierte man schon etwas weniger, und im vierten Jahr veranstaltete man nichts. Da begriff ich, dass man sich nicht mehr an uns erinnern wollte. Man verlangte von uns, dass wir unser Gedächtnis in Frage stellten. Das ganze Land verband nicht seine Wunden, sondern radierte sie aus und zog sie in Zweifel, lüftete schließlich durch. Und wie! Zugegeben, auch ich begann zu zweifeln und langsam in Betracht zu ziehen, dass nie etwas gesehen sei. Ich habe mich bemüht zu glauben, es sei nicht so schlimm gewesen, wie es das Loch in meiner Kehle in jener Sprache erzählte, die sich in mir stets im Kreis drehte. Denn schau, eine Erinnerung ist immer auf Wasser, auf Sand gebaut, auf Stoffe, die sich verändern und entziehen.

Jedes Mal durchlebte ich von Neuem die Geschichte jenes Helden des Befreiungskriegs, der in unsere Schule kam, um zu erzählen, wie er mit siebzehn den Tod und Frankreich besiegt hatte. »In eurem Alter war ich bereits als Freiwilliger im Krieg, um dieses Land zu befreien.« Dann verstummte er, wir warteten auf die Fortsetzung, und er nahm den Faden wieder auf. Er muss diese Geschichte schon tausendmal erzählt haben, dachte ich. Am schlimmsten aber war, dass mich dieser Vortrag nachts in meinem Zimmer sinnentleert verfolgte wie ein Refrain. »Ja, ich war siebzehn und habe die Katiba (eine Gruppe bewaffneter Männer, ein Kampftrupp in der inneren Sprache) von Oran an die marokkanische Grenze begleitet. Nachts marschierten sie, alle in Dschellabas gehüllt, mit Waffen auf den Schultern, Jagdgewehren oder sogar italienischen Pistolen, die man den getöteten französischen Gendarmen abgenommen hatte. Nur ich schwang stolz eine noch mächtigere, noch wirksamere Waffe. Ja, sie hat uns zum Sieg verholfen, uns alle gerettet, uns geholfen, wohlbehalten und sicher bei unseren Brüdern jenseits der Grenze anzukommen!« An dieser Stelle schwieg der Veteran. Die Fenster horchten auf den Straßen- und Verkehrslärm, und vom Meer drangen Sirenenklänge und Möwenschreie zu uns. »Was meine Waffe war? Ha, ha! Ein Palmwedel.« Jetzt erhob er sich von seinem Stuhl neben dem Lehrerpult, reckte sich fast in den Himmel, beugte sich vor, machte eine ausholende Armbewegung, als würde er das weit unter ihm sitzende Publikum eines Theaters grüßen: »Ich befand mich am Ende der Kolonne unserer Soldaten, meine Aufgabe war es, mit meinem Palmwedel ihre Spuren auf dem Weg zu verwischen! Mit einem Palmwedel habe ich ihnen das Leben gerettet!« Und er hob ab in die Schwerelosigkeit. Da erwachten plötzlich die anderen Helden, die neben ihm saßen. Wir mussten ihnen schnell Applaus spenden, denn der alte Chef war drauf und dran, seine Geschichte noch einmal zu erzählen. Also haben wir applaudiert.

Diese Palmwedel-Geschichte ist an mir hängen geblieben wie eine fortwährende Schlaflosigkeit, mein Mondmädchen: Ich denke unaufhörlich daran. Zuerst nehme ich in Gedanken den Platz dieses Veteranen aus dem Befreiungskrieg ein mit der Idee, wenigstens einige der Schrittspuren übrig zu lassen, um mich zu rächen. Oder ich stelle mir vor, ich würde diesen Palmwedel schwingen, dieses Mal aber einen Riesenpalmwedel, weit ausgreifend wie der Himmel, und alles mit ihm verwischen. Ich gehe den Weg in entgegengesetzter Richtung zurück und fege alles weg, was auf dem Boden oder in meiner Erinnerung zutage tritt. Oder nein! Ich nehme einen schwarzen Filzstift und zeichne die verschwundenen Abdrücke der Schuhsohlen, ich gehe zurück, zurück, immer weiter zurück, und irgendwann taucht dort in der Ferne meine Schwester auf und lächelt. Sie spricht merkwürdige Worten, hinter deren Sinn ich nicht komme.

So in etwa, kleiner roter Stern, steht es um die Erinnerung: Du schaust sie an, du prüfst sie eingehend, und sie beginnt zu verblassen, sich mit Einzelheiten aus anderen Geschichten anzureichern, die nicht deine sind, sich aufzublähen, als ernährte sie sich von Grieß. Oder sie erlischt, und dir fällt nichts ein, was du tun könntest, um ihr Verschwinden aufzuhalten. Du läufst auf einem Feldweg, und alle Fußabdrücke verschmelzen. Die der Mörder, die der Retter, die deiner Eltern und deiner Verwandten, die deiner ersten Mutter und die der zweiten. Ich finde nichts mehr, was ich mit dem Palmwedel erledigen könnte, dabei erwartet man von mir, dass ich etwas tue: die Spuren verwischen, umgehen, den großen Wedel wegwerfen und, eine Hand auf meiner Kehle, um das Blut zu stoppen, die andere auf der Kehle meiner Schwester, anfangen zu lächeln? Lachend meinen Zweig zeigen, stolz und froh eine Kriegsheldin sein? Aber welchen Krieges? Der alte Held in unserer Klasse sah mich ein- oder zweimal durchdringend an, ein wenig erzürnt, dass man ihm meine Monstrosität vor die Nase setzte. Dann erzählte er weiter und lachte dabei über beide Backen, als wäre er soeben erst geboren worden.

Begreifst du?

Am 29. September 2005, dem Tag der Versöhnung der Mörder mit den Mördern (Originalton meiner Mutter), schien die Sonne. Das Meer spielte mit seinem blaugrauen Schal, und in den Lüften stritten sich die Möwen. Wir waren aufgerufen, mit »Ja« oder »Nein« über die »Versöhnung« abzustimmen. »Und dazwischen gibt es nichts?« (heulte meine Mutter). Keine lebenden Toten, keine durch Bomben Verstümmelten, halb Ermordeten, vergewaltigten und im Gestrüpp geschwängerten Mädchen, kein Recht auf Zweifel: Ja oder Nein. Ausnahmsweise zwingt man alle, auf meine Art zu sprechen, mit einem Loch in der Kehle. Du isst, ja oder nein? Du hast deinen Text geschrieben, ja oder nein? Du bist am

Leben, ja oder nein? Und an dieser Stelle ereignete sich, ich muss es sagen, ein Drama an dem Tag, der eigentlich ein glücklicher Tag war. Wir hatten uns an der Plage des Andalouses in den Sand gesetzt. Und das Meer oder der Himmel oder die Möwen oder die Sandkörner oder die Fischerboote waren eine andere Art von Antwort. Wir aßen gegrillte Sardinen mit zwei Freundinnen meiner Mutter, die beide an der Universität lehrten, und hatten nicht gewählt, weder mit ja noch mit nein, sondern durch tausend Widerreden. Die Frauen drängten mich schließlich, mich zu entfernen und am menschenleeren Strand Muscheln zu sammeln, die dem Meer aus der Tasche fielen. Ich verstand ein wenig, hielt die Augen offen, verfolgte die Gespräche: Der »Versöhnung« im Jahr 2005 waren andere Gesetze vorausgegangen, insbesondere das *Qanoun ar-rahma*, das Gesetz der Barmherzigkeit. Tausende bewaffnete Terroristen hatten es zum Vorwand genommen und waren aus den Bergen herabgekommen, um sich von allen ihren Bluttaten reinzuwaschen. Und damit sie die Charta mit der Amnestie in der Staatsverfassung nicht gefährdeten, erklärte man ihnen, dass sie nichts von ihren Verbrechen erzählen dürften, wenn sie in den Genuss von »Vergebung« und Amnestie kommen wollten (meint meine Mutter, die sich darüber aufregt und mit den Händen fuchtelt, weshalb ich befürchte, dass sie Sand in den Brotkorb wirbelt). Alle diese Gesetze zielten darauf ab, die Mörder, ihre Kinder, ihre Familien zu retten und ihnen eine sichere Zukunft zu geben. Und wir, wir sind alle tot, und ich glaubte in diesem Moment, ich würde ersticken.

Eine große dunkle Welle durchströmte meinen Bauch, während ich ins Wasser tauchte und dabei zu dem Schluss kam, dass man auch mich auslöschen würde, um diese Geschichte ruhen zu lassen. Dass ich keine Heldin mit einem Palmwedel war, sondern einen Fußabdruck verkörperte. Es wäre also besser für mich zu schweigen, wenn ich nicht wollte, dass man mich zum Schweigen bringt. Plötzlich packte mich das Meer an den Knöcheln. Über mir kreischten Vögel, und ich glaubte wirklich (wirklich), ich würde mein Leben riskieren, wenn ich eines Tages wieder zu sprechen anfinge und unter der Naht meine Stimme wiedererlangte.

Wie sollte ich meine Geschichte und meine Kanüle vergessen machen, und mein dummes, breites Grinsen, das dem der Möwe über mir glich? Kannst du, noch Ungeborene, dir vorstellen, dass mir an diesem Tag zwischen »Ja« und »Nein«, an dem kein Platz für mich war, der größte Schrecken meines Lebens in die Glieder fuhr? »Köche! All die Köche!«, ereiferte sich der Freund meiner Mutter. Ach ja, die Küchenbrigade, meine schwarze Schönheit! Alle Terroristen, die in den 20-Uhr-Nachrichten im Fernsehen vorgeführt wurden, erklärten, sie hätten im Maquis der Mörder als Köche gearbeitet. Was schadet das schon der Wahrheit? Der Freund meiner Mutter lachte und zeigte, dass er aus Hohn lachte, um seinen Scharfblick zu beweisen. »Es wurde ihnen eingeimpft. Wer im Busch die Kochkunst zelebriert, kommt als Mörder nicht mehr in Frage und wird vom Gesetz gedeckt, seine Verbrechen sind getilgt.« Dann war das Essen wohl paradiesisch? Schmorten diese Ibrahime der Berge die Schafe, die vom Himmel gefallen waren, auf kleiner Flamme? (Zugegeben, das war die sarkastische Antwort meiner Mutter, die mit den Jahren und den schlaflosen Nächten zu meiner geworden ist.) Seitdem schießen überall im Land Köche aus dem Boden, und diese Kunst, die Wirklichkeit wegzulächeln, breitet sich aus wie eine Regenfront. Die Köche wurden gebeten, sich nicht auf den Straßen zu zeigen, nicht mit Journalisten zu sprechen, im Hintergrund (»in den Küchen«) zu bleiben. Es war ziemlich komisch (meine Mutter witzelte und zeigte ihnen den Vogel): »Anfang der 90er Jahre, als die Islamisten in den Straßen für das Kalifat demonstrierten, brüllten sie ›Frauen in die Küche!‹. Dann griffen sie zu den Waffen, und als sie die dann abgeben mussten, erklärten sie sich alle zu Köchen.«

Hier, meine Kanüle: Der letzte Kriegstag ist bekannt; und ebenso, was dann kam. Und wie überzeugt ich war, man würde mich töten, um diesen Krieg wirklich zu tilgen. In der Schule habe ich wochenlang nicht mehr mit meinen Schulfreunden gelacht. Man ahnte meine Wut, und der Schulleiter rief mich noch einmal zu sich, um mir zu erklären, dass dieses Gesetz für das Land notwendig sei. »Für den Frieden«, sagte er ausdrücklich, und dass ich dem Präsidenten, seinem Lächeln und seinen Plakaten dankbar sein solle. Doch ich, die Kleine, der man für nichts und wieder nichts die Kehle durchgeschnitten hatte, fürchtete, man würde mich ein für alle Mal töten. Ich schwieg, um vergessen zu werden. Ich schloss die Augen wie in der Nacht vom 31. Dezember 1999 und stellte mich tot, bis der Morgen anbrechen und meine Retter kommen würden. Verstehst du, was das heißt, kleine blaue Sardine in meinem Bauch? Nach und nach zerfiel der letzte Kriegstag. Man debattierte noch über Hunderte »Reumütige«, man zeigte die in den Bergen geborenen Kinder der Terroristen, hielt Moralpredigten in den Moscheen des Landes. Vom Minarett tönte es, man müsse ihnen allen verzeihen, und langsam verschwand dieser letzte Kriegstag aus dem Gedächtnis der Menschen.

»Und der erste Kriegstag?«, fragst du.

29

Wann es begann? Das weiß niemand. »Es war 1982, als die Bouyali-Gruppe (in meine innere Sprache übersetzt, war Mustapha Bouyali ein Emir – die Anführer der Mörder nannten sich Emire oder Fürsten) die Kaserne von Boufarik (einer Kleinstadt bei Algier) überfiel, wo sie einen alten Brigadier köpfte, um die Waffen zu rauben.« Der Gast verstummte. Er war Schauspieler am Theater von Oran. Er zog an seiner erloschenen Zigarette, dann fuhr er fort: »In der Nacht zum 27. August. Glaube ich zumindest!« Siehst du, nichts scheint in diesem Krieg unzweifelhaft festzustehen, der in der Erinnerung der Menschen in den letzten Jahren schon verblasst ist. Ich bemerkte, dass die Zeitzeugen immer mehr Mühe hatten, die genauen Daten, die Vornamen der Toten, die Beweise zu finden, und mit den Jahren verschlimmerte sich die Verwirrung wie ein Sandsturm ohne Sand.

Tief in unserem dunkelbraunen Sofa versunken, lächelte Dr. Abdou oft. Der Rechtsmediziner, ein Freund meiner Mutter, amüsierte sich über irgendetwas, das den anderen entging, die es ihm wiederum nachsahen, wenn er nichts zu ihren erregten Gesprächen beitrug. Er verwandelte sich fast immer in die dritte Maske aus Dakar, als säße sie, von der Wand gefallen, unter den Lebenden. An diesem Tag lachte er ein wenig besserwisserisch und schüttelte den Kopf. »Man kann die Urheberschaft des Krieges nicht einer kleinen Gruppe zuschreiben, die gescheitert ist. Nein, ich glaube, er begann am 11. Januar 1992. Da ist es aktenkundig, allen bekannt und von allen analysiert!« Die Behauptung sorgte für Entrüstung: »Mit Chadli Bendjedids Rücktritt? Nein, niemals. Damit würde man diesem schwachen Präsidenten eine starke Tat zuschreiben«, gab die mit meiner Mutter befreundete Kinderärztin zurück, eine verhärtete, strohblonde Frau mit lebhaften Augen. Abdou schwieg einen Augenblick, und da kein anderes handfestes Argument mehr vorgebracht wurde, fuhr er schließlich fort: »Der Präsident tritt zurück, und in der Nacht haben wir alle gehört, ja, wir alle, wie von den Minaretten zum Heiligen Krieg, zum Dschihad aufgerufen wurde. Oder etwa nicht?« Er musterte seine Zuhörer einen nach dem anderen wie wenig vertrauenswürdige Zeugen. Niemand antwortete ihm, und die lebende afrikanische Maske lächelte zufrieden.

Ich war immer sehr aufmerksam, wenn das Gespräch auf diesen berüchtigten ersten Tag des Krieges zusteuerte, an dem ich großes Interesse hatte, als wäre er mein verborgenes Geburtsdatum. Es kam nie etwas dabei heraus, doch durch diese endlosen kindlichen Irrungen wurde ich stutzig. Dieser unbestimmbare erste Tag war ein großes Mysterium. Die Gäste sammelten Indizien: den Aufruf zum Dschihad 1988, die Männer in Qamis auf den Straßen oder die unverschleierten Frauen, die ihre von Säure-Attentaten zerstörten Gesichter zeigten (man wollte sie zwingen, sich zu verhüllen, und strafte sie auf diese Weise für ihren Ungehorsam gegenüber Gott), die ausgebrannten Bars oder die hinterrücks im Morgengrauen zwischen zwei Gebäuden ermordeten Journalisten. Die Gäste trugen noch andere Einzelheiten zusammen: eine schreckliche Explosion in unmittelbarer Nähe des Kommissariats in Algier im August 1992, eine Bombe auf dem Flughafen der Hauptstadt, enthauptete Köpfe, Rauchverbote, das Verbot gemischtgeschlechtlicher Nutzung öffentlicher Transportmittel … Natürlich ist es schwer, meine Tochter, den ersten Tag des Krieges zu bestimmen. Vom früheren Krieg, von dem man uns ständig in der Schule erzählte, wusste man ganz klar, dass er am 1. November 1954 begonnen hatte. Und dass er am 5. Juli 1962, dem Tag der algerischen Unabhängigkeit geendet hatte. Doch Anfang und Ende meines Krieges? Weiß man nicht, denn sein Kopf ist vom Körper abgetrennt. Und sein Körper hat überlebt und Kinder geboren, die nun auf den Straßen herumspazieren.

Von diesem Krieg waren nur unsere Gäste im weißen Salon und die immer weniger fordernden Schatten ihrer in Oran ermordeten Freunde übrig geblieben. Wenn sie ihrer gedachten, runzelten sie die Brauen, als erschauderten sie noch heute darüber, dass der Tod an ihnen vorübergegangen war. So jung ich war, begriff ich, dass man die Leichen in einem Krieg letztendlich nur an beiden Händen abzählen kann, die Finger zur Deckenlampe hochgestreckt. Zehn, deren Namen man ohne Weiteres in einem Atemzug nennen kann. Danach tastet man sich vorwärts, rechnet nach, zerbricht sich den Kopf oder schweigt. Nicht mehr als zehn. Alle Gespräche unserer Gäste endeten übrigens im Streit über die genaue Zahl der Toten. Zunächst hatten die Zeitungen zum Beispiel von 50 000 Toten in zehn Jahren Bürgerkrieg zwischen dem Militär und den Bärtigen gesprochen, dann von 150 000, schließlich waren es 200 000. Die Kontroverse legte sich, als die Frage um den korrekten Beginn des Ramadans an ihre Stelle trat. Jetzt stritten sich die Partisanen der Mondbeobachtung mit bloßem Auge mit denjenigen, die eine Berechnung nach dem Mondkalender befürworteten. Wo lag die Wahrheit? Ich weiß es nicht mehr. Die Zahlen verwesen wie Leichen oder versanden wie Wellen, meine Huri. Zum Krieg gegen Frankreich, der bei den Algeriern und in der äußeren Sprache Vorrang hat, verkünden sie einstimmig: eineinhalb Millionen Tote für die Befreiung des Landes. Die Zahl ist festgelegt und endgültig. Sie ist eine mathematische Totalität, während die Zahl der Toten in meinem Krieg nur eine Maske aus Dakar oder ein Palmzweig oder ein Vogel ist, der am Himmel schreit, um die Seinen wiederzufinden.

Zugegeben, es wurden auch einige genaue Angaben gemacht. Zum Beispiel zu den jungen Lehrerinnen, die nicht weit von der Straße nach Sidi Bel Abbès (eine Stadt im Nordwesten Algeriens) ermordet wurden. Ich kannte die Geschichte, weil ich einen Zeitungsausschnitt mit den Fotos von den Opfern bei mir verstecke. Er müsste dort in der Schreibtischschublade liegen. Warte. Hier ist er, ich lese ihn dir vor: »Die Geschichte kehrt wieder. Auf den Tag genau vor 25 Jahren, am 27. September 1997, gerieten elf Frauen und ein Mann, von denen die meisten in Sfisef, Mostefa Ben Brahim, Belarbi und Sidi Bel Abbès wohnten, nach Beendigung des Schulunterrichts auf der Heimfahrt in einem Auto der Marke Karsan in einen Hinterhalt. Eine Gruppe Terroristen unter der Führung des blutrünstigen Bahri Djillali, alias ›Dib El-Djiaane‹ (Hungriger Wolf) lauerte ihnen in Höhe der Ortschaft Ain Aden auf, besser bekannt unter dem Namen ›Shamda‹, in einer bewaldeten Region, die zur Daïra von Sfisef gehört. Nachdem man die Lehrerinnen an den Haaren aus dem Wagen gezogen hatte, wurde einer nach der anderen grausam die Kehle durchgeschnitten bis auf den Lehrer, der beim Fluchtversuch erschossen wurde. Nach Aussage des einzigen Überlebenden des Blutbads, dem an der heutigen Gedenkfeier teilnehmenden Fahrer, den man absichtlich verschont hatte, damit die entsetzliche Tat erzählt wird, war ihre einzige Verfehlung, dass sie es gewagt hatten, den Obskurantismus abzulehnen.«

Merkst du etwas? Auch ich renne manchmal herum wie dieser Zeuge, nur dass ich stumm bin und die Geschichte ein für alle Mal in meinem Kopf bleibt und sich im Kreis dreht, keinen Ausweg und keine Möglichkeit findet, die innere Sprache mit der äußeren zusammenzubringen. Schau dir die Gesichter dieser armen Lehrerinnen an! Sie sehen aus, als würden sie ein Leben ohne große Vorkommnisse erwarten. Ich betrachte sie wie eine wohlwollende Nachbarin, und wir mustern uns gegenseitig, ich, der man die Kehle halb durchgeschnitten hat, und sie, elf Frauen, die nichts mehr sagen werden und deren monströser Tod meilenweit weg von allem liegt, was auf ihren Passfotos zu sehen ist.

Bei diesen nächtlichen Debatten über den wahren ersten Tag des Bürgerkriegs roch die Wohnung nach Zigaretten. Der Duft kam vom Balkon, auf den sich die afrikanische Maske zum Rauchen zurückzog, jener Dr. Abdou, der mich mit seinem glückseligen und irgendwie altväterlich milden Lächeln anstarrte. Während sich alle aufregten, wild durcheinanderredeten oder sich damit begnügten, stumm ihrer im dunklen Jahrzehnt ermordeten Freunde zu gedenken, ging er auf dem Weg zu einer Rauchpause an mir vorbei und nickte mir mit seinem schweren Kopf zu, der so dunkelbraun war wie uralte Hölzer. Als hätte ich als einzige den geheimen Sinn seines Berufs verstanden. Ich aß dann allein in der Küche (»Atme vorher tief und verfalle nicht in Panik«, schärfte meine Mutter mir ein) und war schon am Einschlafen, als die Gäste das Haus verließen. Die Maske schaute zum Abschied in mein Zimmer, er winkte mir zu, und in seinen Blicken lag irgendein Versprechen. Am darauffolgenden Freitag würden die Gäste wiederkommen, um sich über unseren Couscous herzumachen. »Gute Nacht«, rief er mir zu. Sein Versprechen? Die genaue Zahl der Toten während dieser zehn Jahre. Er kannte sie, da war ich mir sicher.

30

Dr. Abdou trank immer viel; dann döste er ein und lächelte in seinem Traum, während seine Freunde ihn liebevoll betrachteten. Auch ich mochte ihn sehr, denn er betrachtete mich nicht als eine offene Wunde, sondern als eine Komplizin in einer Geschichte, an die nur wir beide uns erinnerten. Anfangs verstand ich nicht wirklich, worin seine Tätigkeit bestand, aber meine Mutter erklärte mir geduldig, dass er ein großer Rechtsmediziner im Krankenhaus von Oran war. »Und was tut er dort?« Sie zögerte und erklärte mir dann, dass er Leichen seziere, um ihre Todesursachen festzustellen, und dass dies wichtig sei, um Mörder festzunehmen oder die Wahrheit herauszufinden. Als er zu uns stieß, starrte ich immer wieder auf seine großen Hände. Ich stellte mir vor, wie er in der inneren Sprache, in den Stimmbändern, den Gedärmen und Bäuchen wühlte wie in Gestrüpp, und nach Messern, Giften oder Steinen suchte, oder nach Spuren von Flüssigkeiten im Blut und in den Eingeweiden, und wie er dann abends nach Hause ging und beim Abendessen mit seiner Frau über das Leben sprach.

Dr. Abdou lächelte fortwährend, als wollte er sich entschuldigen, oder weil er bei diesem Jagd- und Tanzspiel mit dem Tod häufig als Sieger hervorging. Vielleicht hatte er, über Leichen gebeugt, auch irgendwie mein eigenes Schicksal eines Mädchens mit halb durchgeschnittener Kehle entschlüsselt. Zudem erfuhr er, wenn er die Stimme erhob, eine seltene Hochachtung, er flößte Furcht oder Respekt ein. Immer hatte er das letzte Wort. Und was die hohe Anzahl von Opfern in meinem Krieg betraf, so war er die Kapazität. Während unsere Vorhänge im Wind von Oran schaukelten, wiederholte die Maske: »Ich gebe nichts auf die Zahlen in den Zeitungen, denn sie lügen. Jeder lügt angesichts des Todes. Die Regierung sagt nicht die Wahrheit, um die Ängste kleinzuhalten, und die Mörder sagen nicht die Wahrheit, um den Schrecken noch größer zu machen. Ich dagegen kenne die Zahl, ich zähle auf der Grundlage der Leichen, die ich seziere. Ich bin also im Bilde. Ich zähle, was ich sehe, es ist nicht die vollständige Zahl, aber ich habe sie vor meinen Augen und verlasse mich nicht auf die Augen anderer.«

Ich, die Aube genannt wird, saß vor dem leise gestellten Fernseher auf einem Puff und stellte mir vor, wie er nachts seine Hände mit Tausenden von Fingern ins Gegenlicht der Deckenlampe streckte, um zu zählen. Dr. Abdou schenkte mir ein liebesvolles Lächeln, das mir durch Mark und Bein ging. Als er später seine Jacke anzog, um nach Hause zu gehen, strich er mit seinen großen Händen leicht über mein Haar, und ich hätte vor Dankbarkeit am liebsten geweint. »Deine Augen sagen mehr als tausend Zungen, kleine Prinzessin«, vertraute er mir mit seiner schleppenden Stimme an. Seine Hände rührten an meine innere Sprache, meine Naht und meine Narbe. »Ja, mein Mädchen, der Tod hat ein langes Leben«, murmelte er, und seine schweren Augenlider senkten sich vor Mitgefühl.

31

Die letzten Stunden einer Verurteilten.

Ich habe die Augen fest zugedrückt.

Das ist alles, was ich in jener Nacht des 31. Dezember 1999 getan habe. Und seitdem wage ich es nicht mehr, sie zu öffnen, um voll und ganz zu leben, kann ich sie nicht mehr schließen, ohne meine Feigheit zu erkennen. Ich befinde mich zu Unrecht in meinem eigenen Körper, eine Überlebende, die mit nichts anderem beschäftigt ist, als durch eine Kanüle panisch nach Luft zu schnappen. Wenn du mich abtastest, werde ich mich trotz der Brandmale meiner Tattoos und der überbordenden Zärtlichkeit meiner Mutter kalt anfühlen. Dass mich dein Vater in einer Fischerhütte liebte, genügte nicht, um mich aufzuwärmen. Trotz des schönen einfältigen Lächelns des Mannes, der seinen Samen in mich pflanzte. Höre, wie heute Nacht in ganz Oran die Schafe blöken, die man gefesselt auf den Rücken gelegt hat, doch in jener anderen Nacht, in der ich die Augen schloss, hörte man in der Umgebung unseres Hofs in Had Chekala kein Tier, das zum Himmel schrie, abgesehen vom irren Gesang meine Mutter.

Was kann ich dir verraten? Jedes Mal, wenn ich durch meine inneren Winter schlendere und den Mut aufbringe, jene berüchtigte Nacht von Neuem zusammenzusetzen, sehe ich diese Szene wieder. Es war kalt, daran erinnere ich mich, denn die Wolldecke lag über unseren kleinen Körpern. An meiner Seite atmete meine Schwester. Jede hatte die Augen zu und lauschte dem Schlaf der anderen. An diesem ersten Bild habe ich keinen Zweifel. Ich verbinde auch noch eine gewisse Unruhe damit, das entfernte Rauschen des Winds auf dem Dach oder die dumpfe Stille der Felder, die ich mir nicht erklären konnte. Normalerweise unterhielten sich die Tiere und die Vögel über unsere Köpfe hinweg, stießen Schreie aus oder riefen einander etwas zu. Ich weiß nicht mehr, ob wir tatsächlich schliefen oder nur so taten und unser Schicksal abwägten. Wir waren zwei kleine Mädchen und machten uns seit Tagen Sorgen wegen einer Gefahr, über die unsere Eltern nicht redeten. Sie stritten sich bis zur Erschöpfung und sanken in sich zusammen. In Winternächten hörte man bei uns im Hof, im Toten Flecken, wie er heute heißt, häufig Hundegebell, das Wellblech der Schuppen, das knackte, und manchmal sogar einen fernen Schrei wie von einem Stern. Doch in jener Nacht hörte man nichts oder fast nichts, und das hielt uns unabsichtlich wach, da wir auf die ungewöhnliche Stille achteten.

Unser Gebäude stand auf dem ersten Hügel, direkt oberhalb des Dorfs Had Chekala. Die Hügel dort steigen an wie Wellen, heben und senken sich, bis sie zu einem richtigen Berg anwachsen, dem ersten der Ouarsenis-Kette. Früher hatten in dieser Gegend die Soldaten des Befreiungskriegs Zuflucht gesucht und von hier aus gegen Frankreich gekämpft. In den 90er Jahren fassten die Emire hier Fuß, wohnten in denselben Verstecken. Unser Bauernhof befand sich in der Mitte zwischen der Straße, die das Dorf mit dem Rest der Welt verband, und den gewaltigen Bergen. Wir wohnten fünf Kilometer Fußmarsch vom Dorf entfernt. Der nächstgelegene Weiler hieß Souk El Had, »der Sonntagsmarkt« in meiner inneren Sprache. Viehzüchter wie mein Vater gingen dort hinunter, um ihre Zucht- und Jungtiere zu verkaufen, die Hirten sammelten Tiere ein, um sie ein oder zwei Hüteperioden auf den trockenen Höhen zu weiden, und die Bauern der Ebene boten ihre Ernte und ihr Geschirr feil. Im Winter schlief diese Welt langsam ein und kauerte sich zusammen wie eine am Boden klebende Muschel, wartete, bis sich die Sonne wieder regte. Nachts wärmten sich die Bewohner mit Erinnerungen an den vorangegangenen Sommer. Dieses Dorf kannte keine Geschichte außer der von Geburten und Toden, die die Generationen verbanden. In der Gegend lebten auch andere Stämme, die, wie ich glaube, einst Nomaden waren, aber sie hielten Abstand. Meine Mutter erzählte mir gelegentlich von ihrem Stamm, den Adjama oder »Fremden«, die so genannt wurden, weil sie aus noch entlegeneren Gegenden gekommen waren. Ihre Ahnen gehörten zu diesem uns unbekannten Stamm, sie trug Tätowierungen im Gesicht, und wenn sie ihre Eltern oder Brüder erwähnte, sah man an ihren großen grauen Augen deutlich, welche Träume oder welchen Groll sie hegte. Ihr beredtes Schweigen und ihre Verachtung für meinen Vater ließen uns vermuten, dass ihre Herkunftsfamilie reich an Vieh und Land war. Denn er war arm, und unter seinen Vorfahren gab es keine Besitzenden wie unter ihren, die stets prunkvoll und mit üppigen Speisen die Heiligen der Region und die Ernten feierten.

Heute habe ich kein einziges Foto mehr von meiner Mutter. Sie hat kein Gesicht, ihr Bild setzt sich aus zersprengten Einzelzügen zusammen: graugrüne Augen, ein beunruhigendes Lächeln, still wie ein Wadi, und ein Geruch, den ich verloren habe, der an schwere Teppiche oder alte Koffer erinnerte. Mehr weiß ich nicht. Ich erinnere mich an sie, wie man sich an einen heißen und glücklichen Tag erinnert, ohne beschwören zu können, dass man mit eigenen Augen die Sonne gesehen hätte. Sie liebte Pferde, fällt mir ein. Ich habe sogar noch ein Pferd in Erinnerung oder seinen Schweiß oder sein Wiehern (oder ist es nur die Erinnerung an eine Erinnerung?). Ich sehe meine Mutter vor mir, es ist Sommer, sie ringt nach Luft und erzählt, sie sei den ganzen Morgen gelaufen, um schneller als der Wind zu sein. Oder hat mir meine Schwester diese Geschichte erzählt? Ist es meine Schwester, die mir nicht aus dem Kopf gehen will? Wir hatten Vieh, das war unser Lebensunterhalt. Schafe, weil mein Vater wie fast alle in unserer Region Viehhändler war. Ob ich mir sicher bin? Nein. Aus dem Tiergestank haben sich Bilder entwickelt, sie vermischen sich mit den Bildern der letzten Tage in Oran: dem Urin der Tiere, dem in den Ställen zertretenen Heu.

In der beißenden Kälte des 31. Dezember haben meine Schwester und ich den ganzen Tag in den Feldern und zwischen kahlen Bäumen, Johannisbrotbäumen, Olivenbäumen und Platanen auf den Anhöhen, Fangen gespielt. Aus der Ferne, in anderen Senken der Hügel, sahen uns Schäfer zu. Der eisige Himmel steckt noch in mir, ich bewahre eine lebhafte Erinnerung daran. Meine Mutter schweigt, singt nicht mehr wie üblich, denn über die Tiere muss man mit den Ohren wachen. Mein Vater erzählt von Hunden, die er tot und zerstückelt gefunden hat, von großen Stiefeln, die direkt unter unseren Dornenhecken Abdrücke hinterlassen haben. Dann verkriecht er sich, meine Mutter stochert in der Glut, und in der stürmischen Nacht geht eine andere, eine dichtere, geronnene Nacht auf. Meine Schwester und ich schmiegen uns aneinander, sind ein einziger Körper.

Ich grabe Erinnerungen aus, um dir zu beweisen, dir zu erklären, dir verständlich zu machen, dass ich dich töten werde, weil du nicht in einem toten Bauch wachsen kannst. Alles, was ich dir erzähle, sitzt in meinen Eingeweiden: dieser Winter, die Nacht, die kahlen Bäume und der Zweifel und die Hundekadaver oder das verschwundene Pferd meiner Mutter. Wenn ich die Augen schließe, stehen die Erinnerungen in einer Reihe nebeneinander. Doch man darf sie nicht zu sehr beanspruchen. Ich tue es nie lange, sonst versinke ich in ihnen, sie ergreifen meinen Körper, vor allem meine Augen, und alles verschwimmt, als würde ich ertrinken.

Ich weiß nicht wovor, aber meine Schwester und ich lebten in jenem Jahr in ständiger Angst. Wir hatten Herzrasen und spitzten die Ohren, und hinter dem Hof hörte man jemanden kommen, doch dieser jemand war noch nicht ganz real, denn es war noch nicht der 31. Dezember. Ich kann mich noch an die Stimme meiner Mutter erinnern, denn in der Zeit davor wehklagte sie immer öfter, sie weinte wegen eines unbekannten Unrechts, das sie verletzt hatte. Manchmal streichelte sie das Wenige, das wir besaßen, und davon erstarrte mein Vater auf der Türschwelle und mit ihm die Zeit. »Sie haben unsere besten Parzellen Land für sich genommen, und ich soll von diesem unfruchtbaren Boden essen«, sagte sie unter Tränen, und alles um uns und in ihrem Kopf erlosch. Ihre Brüder, meine Onkel, hatten die Ländereien ihres Vaters bei Aïn Tarek, dem größten Dorf im Westen, an sich gerissen. Und mein Vater war gealtert, ich sehe ihn noch von hinten, hager, an der Tür zu unserem Bauernhaus sitzen und rauchen. Er wusste nicht, wohin fliehen. Als hätte man sich beeilen müssen zu flüchten, erinnerte uns jede Nacht die Dunkelheit mit der Stimme einer Besessenen daran. Ein bisschen saßen wir, glaube ich, in der Falle.

Man musste Khadija quälen, um ihr Einzelheiten zu entreißen und meine Erinnerungen zu ergänzen. Laut den Überlebenden in der Umgebung kamen in jenem Jahr tagsüber Armeeangehörige aus der Kaserne von Aïn Tarek (damals noch ein Dorf an der einzigen Straße) auf den Hof und setzten meinem Vater zu. Sie verdächtigten ihn, Terroristen, die islamistischen Katibas in den Ouarsenis-Bergen, zu führen oder sie mit Lebensmitteln zu versorgen. Und am Abend standen Besucher aus der Dunkelheit vor der Tür, die Katibas, Bärtige, die Verrat witterten und meinen Vater abkanzelten.

Unter uns floss im Winter ein Bach. Meine Schwester und ich suchten ihn mit den Augen ab, wenn unsere Eltern schwiegen. Wir hatten weder Wand- noch Armbanduhren. Die Zeit war ungezähmt, sie konnte fortschreiten, zurücklaufen oder stillstehen. Der Bach durchquerte alles, die Köpfe der Dorfbewohner, das Dorf selbst, das als Böschung gebaut worden war, die Häuser. In Had Chekala gab es jeden Mittwoch einen Markt, an den ich mich ebenso erinnere wie an den schlammigen Boden dort, der die Geräusche schluckte. Ich habe Kartenspieler um einen umgedrehten Eimer vor Augen, dazu rosa- und orangefarbene Süßigkeiten. Man spürte, dass mein Vater nur noch in seinem Kopf Zuflucht suchen konnte. Nachts marschierte er lange um unseren Bauernhof, prüfte, kehrte noch einmal zurück, blieb stehen und so weiter. In jenem Winter, der sich in meiner Erinnerung keinen Meter bewegt hat, schliefen wir nicht mehr. Die Besucher vom Tag kamen wieder, die nächtlichen Besucher drängten weiter, wir hungerten, glichen in unserer Lähmung und unserer Entblößung immer mehr den Bäumen. Meine Mutter folgte in ihrem Kopf den Pferden und sang mit jedem Tag lauter. In der Küche starrte uns ein Feuer an. Ohne unsere Tiere wurde die Nacht stumm. Und eines Nachts geschah es, weil alles bereit war: Wir waren dem Fasten unterworfen, wir glichen Widdern, die vom Himmel gefallen waren, und wir waren schuldig. Warum haben wir uns nicht entschieden zu fliehen? Um wohin zu gehen? Mein Vater ließ uns im

Glauben, das Schicksal sei überall dasselbe. Und wovon hätten wir auch leben sollen? Wohin hätte er sich mit einer verwirrten Frau und zwei Mädchen wenden können? Vielleicht hoffte er, dass ihn diese Opferbereitschaft, dieses Risiko, in den Augen beider Parteien, denen des Militärs und denen der Emire, entlasten könnte. Vielleicht dachte er, dass sich die Mörder entfernen würden, wenn er sich nicht bewegte.

Am letzten Tag, erinnere ich mich, stand mein Vater in einem Feld. Er warf Steine so weit weg wie möglich. Meine Mutter schrie ihn an: »Das sind meine Steine, du Dieb!« Meine Eltern lebten nicht mehr, ich wusste es sofort, ohne dass es ausgesprochen werden musste.

Es geschah nachts. Ich wusste weder an welchem Tag noch in welchem Jahr noch in welchem Jahrhundert, erst später hat mir meine Mutter Khadija das Datum gesagt.

Als es so weit war, habe ich die Augen zugemacht. Der Tod, das sind zahllose Menschen, die flüstern, die »Pst!« machen und einen Finger auf die Lippen legen, die irgendetwas Geheimnisvolles vor sich hinsagen, während sie näherkommen, und in der Dunkelheit das Zimmer in Augenschein nehmen, in dem zwei kleine Mädchen sich in einem Tiger zusammenrollen, der auf einer warmen Bettdecke abgebildet ist. Die eine ist acht Jahre alt, groß und mager, und ihr Lachen schützt sie vor Hundebissen, Wespenstichen, der Kälte, den Schlägen ihrer Mutter und Dornen. Die andere ist fünf Jahre alt, die ältere Schwester ist ihre Mutter, ihr Vater und ihre Schwester. Sie sind still, lauschen den Stiefeln, die den Boden aufwühlen. Spitze auch du die Ohren. Diese Geschichte hat keine äußere Sprache, keine Fahne und kein bestimmtes Datum, da man sie zu jedem beliebigen Zeitpunkt wieder erleben kann. Sie reiht keine selbstgefälligen Veteranen, keine Fotos aneinander. Ihr Kennzeichen ist ein Loch und eine Narbe am Hals, ein Grinsen. Man hat Schritte gehört, dann kurze Gespräche, dann Schritte, die sich näherten. Als sie vor unserer Bettstatt auf dem Fußboden ankamen, roch ich die schweren, schmutzigen Schuhe auf meiner Bettdecke und einen Geruch, der schlimmer war als die stinkenden Schafsfelle, die man an der Sonne trocknen lässt. Ich drückte die Augen noch fester zu, denn manchmal verschwindet etwas, das gefährlich ist, wenn man seine Lider fest verschließt. Man wacht morgens auf und erinnert sich an nichts. Ein einzelner Hund, den die Mörder vergessen hatten, bellte und hörte die ganze Nacht nicht auf wie ein Tier auf der Flucht. Warum glaube ich noch heute, dass diese Männer Pferde sind? Pferde fliegen davon, und ich sehe eine unwirkliche Sonne in einer Hand, eine Lampe, und ein Frauenkleid, einen Rock mit einem Munitionsgürtel und Gewehrpatronen. Plötzlich schleifte mich jemand an meinen Füßen fort, und mir blieb keine Zeit mehr, weiter nach Erklärungen zu suchen. Dann packte mich eine Hand an den Haaren, und mein Kopf, in den ich mich geflüchtet hatte, schlug vor dem Bett auf dem Boden auf. Jemand beugte sich hinunter, und ich spürte seinen Atem auf meiner Stirn, er stank nach Kadaver.

Er murmelte einem anderen Komplizen ins Ohr, man müsse schnell machen; aber es sollte einundzwanzig Jahre dauern. Wenn jemand einem die Kehle durchschneidet, glaubt man es gar nicht, denn es schmerzt nicht, aber man hat das Gefühl, man habe dem Winter die Tür weit aufgemacht und die Kälte ströme in den Bauch. Ich reiße den Mund auf. Ich höre das Knacken eines kleinen Knochens, der bricht, oder das eines Zweigs oder eines Stifts. Ich glaube, es ist mein Kehlkopf. Ich will schreien, aber ich schlucke unablässig in großen Mengen etwas heißes (mein eigenes Blut?). Auf einmal begreife ich: Ich habe keine Stimme mehr. Ich bekomme Panik. Meine Beine zappeln wie die einer Ertrinkenden, und ich versuche, die Hand zu ergreifen, die mich an den Haaren zieht, aber ich werde überflutet. Ich sehe den kleinen Bach von Had Chekala, ich sehe ein totes Huhn, ich sehe die Hand meiner Schwester unter einem Schuh eingeklemmt.

Eine glitschige und eiskalte Welle schwappt von meiner Kehle hinunter zu meinem Bauch. Ich öffne die Augen. In der mit Füßen getretenen Dunkelheit höre ich ein Wort von meiner Schwester, das wie ein Schluchzen klingt, und ich stelle mir vor, dass sie fleht oder stöhnt. Der Mann über mir drückt ein Knie auf meinen Bauch, er murrt leise über sein Messer oder den Zeitdruck. Überrascht dreht er sich zu ihr um, ich sehe seine kaputten Zähne in seinem von Speichel schimmernden Bart und das Aufleuchten der Lampe seines Komplizen. Er ist noch nicht fertig mit der Arbeit, mit einem »Im Namen Gottes!« dreht er meinen Kopf nach Osten, wo sich die Sonne noch nicht sehen lässt. Er wird wütend, zieht mich an den Haaren, als ich gerade versuche, still zu sein, um ihn und sein Messer nicht noch mehr gegen mich aufzubringen. Meine Schwester starrt ihn mit großen Augen an, die ihn zu weiß Gott was einladen, und in dieser völlig irren Stille scheint sie seit Stunden im Gespräch mit ihm zu sein. Er ist vielleicht verwundert, denn er lockert seinen Griff. Die Hunde kommen in meiner Brust an, ich ertrinke in der heißen Welle meines Blutes, das in meinen Körper zurückfließen will. Dieses kurze Stocken lässt uns glauben, dass alles grundlos ist, dass nichts geschieht und dass wir den Morgen an seinen goldenen Haaren herbeiziehen können, wenn wir nur die Augen fest zudrücken. Ich höre deutlich, wie meine Schwester den Mann ruft, er lässt mich los, wendet sich ihr zu, dann nehme ich einen Kampf wahr, als stritten sie sich um die Decke mit dem Tiger. Wir können nirgendwo hin.

Während sich die beiden Männer anherrschen, sagt meine Schwester etwas, das im Schwall aus ihrer Kehle untergeht. Ich schließe die Augen und habe eine völlig verrückte, blödsinnige Idee. Ich beginne zu zählen, während es gluckert. Ich sehe, begegne dem eindringlichen Blick meiner Schwester und schließe wieder die Augen, als müsste ich ein Loch in mir graben, einen Schacht, eine Tür, die keiner kennt. Ich habe gepisst, spüre ein eisiges Wasser zwischen meinen Schenkeln rinnen, es brennt. Ich spüre Verlegenheit und meine, einen Fehler gemacht zu haben, ich denke an meine Mutter und ihre Klagen. Draußen hört man sie singen, und dieses Mal will sie etwas anderes als ihren Anteil am Land. Meine Mutter singt, schweigt, fängt wieder zu singen an, schweigt, fängt wieder an. Ihre Stimme erscheint mir so schön, dass ich mit meiner offenen Kehle einstimmen will. Vielleicht taucht plötzlich mein Vater auf, wenn ich die Augen öffne, und diese Männer begnügen sich damit, unser Hab und Gut zu rauben. Einer von ihnen murmelt leise einen Namen, ich stelle mich tot, es fehlt nicht mehr viel, und ich bin tot. Ich sehe den Mörder im Schein seiner Lampe. Er wendet sich wieder meiner Schwester zu und schneidet ihr mit einer einzigen sorgfältigen Bewegung die Kehle durch. Ein Lachen scheint aus ihr hervorzubrechen, als könnte sie es nicht mehr hinter der Hand zurückhalten, und sie wiederholt etwas für mich, das ich nicht verstehen kann. Überall ertönen immer lauter Schreie, der Gesang, so schön wie einst bei unseren Wiedersehen, und der Brandgeruch dringen durch meine verwirrten Sinne zu mir. Der Schächter gibt jetzt alles, um die Opferung für Gott gut auszuführen, es bereitet ihm etwas Mühe, meine Schwester ist älter und wehrt sich stärker, ich spüre es an der Bettdecke, die zu ihr rutscht.

Ich bin eiskalt wie ein unterirdischer Wasserlauf irgendwo zwischen den beiden Dörfern im Winter, ich begreife, wenn ich die Augen öffne, wird der Mörder merken, dass ich noch lebe, dass seine Klinge meine Kehle nicht ganz durchgeschnitten hat. Ich denke an vergangene Feste. Und in der Ferne singt meine Mutter, verstummt kurz, und beginnt in der Dunkelheit von Neuem ein altes Klagelied. Das Tigerbett wird nach Urin stinken, alles wird enden. Aus dem Weiler unter uns dringt kein Wort, seine Bewohner laufen den Bach hinauf wie die Ameisen in meinen Beinen. Wenn einem die Kehle durchgeschnitten wird, wartet man. Dann schläft man ein, glaube ich. Ich erinnere mich nicht an alles, was ich empfunden habe, aber irgendwann habe ich keine Hände mehr, und meine Füße bewegen sich auf unsichtbaren Stufen. Liegend stolpere ich über Treppen, die ich nur aus dem Dorf kenne. »Dreiunddreißig, vierunddreißig, fünfunddreißig …« Wenn ich die Augen öffne, wird er sich wieder über mich hermachen. Und wenn ich sie geschlossen halte? Meine Schwester sagt noch einmal etwas zu ihm. Ihre Stimme erstickt in dem unerklärlichen Strom. Meine Mutter hört auf zu singen.

32

Das ist es also, was geschah und nie geschehen ist. Nirgendwo. Es ist nicht niedergeschrieben worden, außer mit einigen Tattoos und Narben. Es gibt keine Geschichte für diese Art von Geschichten. Keine Bücher, keine Veteranen und auch keine Denkmäler wie die für den algerischen Unabhängigkeitskrieg. In den Zeitungen wurde, glaube ich, eine Bilanz des Massakers von Had Chekala veröffentlicht: mehr als 1000 Tote in einer Nacht. Da das Leben lang ist und man die nicht enden wollenden Zahlen unmöglich verdauen kann, ohne sich zu übergeben, verständigte man sich auf immer kleinere Summen. »Dutzende Tote«, titelte eine Zeitung, die Khadija mir einmal zeigte, um über die Journalisten zu spotten. Berühre mich hier, direkt an meinem linken Ohr. Das ist mein häufig erwähntes Grinsen, angesichts dessen die Leute verstummen. Meine schönen Goldaugen gleichen das nicht aus.

In der Nacht vom 31. Dezember 1999 hatten die Katibas der GIA, der bewaffneten islamischen Gruppe, beschlossen, uns zu bestrafen; und ebenso, aber auf ihre Weise, die Männer vom »Tag«. Einen Monat zuvor hatte man uns den Strom gekappt, weil man uns beschuldigte, wir würden ihn den Terroristen zur Verfügung stellen, damit sie Bomben bauen und die Bauteile verschweißen konnten. Man überließ uns unserem Schicksal zwischen Dunkelheit und kaltem Sonnenschein. Mitten im Winter war das hart, uns blieb nichts anderes übrig, als Steinen ähnlich zu werden und uns in unser eigenes Schweigen zu hüllen. Schwestern. Väter. Mütter. Und das Haar im roten Wind, wo ihm das Feuer Licht spendet. Es war ein Spiel von Kommen und Gehen zwischen den einen und den anderen, je nach den Waffen, die man auf uns richtete. Man sah dem Ende eines langen Krieges entgegen, im Land herrschte Verwirrung über die Zeiten wie über ihre Deutung. Wer tötete wen? Die Emire massakrierten sich gegenseitig, die einen aus Verzweiflung über Gott und seine Verheißung, die anderen, weil Verrat und Verdächtigungen gegen ihre Waffenbrüder sie heimsuchten.

Was in jener Nacht im Ouarsenis geschah, wurde weder von Journalisten noch vom Staat jemals aufgeklärt oder beziffert. Man zählte tausend Leichen, dann zweifelte man an der Erhebung und an der Botschaft, die die Mörder im blutigen Schlamm hinterlassen hatten. Wozu dieses Massaker? Sollte es die unerhörte Bedeutung haben, das Ende der Welt einzuläuten, das sich diese Ungeheuer zur Belohnung für ihre Gemetzel herbeiwünschten? So erzählt es Khadija nachdenklich. Sie klingt schulmeisterlich, als wollte sie mir klarmachen, dass sie gerade mein lebendiges Fleisch obduziert. Es brauchte zehn Jahre, bis sie ihren Bericht beenden und die Löcher im Spiegel stopfen konnte, in dem ich entstellt und vom Rest meines Körpers getrennt war. Der »Tages-Staat«, wie ihn die Bauern und die Viehzüchter der Bergregion nannten, hatte in einer Kaserne am Fuß der ersten Bergzüge Quartier bezogen. Die schlecht ernährten, vor Angst und Kälte erstarrten Soldaten schürten Misstrauen und Wut gegen die Viehzüchter der Region und gegen die Stämme in den Ouarsenis-Bergen. Man beschuldigte uns der Komplizenschaft mit den Terroristen, den »Tangos«, wie sie in jenem Jahrzehnt von ihnen genannt wurden. Wir wurden verdächtigt, ihnen Lebensmittel zu liefern, Wärme und Zuflucht bei uns anzubieten. Deshalb war man schlecht auf uns zu sprechen und wartete auf unseren Tod. Und dann gab es den »Nacht-Staat«. Die bewaffneten islamischen Gruppen. Am Ende des Jahrhunderts kamen sie von überallher, verschanzten sich in unseren Bergen und beschlagnahmten unsere Schafe, töteten die »Verräter« bei uns und behaupteten immer wieder, es sei wie zu Zeiten der Franzosen. »Es gibt den Krieg Gottes, und es gibt die Verräter, auf welcher Seite steht ihr?«, brüllte ihr Anführer mit irrem Blick. Wie wussten nicht einmal, wo wir selbst uns befanden in diesem Kommen und Gehen zwischen Tod und Leben.

Das ging so mehrere Monate lang, bis eines Tages eine der beiden Parteien, einer der beiden »Staaten« entschied, mit diesen grauen und reglos mitten auf ihren steinigen Feldern sitzenden Leuten Schluss zu machen. Am 31. Dezember teilten sich die Gruppen in zehn Brigaden auf und schlachteten mitten in der Nacht erst Hunde, Pferde, Tiere aller Art ab, sogar Hühner, um in vollkommener Stille vorzurücken. Sieben Weiler, zwölf Stämme ausgedünnt. Dann gingen sie gegen die Leute vor, gegen uns, meine Schwester und mich unter unserer Bettdecke mit dem nutzlosen darauf gestickten Tiger. Am folgenden Tag fand man unten im Dorf Entkommene mit wirren Blicken. Sie umarmten noch Töpfe, tote Hühner oder verblutete Hunde. Wenn man den Bach in Richtung Gebirge überquerte und weiter bergauf ging, entdeckte man entlang des Fluchtwegs verstreute Hinweise. Man konnte mit einem Blick abschätzen, zu welcher Stunde in jener verhängnisvollen Nacht sich die Überlebenden in welcher seelischen Verfassung befunden hatten. Am Fuß des Gebirges fand man leichtes Geschirr. In der Mitte der ansteigenden Piste lagen schwerere Gegenstände, eine Kiste, Besteck und Küchengeräte, sogar Säcke voller Grieß herum. Noch näher am Krater entdeckte man die schwersten Besitztümer: Kisten, große Teppiche für große Feiertage, eine Vielzahl toter Tiere. Auf ihrer Flucht hatten sich die Überlebenden allem entledigt, was sie behinderte. Dann stieg man weiter auf, und als sich der graue Himmel in die Herzen der Zeugen zurückzog, betrachtete man die Leichen. Und blieb sprachlos angesichts der verstümmelten Hunde, der Menschen, der Hände, der Eingeweide und vor allem der abgeschnittenen Köpfe, die mal eine Wolke, mal eine Erinnerung und mal den Mörder anstarrten. Die Haut schien ergraut, die Zunge hing heraus, und oft waren die Schädel aus dem Blutkranz unter den Halswirbeln gekippt. Die Erde kam wegen der Kälte schwarz zum Vorschein, und nur wenig Gras hatte das wilde Getrampel der Mörder überlebt.

Auf den kahlen Bergen herrschte eine Stille (Khadijas Stimme flackert wie eine Kerzenflamme), die kein Lied, kein Haus und kein Holzfeuer je wieder durchbrechen wird. Am Morgen des 1. Januar entdeckte man, dass alle Stämme dezimiert worden waren. In der Umgebung unseres Hofs waren in einer Nacht fast 1000 Menschen ermordet worden. Die Zahl ließ das Land erschaudern, sagt Khadija, und es klingt, als wollte sie den Worten mit ihrer Stimme ihre Schärfe nehmen. Man glaubte es nicht. In der Summe war es eine Zahl, die man aus Märchen, Paradieserzählungen, mythischen Schlachtenberichten oder von vagen Gerüchten kennt. Einer Lüge gleich behauptete man steif und fest, im Krieg gegen Frankreich habe es genau eineinhalb Millionen Tote gegeben, aber hier blieben 1000 Tote in einer Nacht eine unfassbar hohe Zahl. Man verringerte die Summe. Die Zeitungen titelten »Dutzende Tote«. Andere »323 Tote«. Wieder andere »212 Tote«. Manche zählten nicht mehr. Wie in der Liebe oder bei exorbitantem Reichtum. Khadija verzieht das Gesicht, ist Jahre nach den Ereignissen noch immer beschämt und entrüstet. Auch ich glaube nicht an harte Zahlen. Die Zeit offenbart sich in einer einzigen Szene. Und ich glaube, dass Menschen zu einem bestimmten Zeitpunkt ein für alle Mal dasselbe Alter haben und man sich im Kreis dreht, wenn man sich nicht dazu durchringt, zu leben und selbst etwas zustande zu bringen.

Die Zahl wurde also offensichtlich, wirkungsvoll, auf fürchterliche Weise dementiert, angenagt, abgetragen, korrigiert, ausgelöscht, und zehn Jahre später war am Ende nur noch ich übrig. Ich, die man am Morgen mit geschlossenen Augen gefunden hatte, weil ich mich vor dem Mörder totgestellt und ihn so dazu gebracht hatte, an meiner Stelle meine Schwester zu töten. Als verkörperte sie das Ersatzschaf. Man trug mich weg, schrie, drängelte, tastete meinen Puls. Meine Mutter Khadija war freiwillige Helferin im Krankenhaus von Relizane, sie entdeckte mich sterbend unter den Überlebenden, die man dorthin gebracht hatte. Sie blieb an meiner Trage, hielt Wache, begleitete mich im Krankenwagen nach Oran, wo man mich als hoffnungslosen Fall einstufte und bei Tagesanbruch meine Verlegung in ein größeres Krankenhaus beschloss. Sie betrachtete mich, als wäre ich durch einen blutigen und zufälligen Weg direkt für ihren Bauch ausersehen gewesen. »Ja, ich war da. Ich wollte eine Unterstützung sein, helfen, dabei sein, kämpfen«, und während sie in ihren Gedanken kramte, verlor sie sich in ihren Begründungen. Sie fand sich in ihrer eigenen Geschichte als adoptiertes Waisenkind wieder, das die Welt in Ordnung bringen wollte und sich als Vormund für Vögel anbot, für Getötete, für mittellose Kinder, für Möwen, Schafe und alle, die zwei Sprachen und eine klaffende Wunde besaßen, die sie daran hinderte, ihre Geschichte zu erzählen.

Verzeih mir.

33

Wenige Minuten vor Anbruch der Nacht.

Taïmoucha. Das ist der Kosename von Fatima. Die Tochter des Propheten trug diesen Vornamen. Auch da geht es um einen zerbrochenen Spiegel, bloße Füße in der Nacht und ein Messer an der Kehle. Wenn ich als Fünfjährige meine Kinderaugen zwischen den Bäumen aufschlage, kommt mir meine Schwester riesig vor. Sie lacht, als wollte sie sicherstellen, dass die Welt gut ist wie eine warme Brotkrume. Sie zeigt mir die Heuschrecken in den Büschen. Ihre breite Stirn, die feinen Gesichtszüge und die braune Haut sind das Erbe unserer Vorväter. Meine Haut ist blass. Wir würden unserem Vater ähneln, hätte er uns sein Gesicht gezeigt und nicht nur seinen über ängstliche Schafe gebeugten Rücken. Taïmoucha erfand immer Spiele mit Fischen, die es bei uns nicht gab, mit Ähren, die man verknoten, oder einer Furche, die man für einen Wasserlauf ziehen musste, und sie glänzte darin, nachts Sterne in einem Wasserglas zu fangen. Sie liebte es, ihre Fußabdrücke zu hinterlassen: auf dem Feldweg, in der Asche des Küchenfeuers, im Blut der Schafe, die mein Vater schlachtete, im schlammigen Wasser im Winter. Ich schwöre dir, wenn ich allein bin und nichts anderes zu tun habe, sehe ich heute noch Fußspuren. Wenn irgendwo die Farbe von den Wänden blättert, in den Wolken, im Meer oder auf einem Pferderücken. Ich erinnere mich auch an ihre Hände. Sehr große Hände, als sollten sie ihre Worte und Ausführungen unterstreichen. Sie schien in ihrem Leben glücklich zu sein, sang vor sich hin, wenn sie sich allein glaubte und meine Mutter sie anstarrte wie ein Unglück oder eine Fremde. Die Tiere mochten sie vielleicht. Das will ich gern glauben. Wir spielten viel in den Feldern um unseren Hof. Verstecken. Man musste zählen. Eins, zwei, vier, zwanzig. Ich rannte, entdeckte ein Loch, eine kleine Mauer, ein dunkles Versteck im Schuppen, und sie tat, als würde sie mich nicht sehen, schloss die Augen, zählte und machte einen großen Umweg, um mich zu suchen, sodass ich vor Vergnügen bebte, dann kam sie zurück, sorgte sich, ließ mich glauben, sie habe Angst, setzte sich hin, und in diesem Moment zeigte ich mich und brachte sie zum Lachen.

Man fand mich verborgen in einer Ecke, fast tot, ich war unter die Holzkiste gekrochen, in der meine Mutter die großen Bettdecken aufbewahrte. Ich hatte mich in einem langen roten Wadi dorthin geschleppt. Dort hatte ich mich oft versteckt, wenn ich mit meiner Schwester spielte. Ich hatte meinen Kopf mit einer Hand mitgenommen und den Körper mit der anderen; von meiner Schwester fand man zuerst nur den Kopf. Dann führten ihre Blutspuren wie ein Weg zu anderen Leichen. Es gelang nicht, meine Eltern wieder zusammenzusetzen, um sie zu beerdigen. Im Übrigen wurde niemand vollständig begraben. Die Armeeangehörigen weigerten sich, die Dorfbewohner zu begleiten, die allein mit Schaufeln und Stöcken für die Beisetzungen in den Felsspalten am Berghang sorgten.

Khadija hält noch eine andere Geschichte zurück, die sie erzählt, wenn sie an ihre größte Wut zurückdenkt. Als man das Massaker am 1. Januar 2000 entdeckte und die verstümmelten Leichen in den angezündeten Weilern noch rauchten, wusste man nicht, was man tun sollte. Deshalb warf man die Leichen in die Brunnen, und als die Brunnen nicht ausreichten, setzte man die anderen in den Gräben bei, die das Regenwasser grub. Und als einen Monat später der Regen einsetzte, spülte er die Gräben aus und schwemmte die Leichen, nackt und graugrün, wie sie waren, in das Dorf, und das Wasser setzte sie auf den Türschwellen der ärmlichen Häuser ab. Wieder hob man eine Grube aus und beerdigte sie, dann spülte eine Flut im Wadi sie aus dem Boden, und so ging es weiter, bis niemand mehr den Mumm hatte, die Toten von den Lebenden zu unterscheiden. Das Ende dieser Geschichte kenne ich nicht. Khadija auch nicht.

Man schnitt mir von einem Ohr bis zum anderen die Kehle

durch. Es war ein glatter Schnitt, doch dem Mörder misslang sein Opfer. Und so überlebte ich. Man holte mich zurück, Khadija schleppte mich mit sich, brüllte, rannte hin und her, weinte, nahm mich in die Arme und mobilisierte die halbe Welt, damit ich im Krankenhaus von Relizane wieder zusammengenäht wurde; dank ihr und ihrer Hartnäckigkeit in jener Nacht gegenüber dem überlasteten Personal habe ich überlebt. Stumm, ohne Stimmbänder, ohne ein Wort sagen zu können, um diese Geschichte abzuschließen. Mit einem Loch in der Kehle und riesigen Augen. Ich musste eine Tracheotomie über mich ergehen lassen, damit ich wieder atmen konnte, und die Chirurgen gaben mir ein teuflisches Grinsen, als sie meinen Kopf an meinen Hals nähten. Seit einundzwanzig Jahren trage ich dieses verzerrte Lächeln mit mir herum, bei dem jede Unterhaltung stockt. Ein blödsinniges Grinsen, groß wie die Freude, das Glück, der Spott. Es reicht von einem Ohr bis zum anderen, eine Kalligrafie unter dem Kinn, deutlich und stumm; es teilt die Sprache entzwei; es ahmt Freude nach, auch wenn sie keine Freude mehr ist. Meine Mutter Khadija gab mir den Namen Aube, um zwei dunklen Schicksalen etwas entgegenzusetzen, ihrem und meinem. Der andere Vorname aus meinem alten Leben ist verblutet, ausgetrocknet, und nur meine Schwester Taïmoucha erinnert sich jedes Mal, wenn sie in meinen Träumen wiederkehrt, an ihn. Der andere Vorname ist weggefallen, mein Fötus, meine Muschel, die ich leeren werde, meine flügellose Libelle, Herz im Herz, roter Funke, die Stimme in den Worten, die Worte selbst, die Sprache, die endlich Gehör findet. Verstehst du?

Ich bin im Alter von fünf Jahren gestorben und du, du wirst heute Abend oder morgen früh tot sein, bevor meine Mutter zurückkommt. Morgen werden die Schafe getötet, ich werde die drei Pillen schlucken, und du wirst frei sein. Es wäre schön gewesen. Ein Mädchen, das sich aufgemacht hätte, eineinhalb Millionen Nächte lang zu sprechen, zu sprechen, zu sprechen, ohne je aufzuhören, und so an meiner Stelle alles zu erzählen, wie es die Bücher an der Stelle von Verstorbenen tun. Ich schwöre dir, meine Tochter, ich hätte es gewollt. Ich hätte dich gern gehört, gern gesehen, wie du lachst und dabei der Sonne die Zähne zeigst, dich gern gedrückt, um meinen eigenen Körper wieder zu spüren, und dich geliebt, damit die beiden Sprachen zu einer verschmelzen, die mit dem Erzählen nicht aufhört. Zu einer schönen, dichten und mächtigen Sprache aus deinem Mund, einem Wasserhahn, einer Quelle, dem Regen, dem ganzen Meer in deinen Augen und dem Himmel in deiner Brust, der den Worten hilft, Segel zu setzen. Doch jetzt bricht die Nacht an in Oran. Der Tag des Opferfests beginnt mit einem Morgengebet. In der ganzen Stadt werden die Männer Gott dafür danken, dass er die Schafe geschaffen hat, um sie zu schlachten, die Frauen, um sie zu knechten, die Welt, um sie zu reinigen, die Kleider, um sie aus den oberen Stockwerken zu werfen, die Düfte, um sie zu verbieten, die Prostituierten, um sie zu opfern. Ich weine nicht, meine Tochter, denn das schadet der Kanüle und dem Transplantat. Ich habe die Augen geschlossen, Taïmoucha, und seitdem bin ich blind für den Glanz der Welt, nichts dringt an mein Herz, weil ich feige war und mich tot gestellt habe, damit der Mörder sich mit dir beschäftigte, dich tötete, und ich Zeit gewann: einundzwanzig Jahre. Ich habe mich versteckt und nicht verstanden, was du sagtest, weil meine Ohren brummten und im Blut ertranken. So oft ich in meiner Erinnerung danach suche, ich erinnere mich nicht mehr deutlich an das, was in diesen Augenblicken geschah. Ich habe nicht zugehört. Ich sollte nicht leben. Wie kommst du also auf die Idee, dass ich dir das Leben schenke, mein Schatz? Ein Glas Wasser, und du wirst zu weiß der Herr wem gehen und ihm sagen, dass du einen anderen Bauch willst, um zur Welt zu kommen. Was erwartest du? Willst du in diesem Land leben? HIER gibt es nichts. Ich höre dich antworten: »Ja, aber auf der anderen Seite sehe ich auch NICHTS. Ich will leben.« Nein! Morgen werde ich, sobald der Tag anbricht

das Glas Wasser nehmen und

ZWEITER TEIL

DAS LABYRINTH

1

20. Juni, 5 Uhr 45, als wir aus Oran rausfahren.
»Am Eingang zum Labyrinth erwachst du.«

Es ist seltsam, mit einer Person zu sprechen, die dieses Land nicht kennt. Die sich auf der anderen Seite der Himmelspalme befindet. Einer Gefangenen anderer Gesetze, anderer Jahreszeiten. Die wenig von mir kennt außer meinem Herzschlag, meinen Schritten oder meinen Stimmungen. Die mich blindlings begleitet, die sich in meine schlecht beleuchtete Nacht vorwagt, das Ohr spitzt, um mir zuzuhören, wenn die Welt allzu laut wird. Mit einer Person wie dir, die nie einen Fuß auf die Welt gesetzt hat, die nicht weiß, ob der Himmel unten oder oben ist, und die die Höllenglut der Gegenwart nicht kennt. Vielleicht fangen wir am besten damit an, dir einen Namen zu geben für die Zeit, die wir beide hier zusammen sind, du angekettet, ich mit dem Wahn, mich auf den Weg zu machen. Ich heiße Fajr, Aube, wie du weißt. Und dich nenne ich Huri. Aber gewöhne dich nicht an den Namen. Für die kurze Zeit, die dir noch bleibt.

2

11 Uhr 09.
»Treten wir ein.«

»WAS MACHST DU HIER?« Er brüllt (für wen hält er sich? für die Polizei?), und sein gegerbtes Gesicht verliert im Gegenlicht alle Farben. Seine Brauen ziehen sich zusammen und bilden fast Hörner. Er fuchtelt bedrohlich mit der Hand. Ich weiche zurück, weiter zurück, und allmählich beruhigt er sich. »DU DARFST NICHT hierbleiben!« Die Betonung liegt auf jedem einzelnen Wort, als spräche er mit einem Kind, und ich frage mich: Ist es so, wenn man einen Vater oder einen Ehemann hat? Sein Gesicht bleibt maskenhaft, ein altes Gefühl treibt seine Augen um, und eines verstört mich: Er fürchtet sich mehr als ich. Vor wem? Ich stelle mir eine junge Frau von sechsundzwanzig Jahren vor, schlecht frisiert und mit blauen Flecken auf der Wange, die eine zerrissene Bluse und mitten im Sommer einen dünnen Schal um den Hals trägt. Vor allem aber steht sie barfuß an einer algerischen Straße im wüsten Niemandsland. Eine Bettlerin, die in der Sonne vor sich hin brummt, während alle im Land bereits zu Hause sind und über dem Blut ihrer geschächteten Tiere in Verzückung geraten. Nach 11 Uhr morgens haben überall die Feierlichkeiten für das Große Fest begonnen, nur hier nicht.

Stimmt schon, in meinen Lumpen muss ich ihm Furcht einjagen. Und mit meinem Grinsen. Aber das ist es nicht: Er fürchtet sich vor etwas anderem. Er zeigt weiter mit dem Finger auf mich, um mich auf meinen unglaublichen Fehler hinzuweisen, die große, menschenleere Autobahn gibt seiner Empörung recht. Sein Blick bleibt jetzt an meiner vom Schal kaum verborgenen Kanüle hängen. Er zieht sein linkes Augenlid hoch und richtet das besonders aufmerksam gewordene Auge auf meine Wunde, zuletzt wird es noch größer. Als er merkt, dass ich davonlaufen will, hört er auf, mich zurechtzuweisen: Wir starren uns blöde an wie verirrte Tiere.

»Ich kann dich im nächsten Dorf rauslassen. Dort gibt es Polizisten, sie können dir helfen, falls man dich beklaut hat.« Das nächste Dorf ist Oued Tlélat. Von dort komme ich gerade. Ich war bei der Gendarmerie. Dieser Mann ist bestimmt ein weiterer Irrer auf Achse, noch ein Vergewaltiger, und meine vom Fußmarsch brennenden und wunden Füße bringen mich in Startposition. Ich bin bereit, gleich über die Felder davonzulaufen, um dich zu schützen, meine Huri mit dem gespitzten Ohr. Ich schätze ab, wie weit und wie schnell er laufen muss, um mich zu ergreifen. Wir werden rennen, fliehen, niemand wird uns aufhalten, kein Gott, kein Prophet und auch kein Polizist. Ich weiche langsam in Richtung der Felder zurück, der Unbekannte erstarrt.

Und nun bietet mir der Fahrer ein Schauspiel, wie ich es mir nie hätte vorstellen können.

Ja, mein Mondmädchen, durch meine Augen wirst du Zeugin dieses Schauspiels, während Wind aufkommt. Sein sonnenverbranntes Gesicht, seine glänzenden Augen und seine schmutzigen Zähne verschmelzen zur Grimasse einer zerquetschten Frucht. Plötzlich weint er, und seine Hand zeigt auf meine Kehle. Heulend bricht er in tausend Schluchzer aus. Er verschluckt sich und erstickt fast, als wäre er von der Straße abgekommen, und mit seiner wirren Rede löst er sich in Tränen auf. Seine ungleichen Augen flennen wie zwei verschiedene Personen. »Bleib nicht allein hier, meine Tochter …« Er stöhnt. Er ruft Gott an, seufzt und schluckt, um sich zu fangen, doch sein Blick überzeugt mich, nicht davonzulaufen. »Sie werden dich fressen, meine Tochter. Diese Männer sind Wölfe, und Gott weiß, was sie dir in den Feldern antun können. Schau dich an, sie haben dich schon einmal gebissen!« Er zeigt auf meine Kehle, dann auf die verbrannte Ebene und das dornige Gestrüpp hinter mir. Dann hört er auf zu weinen und erlangt wieder sein Allerweltsgesicht. Prüfend schaut er die Straße entlang:

»Hier kannst du unmöglich bleiben. Vielleicht hat Gott dich geschickt, wer weiß?« Gott? Der Unbekannte hört nicht auf, mich zu mustern, sein Blick kehrt ständig zu meinem Schal zurück. Er bildet sich ein Urteil und sagt dann, weniger streng, fast dankbar: »Vielleicht bist du ein Zeichen? Verrätst du es mir? Ja?« Dann wendet er sich, in eine Vision versunken, der Straße zu. Die öden Felder ringsum belauschen uns. Kein Auto ist zu hören, und die Autobahn liegt immer noch verlassen da wie am Ende der Welt.

Nach diesem stillen Duell verschwindet der Fahrer in der Kabine seines Fahrzeugs, und die Beifahrertür geht auf: »Schau! Ich habe keinerlei Absicht, dir weh zu tun. Steig ein, ich werde dich irgendwo absetzen, hier lasse ich dich nicht. Sie werden dich fressen.« Er spricht mit weinerlicher Stimme, schwach, als wäre es der letzte Ratschlag eines Sterbenden. Dann zeigt er mir den Innenraum. Ich entdecke, was er mir als Beweis zu bieten hat: Sein rechtes Bein ist verkümmert, zu kurz, um das Pedal zu erreichen, und unter der zurückgefalteten Hose trägt er einen Ausgleichsschuh. Ein Ausweis seiner Harmlosigkeit. Meine innere Sprache wird sogleich ruhiger, denn sie begreift etwas, das in seiner Angst verborgen ist. »Steig ein, ich setz' dich ab, wo du willst, wenn wir uns nicht verstehen. Ich heiße Aïssa Guerdi, wenn es dich beruhigt, meinen Namen zu kennen.« Ich schaue ihn genau an. Eine seiner Pupillen verschwindet unter einem zu schweren Augenlid, während das andere mich fixiert, ohne zu blinzeln. Sein Haar ist weiß, und er hat tiefe Furchen im Gesicht. »Er ist ein Pferd«, sagst du zu mir, weil du dich an eines der wenigen Tiere erinnerst, die laut dem Koran im Paradies leben. »Komm, steigen wir ein. Wir sind schräge Vögel!« Setzen wir also diese Reise in das Land meiner verstorbenen Schwester fort. Wir legen ihr deine und meine Gründe dar, und dann kehrt jede in ihre Welt zurück.

3

11 Uhr 22.
»Nach links oder nach rechts?«

Ich bin ein Mann von gutem Ruf. Aber niemand glaubt mir mehr, und das seit Langem. Verstehst du? Um dir die Wahrheit zu sagen *(er schielt nach meinen auf die Straße gerichteten Augen, dann nach meinem Hals mit dem grünen, halb aufgeknoteten Schal, und streckt die Hand aus, um die Klimaanlage zu regulieren)*, ich habe Bücher nicht gemocht, denn sie sind Diebe. Seit meiner Kindheit, seit Beginn meines idiotischen Lebens in Batna habe ich mich geirrt. Ich glaubte, die Ehe sei der Irrtum der Jugend und das Gebet der Irrtum des Alters. Gott hat mich blind gemacht, oder vielmehr meine Mutter. Damit hat mein Fluch begonnen. Weißt du, wenn ich schreiben könnte, hätte ich meine Geschichte aufgeschrieben! Anstatt sie überall herumzuerzählen wie ein Idiot, dem seit Jahren niemand mehr glaubt. Und dafür hinter meinem Rücken mit Wörtern beschimpft zu werden, die ich dir lieber nicht wiederhole.

Als ich jung war, gab es in unserem großen Haus in Batna überall Bücher. Kennst du Batna? Es liegt vierhundert Kilometer südlich von Algier. Es waren übrigens keine Bücher mehr, sondern vielmehr zahllose Blätter eines großen Baums, der keine Früchte trug. Ein weißer Johannisbrotbaum war mitten in unseren Salon gefallen, wir mussten damit leben, und um uns zu unterhalten, über seine Zweige steigen und seine Blätter beiseiteschieben. Nie tot, nie unbelaubt, nie schlafend. Oder vielmehr mit nur einem Auge *(sein linkes Lid verbirgt seinen amüsierten Blick kaum)*. Dieser Baum Gottes saugte uns aus. *(Hörst du das, meine Huri? Das ist doch fast dein Baum, oder? »Natürlich gibt es im Paradies einen Baum, der so groß ist, dass selbst ein Reiter, der hundert Jahre in seinem Schatten ritte, nicht aus ihm herauskäme«, erzählte der Imam einmal.)* Wallah, das ist das Bild, das ich von den Büchern bei uns in Erinnerung habe. Wie ein Herbst, der nie aufhört, ein farbloser Herbst, überall weiße Haare und Blätter, bis hierhin (*er zeigt auf seinen Hals*).

Verstehst du? In Batna wohnten wir in der Rue de l'Indépendance Nr. 56. In einer alten Kolonialvilla wie früher, mit zwei Salons, Zitronenbäumen im Hof und großen Fenstern nach französischer Art, die wegen meiner Mutter oft geschlossen waren. Sie war besessen vom bösen Blick, fürchtete Neider und Verfluchungen. Die Papierblätter belegten unsere Wohnzimmer wie Gäste, die sich in unserer Gastfreundschaft einnisteten. Sie drängten uns nach und nach in die Ecken wie Rüpel aus benachbarten Dörfern. Mein Bruder und ich lebten in einem Wald von weißen und grauen Bäumen, zwischen zerknüllten und durchgestrichenen Blättern. Wir spielten darin, wir suchten darin nach Einbänden mit Fotos von Frauen, suchten nach brasilianischen Bäumen, alten Schwertern oder Rennwagen. Doch es war nicht nur ein Spiel, meine Tochter, für unsere Eltern war es auch ein Krieg.

Die Blätter nahmen meinen Vater in Beschlag und rivalisierten mit meiner Mutter wie eine zweite Frau, jung und alt zugleich, aus alter Zeit oder neu hinzugekommen, oder wie tausend Zweitfrauen, von denen jede eine eigene Seite mit ihrem Namen bewohnte. Sogar in seinem Bett schienen die Bücher ihr den Platz streitig zu machen, glaube ich, und nachts schimpfte sie mit meinem Vater, hi hi! *(Wenn er lacht, beben seine Schultern.)* Jahrelang zogen sie die Blicke meines Vaters auf sich, der vorhatte, ein bekannter Gelehrter in unserer Region zu werden. Er hielt nur noch nach Tippfehlern Ausschau, nach der Typografie, auslaufender Tinte oder den Seitenenden, die er den ganzen Tag über kopfschüttelnd mit Randbemerkungen füllte. Sonst versetzte ihn nichts in Erregung. Weder das Gesicht noch die nackten Schultern meiner Mutter, auch nicht ihr weiches, ebenholzschwarzes Haar, mit dem sie manchmal vor dem Spiegel sprach. Auch wir nicht, seine beiden Kinder, mein Bruder Benbadis und ich, der jüngere mit dem blonden Haar. Bücher raubten meiner Mutter die Augen und die Zärtlichkeit ihres Ehemanns, seine Hände und seine Aufmerksamkeit. Ihr stand nicht einmal das Recht zu, etwas zu sagen. Weißt du, Schwester, meine Mutter hat nie eine Schule besucht, denn, um ihre Zeit nicht zu vergeuden, um sich ihre Jungfräulichkeit und ihren guten Ruf zu erhalten, gingen die Frauen ihrer Generation nicht dorthin.

(Die Hügel entlang der Autobahn werden höher, durch die Scheiben des Lieferwagens sehe ich sie lautlos wogen. Die Hand des Fahrers schwebt unablässig über dem Lenkrad, scheint den Aufschwung seiner Worte zu begleiten, kehrt nur für ein oder zwei Sekunden ans Lenkrad zurück. Mit meinem Blick folge ich den Hügeln, wie man am Meer in die Wellen blickt. Sie erheben sich in den Himmel und zeigen ein oder zwei Dörfer, senken sich dann in riesige Wellentäler, verschlingen andere namenlose Dörfer und Bäume an der Zufahrt zu winzigen Gebäuden. Kilometer für Kilometer wellt sich die Erde. Ich spüre die Dünung in meinem Bauch. Mir ist übel …)

Mein Vater achtete meine Mutter El Hadja, das schwöre ich dir, meine Tochter. Er beobachtete sie, während sie sich abrackerte und wütend den Hof mit ihrem Besen fegte oder den Wäscheberg abtrug. Sie schrubbte und schrubbte, und ich dachte, sie wollte bestimmte Dinge aus ihrem Frauenleben wegputzen, die Spuren, die Flecken, die sie stinksauer machten, die Demütigungen oder die Gerüchte, die unsere auf unser Haus eifersüchtigen Nachbarn streuten. Mama, möge Gott ihrer Seele gnädig sein, kämpfte wie eine Teufelin gegen die Bücher, doch auf ihre Weise. Ja, das tat sie! Weißt du, sie ließ sich nicht alles gefallen. Zuerst fegte sie das herrschaftliche Haus und den Hof, den Flur und die Zimmer sowie das Trottoir vor dem Haus, wischte Staub, scheuerte und wienerte jeden Winkel, dann übergoss sie die Böden des Anwesens wütend mit großen Eimern voller Wasser und mit Verwünschungen. Das Wasser war der Feind der Bücher meines Vaters. Zwei Gattinnen, ich schwöre es dir, meine Tochter. Die eine konnte lesen und schreiben, und die andere wollte aus Rache auslöschen. Eine Gattin aus Papier, die andere aus Fleisch und Blut. Ich denke, das Wasser war so etwas wie ihre Tinte, und dass sie damit auf ihre Weise schrieb. Oder? Wasser wellt Papier, ertränkt Autoren und Titel, die Bücher verlieren ihr nobles Erscheinungsbild. Ich glaube, sie fühlte sich im Recht bei ihrem Kampf zur Rückeroberung ihres Mannes. Abends kümmerte sie sich vor dem Spiegel um ihr schillerndes Haar, und darüber lachten mein Bruder Benbadis und ich. Ihr so langes, so prächtiges Haar schien engelsgleich vom Himmel herabzufallen, und wenn meine Mutter sich kämmte, wurde sie wieder jung. Ach, die herrlichen Listen meiner Mutter! »Überall Dreck, überall Staub!«, wiederholte sie, dann entfesselte sie eine Sintflut gegen die Bücher. Wenn sie in unserer Kolonialvilla alles geputzt, gewischt und gewienert hatte, ersoffen die Bücher meines Vaters unter ihren nachtragenden Augen, und manchmal lächelte sie siegesgewiss, aber heimlich, damit es niemand sah. Das schwöre ich, meine Tochter!

In der Zeit, in der geputzt wurde, hob mein Vater die Füße hoch oder wartete geduldig auf der Straße, bis alles trocken war. Er brummte, fügte sich den Gesetzen seiner ersten Ehefrau oder ging in unsere Verlagsbuchhandlung in der Rue de l'Indépendance zurück – sie ist alteingesessen, du wirst es sehen. Der arme Mann wollte das Leben meiden, möge Gott auch seiner Seele gnädig sein.

Ich erzähle dir das, weil hier der wahre Anfang der Geschichte ist. Ich begriff es Jahre später, als man mir trotz unseres angesehenen Namens und meines Talents als Berichterstatter nicht mehr zuhörte, nicht einmal mehr in unserem Viertel. Ich hätte schreiben und lesen lernen sollen. Wenn man schreibt, werden sogar Lügen wahr und bekommen Beine. Dann hätte ich meine Geschichte heute einfach loswerden können, die verhindert, dass ich nach Hause zurückkehre, Freunde habe oder das Vertrauen der Menschen und die Achtung bekomme, die mein Vater genoss. Wallah! Seit zwanzig Jahren glaubt mir niemand mehr, weil ich keinen Beweis habe. Und jetzt, mein Gott! Jetzt schickt Gott dich, und das am Tag des Opferfests.

Als es meinem Vater am Abend des Großputzes schließlich gelang, an seinen Schreibtisch in unserem Haus zu gelangen, hatten viele Bücherstapel das Wasser von unten aufgesaugt, waren aufgedunsen und grau wie Ertrunkene im Meer von Algier. Er war ein strenger Mann, meine Tochter. Er schlug meine Mutter, boxte sie mit den Fäusten, sie blutete aus der Nase und wiederholte verunsichert, dass sie zu ihrer Familie zurückkehren würde, doch mit dem Alter zermürbte es ihn, auch seine Wutausbrüche nutzten sich ab, schließlich streckte er die Waffen. Wahrscheinlich dachte er, dass selbst die Propheten Allahs schwierige Frauen ertragen mussten. Ich nehme an, er akzeptierte sein Schicksal als unverstandener Gelehrter. Bücher waren keine Bücher mehr für ihn, sondern Höhlen, in denen er auf Erleuchtung wartete. Er ging zu ihnen, wie man ins Café geht, um die Zeit totzuschlagen oder Zeit zu schinden.

(Diese Straße geht durch meinen Kopf wie eine Säge, sie zerteilt mich, meine Tochter, verwundet mich in der entgegengesetzten Richtung meines Lebens. Heute liegt sie unter einem strahlend blauen Himmel nackt vor mir, während ich mich an eine holprige Fahrt mit großen, die Reisenden verschlingenden Winterwolken erinnere. Ich bin eine Schattengestalt, die an die Orte des Verbrechens vor einundzwanzig Jahren zurückkehrt. Doch wo sonst soll ich hingehen, wenn nicht dorthin, um endlich von vorn anzufangen und dir die Wahrheit zu zeigen?)

Die andere Waffe meiner Mutter war die Sorgfalt, mit der sie meinen Vater mit wohlschmeckenden Gerichten nach Rezepten ihrer Großmutter und ihrer Mutter bekochte. Solche Gerichte gibt es normalerweise nur bei großen Festen, einer Hochzeit zum Beispiel. Wallah, sie bereitete sie zu wie Giftmischungen oder Morde im Film! Sie sprach geradezu mit ihren Rezepten. Sie erzählte ihnen von ihrem unglücklichen Leben als zweite Ehefrau, vom Verrat ihres Mannes, seiner Verhexung: »Bei den Guerdi liegt der Wahnsinn in der Familie!« Und beteuerte es lauthals vor den Gewürzen, dem Spiegel. *(Der Fahrer richtet seine Augen nicht mehr auf die Straße, sondern auf die Vergangenheit. Die mageren und gelben Hügel kämpfen gegen einen irrealen Wind.)* Abends präsentierte sie ihre Gerichte in der Reihenfolge ihres Kampfs: den Honig, den Fisch, die Pistazien, die Pflaumen in Sirup, die verschiedenen Salate, die Vorspeisen, die Süßspeisen, die salzige Speisen, die Trockenfrüchte, die Saucen. Und jedes Mal seufzte sie, um zu zeigen, welche Mühe und Zeit es sie gekostet hatte, dann wartete sie an der Küchentür, um zu sehen, wen mein Vater bevorzugen würde, sie oder die andere Gattin? Möge Gott auch seiner Seele gnädig sein! Belustigt oder vielleicht um Gerechtigkeit zwischen seinen beiden Gattinnen besorgt, gab er vor zu zögern. Zuerst probierte mein Vater. Dann legte er mit einer langsamen, wöchentlich sich wiederholenden Handbewegung sein Manuskript auf den niederen Tisch, schob den Teller von sich und begann zerstreut mit einer Hand zu essen, während er mit der anderen in alten Geschichten blätterte.

M'ma verlor diesen Kampf mit den Büchern oft. Die Speisen waren übrigens das Vorzeichen für sehr heftige Streits, die wir belauschten wie ein Gewitter und die uns, meinem Bruder Benbadis und mir, auf den Magen schlugen wie Stürme Matrosen auf See. Meinem Vater El Hadj schenkte der Krieg, den sie mit ihren Küchenrezepten gegen seine Manuskripte führte, ein wenig Unterhaltung für seine Angetraute. Vielleicht war es für ihn auch eine Sprache oder ein Spiel, keine Ahnung. Weißt du, über Intimes, Herzensangelegenheiten, spricht man bei uns nicht. Unser Herz ist groß, aber stumm, nur gegenüber Fremden oder vor dem nahenden Tod wird es redselig.

Bei diesen Kriegsmahlzeiten saßen wir, Benbadis und ich, häufig mit ihm zu Tisch und schwiegen, wir warteten, doch außer dem üblichen stummen Streit geschah nichts. Mein Vater sagte nichts. Schweigen war seine Rache. Die Stirn gebeugt, die Lippen gespitzt, und die Augen in den Schriften anderer. Mein Vater El Hadj ... *(Wenn er den Namen seines Vaters nennt, bekommt seine tiefe Stimme einen ehrerbietigen Klang, als hätte er ihn vor sich und zitterte deswegen ein wenig. Ha, das amüsiert mich fast: Auch er trägt jemanden mit sich herum, der ihm an die Nieren geht, ob in der Hölle oder im Paradies!)* ... Mein Vater El Hadj wollte zum Buch werden. Er wollte ihnen gleichen, glaube ich. Er fand es toll, so unbewegt zu erscheinen wie die Schriften, nicht mehr als das Nötigste zu sagen. Er war Hadj, ein Mann also, der schon nach Mekka gepilgert und zurückgekehrt war. Er kam einem vor wie ein ehemaliger Richter. Mitten im Kampf zwischen seinen beiden Gattinnen, von denen eine blass war wie Papier oder die Haut von Französinnen, und die andere Tintenhaar hatte, schärfte er uns stets ein: »Eine gute Mahlzeit füllt den Bauch, der Bauch unterstützt das Knie, aber ein Buch hebt deinen Kopf und unterstützt den ganzen Menschen.« Mein Bruder und ich mussten es glauben und durften nie zu viel von den sorgfältig zubereiteten Speisen meiner Mutter essen, um es zu zeigen. Nachdem er sein Fleischstück gewogen hatte, verglich Benbadis es mit meinem und zog dabei leicht die Brauen hoch, als wäre er enttäuscht. Er war ein Neider, möge Gott auch seiner Seele gnädig sein.

Und M'ma? Um unseren Vater für das Lächeln zu bestrafen, das er als eingebildeter Weiser aufsetzte, aß sie oft allein in der Küche, im Stehen vor ihren Töpfen, und kaute verzweifelt auf demselben faden Brotstück herum. Oder sie verweigerte einfach die Nahrungsaufnahme wie an Tagen heftigen Streits. Sie wiederholte dem Geschirr ihre Drohung, sich eines Tages auf den Weg zu ihrem Stamm in der Umgebung des Dorfs N'Gaous zu machen und nie wieder zu »dem Papierverrückten« zurückzukehren. Ich könnte nicht sagen, wann sie anfing zu glauben, die Ihren seien noch am Leben, vielleicht, als ihr Ende nahte und sie das Gedächtnis verlor. Anscheinend sieht man am Ende seine toten Angehörigen, oder? M'ma vergaß, dass alle ihre Verwandten bereits Jahre zuvor gestorben waren und dass sich nach dem Tod ihrer drei Brüder, der Diebe ihres Erbes, niemand mehr an sie erinnerte, die Arme! Und mein Vater? Ich weiß nicht, was er in den Büchern suchte. Wallah, heute denke ich, dass er eine Zeitlang nicht einmal mehr las, sondern sich hinter den auf dem Tisch aufgeschlagenen Werken versteckte wie in einer Höhle.

Ich bin jetzt dreiundfünfzig Jahre alt, meine Tochter, also im selben Alter wie er zu jener Zeit, und ich kann ihn jetzt besser verstehen. Wahrscheinlich stellte er sich vor, er säße neben seinem eigenen Vater und unterhielte sich durch die Papierstapel mit ihm wie durch einen Vorhang. Vor allem aber sprach er mit seiner Schwester, glaube ich, meiner Tante Aichouche, die vor meiner Geburt starb. Sie verließ uns unmittelbar nach ihrer Heirat und hat ihr Lachen, ihres und seines, mitgenommen.

4

11 Uhr 34, auf der Autobahn.
»Sein Bericht ist ein langer Korridor, meine Huri.«

Ein einziges Mal sprach mein Vater von seiner Schwester Aichouche, als er erzählte, wie sie ihn in der Kolonialzeit gegen die Jungen verteidigte, die ihn drangsalierten und mit Fausthieben traktierten. Als er davon berichtete, verfinsterte sich sein Gesicht. Es war seine Herzwunde, das Büchlein, das er nicht geschrieben hat, glaube ich. O ja! Ich kann dir bestätigen, meine Tochter, sie stand ihm leibhaftig vor Augen! *(Wird er nie aufhören, mich »meine Tochter« zu nennen?)* Wir waren im Hof unseres Hauses, es war Sommer. Mein Vater unterhielt sich mit einem Onkel. Auf unserem prachtvollsten Teppich liegend, einem Teppich aus Ghardaïa, naschte er verzückt Trauben. Ich saß nicht weit entfernt am Eingang zum Salon auf einer kleinen Treppenstufe und sah, wie er mit leuchtenden Augen vor sich hinstarrte, so wie er normalerweise seltene Manuskripte musterte. Er rief sich seine Schwester in Erinnerung, als stünde sie vor ihm. Sein Gesicht begann zu strahlen, ein Lächeln erschien darauf, und er wurde wieder zum Kind, das lachen und zum Lachen bringen will. Da wusste ich, dass dies eine wahre Geschichte war und sie sich wie ein Blatt Zeitungspapier ums Herz gewickelt hatte. In Büchern suchte er diese vertraute Nähe oder danach, wie er sie vergessen konnte.

Ach, El Hadj, möge Gott seiner Seele gnädig sein! Am Morgen, wenn wir zu dritt aus der Moschee zurückkamen, denn El Hadj zwang uns dazu, mit ihm zu beten, nahm meine Mutter ihren Kampf wieder auf. Sie griff solange mit ihrer liebsten Waffe an, bis sie den Sohn von El Hadj Guerdi Senoussi mit ihrem Besen eingekesselt hatte. Letzterer war mein Großvater gewesen und hatte unsere Buchhandlung gegründet. Meine Mutter begann ihr Tagwerk, als das Viertel vom Lärm der Busmotoren geweckt wurde, indem sie um unseren in Weiß und die Ideen seiner Vorväter gehüllten Vater herumwirbelte. Und während sie ihre Waffen schärfte, stiegen uns vom Ende der Straße die Düfte des Cafés Marhaba in die Nase *(hast du bemerkt, dass häufig alle Cafés in Algerien denselben Namen haben, als ob man immer wieder am selben Ort landen würde?)*, und El Hadj setzte sich auf seine mit goldverziertem, rotem Samt bezogene Bank und versank in einem Gedanken, einem Reim oder einem schönen Satz. Weißt du, sich auf die rote Bank zu setzen, war meinem Bruder Benbadis strengstens untersagt, obgleich er schneller als erwartet lesen und schreiben gelernt hatte. Nur, damit du es weißt, mein Bruder hieß Benbadis wegen des Weisen aus Constantine, der auf den Schulbuchillustrationen sein Kinn auf eine Hand stützt. Versteinert wartete mein Vater also den ganzen Tag vergeblich vor seinen Schätzen darauf, dass Mama erschöpft mit ihren Eimern von dannen zog. Bei alledem gab es keine lauten Wortwechsel oder Schreie, meine Tochter! Nein! Nicht bei uns: Wir sind eine Familie angesehener Honoratioren. Bei uns war man still wie die Bücher, geizte mit unnötigen Worten.

Wenn man meine Mutter fragte, wo El Hadj war, wies sie, wenn er draußen war, auf die Haustür oder seine Pantoffeln oder seine Gebetskette, oder Richtung Osten, um auf seine Buchhandlung hinzudeuten. Er verkroch sich häufig in unserer Buchhandlung (die seit 1962 zur Feier der Unabhängigkeit Algeriens El Houria heißt), die er so erhalten hatte, wie mein Großvater sie an ihn vererbt hatte. Weißt du, meine Tochter, unser Vermögen war das Privileg, eine Legende in unserem Viertel zu sein. Jawohl, eine namhafte Familie. Der man Vertrauen entgegenbringt, die nie einen Skandal oder einen Schwindel am Hals hatte oder zu ihrem Spott mit einem Spitznamen belegt wurde. Seit einem Jahrhundert waren wir geachtet, und unser Beruf, der von Vater zum Sohn überging, erlaubte uns ein Leben in Wohlstand *(nachdem er einen kleinen, am Rückspiegel baumelnden blauen Fisch aus Wolle angehalten hat, legt er seine Hand aufs Lenkrad)*. Die seit der Zugehörigkeit zu Frankreich von uns verlegten Bücher verschafften uns die seltene und unschätzbare Möglichkeit, uns zu Wort zu melden *(er ist etwas geschwätzig, findest du nicht? Er beugt sich zu meinem Ohr. Die Hand liegt immer auf der Armstütze, wenn er an die Seinen denkt, führt er sie am Körper hoch und streichelt seine Brust).* Wir mussten fortsetzen, was mein Großvater beschlossen hatte, nachdem sein Vater es beschlossen hatte, der ein großer Rezitator des Koran und belesener Fachmann der Kommentare war.

Du denkst wahrscheinlich, ich rede zu viel, stimmts? Ha, ha, ja! Aber ich muss dir doch erklären, warum ich glaube, dass dich heute Gott gesandt hat! Du bist vom Himmel gefallen. Obwohl wir eine bedeutende Familie sind, glaubt mir heute niemand mehr, meine Tochter. Es gibt keine Beweise für das, was ich erzähle; wenn ich spreche, zucken meine Bekannten mit den Schultern, blicken auf ihre Armbanduhren oder zum Himmel und lassen mich stehen. Weiß du, was das heißt? Ich, der Spross einer Familie, deren Beruf es ist, Bücher zu verkaufen, werde der Lüge und des Treuebruchs bezichtigt? Ich, der Enkel von Guerdi Senoussi? Der nach dem Tod meines Bruders Benbadis, seiner Tochter und seiner Frau Alleinerbe unserer Verlagsbuchhandlung ist? Glaubst du, ich sei auf der Straße unterwegs, weil ich Waise bin? Ganz und gar nicht! Ich bin hier, weil ich als Einziger alles glauben kann, was ich behalten habe und was so wahr ist wie der Koran, wie der Prophet, wie Gott, wie man nackt im Grab liegt.

Sie sind alle tot: mein Bruder Benbadis, seine Tochter, seine Frau, meine Mutter und mein Vater. Aufgrund meiner Vergangenheit, aufgrund der ganzen Vergangenheit Algeriens, kann ich nicht schweigen. Ich kann es nicht mehr, seit ich erlebt habe, was ich erlebt habe. Ein Messer, das meine Nerven blank legte, hat meine Begabung geweckt. Meine Begabung ist es, Zahlen und Vornamen, Orte aufzuzählen. Viele. Auswendig. Mit jedem Datum taucht ein anderes auf und nimmt mich mit wie einen Tramper. Namen, Vornamen, Orte. Vor Beginn meiner Geschichte kannte ich diese Begabung nicht. Um daraus ein Buch zu machen, müsste man jedoch schreiben und lesen können. Stattdessen fahre ich Auto, was einen davor bewahrt, anderen lästig zu werden. Unsere Familiengeschichte reicht weit zurück wie Bücher, sie hat tiefe Wurzeln wie Bäume, ich habe also zu tun. Welche Rolle ich darin spiele? Ah! Darauf wollte ich hinaus und *(er ähnelt mir in nichts, bis auf seinen Gebrauch der Sprache, die wie ein Bächlein aus ihm fließt, aus einem anderen Leben als dem seinen stammt und wie ein gestohlenes Schmuckstück gar nicht zu ihm passt)* ... dort hat alles angefangen. Mit dem Krieg gegen die Bücher. Meine Mutter gegen meinen Vater. Aus diesem Grund konnte ich nicht schreiben lernen. Und als mir meine Geschichte klar wurde, forderte mich der Emir der Schächter auf, überall hinzugehen und zu erzählen, was ich gesehen hatte, nur dass ich damals nichts mitgenommen habe, keinen einzigen Beweis. Zwanzig Jahre später glaubt mir kein Mensch mehr, wenn ich loslege.

Ich hatte Partei für meine Mutter ergriffen, Benbadis für meinen Vater, und die Bücher haben sich ordentlich an mir gerächt. Mein Bruder wurde ein hohes Tier an der Universität von Algier, in der Soziologie, ich bin Fahrer unserer renommierten Buchhandlung und kann kein Wort schreiben, damit das Rattern in meinem Kopf aufhört. Damit die Litanei der Daten stoppt und aufhört, mich in Verwirrung zu stürzen.

Ich mache es also wie die Bücher: Ich erzähle. Ich mochte keine Bücher, sie standen in einer Reihe mit den Frauen, die neidisch auf meine Mutter waren. Ich habe mich geirrt, wallah! Aber damals war ich zu jung mit meinem blonden, zur Tolle gestylten Haarschopf. Ich glaubte, Bücher seien etwas für Tote und Alte. Was war ich für ein Idiot! Oh, was meine Zukunft anging, durchschaute mich mein Vater. Anfangs hatte er noch Hoffnung. Er dachte, dass unser edles Blut mich zum Geschäft unserer Familie zurückbringen würde. Letztlich hat er recht behalten, denn jetzt liefere ich mit meinem Kleintransporter Bücher aus. Während er nach dem Freitagsgebet auf seiner rotgoldenen Bank seinen Tee trank, folgte er mir mit den Augen, kniff sie zusammen und versank in Seufzern. Manchmal verlangte er, dass ich die Bücher einsortierte, eine Familienangelegenheit. Man konnte sie nach verschiedenen Kriterien ordnen: nach Eingang in der Buchhandlung, nach dem Alphabet, nach Erscheinungsdatum, nach Themen usw. Man konnte sie auch Stapeln zuordnen, die so hoch waren wie ein Minarett, was bedeutete, dass man sich wünschte, sie in Gänze zu lesen, zu studieren oder den Stapel in den Himmel wachsen zu lassen. Doch ich verhielt mich still, vermied es, im Blickfeld meines Vaters zu bleiben, und meine Mutter war immer da, um ihn davon abzubringen, mich zu bedrängen. Als wollte sie die Wut eines Mannes auf sich lenken, der sein edles Blut nutzlos in den Adern eines seiner Söhne fließen sah. Bei der Schlacht zwischen Teller und Feder, Gewürzen und Vorworten wartete ich hinter den Schützengräben in der Etappe. Zwischen der Weigerung zu essen und der Weigerung zu sprechen, zwischen meiner Mutter und meinem Vater. Da es eine Schlacht unter Erwachsenen war, positionierten sich mein Bruder und ich mit Vorsicht. Benbadis hatte allerdings laut lesen gelernt, damit mein Vater El Hadj ihn hörte und ihm vor meinen Augen stolz übers Haar strich.

Ein- oder zweimal trug meine Mutter in unserem Haus in Batna den Sieg davon. Um nicht nass zu werden, wurden die Bücher aus unserem Haus verbannt und in Kisten in die Buchhandlung transportiert. Unsere Buchhandlung? Du wirst sehen, es ist ein Ort, wo du arbeiten kannst und … *(Was sagt er da? Wie kann er es wagen, daran zu denken?)* Ah, ihr großer Tag kam, als sie nach einer Grippe im Winter begriff, dass sie mit einer List triumphieren würde, die so einfach war wie das Atmen. Ohne Besen, ohne Überschwemmung. Denn eines Tages entdeckte meine Mutter, dass sie diesen Krieg gewinnen konnte, indem sie einfach hustete. Und sie hustete, anfangs leise, später als ob ihre Lungen in einem Brunnen oder unter der Erde Luft holen müssten. Bei diesem gefährlichen Abenteuer bekam sie ein aschfahles Gesicht, das durch ihr unter dem Kopftuch wie unter einem Leichentuch hervorschauendem Haar noch dunkler wurde. Sie hustete und hustete, und es hörte tagelang nicht auf. Nachts hörte man sie ausspucken, und tagsüber trockneten schwere Hustenanfälle sie unter unseren Augen aus. Ihre tränenden Augen und ihre Brust schienen ihr Herzrasen kaum noch in Schach zu halten. In unserem gewöhnlich ruhigen Haus wurde ihr trockener Husten zum Dauergeräusch, das die Stille meiner Ahnen zerriss, uns quälte, meinen Vater am Lesen und die Zeit am Vergehen hinderte. Irgendwann schimpfte unser Vater in seinem traditionellen Burnus eines Würdenträgers von Batna gegen sein Pech und war wütend wie ein weißer Stier. »Ihr Bruder hat mich reingelegt!«, wiederholte er immer wieder. Er sprach von Onkel Benh'med, dem Bruder seiner Frau – ihn hatte er als junger Mann gekannt. Und er hatte dessen Schwester geheiratet, die keine Bücher mochte, sondern Wasser, Kochlöffel und schönes Geschirr. Mürrisch war meine Mutter nicht, aber es muss ihr vorgekommen sein, als würde sie von den Büchern erdrückt. Weißt du, man hat es schwer, wenn man nicht lesen kann und die anderen das Gesicht verziehen und sich über einen lustig machen *(für einen Augenblick funkelt das nicht mehr von dem großen Lid verdeckte Auge komplizenhaft)*.

Bücher gab es im Schlafzimmer meiner Eltern und in den Salons stapelweise und in stetigem Wechsel; sie wurden nicht einmal mehr gelesen. All diese Jahre hörte mein Vater nicht auf, in ihnen zu blättern und sie zu drucken und Geld zu verlieren und Weisheit und Respekt in Batna zu gewinnen. Es ist ein altes Gewerbe in unserer Familie. Mein Urgroßvater war Theologiestudent in Tunis; mein Großvater war ein großer Gelehrter, der an seinem Lebensende zu sprechen aufhörte, vielleicht weil er alles verstanden hatte. Bevor mein Vater El Hadj, als er seinen Prostatakrebs bekam, ebenfalls in Schweigen verfiel, erzählte er uns diese eine Geschichte, über die meine Mutter lachte. Demnach war mein Großvater El Hadj Guerdi Senoussi gestorben, weil ihm Hunderte Bücher auf den Kopf gefallen waren und ihn erschlagen hatten. Denn eines Tages, als er gerade ein Manuskript über die Genealogie der Heiligen unserer Region korrigierte, bebte die Erde und einige Dutzend Tonnen Wissen begruben ihn unter sich, wie das Rote Meer die Feinde Moses'. Eine Lawine von Büchern war über den Kopf meines Großvaters hereingebrochen und er starb auf die für einen Buchhändler ehrbarste Weise. Mein Vater schwor, dass diese Geschichte wahr sei, auch wenn sie unwahrscheinlich klang.

Mach dir keine Sorgen, wir drehen in einer halben Stunde um. Wenn du deine Meinung änderst. Die nächste Ausfahrt ist Yellel, dort kann man nach Oran umdrehen. Wenn nicht, fahren wir weiter Richtung Relizane. Bis dahin sind es vielleicht noch eineinhalb Stunden, wenn man schnell fährt. Wo war ich stehen geblieben? Ach, ja! Meine Mutter zuckte mit den Schultern und schwieg, lächelte und stapelte ihr Geschirr, so gut es ging, und schob ihre Eau-de-Javel-Kanister eng zusammen. Insgeheim spottete sie ein wenig über ihn. Man muss sagen, dass sie es ablehnte, uns gegen unseren Vater aufzubringen. Sie wurde zornig, wenn man sich hinter seinem Rücken lustig über ihn machte. Denn sie beanspruchte das Recht, die Geschichte über ihren Schwiegervater zu bezweifeln, für sich allein. Was Benbadis anging, so glaubte er sie mehr oder weniger. Ich kaum. Kann man unter Büchern sterben, auch wenn sie sehr schwer sind? Unter den zweiundzwanzig Bänden der Hadithe, der überlieferten Aussprüche des Propheten, nach Al-Buchārī? Unter dem Gewicht von Hunderttausenden Hadithen, zusammengetragen vom berühmten Abū Huraira, einem angeblichen Gefährten des Propheten, über den niemand etwas weiß? Nein? Heute glaube ich, ja, man kann. Vor allem unter dem Gewicht der Bücher, die man nicht schreiben konnte. Die Bücher, die nicht existieren, Schwester, sind die schwersten.

Wer weiß, vielleicht beginnt meine Geschichte, das, was mir einige Jahre später unterwegs zugestoßen ist, hier? Hätte ich damals schreiben können, hätte ich sie zu Papier gebracht. Jetzt, ohne ein Buch, um sie zu prüfen, hat sie sich in meinem Kopf vervielfacht, sie hat tausend Versionen, über manche Einzelheiten bin ich mir nicht einmal sicher. Gott hat mir also dich gesandt! War ich blond oder schwarzhaarig, als es passierte? War es bei Tagesanbruch? Am Abend? Wie spät war es, als es geschah? Wallah, es geht durcheinander, denn, weißt du, wenn du dieselbe Erinnerung oft erzählst, zersetzt sie sich. Sie ist verschwommen und hält dich davon ab, zu leben und dich an andere Dinge zu erinnern. Meine Geschichte ist ein wenig wie eine eifersüchtige Ehefrau, die nicht zu sprechen aufhört. Wenn ich schreiben gelernt hätte wie Benbadis, wäre ich heute zu Hause. Hätte mit meinen

Kindern lachend einem Schaf die Kehle durchgeschnitten. Wegen meiner Geschichte konnte ich nie Kinder haben, verstehst du? *(Und wer ist dann dieses lächelnde Mädchen auf dem Foto an seiner Windschutzscheibe? Bin ich zu einem Irren ins Auto gestiegen? Ich taste nach dem Türgriff. Schlimmstenfalls könnte ich springen, oder?)* Bücher, die man nicht geschrieben hat, sind unverzeihlich.

M'ma hustete also drei Monate lang. Sie hörte fast auf zu atmen. Asche legte sich wieder über das Haus, es herrschte ein Durcheinander an nicht zusammengelegter und ungewaschener Wäsche, sein stolzer Glanz und sein Duft waren verflogen. Nichts war mehr zu finden: keine Hemden, keine Schuhe, keine Teller, keine Mäntel … Nichts. Mein Vater begriff, dass er meine Mutter verlieren konnte, denn sie war gegen Staub, Papier und Bücher allergisch geworden, und die zahllosen Veröffentlichungen, die wir mit Sorgfalt gedruckt hatten, wurden wie eine geschlagene Armee zur Zwischenlagerung fortgeschafft. Ich erinnere mich daran wie an eine Siegesszene in einem Kriegsfilm. Als Angestellte kamen, sie in Kisten packten und wegtrugen, belebte sich das Haus in der Rue de l'Indépendance wieder, wallah! An dem Tag kam es uns vor wie neu. Sieben Tage nach dem Fortgang der Bücher stand meine Mutter vom Krankenlager auf, als beende sie eine Trauerzeit. Sie schnappte sich Eimer, Wischlappen, Staubtücher, Möbelwachs, Weihrauch, und das Haus wurde in seinen alten Zustand gebracht. Sie hatte es zurückerobert und der zweiten Gattin entrissen, und nun glänzte es wie die Augen meiner Mutter vor dem Spiegel. Das war an einem strahlenden Frühlingstag um 1992, meine Mutter spazierte ohne Kopftuch und ohne Ächzen von Zimmer zu Zimmer, ihr schwarzes Haar leuchtete. Wir hatten zusätzlichen Platz gewonnen. Wir waren glücklich.

In dieser Zeit hörte man von den Demonstranten der Islamischen Heilsfront kämpferische Slogans: »Für Algerien leben wir, für Algerien sterben wir!« Die Fantasten bekundeten brüllend ihre Hingabe an die Sache der Islamisten, die Leute von der Islamischen Heilsfront schossen aus dem Boden. Sie marschierten in Kampfanzügen auf und streckten neue Fahnen in den Himmel, als kämen sie aus einem anderen Land. Das wirst du wohl kaum wissen, oder? Heute wird das nirgendwo unterrichtet. Es ist verboten. In jenen Tagen spürte man etwas von Krieg, Gehässigkeit, Schwingungen einer obskuren und unerbittlichen Sache, und auf den Gesichtern lag manchmal Angst und manchmal die Absicht, die Welt mit Feuer und Waffen zu erhellen. Alle redeten von halal und haram, über das, was Gott erlaubte, und das, was der Koran verbot: Zigaretten, Alkohol, Schminke, Musik, Lieder, Lachen, enge Hosen, Parfüms … Zuhause wussten wir, dass die Islamisten und Brüder die Wahlen gewonnen, die Militärs ihnen den Sieg jedoch aberkannt hatten. Das Land war angespannt wie ein Bogen. Eines Nachts im Herbst desselben Jahres, als alle schliefen, knisterte der Lautsprecher der Moschee und eine Stimme rief: »Auf zum Dschihad! Der Dschihad ist eine Pflicht. Zum Dschihad!« Es war ein Aufruf, die Waffen zu ergreifen.

Doch wir, die Guerdi-Söhne, hatten einen anderen Kampf zu führen. Wir wollten nicht begreifen. Früher hatten uns die Manuskripte und gedruckten Exemplare unser Zuhause streitig gemacht. Und jetzt fühlten wir uns befreit. Nach diesem Kampf entfernte sich mein Vater noch etwas mehr von meiner Mutter. *(Ich starre auf die leere Autobahn und halte Ausschau nach der Ausfahrt, von der nichts zu sehen ist. Er hatte von einer halben Stunde gesprochen, um kehrtzumachen, wenn ich wolle. Doch wohin? Nach Oran? Wozu? Khadija kommt heute noch nicht zurück …)* Er suchte nach einer Lösung. Es ist verwerflich, wallah, aber ich glaube, er dachte an Selbstmord, als er Tausende von Büchern im Hinterzimmer seines Ladens auftürmte. Er wartete vergeblich auf ein Erdbeben. Er verzieh M'ma nicht, dass sie durch eine List den Sieg davongetragen hatte. Seitdem war von seiner Würde nur ein altes Schafsfell übrig. Unter meinen Augen verwandelte er sich in feuchtes Papier, wurde grau und grün, bekam Stockflecken, düstere Gedanken. Sein Gesicht triefte vor Schande, und er schrumpfte. Ich lüge nicht, meine Tochter, und ich möchte es nicht an Respekt vor ihm fehlen lassen. Außerdem habe ich mit dem, was mir später, vor ein paar Jahren passiert ist, dafür bezahlt. Ist das nicht ein Zeichen Gottes? Alle glaubten an seine erfundene Geschichte vom ehrbaren Tod unter einer Tonne Bücher, aber niemand glaubt mehr meine wahre Geschichte über Hunderttausende von Toten, dabei hat sie jeder erlebt.

Verstehst du?

Schicksal.

(Mit dem offenen Auge stiert er mich an, mit dem finsteren urteilt er über mich. Wenn ich Ende des Nachmittags nach Oran zurückkehre, nachdem ich durch Ammi Boussa gekommen bin und den Toten Flecken besucht habe, wo man mir die Kehle durchgeschnitten hat, werde ich wie dieser alte Irre enden. Ich werde mir zwei Leichname auf die Schultern geladen haben. Dich und meine Schwester. Und wenn wir weiterreisen? Doch wohin? Ich erinnere mich an fast nichts von der ursprünglichen Straße, die auf ihrer Trasse von der Autobahn ersetzt worden ist. Ich lag in einem Krankenwagen. Was werden wir am Toten Flecken suchen? Land? Bekannte Gesichter? Wer wird sich noch an mich erinnern? Und was, wenn wir am Ende des Tages kein Verkehrsmittel finden, das uns nach Oran zurückbringt? Wo schlafe ich dann mit dir in meinem Bauch?)

Weißt du, mein Vater war ein großer Gelehrter: Er las und verlegte ohne Unterlass Bücher, selbst während des Krieges in den 90er Jahren. Du müsstest diese Geschichte eigentlich kennen, oder? Gerade du, da bin ich mir sicher *(er weist auf meine Narbe unter dem Schal, als zeigte er auf einen Buchtitel)*. Denn es hat sehr wohl einen anderen Krieg gegeben, der nicht derselbe ist wie der, der in den staatlichen Büchern beschrieben wird. Einen echten Krieg, wallah! Mit Tausenden Toten, aber das weißt du bestimmt. Von 1990 bis 2000. Heute erinnert sich niemand mehr an ihn. Nur die Straße. *(Die Straße zieht sich, vor einundzwanzig Jahren brachte sie mich nach dem Tod ins Leben zurück. Von Relizane nach Oran. Meine Mutter Khadija erzählt: »Ich habe dich geboren, ohne dass ein Mann mich berührte, wie Maryam im Koran.« Heute bin ich in umgekehrter Richtung unterwegs, ich rekonstruiere mich, indem ich meine Trümmer einsammle.)*

Während des Unabhängigkeitskrieges verlegte mein Großvater die größten algerischen Gelehrten und Theologen, ebenso Bücher zur Traumdeutung und über Heilpflanzen. Bei meinem Vater erschienen dann Romane von großen arabischen Autoren wie Nagib Mahfuz, Atlanten, Schulbücher. Als der Krieg begann, änderte er mit der Zeit sein Verlagsprogramm. Der Krieg! Ja, der Krieg! Nicht der gegen die Franzosen, sondern der Krieg aller gegen alle. Sodass schließlich niemand mehr, als er endete, etwas aus dem Nebel dieser zehn Jahre beschwören konnte. Wallah, diese »Brüder«, die für Gott das Wort ergriffen, waren ein Fluch. Du bist zu jung, um es zu wissen, meine Tochter, obwohl du den einzigen Beweis trägst, dass er stattgefunden hat. Das ist doch von ihnen, oder? *(Er zeigt auf meine Kehle und mein Grinsen.)* Bei Gott, sag es mir, bitte! Das sind sie gewesen, kein Unfall? Weißt du, ich habe das schon gesehen. Ich kenne die Spur ihrer Zähne, aber es bestürzt mich, dass du hier bist, am Leben bist, und dass niemand weiß, dass es dich gibt.

Antworte nicht, du brauchst nichts zu erklären, ich weiß es. Gott hat dich an diesem Tag des Opferfests gesandt. Da bin ich mir sicher. Wie alt bist du? *(Ich schaue weiter auf die Straße, damit ich die Ausfahrten mit den Namen der nächsten Dörfer lesen kann. Weißt du, meine Tochter, ich möchte nicht, dass er deine oder auch meine Angst bemerkt.)* Ja! Du bist wie alt, zwanzig? Fünfundzwanzig? Wie meine Tochter, wenn sie überlebt hätte. Sie ist nicht meine Tochter, aber sie ist wie meine Tochter. *(Er zeigt auf das Foto des Mädchens. Sie lächelt. Ich fange an, mir auf die Lippen zu beißen und zu überlegen, wie ich aus der Situation herauskommen könnte, aber die Straße zieht sich wie eine lange Schnur um die Berge herum. Was würde Khadija von all dem halten, wenn sie mich hier sähe, im Lieferwagen eines Unbekannten? Sie hätte dem Polizisten in Tlélat heute Morgen ins Gesicht gebrüllt und ihm stolz die Fotos von mir als Überlebender der schwarzen Jahre gezeigt, wie man sie in Algerien nennt. Mein Ausweis als Terrorismusopfer, ihren Ausweis als Rechtsanwältin und die Zeitungsartikel. Sie hätte gedroht, meine Mutter Khadija, getobt, mit dem Finger auf meine Kehle gezeigt und dann ihr Handy herausgezogen, um wütend etwas darauf zu tippen. »Und was ist das für eine Geschichte?«, hat mich heute Morgen der Polizist gefragt und einen Stift auf meine Kehle, meine Kanüle, mein Grinsen gerich-*

tet. »Hat man Sie wirklich angegriffen?« Mit einem Mal verstand ich, worauf er anspielte. Auf die Platzwunden der Straßenmädchen, die Narben der Prostituierten, die Male auf den Körpern unsittlicher Frauen, die Frauen ohne Männer und ohne Familiennamen. Auf die Frauen, die angeblich die Trockenheit auf den Feldern des Landes und die Erdbeben verursachen. Deshalb diese Geste mit der Bleistiftspitze. Er hielt mich für eine Prostituierte auf der Flucht!)

Was weiß man über den Krieg von 1990? Außer mir erinnert sich hier niemand an ihn. Viele der armen Verstorbenen habe ich im Kopf, Datum für Datum, Vorname für Vorname. Nicht alle, sicher keine Zehntausende, aber viele. Das ist die wahre Geschichte. *(Er schlägt einen ernsten Ton an, als spräche er ein Urteil.)* Es gibt keine Bücher, keine Filme und auch keine Zeugen für 200 000 Tote. Schweigen! Sag bloß nichts! Habt ihr in der Schule über den Bürgerkrieg gesprochen? Was antwortest du, wenn die Leute das da sehen? *(Er zeigt wieder auf meine Kanüle.)* Ich war fünfundzwanzig Jahre alt, als dieser Krieg begann. Er begann im März 1992, in unserer Buchhandlung in Batna, das schwöre ich dir.

5

Es war im Frühjahr 1992, am Montag, den 2. März. An dem Tag kam mein Vater früh aus der Buchhandlung nach Hause, und mit ihm brach die Nacht an, um uns das Schlimmste zu ersparen. In diesem Jahr zählte man die Toten in allen algerischen Städten schon zu Hunderten. Die Bärtigen, man nannte sie die »Tangos«, wurden von den »Charlies« gejagt, also den Militärs. Eines Morgens fand man bei uns, in der Rue de l'Indépendance, den Kopf eines Polizeibeamten aus dem Viertel in einem Mülleimer. Er war einige Tage zuvor entführt worden. Ein andermal entdeckten die Gläubigen im Morgengrauen an der Moscheetür eine lange Liste mit den Namen derjenigen, die von »Gott« zum Tode verurteilt waren. Niemand wollte seinen Namen oder den eines Angehörigen darauf finden. Mein Vater war glücklicherweise nicht dabei. Wir sind eine Familie, die man kennt. Den anderen, den Verurteilten, schickte man Kisten mit einem weißen Leintuch und Marseiller Seife. Du weißt schon, meine Tochter, für die rituelle Totenwaschung. Ach, das kannst du dir nicht vorstellen! Wochenlang wurde hinter vorgehaltener Hand nur darüber gesprochen: »die Liste«. *(Er verstummt, mustert mich kurz eingehend und sagt dann entschlossen:)*

»Nenne mir eine Zahl. Los!«

(Ich schweige weiterhin, in die Watte des brummenden Motors gepackt, aber ich bin überrascht. Eine Zahl? Was für eine Zahl?)

»Mach schon, Schwester. Nur eine Zahl, egal welche.«

(»Sein tausendjähriges Lid, das linke, geht auf, er belauert mich mit seinem verborgenen Auge. Also zwitschere ich mit meiner Vogelstimme, der einer torkelnden Ente, eines Sommerinsekts, »173«.)

Ha! *(Sein Auge glänzt vor Freude, ich glaube, über die Herausforderung, ja, über die Herausforderung.)* »4. Mai 1994: Im Wald von El

Marsa, in der Region Ténès (Chlef) werden 173 Leichen gefunden. Nach Aussage ihrer Familien gehörten sie zu einer Gruppe von über 200 Bürgern, die am 25. April 1994 vom Militär in den Dörfern Taoughrite, Ouled Boudoua, Sidi Moussa und Tala Aïssa im Zuge einer Vergeltungsmaßnahme für den Tod von etwa fünfzehn Armeeangehörigen verhaftet wurden, die in der Region von Ténès in einen Hinterhalt geraten waren.« *(Seine Stimme verwandelt sich, er spricht plötzlich, als läse er einen Zeitungsartikel vor. Dann betrachtet er mich, zufrieden, und wartet fast auf meinen Applaus. Enttäuscht zuckt er die Schultern und schaltet einen Gang schneller. Sein verkümmertes rechtes Bein regt sich nicht. Er redet wie ein Buch!)*

Soll ich weitermachen? Die 28? Gut: »Am 28. Februar wurde in Meftah Katia BENGANA ermordet, eine junge Gymnasiastin, die sich trotz Morddrohungen weigerte, den Schleier zu tragen. Der 29.? Am 29. September wird in Oran im Stadtteil Gambetta der Raï-Sänger Cheb HASNI durch zwei Kugeln in den Kopf getötet. Der 24.? Geiselnahme auf dem Flug Air France 8969 am 24. September: Vier Männer der GIA nehmen 220 Passagiere eines Airbus A300 auf dem Flughafen von Algier als Geiseln.«

Das Land brannte, man lebte weiter, wallah, Schwester, und alle unterhielten sich nur noch ganz leise, mit zitternder Stimme. Alles wurde still in diesen Jahren, verdächtig, als hätte man etwas Wertvolles gestohlen und würde gejagt werden. Jeder fühlte sich schuldig, wir waren grau wie Wölfe, blass wie verfluchte Kinder.

Ich habe dir von meinem Vater erzählt, der am Abend zitternd und betäubt nach Hause kam wie der Prophet, als er in seiner Grotte in Mekka zum ersten Mal dem Engel begegnete. Nachdem er die Tür zu unserem Haus zweifach verriegelt hatte, zog er sich in sein Zimmer zurück und weigerte sich, etwas zu essen. Meine Mutter machte sich Sorgen und behauptete, es könne etwas mit den Steuern, einer Zahlungsaufforderung oder einem Schuldner zu tun haben, der die Zahlung verweigerte. Allerdings sprach mein Vater die ganze Nacht über mit ihr und sie bewahrte Stillschweigen über das Gespräch, wie man unter Wasser die Luft anhält. Wir warteten, dass es Tag wurde, um mehr zu erfahren. Um es zu verstehen, klebten Benbadis und ich imaginäre Papierschnipsel wieder zusammen, zu Kugeln gerollte und zerknüllte Blätter. Was war während des Tages passiert? Wir kannten keine Einzelheiten. Auf der Straße wurde über Bomben, Mordopfer oder getötete Polizisten geredet, die Mörder gaben sich afghanische Namen, nannten sich nach den Gefährten des Propheten oder nach Koranversen. Die Emire hießen El Afghani, aus Afghanistan, von wo sie blutrünstig zurückkehrten. Dann benannten sie sich nach den Stadtvierteln von Algier: Moh Leveilly, Flicha und andere. Schließlich trugen sie den Wahnsinn im Namen, wie etwa »Hungriger Wolf«. Kennst du diesen Anführer der Bärtigen, Hungriger Wolf? *(Erinnerst du dich, meine Huri? Ich habe dir schon von ihm erzählt.)* Nein. Vielleicht warst du noch nicht auf der Welt. Oder doch?

Am Anfang war es weit weg, in Algier, auf der Straße oder in den Bergen, nicht in unseren Häusern. Wir hatten gehört, dass es im Wald von Zbarbar, in der Kasbah von Algier und in Blida immer wieder Massaker gegeben hatte. Es fühlte sich nicht an wie Krieg, eher, als ob es Steine regnete: Es konnte jeden treffen, grundlos, nur weil man unbedeckt, unvorsichtig, ein verfluchter Sohn oder ein beliebiger Passant war. Eines Tages erreichte der Krieg unsere Stadt, unser Viertel, unsere Straße, unsere Küche. Ah, du hättest zum Beispiel die beiden Fella-Schwestern kennen sollen; beide waren rothaarig, man nannte sie »die Rebhühner«. Sie waren siebzehn und zwanzig Jahre alt. Sie hatten herrliche Augen wie du, Schwester. Die Bärtigen entführten sie an einer fingierten Straßensperre, als sie aus den Ferien in Algier zurückkamen. Weißt du, was das ist? Das sind Straßen, die die Emire blockieren, um zu morden, Wegegeld zu erpressen, junge Frauen mitzunehmen und die anderen zu töten. Damals gab es diese Ost-West-Autobahn noch nicht. Ah, sie haben diese armen Mädchen an einem Dienstag entführt. Beide waren so hübsch! Vor der Tür zu ihrem Elternhaus stritt man sich darum, wer bei den beiden Rebhühnern um die Hand anhalten durfte. Die beiden jungen Frauen lachten, sie lachten uns aus, sogar mich, den Sohn einer bedeutenden Familie, aber sie verspotteten uns nicht, sondern lachten vor Glück darüber, dass sie Schmuckstücken aus Rotgold glichen. Zwei reine

Herzen, wie man bei uns sagt. Die Bärtigen haben sie am 11. Januar 1992 entführt und dem Chef der bewaffneten Gruppe, die unsere Region um Batna durchkämmte, als Belohnung geschenkt. Einem gewissen Khaled Beddaf, glaube ich. Er war der Anführer der Terroristen. Das Problem war, dass der Chef sich in die Schönheit von Fella, der Jüngeren, verliebte, o ja, sie war schön wie eine Huri *(aha! Hör dir den an!)*. Kaum, dass sie gefesselt vor ihm stand, legte er die Waffen nieder, und als sich trotz des Schleiers eine Strähne ihres roten Haars löste und im frischen Wind des Waldes wehte, fühlte er einen Stich in seinem Herzen. Kannst du das glauben? Er blickte ihr tief in die Augen, und von der Sekunde an gab er alles auf. Er legte seine Kalaschnikow ab, vergaß Gott, die Hadithe, den Dschihad. Verrückt vor Leidenschaft und vielleicht Liebe, oder vor Begehren oder in der Eile, seine Huri noch vor dem Tod und dem Jüngsten Gericht zu besitzen, stieß er einen Schrei aus und stürzte sich auf sie, drang in sie. Er verzichtete auf den Heiligen Krieg, den Dschihad seiner »Brüder«, die in Algerien das Kalifat errichten wollten. Und weißt du, welches Wagnis er einging? Noch in derselben Nacht lief er mit ihr davon, beschloss, sich zu stellen, um sich vor seinen eigenen Soldaten zu schützen, und rannte in Richtung der Kaserne von Oued Chaâba. Seine Anhänger schnappten ihn jedoch im Wald von Bouhmama, wie erzählt wird, nachdem sie zwei Tage Jagd auf ihn gemacht hatten. Es heißt, sie hätten ihm die Kehle durchgeschnitten, Zentimeter für Zentimeter, mit einem großen, stumpfen Messer, und dabei sein Gesicht nach Westen gewandt, weg von Mekka und der Sonne. Verzeih mir, meine Tochter! Es klingt verrückt, aber glaube mir, Fella hatte ihm mit ihrem roten Haar und ihrem Lachen, oder ihrem Schweigen als Gefangene, den Kopf verdreht und ihn dem Leben zugewandt. Seine Männer glaubten an Hexerei, und Fella, nun ja, ich muss es dir erzählen, du bist eine mutige Frau *(seine Hand zeigt auf meinen Schal)*, Fella haben sie gefoltert, dann gevierteilt, und sie schrie, sie brüllte, flehte, sang und weinte, sie rief nach Gott und ihren Eltern. Einige in unserer Straße erzählen, man habe sie sogar noch in Batna, das so weit weg ist von dem Wald des Verbrechens, die ganze Nacht hindurch schreien hören, wallah. Wie der Wüstenwind durchdrangen ihre Schreie alles und hinderten Hunderte von Menschen am Schlafen und am Denken. Und ihre Schwester? Die »Wölfe« wollten sie wohl ebenfalls töten. Weißt du, meine Tochter, im Maquis haben sie die Frauen geheiratet, wenn sie aber schwanger wurden, brachten sie sie um, wallah. Vielleicht wollten sie im Kampf unbelastet bleiben, wollten nicht Vater werden und ängstlich besorgt um das Leben ihrer Kinder sein. Jedenfalls gelang es ihr, wie auch immer, zu entkommen. So sah man ihr prächtiges rotes Haar, das sich im Wald verzehrte, an den Bäumen loderte, und auch sie schrie tagelang. So haben die Soldaten sie aufgelesen, bevor sie die Gegend nach den Bärtigen durchkämmten. Armes Rebhuhn! Sie kehrte nie wieder nach Batna in das Haus in unserer Straße zurück und offenbar auch nicht in unsere Welt. Ein Angestellter unserer Druckerei erzählte mir, er habe ihr rotes und schmutziges Haar auf dem Agha-Bahnhof in Algier gesehen und sie daran erkannt. Eine Frau in Lumpen, die ihr zumindest ähnlich sah, bettelte und bespuckte alle, die ihr nichts gaben. Sie hatte vielleicht eine andere Geschichte im Kopf, und auch ihr glaubte niemand. Geschichten machen einen wahnsinnig, wenn man sie nicht ein für alle Mal zu Ende erzählen kann. Oder wenn die Leute um einen herum einem nicht mehr glauben, weil man ihnen keinen Beweis liefern kann. Ja, dann wird man wahnsinnig.

Bevor wir am Morgen in die Moschee gingen, erzählte uns mein Vater ein wenig von den Geschehnissen am Vorabend: Gottes Bärtige hatten ihn besucht; sie hatten mit ihm gesprochen; sie hatten ihn an meinen Großvater erinnert, der während der französischen Kolonialisierung unter einer Tonne Bücher gestorben war. Ja, doch! Ich meine eigentlich, dass diese Familiengeschichte zugleich wahr und falsch war. Man hatte ihn zwar unter einer Tonne Bücher gefunden. Aber zuvor hatten ihn die Brüder ermordet, die schon zu Zeiten Frankreichs aktiv waren. Er hatte sich geweigert, die Kriegssteuer zu bezahlen, oder man hatte ihn den Neid unter Gelehrten spüren lassen oder es war Verleumdung im Spiel, niemand weiß das so genau. Die »anderen«, die Halsabschneider, die versessen darauf waren, den Krieg gegen Frankreich wieder aufleben zu lassen und so zu tun, als würden sie ihn fortsetzen, wussten davon. Und als mein Vater El Hadj nach dem Sonnenuntergangsgebet in seiner Buchhandlung zurück war, hatten sie ihm erklärt, er könne nicht Muslim und ein frommer Mann in Batna sein und zugleich weiterhin Romane, unkeusche Zeitschriften mit unverschleierten und geschminkten Frauen auf den Titelseiten, staatliche Schulbücher und Bücher verkaufen, in denen an Gott gezweifelt werde, Bücher mit häretischem Gedankengut oder zweifelhafte, schlüpfrige oder aus dem Ausland stammende Bücher. Und was stattdessen? Ihr Emir, ein junger, selbstgefälliger Mann, der sich ständig am Hals kratzte, als hätte er Läuse, und den mein Vater wie eine Mücke im Sommer zerquetscht hätte, maßregelte ihn und erklärte ihm mit dem metallischen Zeigefinger des abgesägten Gewehrlaufs, dass sie einen heiligen Krieg führten, den Krieg Gottes gegen seine Feinde. »Wählen Sie, auf welcher Seite Sie stehen, oder verkaufen Sie Kochbücher«, befahl er ihm. Dabei lachte der Galgenstrick beinahe noch. Mein Vater entrüstete sich über diese Respektlosigkeit, während wir, mein Bruder Benbadis und ich, ihm zuhörten.

Ja, kleine, von der Straße Gerettete, die Gott mir gesandt hat, um mit mir Zeugnis abzulegen, der Emir der »befreiten islamischen Region« von Batna hatte im März 1992 die Lösung gefunden. Einen ehrbaren Ausweg für meinen Vater: den Verkauf von Kochbüchern. Man musste nur mit Kochbüchern handeln und die Steuer für den neuen Krieg bezahlen. Also begannen wir diese Sorte Bücher zu drucken und zu verlegen. Es war leicht, kostete nichts, der Verkauf war sogar gut. Doch mein Vater fiel wegen der Tonnen von Büchern, die er nicht mehr verlegen noch drucken noch verkaufen oder in seinem Schaufenster ausstellen durfte, in eine Art Agonie. Ja, er schrumpfte zusehends, irrte durch unser Haus und führte wütende Selbstgespräche. Ich meinerseits beobachtete ihn, wie er von den abertausend Phantombüchern erschlagen wurde, von denen er träumte wie von einer Rache. Von tonnenweisem Wissen, diesen Kisten voller Buchseiten, die niemand hätte kaufen können und die er wegen dieses bärtigen, verlausten jungen Mannes, der ein Gewehr mit abgesägtem Lauf schwenkte, nicht mehr anbieten durfte.

Aus Angst, mein Vater könnte ermordet werden, räumten wir in großem Stil auf. Wir versteckten, soviel wir konnten, in unseren Werkstätten, in unserer Buchhandlung; man verbrannte den Lagervorrat an gottlosen Büchern, die von den Islamisten verdammt worden waren. Wir druckten auch Kochbücher, die gut sichtbar ins Schaufenster von El Houria gestellt wurden. Die Leute blieben stehen, um sie unter die Lupe zu nehmen wie kalte Gerichte, ungenießbar oder salzlos. Verlegt wurden *Die Lieblingsgerichte des Propheten*, *Die Küche nach Aïcha*, seiner Lieblingsfrau, *Himmlische Gerichte*, *Paradiesspeisen*, der *Atlas des maghrebinischen Couscous*. Er verkaufte sich, so viel sei gesagt, sehr gut. *Die Pflanzen nach den alten Heilern*, *Tausend Sardinen-Variationen*, *Der Grieß und der Krieg*, verfasst von einem alten Freund meines Vaters, einem Mudschahedin des Unabhängigkeitskriegs im Aurès *(dem Gebirge, in dem der Krieg gegen die Franzosen angeblich begann, meine Huri)*. Und als wollte er diese Ironie betonen, verdiente mein Vater mit diesem neuen Geschäft mehr als mit dem Verkauf des Koran, den Hadithen oder Büchern über den Krieg gegen Frankreich. Möge Gott mir verzeihen, aber die Angestellten lachten sich ins Fäustchen wie vom Glück verwöhnte Diebe; er dagegen wurde zusehends weniger. Wallah! In Gesprächen verlor er den Faden, er vergaß die Gebetszeiten und bei der Buchhaltung die Zahlen.

Ich sah es, doch im Gegensatz zu mir schien mein Bruder ob des Schauspiels traurig zu sein. Ich dagegen verbarg meine Freude beinahe und bereute sie nachts. Das ist mein Fluch. Mein Bruder wollte meinen Vater beerben und bereitete sich darauf vor, indem er lernte und in der Schule Klassenbester war, den Ruhm unserer Familie mehrte, während ich andere Pläne für mein Leben hatte: Ich wollte Profifußballer werden, Seemann oder nach Frankreich gehen, um dort zu leben und Fotos von meinem Erfolg nach Hause zu schicken. Ha, ha, ich schwelgte zu sehr in meiner neuen Freiheit auf dem Rücken meines Vaters! O ja! Ich war zwanzig und spielte liebend gern Fußball. Ich trat den Ball mit aller Kraft und sah dann, wie er unter meinen Rufen die Luft zerteilte. Ich spielte gut. Du kennst dieses Spiel wahrscheinlich nicht, Mädchen spielen kein Fußball, sie dürfen weder kurze Hosen tragen noch in der Öffentlichkeit schwitzen oder die Stimme erheben, um einem Mitspieler etwas zuzurufen. Schreien, laufen, als ginge es ums Leben, durch die Luft wirbeln, hochspringen … Beim Fußballspielen hat man den Eindruck, das ganze dürre Holz des Lebens finge in den Lungen Feuer *(in Anbetracht meiner Narbe und meiner Kanüle zögert er)*. Ach ja, wie sehr mir der Geruch des Balls und der Spieler, ihr Gelächter und ihr Gezänke fehlen, auch die falschen Rückennummern und die Schiedsrichter, die man beschimpft! Ich wollte mir keinen Bart wachsen lassen wie mein Bruder Benbadis, der sich nach dem Gebet bereits in gelehrten Posen übte und schon von seiner Zukunft als Lehrer an einer Universität in Algier sprach. Ich betete übrigens nicht mehr, weder in der Moschee noch zu Hause. Aber ich spielte Fußball, wann immer ich konnte, die Stadien zogen mich an wie fliegende Teppiche. Freitags, während der Gebetszeiten, wenn die Alten Mittagsruhe hielten, kickte ich. Zugegeben, ich war kein herausragender Spieler, es machte mir einfach Spaß. Denn damals, 1992, gab es nichts mehr zu lachen, weder in Batna noch in Algier. Im Krieg der Armee gegen die Bärtigen gab es keine glücklichen Erinnerungen mehr. Bis auf eine: Als alles den Bach runterging, erinnerte sich jeder an das Fußballspiel gegen Deutschland 1982, wir hatten zwei zu eins gewonnen, und das ganze Land hatte das Ereignis ausgelassen gefeiert! Damals suchte man sich auf den improvisierten Fußballplätzen den Vornamen eines Spielers aus der Goldmannschaft aus. Ich war Belloumi oder Assad oder Madjer oder Guendouz, du kennst diese Schwarz-Weiß-Legenden und ihre Lockenköpfe nicht. Damals hatte ich noch zwei Beine, ja!

(Über seine Augen legt sich kurz ein Trauerschleier, sogar über das arglistige, von dem schweren Lid verhüllte linke Auge. Sein verkümmertes rechtes Bein reicht nicht bis zum Wagenboden, er zieht es noch mehr an, fast schamvoll, ich tue so, als sähe ich woanders hin. Nicht mehr ganz zwei Stunden, dann sind wir in Relizane, wenn ich nicht vorher aus diesem ramponierten Lieferwagen aussteige oder wir nicht umkehren. Er hat es geschworen. Relizane, das ist das Krankenhaus,

in dem ich mich mit geschlossenen Augen und offener Kehle wieder mit mir versöhne. Ich bin dort für immer fünf Jahre alt, man fragt mich behutsam nach meinem Namen und nach meiner Schwester, meinen Eltern, meinen Verwandten. Das Licht ist orangefarben; Lampen kommen näher und entfernen sich. Ich liege auf dem Rücken und ruckele auf einem Bett auf Rädern von einem Saal in den nächsten. Dort, zwischen den Särgen des Massakers von Had Chekala, hat Khadija mich zum ersten Mal gesehen …)

In dieser Zeit verlor mein Vater sein Ansehen und sein Selbstbewusstsein. Die Kochbücher, die aus der Druckerei kamen, schienen ihn und die ganze Familiengeschichte zu verspotten. Im Jahr darauf bekam El Hadj Krebs, er konnte seine Beine nicht mehr gebrauchen und starb. An einem Freitag, möge Gott seiner Seele gnädig sein! Er starb am 11. Oktober 1993. Ich begegne ihm immer seltener in meinen Träumen, keine Ahnung, warum.

Weißt du, da du mit diesem unglaublichen Kennzeichen geboren wurdest, dem einzigen Beweis für alles, was uns in den zehn Kriegsjahren widerfahren ist, dass die Terroristen, die seit den 2000er Jahren und nach Inkrafttreten des Gesetzes zur »Versöhnung« aus dem Maquis kamen, vorgaben, sie seien »Köche«? Der Staat selbst hatte ihnen aufgetragen, sich vor Journalisten so zu bezeichnen, damit sie in den Genuss der Amnestie kommen konnten, da das Gesetz nur erwiesene Mörder mit Gefängnis bestraft. Im Fernsehen, im Radio und in den Zeitungen bezeichneten sich alle als »Köche« und schauten traurig auf ihre unschuldigen Hände. Sie sprachen mit stinkenden Bärten und halb verhungert davon, als Koch gearbeitet zu haben, und ihre Blicke waren eiskalt. Ach, wenn nur mein Vater noch am Leben gewesen wäre! Er hätte schallend gelacht, auch wenn er sonst nie gelacht und höchstens ein bekümmertes Lächeln übrig hatte, dünn wie der Mond während des Ramadan. *(Das ist der Monat, meine Huri, in dem man zwischen Sonnenaufgang und Sonnenuntergang nichts zu sich nimmt. Dann ist der Mond dünn und mager.)* Er hätte über die Ungeheuer triumphiert, hätte sie verspottet und vorgeführt wie sie ihn, als sie ihm in Gottes Namen aus ihrem Bergversteck Befehle erteilt hatten. Er wäre stolz gewesen. *(Seine erstaunliche Stimme wird fröhlicher. Dann schweigt er lange. Ach ja, meine Huri, wir fahren nach Relizane, sogar barfuß. Ich fühle mich schlecht dabei, mit dir schwanger zu sein, dich zu töten oder dir das Leben zu schenken, darüber wird meine Schwester entscheiden. Wir fahren in ihr Land, unter die Erde, wo die Gebeine und die Gebete sind.)*

Nimm es mir nicht übel, aber du weißt, dass einen die Straße ein wenig irre machen kann: Seit Ende des Krieges, des wahren Krieges, habe ich täglich Hunderte von Kilometern zurückgelegt; ich halte fast nie an, und zu guter Letzt redet auch die Straße mit mir. Sie erzählt mir von ihrem Leben, und damit will ich sagen, dass ich mit ihr nachdenke. *(Er murmelt absichtlich, damit ich glaube, es sei ein Geheimnis oder eine Fußnote in seinem eingebildeten Buch.)* Zwei Bücher verkaufen sich gut in Algerien: das Kochbuch und der Koran. Ich glaube aber, sie sind sich nicht grün. Der Koran behauptet, man esse nach dem Tod besser, die Bücher meines Vaters erwidern, man müsse sich vor dem Tod sattessen. Dieses Land schwankt zwischen dem einen und dem anderen, die Frommen kauen mal das eine, mal das andere dieser Gerichte, die durch den großen Tod getrennt sind, meine Tochter! *(Er lächelt, froh darüber, einen Teil des Lebens in Algerien zusammengefasst zu haben.)* Die Straße ist lang, und manchmal plaudert sie einfach drauflos. *(Er gerät immer tiefer in den Sumpf der Melancholie. Der Lieferwagen wickelt weiter das hinter den Ouarsenis-Bergen im Osten verlorene Knäuel auf. Die Berge nähern sich wie Wellen. Man erkennt die hohen Bergmütter der kleinen Bergtöchter und die noch höheren, im Nebel schemenhaften Großmütter. Sie sehen aus, als lösten sie sich in der Sonne auf.)*

Man weiß nie, was die Straße für einen bereithält.

Man fährt.

Und fährt.

Und dann passiert es vielleicht. Die Straße ist wie das Schicksal. Deshalb bin ich an diesem Feiertag losgefahren.

»Sag mir eine andere Zahl, Schwester.«

»Sechs.«

(Er schließt kurz die Augen, öffnet sie wieder.)

»6. Januar 1997. Das Massaker an den Bürgern der Cité des Oliviers in Douaouda (Tipasa). Bilanz: 23 Tote. Unter den Opfern sind drei Kinder und sechs Frauen.«

(Kurzes Schweigen, dann fährt er fort:)

»6. Januar 1995. Dezimierung der Familie LARIBI: In Blida werden LARIBI Abderahmane, 47 Jahre (geboren 6. Juli 1948), seine Ehefrau LARIBI Yamina (geborene Bouamra), 38 Jahre (geboren am 13. Juli 1957), zum Zeitpunkt ihrer Ermordung schwanger, sowie LARIBI Redouane, 16 Jahre (geboren 24. April 1979) ermordet. Ein weiterer Sohn des Ehepaars überlebt.«

6

Was wird jetzt geschehen, da du ihnen zeigen kannst, dass es wahr ist? Denn bei dir ist es anders. (*Er lässt die Kupplung kommen.*) Sie werden es nicht wagen, mit den Schultern zu zucken und sich über dich lustig zu machen, dich zu ignorieren oder von dir zu fordern, dass du das Thema wechselst, oder dich in die Weiße Villa des Geheimdienstes einzubestellen.« »Aïssa, du wirst verrückt«, warnen sie, sobald ich den Mund aufmachen will. »Aïssa, hör auf, Zahlen und Geschichten zu erfinden, sonst endest du hinter Gittern.« Verstehst du? Mein Bein beweist gar nichts, du hingegen mit diesem … *(Er zeigt mit gierigem Auge auf meine Kanüle, ich weiche vor Wut zurück. Dabei öffnet sich mein Schal und man sieht meinen, nach dem Angriff der beiden Ratten zerwühlten Verband. Das Grinsen mit den Nahtstichen wird sichtbar, die Naht, das Fleisch und die Wunde. Ich überrasche ihn fast dabei, wie er zittert und kurz davor ist, aufzuschreien. Ich bin verstört, als wäre ich eine andere Frau, eine Mumie, ein Zombie. Nein. Ich meine, als wäre ich eine andere, die plötzlich begreift, dass sie nicht tot ist und es nie war, und dass die Spur des Messers auch die Spur des Lebens ist.)*

Ich werde es dir sagen, wallah.

Möchtest du etwas trinken? *(Er reicht mir eine Flasche Wasser und ich nehme sie, denn du hast Durst.)* Etwas essen? *(Ich trinke, wir trinken beide, du schaukelnd in der Dunkelheit, wo ich dich töten werde, wenn meine Schwester es so will. Ich lese: »Willkommen in der Gemeinde Oued Rhiou.« Doch hier gibt es nur Hügel, so weit das Auge reicht. Die Autobahn unter den Reifen des Lieferwagens umgeht alle alten Dörfer. Man sieht sie nur von Weitem, erkennt eine gestiegene Anzahl von Silhouetten, die von Schatten und Gebäuden herrühren. Geblieben sind die absurden Grenzen, die Verwaltungseinheiten, die uns begrüßen und verabschieden, uns auf Schildern eine »Gute Reise« nachrufen. Gebetsmühlenartig nimmt er den Gesprächsfaden wieder auf.)*

7

11 Uhr 53.
»Noch lange bis Relizane?«

Hab noch etwas Geduld, bald wirst du verstehen, warum Gott dich heute gesandt hat, um den Undankbaren zu zeigen, dass der Krieg der 90er Jahre keine Erfindung ist. Dass alles wirklich ist. Die Toten, die Zahlen, die Schreie, die Halsabschneider, die Namen der Katibas und der Emire. Wenn wir in Batna ankommen *(aha!)*, zeige ich dir unseren Lagerbestand an Kochbüchern in unserem großen Haus mit den uralten, aber immergrünen Zitronenbäumen. Jetzt steht es leer und ist verstaubt, aber die Kochbücher sind noch da, überall ein paar, die schlauen Bücher haben meine Mutter mit ihren eigenen Waffen geschlagen, hi hi! Sie werden noch gekauft, da hinten sind sie *(er zeigt mit dem Daumen in den hinteren Teil des Lieferwagens)*, ich mache weiter: Ich drucke und ich verkaufe sie.

Du wirst keine große Unordnung im Haus entdecken. Alles ist noch so wie zu der Zeit, als mein Vater seinen Schnurrbart und seinen weißen Burnus zeigte und ich noch zwei ganze Beine hatte. Seit Jahren bin ich viel unterwegs. Ich schwöre, meine Tochter, die Straße verfolgt mich deshalb sogar zu Hause. Sie rollt sich unter dem Tisch ein wie eine Schlange und wartet, dass ich am nächsten Tag wieder losfahre, um den Lagerbestand zu verkaufen oder um die Erlöse und die nicht verkauften Exemplare bei Buchhändlern in ganz Algerien wieder einzusammeln. Weißt du, ich betreibe dieses Geschäft seit den Kriegsjahren, ich mache nie oder fast nie eine Pause.

Hör mal! Wenn du weiter mitfahren willst, machen wir eine Pause in Relizane, wenn nicht, kehren wir nach Oran zurück. Wir kaufen dir ein paar Sandalen in Relizane und essen etwas. Einverstanden? Ich glaube, sogar an Festtagen wie diesem gibt es dort mittags nach dem Zuhrgebet *(das Mittagsgebet, meine ungeborene Tochter)* Schnellküchen, die geöffnet haben. Wir essen etwas Fleisch, du hast sicher Hunger, oder? Möchtest du noch etwas trinken?

Bevor mein Vater an Prostatakrebs starb, konnte er schon fast nicht mehr gehen, laut werden, eine Fliege totschlagen oder meiner Mutter entkommen. Während seiner letzten Lebenstage umzingelte sie ihn von allen Seiten wie eine leibhaftige Armee mit Kräutertees, Gemurmel, Pflege, sauberen Handtüchern und gewaschenen Laken, wallah. Zu Hause begriffen alle: Es war ihre Sternstunde, der Moment, in dem sie wie eine richtige, unseren Traditionen entsprechende Frau in Erscheinung treten konnte. Ja, gut, sie übertrieb es, das muss man sagen. Möge Gott ihrer Seele gnädig sein! Ich glaube, sie hat ihr ganzes Leben von diesem Moment geträumt, in dem mein Vater für seine intimsten Bedürfnisse von ihr abhängig wurde und so ganz und gar zu ihr zurückkehrte, wenn auch krank. So sind sie, die echten Frauen. Nicht, dass sie sich rächen wollte, glaube bloß das nicht, sie wollte einfach nur seine einzige Ehefrau sein. Wenn sie Besucher empfing, die gekommen waren, um sich nach El Hadj Guerdis Gesundheit zu erkundigen, brach sie zum richtigen Zeitpunkt in Tränen aus, wie es sich gehörte.

Mein Bruder Benbadis war in diesen Monaten nicht da. Er studierte an der Universität in Algier und sprach nur mit mir, um mich spüren zu lassen, dass ich nicht schreiben konnte; ich holte die Bücher, die es einzuräumen galt, den Kaffee oder die Zigaretten *(sieh an, er raucht? Ob ich ihn um eine Zigarette bitte?)*. Unter der Woche, wenn mein Bruder nach Algier ging, blieb ich allein zurück und stand in der Tür zum Schlafzimmer meines Vaters. Er lag im Bett, als hätte ihn wer-weiß was erwischt, etwas, dem er seit Langem aus dem Weg gegangen war. Er murmelte unaufhörlich vor sich hin, ich glaube, er wollte das Gespräch mit den Toten wiederaufnehmen. Ich überwachte ihn, ohne ihm etwas sagen zu können, wir hatten uns seit jeher wenig unterhalten. Er musterte eingehend die Decke und antwortete mit stummem Kopfnicken oder Kopfschütteln. Wahrscheinlich dachte er über seine Feigheit gegenüber dem Emir der Mörder nach, der ihn gezwungen hatte, Kochbücher zu verkaufen. Seine Lippen verzogen sich verächtlich und herablassend angesichts dieses Feindes, der sich in ihm niedergelassen hatte. Bis zum letzten Atemzug lag er, glaube ich, mit dem Emir im Streit.

Oft wunderte er sich fast darüber, dass meine Mutter und ich ihm zur Seite standen. Ich wusste nicht, was ich ihm anvertrauen sollte, du weißt ja, bei uns zu Hause spricht man nicht über Herzensangelegenheiten. Ich blieb bei ihm, und er betrachtete mich prüfend aus weiter Ferne, als säße er auf dem Grund eines Brunnens. Ich brachte ihm Wasser und Schmerztabletten – »diese Tabletten heilen mich nicht, sie bringen mich um« –, klagte er immer wieder frustriert. »Ich bin enttäuscht, ich bin so enttäuscht«, wiederholte er, und wenn er ein wenig Kraft fand, schlug er mit den Händen auf seine mageren Schenkel. Ich blieb bei ihm, außerstande etwas Hilfreiches zu sagen, etwas wie einen Satz aus einem bedeutenden Buch. Ich hatte zwei unversehrte und robuste Beine, doch was hätte er damit anfangen sollen? Er konnte nichts mehr mit uns teilen außer den Schmerz und das Seufzen eines bedrückten Menschen.

Einige Monate vor seinem Tod entschied ich mich spontan, die Verlagsbuchhandlung weiterzuführen, damit sein Seufzen ein Ende hatte. Mitsamt ihren Düften, ihrem Klebstoffgeruch, dem gelehrten Schweigen, ihren alten Buchtiteln, den Kisten, den Zahlen und der Tonne Bücher, die meinen Vater, meinen Großvater und alle meine Ahnen erdrückt hatte. Ich habe es ihm nicht angekündigt, aber ich übernahm das Familiengeschäft, und er bekam es mit, weil meine Haut danach roch, wenn ich zurückkam und sein Schlafzimmer betrat. Von dem Moment an drehte er sich wie beruhigt zur Wand und zu meinem Großvater, als hätte er eine alte Schuld zu begleichen oder suchte Vergebung für etwas. Ich glaube, in seinem verborgenen Leben konnte mein Vater nun Ball spielen; und er starb. *(Seine Stimme schwankt. Warum wird sein Blick steinhart? Warum wird das rechte Auge feucht, während im linken Wut und Unerbittlichkeit lodern?)*

Ah! Ich habe Schritt für Schritt angefangen *(er zeigt lachend auf sein totes Bein).* Während des Krieges ging das Geschäft sehr schlecht. Ich stellte Bilanzen auf, kaufte Lieferwagen und reiste Buchhandlung für Buchhandlung durch das Land, um das geschuldete Geld, die Erlöse, die nicht verkauften Exemplare einzusammeln. Am Ende waren wir beinahe pleite wegen der fingierten Straßensperren, den in Brand gesteckten Buchhandlungen und der Angst der Leute, die sich nun fürchteten zu lesen oder sich dazu zu bekennen. Weißt du, meine Tochter, in den 90er Jahren wurden viele Buchhändler ermordet, weil sie keine Kochbücher verkauften. Bei meinen Rundreisen traf ich immer wieder Menschen, die sich an meinen Vater erinnerten und die Augen niederschlugen, weil sie kein Geld hatten, um zu bezahlen, oder die Rollgitter ihrer Buchhandlung herunterließen, wenn sie erfuhren, dass ich in ihre Stadt gekommen war. Ein einziger, der die Geschichte meines Großvaters kannte, bot mir Tee an und lud mich zu sich ein. Es war in der Wüste, in Ouargla in der Sahara *(die Wüste, mein Mädchen! Sie ist ein Ort, der den Mond nachahmt und uns erlaubt, allein auf der Welt zu sein).* Ich habe ihn häufig wieder besucht. Was für schöne Abende wir zusammen verbracht haben! Wir lachten über die schelmischen Legenden aus dieser Region, die ein gutes Herz behalten hat, wallah. Die Leute der Wüste sind die wahren Algerier, glaube ich. Der Mann war so alt, dass er sich nicht mehr um Zahlen und Rechnungen kümmerte, und das gefiel mir. Seine Haut war ledern, sein Bart weiß und wellig, seine Hände so voller Falten, dass man glauben konnte, sie steckten in der Haut von Reptilien. Wir saßen in einer Gasse seines Dorfs im Sand, und es gab einen großartigen Sonnenuntergang, orange und blau, wie es ihn nur in der Sahara gibt. Gemeinsam verbrachten wir die ganze Nacht dort, betrachteten die Sterne, und er erklärte sie mir wie ein Gelehrter, der zur Ruhe gekommen ist. Das war das letzte Mal, dass ich glücklich war, ohne etwas zu sagen oder etwas vorzutäuschen.

An diesem Mann, der so alt war wie mein Vater in meinen Träumen, gefiel mir sein Schweigen, das er stets in ein Lächeln verpackte. Einmal kam ich in der prallen Hitze an, und er empfing mich, als wäre ich soeben erst geboren worden. Ein Junge brachte uns Wasser, damit wir uns waschen konnten, Couscous und einen Tee, und das alles in einer Stille, die umso tiefer wurde, je länger wir die Dünen des Dorfs Sidi Khouiled bewunderten. Du solltest einmal dorthin reisen. Bevor die Sonne unterging, setzte sich Hadj Mimoun zu mir, und wir blieben in der sengenden Sahara schweigsam, jeder in seinem Teil der Wüste. Nicht, weil wir uns nicht zu nahe treten wollten wie Fremde oder auch Trauernde, die unfreiwillig an einem Ort festsaßen. Es war vielmehr das Schweigen, das zwei echte Brüder teilen. Ich meine, die wahre Stille, wenn das Leben durch einen hindurchgeht und sich mit dem Leben des anderen füllt. Erst am Abend, als es dunkel wurde und die Sterne erschienen, ergriff Hadj Mimoun in der zurückweichenden Wüste wieder das Wort. Er schien überall Hinweise zu sehen, erkannte die Fußabdrücke von Eidechsen im weichen Sand. Er band die Geschichten, die Orte und ihre Namen, Bücher und das Lachen wie mit Fäden zusammen, wallah! Ich lauschte ihm mit einer Freude, wie ich sie nie zuvor beim Zuhören von irgendjemandem empfunden hatte: Selbst meine Mutter und mein Vater brachten es nie fertig, mich träumen zu lassen wie dieser Alte. Er ließ mich glauben, ich könnte mühelos lesen, indem ich einfach die Augen für die Zeichen öffnete.

Damals hatte ich noch zwei kräftige Beine. Mein Bruder Benbadis unterrichtete an der Universität von Algier. Er hatte gerade eine Cousine mit Schmollmund aus einem Zweig unserer Familie geheiratet, der seit einer Generation in Algier lebte, das Blut der Guerdi sollte erhalten bleiben wie heilige Tinte. 1996 zogen mein Bruder und seine Frau ins Stadtviertel El-Biar. Ihre Wohnung lag im Zentrum der Hauptstadt, auf einem Hügel, im siebten Stock. Wenn man sich aus dem Fenster lehnte, hatte man also Aussicht auf einen Zipfel Meer, um sich woanders zu fühlen. Für mich, der das Meer nur aus Büchern kannte, war das Meer eine junge Frau, die man nicht ansprechen durfte, und die sich hinter einem schmalen Fenster und einem Wald von Tugenden versteckte. Errätst du es? Als meine Schwägerin schwanger wurde, fiel mir für die Tochter zuerst der Vorname meiner Mutter ein, damit sie nicht so faul würde wie ihre Mutter, und ich sagte es ihr lachend. Meine Mutter war einige Monate zuvor gestorben, drei Jahre nach ihrem Mann; ich glaube, sie wollte sich von ihren häuslichen Pflichten ausruhen oder ihm schnell nachfolgen, um wieder bei null anzufangen. Sie hatte Parkinson, Alzheimer, der Gedächtnisverlust richtete sie zugrunde und sie antwortete kaum noch, wenn man sie bei ihrem Vornamen rief. Sie starb im Schlaf in ihrem Schlafzimmer in unserem schönen Haus in Batna. Ich habe noch ein Bild im Kopf: Wenn man ihr reife, leuchtend gelbe Zitronen zeigte, weinte sie, ohne den Grund zu kennen. Es war, glaube ich, ihre einzige Erinnerung an ihr gesamtes Leben.

Nach einigen Besuchen warf mich mein Bruder zum ersten Mal aus seiner Wohnung. Ein Jahr später, als meine Nichte geboren wurde, kam ich zurück, mit einem Schaf zum Opfern und Geschenken. Das Paar hatte ihr den Namen Kalthoum gegeben, und ich, ich nannte sie Sandybelle, um nicht auf die leidige Geschichte mit dem Vornamen meiner Mutter zurückzukommen, glaube mir, wallah. Sandybelle war die Heldin einer Comic-Serie aus der Zeit des Schwarz-Weiß-Fernsehens in den 1980er Jahren, als Fernsehapparate so selten waren wie alte Goldjuwelen aus Constantine. Oh, die Tochter meines Bruders, meine Nichte, die wie meine Tochter ist, hat sich später tapfer gegen die Krankheit gewehrt. Wie eine Löwin. Wir haben Stunden Schlaf verloren, wir haben unsere Haare verloren und wir waren nicht mehr geneigt, auf die Fragen unserer Verwandten zu antworten. Als wir erfuhren, dass Sandybelle im Krankenhaus ihre Haare verlor, waren sie in Algier nicht willkommen, wir wollten verschont bleiben von ihrer Fürsorge und ihren Seufzern. Nicht bei uns. »Keine Totenfeier vor dem Tod!«, brüllte mein Bruder Benbadis rasend vor Wut, wenn man in seiner Gegenwart die Barmherzigkeit Gottes erwähnte, oder das Schicksal, die Wunder, die Risiken der sehr häufigen fingierten Straßensperren zwischen Algier und Batna, wo er die Wochenenden verbrachte, die Morde, die Bomben und die Drohungen gegen das Lehrpersonal der Universität.

Um das alles zu vergessen, war ich ständig im Auto unterwegs, ohne anzuhalten. Ich versuchte, die verstreuten Dinge in meinem Kopf aufzuräumen, ohne Bücher oder Schriftstücke oder die Weisheit des Gedruckten zu verwenden. Damals waren auf meinen Touren Tage und Nächte gleich grau. Sandybelle hatte Krebs, und wir wussten nicht, was tun und bei wem anklopfen: bei einem Allgemeinmediziner oder bei Gott. Dazu muss man wissen, dass die Ärzte während des Krieges von den Verwundeten und den Leichen beansprucht wurden, und wenn sie die Emire oder die Bewaffneten nicht behandelten, wurden auch sie getötet. Schau, das ist sie, hier, ein Jahr vor ihrem Tod *(seine Hand zeigt auf das Foto am Rückspiegel)*. Sie hatte dieselben Augen wie meine Mutter, alles hatte sie von ihr, und jetzt reden sie vielleicht miteinander bei Gott. Ich stelle mir den Tod vor wie ein Wohnhaus, in dem die Verstorbenen gemäß ihrer Blutsverwandtschaft auf der Erde einquartiert werden. Auch diese beiden treffe ich nur noch selten in meinen Träumen, die Straße hat ihren Platz in meinem Kopf eingenommen, ich bin die ganze Zeit unterwegs. Ich kann nicht lesen, oder fast nicht, ich misstraue Büchern wie meine Mutter, aber ich verkaufe sie wie mein Vater, und so fahre ich und fahre. Verstehst du? *(Er klopft auf den Rückspiegel.)* Ich habe ihr Foto hier hingehängt, damit die Leute für sie beten.

Interessiert dich die Geschichte vom blauen Fisch, der ins Jenseits zurückkehren wollte? Ha, ha! Meine Sandybelle liebte die Geschichte vom Fischer und dem goldenen Fisch. Nachdem der alte Fischer ihn ins Meer zurückgeworfen hatte, schenkte ihm der Zauberfisch alles, was er wollte, er erfüllte jeden seiner Wünsche, aber die Frau des Alten war nie zufrieden mit dem, was er nach Hause brachte. Und eines Tages verlor der Fischer alles wegen der Gier seiner Gattin, die immer mehr wollte. Sandybelle stellte mir tausend Fragen zu dem Fisch, wie er sprach, warum Fische heute nicht sprechen, ob Gott es erlaubt habe und so weiter, und als ich sie im Krankenhaus in Algier besuchte, schlief sie darüber ein. Alte Geschichten wie diese sagen einer jungen Frau wie dir nichts, die erst ein paar Tage auf der Welt ist. Selbst wenn ich glaube, dass du der Beweis dafür bist, dass alles wirklich so war. Hast du deine Narbe nie als ein Zeichen Gottes betrachtet? Als einen Schriftzug? Ah, du verziehst das Gesicht und denkst, ich spinne? Nein, ich kann nicht schreiben, aber lesen kann ich trotzdem, ich kann lesen, was dir auf die Haut geschrieben ist. Es ist das Zeichen. Es ist der Beweis, der einzige Beweis, dem ich seit Kriegsende je begegnet bin. Alles wurde ausgelöscht, nichts ist übrig, als hätte ich alles erfunden, und dann tauchst du am Tag des Opferfests an der Straße auf, wie vom Himmel gefallen! Wenn du von den Toten zurückgekehrt bist, dann um etwas zu erzählen und zu bezeugen, oder? Wenn du am Leben bist, obwohl man dir die Kehle durchgeschnitten hat, dann hast du eine Mission, meine Tochter, und auch wenn du dich nicht mehr unterhalten kannst wie wir, hast du uns etwas Wesentliches zu sagen; es gibt Millionen geschwätziger Menschen in diesem Land, es quillt über vor Plaudertaschen und Stimmen, aber deine Stimme zählt, auch wenn du nur murmelst. Gott hat aus dir ein Murmeln gemacht, damit wir schweigen, wenn du das Wort ergreifst.

8

12 Uhr 17.
»Nach einer Ausfahrt kommt die nächste, mein Mondmädchen.«

Du hast keine Eltern, stimmts? Hat man in einem Bus versucht, dich umzubringen? An einer fingierten Straßensperre? *(Mein Grinsen fasziniert ihn, er hält sich zwar zurück, aber er würde sich am liebsten hineinstürzen, wie alle, die sich für Sprünge in die Tiefe begeistern.)* Zur damaligen Zeit gab es in den Zeitungen morgens mehr Meldungen über Tote als über Geburten. Zum Beispiel erinnere ich mich daran: 23. Dezember 1998, vor zwanzig Jahren. Warst du da schon geboren? Es war der sechsundzwanzigste Tag des Ramadan. Am Ende der Tarawihgebete *(lange, abendliche Ritualgebete im Fastenmonat, meine Huri)* stoppte eine Terroristengruppe einen Pendlerbus nach Ténès. Das ist eine bezaubernde Küstenstadt im Norden von Chlef. Ja, meine Tochter, sie haben den Fahrer AMOR Abdelkader und den Schaffner MAAMAR Antar erschossen und allen Fahrgästen die Kehle durchgeschnitten, es waren etwa zwanzig. Unter ihnen befanden sich KARBACHE und seine Frau AYIOUAZ Hamida und ihr siebenjähriger Sohn. Die einzigen Überlebenden waren der Sohn von KARBACHE und ein vierzehnjähriges Mädchen aus der Familie Ayiouaz. Hier drin ist es *(er zeigt auf seinen Kopf)*, klipp und klar, es ist eintätowiert. Ich weiß, warum ich diese Art Geschichten mit mir herumschleppe. Ich kenne viele Zahlen, sie sind in meinem Schädel eingepflanzt wie Marmor in Friedhofserde. Nenne mir bitte eine andere Zahl! Schnell!

(Voller Abscheu und Bitternis sage ich »31«. Meine Lebenschiffre.)

Der 31.? »31. Dezember 1998. Drei Jungen im Alter von 9, 6 und 3 Jahren und ihrer 22 Monate alten Schwester wird die Kehle durchtrennt, ihre Mutter wird erst entführt, dann im Dorf Djebabera zwischen Hammam Righa und Hadjout ermordet.«

Soll ich dir die Geschichte vom 32. Dezember erzählen? Du meinst, den gebe es nicht? Hör zu.

Es war an einem Morgen. Am Morgen des 32. September 1997 oder des 33. Dezember oder des 34., denn es waren Tage, die es nicht geben sollte. Unmögliche oder unendliche Tage, die man auslöscht oder in denen man lebt, ohne ihnen entkommen oder in die natürliche Kalenderzählung zurückkehren zu können. Ich kam gerade aus Ouargla, es war September, da bin ich mir fast sicher, und geriet zwischen Ouargla und Sidi Okba in eine Straßensperre der Armee. Die Soldaten wirkten so jung: Sie waren bartlos, und wegen des grauen Morgenlichts, das jedes ihrem Kontrollpunkt näherkommende Auto umhüllte, irrten ihre Blicke umher. Die Straße war damals wie ausgestorben und bedrohlich, im wahrsten Sinn eine kopflose Schlange. Ich erinnere mich an ihre Waffen, Gewehre und Kalaschnikows: In ihren kleinen Händen sahen sie so schwer aus! Mit ihrer Heimtücke waren sie größer als die mitten in der Wüste in ihrer Rolle eingezwängten Kinder, die hungrig wirkten und Helden des Befreiungskriegs und Patrioten darstellen sollten, wie man es seit dem Rückzug Frankreichs in Algerien immer macht. »Steig aus, und Hände über den Kopf!«, brüllte der eine, der mir den Befehl erteilt hatte, auf dem steinigen Seitenstreifen zu parken.

Ich hatte den alten Buchhändler der Sahara beim ersten Gebet verlassen und erinnerte mich, dass er mich vorsichtshalber noch einen halben Tag dabehalten wollte: »Was transportierst du?«, bellte der Kindersoldat. Ich antwortete lammfromm mit der Stimme, die ich als Zehnjähriger hatte: »Kochbücher. Für die Buchhandlungen in Ouargla und Timimoun«, und ich schwöre, diese unbekannten Gegenstände, Bücher, die keinen Platz hatten in der uns alle belauschenden Wüste, verblüfften ihn. Vielleicht war er auch nicht von den Büchern überrascht, sondern von meinem Geschäft oder meiner Antwort, oder weil Bücher und Sand einfach nicht zusammenpassten. Allerdings schien er vergessen zu haben, was das Wort »Buch« bedeutet. Oder er fand es merkwürdig und gefährlich, dass ein Mann mitten in einem Krieg, in dem Blut und abgeschlagene Köpfe auf die Straßen rieselten wie von Ungeheuern ausgespuckte Olivenkerne, Bücher spazieren fuhr. Seine Gefährten in grünen Kampfanzügen umzingelten mich neugierig und nervös, auch verängstigt. Langsam, mit größter Vorsicht, öffnete ich die Hecktür des Lieferwagens. Ich zitterte zudem bei der unsinnigen Vorstellung, die »anderen«, die bärtigen Halsabschneider, könnten auftauchen. Ein Nichts hätte genügt, eine eingesperrte Taube, eine Schlange, ein Knacken, und diese armen, in Panik versetzten Kinder hätten geschossen. Die Wüste um uns war stumm wie ein Dieb in der Nacht, und ich bekam plötzlich großen Durst. Und ich musste pinkeln, der Harndrang war die reinste Folter. Ahnungslos, welche Qual ich litt, stieß mir der Soldat seinen Gewehrlauf in den Rücken. Er hatte ein verschlossenes Gesicht, war wütend auf jedes Lebewesen, auf sein Schicksal, seine Vorgesetzten und die Geschichte seines Landes. Die ganze Wüste stank, daran erinnere ich mich, wie der Kadaver eines Hundes, der Wochen zuvor von einem Lastwagen überfahren worden war.

Sie durchsuchten den Lieferwagen, dann pfiff ihr Chef sie zurück und überprüfte mich; er dürfte achtzehn Jahre alt gewesen sein, hatte Schlitzaugen, braune Haut und trug schwere Kampfstiefel. Er betrachtete mich lange, dann herrschte er mich mit aufgesetzt gebieterischem Ton an: »Das Buch über Fische, mach schnell!« Ich war verdutzt, die Worte wurden langsamer, formierten sich zur Ameisenkolone, bevor sie in meinen Kopf drangen. »Das Buch über Fische!«, wiederholte er, und sein Gewehr zeigt auf eine Kiste. Ich achtete darauf, mich langsam zu bewegen, um ihn nicht zu beunruhigen. Die ganze Wüste drehte sich nach uns um, als wollte sie uns mit ihren Felsenaugen fressen. Ich öffnete die Kiste und zog ein großes Werk heraus, das mit Fischen und funkelnden Bächen illustriert war. Ich glaube, es war ein Buch über das Angeln in Norwegen, das sich wegen seiner Fotos gut verkaufte. Ich reichte es ihm. Er legte sein Gewehr auf den Boden und blätterte eine Weile wortlos darin, während ich reglos stehen blieb und der kalte Mittagswind versuchte, durch meine Kleidung zu dringen. Die anderen Soldaten beobachteten den gefährlichen Horizont und wärmten sich, indem sie die Hände aneinander rieben. Plötzlich war er Kind und blätterte immer wieder in dem Buch, bevor er es mir zurückgab: »Ich habe seit Monaten keine Fische gesehen. Wir haben am Meer gelebt, ich komme aus Ténès.« Er bekannte es mit seiner anderen Stimme, der seines wahren Alters, dann fasste er sich und verstummte, schämte sich, dass er sich hatte gehen lassen. Ich wollte ihm das Buch schenken, aber er machte eine rasche Kopfbewegung, mit der er mir bedeutete »Verschwinde von hier!«.

Weißt du, die Straße ist keine Freundin, sie kann dir den Hals zuschnüren, dein Gepäck stehlen, dir die Kehle durchschneiden, dich in die Irre führen. Du bist der einzige Beweis, meine Tochter. Den darfst du nicht vergeuden und dich irgendwo herumtreiben. Dir ist doch klar, entweder du oder das Vergessen. Ich habe die Straße in allen Formen kennengelernt. Sie kann tausend Gesichter annehmen, aber sie hat nur eine Stimme im Kopf, höre nicht auf das, was sie dir sagt. Ein Mädchen wie du sollte nicht auf der Straße bleiben und ihr Geschwätz anhören, ohne einzugreifen, auch wenn du traumatisiert bist, an einer Krankheit leidest oder wütend bist. Sonst zieht sie dich aus und stielt dir deine Sachen. Sie hat keine Vergangenheit und keine Zukunft: Du bist ihr egal. Sie packt dich am Hals und bringt dich überallhin, indem sie dir vormacht, du würdest an dein Ziel gelangen.

Ich bin an jenem Tag noch zwei Stunden auf der Straße von Ouargla nach Biskra gefahren und habe dabei immer an den jungen Mann und die silbrigen Fische in Norwegen gedacht. In dieser einsamen Region Algeriens hat die Straße viele Kurven. Die Fische lagen friedlich in einem klaren norwegischen Wasserlauf, waren gut aufgehoben und wussten nicht, dass sie in Algerien durch den Traum eines Anglers schwammen, der irgendwo in den Dünen saß. Am selben Tag wurde ich bei einem Ort namens Korra erneut von einer Straßensperre des Militärs angehalten. Sie waren unerreichbar wie die Dschinn *(kein Mensch weiß, wer diese Wesen sind, meine Tochter, schlaf!)* und schlotterten vor Wut und Kälte, waren frostig wie Masten. Sie wirkten noch aufgeregter als die anderen Soldaten. Man hieß mich schnell umkehren, denn das nächste Dorf, in dem ihre Garnison lag, war in dieser Nacht von einer Katiba *(einer Einheit jener Terroristen, die meine Familie ermordet und mir meine Stimme geraubt haben)* überfallen worden. Man filzte mich wie ein Schaf und verjagte mich wie einen Ganoven. In der Wüste ertönte Gefechtsfeuer.

Der Himmel in meinem Rücken bekam Risse, ich gab Gas.

Ich erinnere mich, dass ich in einer einzigen, irrealen Nacht den Weg in umgekehrter Richtung zurücklegte und auf einen Ort stieß, den ich nie zuvor gesehen hatte, den ich aber auch mit offenen Augen nie wieder sehen konnte. Dort ist es passiert, die einzige Geschichte in meinem Leben, die noch kein Ende gefunden hat. Die wahre Geschichte, meine Tochter. Diese Geschichte habe ich selbst erlebt, und niemand will sie heute noch hören.

9

12 Uhr 35.
»Ich sehe vielleicht die Ausfahrt, meine Huri.«

Jetzt, da ich älter bin, glaube ich, dass es eine andere Straße gibt. Seit jeher. Eine Straße, die hinter allen anderen versteckt ist. Manchmal tritt sie zutage wie eine Parallelstrecke, dann wieder entfernt sie sich und entzieht sich dem Blick. Es ist nicht die Straße, die ich letzten Endes mit literweise Kaffee und endlosen, nächtelangen Diskussionen unkenntlich gemacht habe. Diese andere Straße, die menschenfressende, habe ich erst auf der Flucht entdeckt. Sie kommt einem vor wie die Aasfresser, die, wie du weißt, meine Tochter, in Höhlen oder Felsspalten die Gerippe verbergen. Wie spät war es? Wie hätte ich es wissen sollen? Selbst damals herrschte keinerlei Klarheit am Himmel. Ich habe diese Geschichte so oft erzählt, dass sie keinen Geschmack und kein einziges Detail mehr hat; aber sie ist wahr! Es ist ein wenig so, als würde man eine nahestehende Person zu lange anstarren und sie zuletzt nicht mehr wiedererkennen. Zweifele ich an dem, was ich gesehen habe? Zugegeben, meine Tochter, das tue ich. Es gab Augenblicke, da dachte ich: Aïssa, fange ein neues Leben an, heirate eine Frau, besuche die Moschee, damit du ins Paradies kommst! Und dann wiederum sagte ich mir, wenn dir niemand glaubt, wird dir das den Kopf zerfressen wie Krebs. Ich bin seit Jahren unterwegs, um diese Frage zu entscheiden: Soll ich auf die Straße hören oder nicht? Darüber denke ich unaufhörlich nach.

Anfangs dachte ich, es würde genügen, mit einem Polizisten oder jemandem aus der Gendarmerie-Kaserne zu sprechen und nach Hause zurückzukehren. Aber das stimmte nicht: Die Geschichte hockte da drin *(er zeigt auf seine Haare)* und wiederholte sich. Es gab immer mehr Einzelheiten, oder es gab weniger, oder Dinge, die ich erwähnen musste. Es kam vor, dass ich sogar nachts bei der Gendarmerie in Batna an die Tür klopfte oder um ein Gespräch mit dem Oberst des Militärstützpunkts unserer Stadt in der berühmten Weißen Villa bat. Der spindeldürre Oberst mit dem großen Schnauzer hörte mir höflich zu, wir haben in der Stadt einen guten Ruf, sind eine bedeutende Familie! Er saß unter dem Porträt des Präsidenten, das hinter ihm an der Wand angebracht war, machte sich Notizen und nickte. Danach ging ich nahezu erleichtert nach Hause und versuchte zu schlafen. Doch mir fielen weitere sachdienliche Einzelheiten ein, wie Ameisen oder Scherben von zerbrochenem Geschirr, die Stiefel der Mörder, oder der Geruch zum Beispiel. Rochen sie nach Wildschwein? Nach streunenden Hunden? Nach Moschus? Ständig hatte ich Zweifel. War es Mittag? Oder später, fast gegen Ende des Tages? Weiß der Henker! Auch am Himmel herrschte in dieser Hinsicht Unklarheit. Und dann: Wie viele Mörder waren es? Wie habe ich es geschafft, stundenlang mit einem verletzten Bein und blutend wie ein Kalb den Wagen zu fahren? Ich forschte bei mir selbst nach, wollte wissen, ob ich log, ob ich etwas vor mir verheimlichte, ob ich ein Terrorist, ein Zivilist oder ein Militär war, oder auch, ob ich mir beim Fahren alles zusammengeträumt hatte. Schwer zu entscheiden, wallah.

Monatelang habe ich mich in unser Haus mit den Zitronenbäumen zurückgezogen und bin im Selbstgespräch die ganze Szene mit den Lippen meines Vaters auf seinem Sterbebett immer wieder durchgegangen, alle Gegenreden, alles, was ich gesagt hatte, und alles, was die anderen gesprochen hatten, als ich an dem Ort ankam, mitten in der Falle. Weißt du, heute dürfen wir nicht über diesen Krieg reden, und selbst damals vermieden die Leute das Thema, begreifst du jetzt? Wenn es keine Bücher, keine Fotos, keine Zeugen, keine Filme gibt, gibt es keinen Beweis. Das dachte ich jedenfalls, bis ich dich heute an dieser Straße gesehen habe, bis ich an diesem heiligen Tag auf dich gestoßen bin. Verstehst du? Mit der Zeit wurde es wirr. Man hat die Einzelheiten des Krieges verschwinden lassen, man versteht nichts mehr vom dem, was man am Vorabend beim Zubettgehen begriffen hat. O ja! Es ist nicht Vergesslichkeit. Ich meine damit, dass man sich vielleicht in der Version täuscht, an den Bildern zweifelt, meint, es sei vorbei. Dabei hindert eine wahre Geschichte wie meine einen daran, auszugehen, sich zu rasieren, sich anzukleiden, man bleibt darin eingeschlossen, verstehst du, meine Tochter? Es hat etwas vom Kampf meiner Mutter mit meinem Vater, aber einem Vater, der nicht lesen und nicht schreiben kann, und einer Mutter, der es in meiner Vorstellung nicht gelingt, alles im Haus zu putzen. Zuletzt machten selbst meine Angestellten einen Bogen um mich. Meine Cousins reagierten verärgert oder gereizt, wenn sie mir begegneten. Viele schauten zu Boden und gingen davon oder wechselten die Straßenseite oder luden mich nicht mehr zu sich ein.

Ja, meine Tochter, das Leben ist undankbar. Mir blieb kein einziger Beweis, da alles, was diesen Krieg betraf, der Hunderttausende Tote gefordert hat, seit Langem verschwunden ist. Gott, gepriesen sei Er, hat Bücher geschrieben, damit man sich an Ihn erinnert, wallah. Aber ich habe nicht gelernt zu schreiben. Einige Jahre nach dem Überfall auf der Straße von Biskra wollte niemand mehr mit mir darüber reden. Ich habe wieder den Lieferwagen genommen, um auf der Straße weiterzuarbeiten wie mein Vater, indem ich Kochbücher, Hadithe des Propheten und Koran-Kommentare verkaufte.

10

12 Uhr 45, in seinem weißen Lieferwagen.

Dieses Mal spreche ich, meine Huri mit den großen Augen. Für ein paar Stunden deine Mutter in diesem Labyrinth.

Vergessen wir für einen Moment diesen Verrückten, der in seiner Geschichte eingeschlossen ist.

Was für ein Abenteuer für uns beide! Mein Herz schwillt an bei der Vorstellung, dass ich dir zugleich das Leben und den Tod schenken werde. Wir werden Taïmoucha fragen, auf welche Weise wir uns ihrer himmlischen Wunde nähern dürfen. Vielleicht wird sie es ablehnen, dass wir mit unseren Fingern ihre durchgeschnittene Kehle wieder aufleben lassen. Wir werden ihr viele Fragen stellen, wenn wir in ihrer Höhle ankommen, ihrem geheimnisvollen und klaffenden Grab, in das ihr Kopf, weit weg von ihrem Körper, geworfen wurde. Ein Kopf, der die Sonne ist, und ein Körper, der die Nacht ist, und immer wieder eine Enthauptung bei Sonnenaufgang und eine andere bei Sonnenuntergang. In der Eile hatten die Dorfbewohner sie am Tag nach dem Massaker wahrscheinlich mit einem fremden Leib bestattet, mit Armen, die nicht ihre sind, mit den Beinen eines Mannes, und vielleicht hält sie sich für schuldig und monströs nach dem Gemetzel vor zwanzig Jahren.

Heute ist der Himmel golden vom Staub, steinige Straßen führen kurz an der Autobahn entlang, und ich habe keine Namen mehr für die Orte, durch die ich komme. Alles ist neu und alt zugleich. Es ist wie ein ganz junger Traum im Kopf eines sehr alten Menschen.

Siehst du die Bäume durch die Scheibe? Sie kommen näher, dann retten sie sich schnell hinter uns. Auch die Tauben. Ich habe gesehen, wie der Himmel ein paar Handvoll in die Luft warf, wie sie schwerelos wieder herabfielen und an derselben Stelle zurückblieben, von der sie aufgescheucht worden waren. Für dich habe ich mit meinen Augen in den blauen Himmel gestarrt, bis ich das Gefühl für Höhe und Tiefe und sogar für die Sonne verlor, bis mir Tränen in die Augen stiegen und sie mit ihren Dolchen meinen Bauch bedrohte. Die Straße zeigt mir ein Dorf, auch Gebäude, in denen die Menschen Zuflucht suchen, um nicht leben zu müssen. Mir fällt etwas ein! Ich weiß, dass ich im Rettungswagen blutete, der mich am 31. Dezember 1999 auf dieser Straße zurückbrachte, bevor sich mein Bewusstsein spaltete; ja, ich würde sterben; ja, aber ich zählte weiter, während meine Kehle grinste. Zwei, zwanzig, vierundvierzig, ich verlor das Bewusstsein, aber das Zählen war offenbar ausschlaggebend, da ein fünfjähriges Mädchen zwischen Leben und Tod sich an ihr Leben klammerte, indem sie daran festhielt, diese nackten Zahlen aufzusagen.

11

12 Uhr 49.
»Die letzte Ausfahrt?«

Hörst du mir zu, Schwester? Ich flehe dich an, verliere nicht den Faden, es ist wichtig. Der Tag wurde länger, an jenem Dienstag im September 1996 zerfloss die Sonne wie ein Ei. Als hätte ich die Augen zum ersten Mal geöffnet, erkannte ich, dass die Straße einen Kopf, einen Mund und Zähne hatte. Die Straße ist eine Bestie, die sich in fettigem Pelz- und Uringeruch versteckt, Fleisch frisst und an Knochen saugt, wenn sie sich allein wähnt. Nachdem ich zwei Stunden lang jeden Kilometer mit dem Auge abgesucht hatte, um sicherzugehen, dass ich nicht Gefahr lief, in eine Straßensperre der Schächter zu geraten, zeigte sich, was aus der Straßensperre der Kindersoldaten geworden war. Ich erfasste das Geschehen mit einem Blick. Es war, als hätte ein schlechter Verlierer das Damespiel umgestoßen. Ich entdeckte schwarze Flecken auf dem Boden und am Himmel, Reifenspuren in den Dünen und überall Blut. Als ob ein Kind einen Eimer mit roter Farbe umgestoßen oder eine Fensterscheibe damit vollgeschmiert hätte. Der Geruch von Eisen hing über dem Straßenbelag, dem Sand, auf meiner Haut, in meinem Kopf, sogar in den Wolken. Noch heute, zwanzig Jahre später, überfällt mich dieses Bild, wenn ich über etwas stolpere, wenn ich hinfalle, wenn mir ein Hund ins Auto läuft. Es wirft sich wie ein Leintuch über mich, um mich in einen Dschinn zu verwandeln, wallah! An diesem Ort habe ich zum ersten Mal die Propheten gesehen. Nein, die abgeschnittenen Köpfe habe ich nicht gezählt! Später schon, um Gewissheit zu haben über das, was ich damals sah, und jedes Mal zweifelte ich an der Zahl. Jahrelang habe ich gezählt, doch das Gesamtbild variierte wie Perlen einer gerissenen Gebetskette. Waren es zehn? Zwölf? Ein einzelner? Weiß der Henker, was mit dem Gedächtnis los ist! Es ist ein Kind, das mit seinen Fingern spielt.

Was ich getan habe? Ich habe Gas gegeben, Schwester. Ich habe die Augen zugedrückt, bis zehn gezählt, während ich durch eine Art orangefarbenes Licht gefahren bin, ich schwöre es! Ich wollte nichts sehen, aber ausgehend von einem einzigen Detail hatten ein paar Augenblicke genügt, um alles zu verstehen: Es war das Gesicht des Jungen, der sich nach Fischen gesehnt hatte. Dieses Mal sah er verärgert aus, seine Augen starrten in den gelben Himmel, und sein Kopf hatte keinen Körper. Ein Fußball mit diesem unverständlichen Gesichtsausdruck. Hast du schon einmal den Kopf eines Enthaupteten gesehen? Tut mir leid, ich wollte dich nicht verletzen, ich wollte dir nur etwas erklären. Ein abgetrennter Kopf am Boden bringt einen fast zum Lachen. Wegen des ernsthaften Gesichts des Unglücklichen, und weil er aussieht, als würde er sich über etwas Nebensächliches ärgern, dabei ist er schon tot. Ich weiß nicht! Es kam mir lächerlich und entsetzlich vor, besonders mit der dicken Zunge, die zwischen den Lippen hervorquoll. Ich zählte den Kopf des jungen Fischfreundes und einige andere um ihn herum. Schwarze Bälle, vom Zufall geordnet, verteilt wie auf einem Billardtisch.

Während alles in Zeitlupe verlief, flog plötzlich ein Stein gegen die Beifahrertür, genau hier *(er zeigt auf meine Seite)*. Dann spürte ich den Stachel eines Skorpions in meinem Bein. Ich raste im Zickzack über die leere Straße und fuhr mich zwanzig Meter weiter im Sand fest. In diesem Moment tauchte der Emir mit seinen Männern aus dem Dünensand auf, um mich zu holen. Sie zogen mich aus dem Lieferwagen und kickten mich mit dem Fuß wie einen Hundekadaver, während ich versuchte, mich tot zu stellen. Ein Gewehrkolben zertrümmerte mir die Nase, ein Schuh fixierte meinen Hals, und über mir, im Himmel, das Palaver mit einem Bärtigen, den ich von unten sah. Du weißt schon, oder? *(Seine funkelnden Augen machen uns zu unguten Komplizen.)* Du wirst es wissen: Wenn du zu sterben beginnst, ist es, als würdest du aus einem Buch aufblicken, das für dich sinnlos geworden ist und über das die Leute um dich in einer fremden Sprache diskutieren.

»Nenne mir eine Zahl.«

»Sechzehn?« *(Eidechsenstimme, Fischmaul.)*

»16. Dezember 2000: Eine bewaffnete Gruppe bricht in den Schlafsaal der Berufsschule in Médéa ein. Sechzehn Schüler und eine Aufsichtsperson werden ermordet.«

12

12 Uhr 59.

Ich fuhr dann mit fast geschlossenen Augen bis nach Ouargla. Das Café hatte nach den letzten Nachtstunden gerade seine Türen geöffnet. Der Wüstenwind hüllte Mauern und Gesichter in roten Staub und hämmerte gegen die Türen, als wollte er eine schlechte Nachricht verbreiten. Dieser Tag glich einem großen Sonnenuntergang, die Sonne war versunken und matt, als wäre sie krank gewesen. Ich versuchte, wieder zu mir zu kommen, indem ich auf meinen Atem hörte. Verängstigt und schwankend parkte ich lange vor dem menschenleeren Café, wagte ich es nicht, aus dem Fahrzeug zu steigen. Ach, meine Tochter, ich hatte mich eingenässt und schämte mich. An der Bushaltestelle hatten sich ein paar Leute versammelt und warteten, schicksalsergeben, wie Pfosten. Ich schwöre dir, die ganze Welt hielt den Atem an. Irgendwann riss der rote, sandige Wind die ganze Stadt mit, ich hörte, wie alle schrien. Ich blieb sitzen, meine Tochter, mit nasser Hose und der Angst, die mich davon abhielt, die Tür zu öffnen. Die Straße sprach mit einer Mädchenstimme zu mir. Sie redete auf mich ein, wenn ich einen Tag lang mit meinen Schuhen den Boden nicht berührte, würde dieser Tag wie ein Motor noch einmal angeworfen oder neu gestartet werden, und dann gäbe es nichts zu sehen, keine Wiederholung. Nur dass der Emir, als er meinen Oberkörper mit seinem Schuh in den Boden drückte, mit rauer und feierlicher Stimme gefordert hatte: »Geh und berichte, sag ihnen, was du gesehen hast. Sag ihnen alles und in allen Einzelheiten.« Über der Stimme der Straße lag die des Emirs: Zu jener Zeit, meine Tochter, war das die Stimme Gottes.

Jetzt geht mir die Geschichte der neunzehn ermordeten Soldaten von der Straßensperre wieder durch den Kopf, die wahre Geschichte, mit tausend Einzelheiten, und auch die Geschichte, die ich erzählen sollte, damit sie bekannt wird wie der Koran. Der Anführer war deutlich gewesen: »Geh und erzähle allen, was du gesehen hast! Lauf, Elender!«, dann schoss er mit seiner Kalaschnikow in die Luft, und die anderen um ihn rissen Witze, während das Licht so schummrig war wie das einer glimmenden Kerze. »Lauf!«, hat er gebrüllt, und seitdem bin ich im Auto unterwegs, ich eile, aber ich werde die Geschichte nicht los, sie bleibt, sie weiß nicht mehr wohin, seit das Gesetz uns verbietet, das schwarze Jahrzehnt zu erwähnen.

Der Kindersoldat hatte behauptet, er habe seit Monaten keine Fische gesehen. Du hättest sehen sollen, wie er mit den Augen das große Bild eines Flusses in Norwegen absuchte, das silberblaue Wasser, das über tausend kleine Kiesel floss. Wie ein Engel, der sich über ein goldenes Buch beugt! Aber leider gehen die Dinge in meinem Gedächtnis durcheinander: War es zwei Jahre danach oder zwei Jahre zuvor gewesen, als mir die Straße denselben Rat gegeben hatte? Ich weiß es nicht mehr, meine Tochter. Als ich nach der langen Fahrt von Annaba gegen Ende des Vormittags in Algier ankam, wisperte mir die Straße zu, es bestehe noch immer die Möglichkeit, den Tag zurückzuspulen. Zwischen meinen Schenkeln spürte ich dieselbe Kälte, und die Straße lag mir mit demselben Gemurmel in den Ohren. »Steig nicht aus, setze keinen Fuß auf den Boden, und alles bleibt wie gehabt, nichts wird geschehen, und sie wird weiteratmen. Setze vor allem deine Fußspitze nicht auf den Boden. Fahre weiter, und wir bleiben zusammen, hören einander zu und stützen uns.« Sandybelle, die Tochter meines Bruders Benbadis, war die einzige der Familie, die noch lebte, als man sie gegen 17 Uhr fand. Sie hatte gegen eine Krebserkrankung gekämpft, und man hatte in der Überzeugung gelebt, das Schicksal würde sich mit einem Unglück begnügen. Ach, vielleicht hätte ich in jener Nacht nicht wie ein Verrückter fahren sollen. Weißt du, meine Tochter, sie haben das Auto meines Bruders in Kadiria angehalten. Er wollte mit seiner Frau und seiner Tochter, die auf dem Weg der Genesung war, zurück nach Batna fahren, um bei uns das Wochenende zu verbringen. Sandybelle liebte die Zitronenbäume, den Hof und die alten Möbel, die mit ihr zu sprechen schienen.

Am helllichten Tag, gegen 16 Uhr, bildete sich, ungewöhnlich um die Zeit, eine lange Schlange von Autos, die von der fingierten Straßensperre kontrolliert wurden. Die Schächter durchsuchten eines nach dem anderen und erpressten Schutzgeld von den Reisenden, dann ermordeten sie sie, einen nach dem anderen. In den Büschen schnitten sie ihnen der Reihe nach die Kehle durch. Man fand Sandybelle halb tot, fast blutleer, im Gestrüpp, die Kehle in der Eile zur Hälfte durchgeschnitten. Merkst du etwas? Verstehst du? *(Diese Geschichte ist ein Sprung in trübes Wasser, ein Scherz Gottes, meine Huri, oder das schallende Gelächter meiner Schwester Taïmoucha in ihrem kopflosen Reich.)* Ich war wie ein Irrer von Annaba nach Algier gefahren, und im letzten Moment, als ich vor dem Mustapha-Pascha-Krankenhaus ankam, zögerte ich. Wenn du den Boden nicht berührst, bleiben die Dinge im Traum, wiederholte die Straße. Das war an einem Samstag, im Morgengrauen des 7. September. Als ich in Algier ankam, war das mutige Mädchen vielleicht noch am Leben. Vielleicht hat sie ihren letzten Atemzug getan, als mein Fuß den Boden berührte.

Nur jetzt, Schwester, habe ich Zweifel, verstehst du? Bin ich vor dem Tod meines Bruders, seiner Frau und ihrer Tochter Sandybelle in die Straßensperre gefahren? Ich bin mir über die Reihenfolge nicht mehr sicher. Oder war es danach? Es ist gefährlich, das zu entscheiden, entweder belügt mich mein Gedächtnis, oder es hat für mich eine noch viel tiefere Wahrheit parat. Da sind zuerst die Daten: Samstag, den 7., für die erste fingierte Straßensperre, und Samstag, den 7., für die zweite. Bleibt also nur das Jahr. Doch damals, in den zehn Jahren Krieg und Massaker, war jedes Jahr wie das Jahr zuvor. Tausend Jahre an einem Tag, ein tausendjähriger Tag. Natürlich wirst du mir entgegenhalten: »Und Ihr Bein?« Nichts ist gewiss. Sicher, ich wurde vom Emir und seinen Männern in der Wüste verletzt. Ich blutete stundenlang wie ein Kalb auf meiner Fahrt nach Ouargla, wo ich ohnmächtig in meinem Lieferwagen gefunden wurde und wo man mich für einen Terroristen auf der Flucht hielt, bis man hinten im Lieferwagen meine Bücher fand, die mir das Leben retteten – Terroristen lasen nicht, womit meine Unschuld bewiesen war. Aber vielleicht hatte ich während der nächtlichen Fahrt von Annaba nach Algier auch einen Unfall an genau dem Tag, den es in den Kalendern nicht gibt, im selben Jahr, das überall gelöscht ist, weil ich fuhr wie ein Verrückter. Glaubst du, ich übertreibe mit meiner Wahrheitstreue? Wohl kaum. Ich glaube, ich muss ab und zu lügen, wie die Bücher, damit die Wahrheit, die am allerwichtigsten ist, hervortritt. Aber du weißt, dass es keine Spuren, keine Listen mit den Toten oder Bilder des Krieges in den 90er Jahren gibt, niemand erinnert sich oder will an diese Vergangenheit erinnert werden, nicht an dich, nicht an mich. Und außerdem ist ein Bein, das kürzer ist, nichts gegen deine Narbe am Hals. Die da, ja! Sie ist ein Fanal! Verstehst du?

Am Ende des Krieges war niemand mehr übrig: weder mein Vater noch meine Mutter oder mein Bruder Benbadis. Nicht einmal mehr Sandybelle. Schau dir ihr Foto genau an.

13

»Im Mittelpunkt des Labyrinths, glaube ich.«

An jenem Morgen im September 1996 lag der Soldat da wie ein Fisch ohne Flossen, und das Blut tropfte auf den Asphalt der Straße und breitete sich aus. Nicht in Pfützen, sondern in wütenden Pinselstrichen. Die neun oder zehn oder neunzehn Soldaten, die an dieser Straßensperre gestanden hatten, waren eine Stunde nach meiner Durchfahrt am Morgen umgebracht worden. Ich rührte mich nicht, nur ein Stein in meiner Brust bewegte sich und brach mir die Rippen. Ringsum suchte der Wind gierig nach ihrem Atem, und die große Sahara kehrte uns den Rücken zu. In diesen Gegenden, wo nichts wächst bis auf Träume und Sonnenaufgänge, hat man immer den Eindruck, jemand beobachte einen aus weiter Ferne. Ich habe die Leichen kaum angesehen, aber die auf dem Erdboden verstreuten Köpfe habe ich wohl wahrgenommen. Kieselsteine, Leute, die in der Leere herumlagen, Krähen oder Ratten, so sahen sie aus.

Was hätte ich schon tun können, meine Tochter? Zu jener Zeit hatte man nur ein Leben, das eigene. Ich habe mich also in meinen weißen Kastenwagen mit meinen Kochbüchern und den norwegischen Fischen gerettet. Ich fuhr wieder los und sagte mir dabei immer wieder, dass es nicht wahr sei, dass nichts davon wahr sei, als ein Schuss ertönte, meine Tür durchschlug und ein Skorpion mir in den Schenkel stach. Die Wüste in meinem Rücken hat tatsächlich gelacht, sie und der Emir mit seinen Männern. Mir rann der Urin das Bein hinab, mein Herz schlug wie wild, und mein Lieferwagen kroch auf dem Bauch in die reglosen Dünen. Aber darüber hinaus dachte ich an nichts. Später fuhr ich mit klappernden Zähnen planlos durch die Gegend. Zu meiner Beruhigung nahm mich die Straße wieder in ihre Arme, streichelte meinen Hals und flüsterte mir gut zu wie alten Leuten, die nichts zu verlieren haben. Sie haben mich gepackt und über den kalten Sand geschleppt.

Sandybelle, die Tochter meines Bruders ist im Jahr darauf im September gestorben, aber manchmal gibt mir die Straße ein, es sei im Jahr zuvor passiert, schwer zu entscheiden, weißt du. Ebenso wie bei ihrer Mutter und meinem Bruder Benbadis, der lesen und schreiben konnte und dessen Lehrtätigkeit an der Universität von Algier unserem Familiennamen Glanz verlieh. Fast zwanzig Jahre ist das her. *(Er hebt die Augen zum Foto, und sie lächelt ihm zu. Der blaue Fisch unter dem Rückspiegel zieht an seinem Angelhaken und federt zurück, während die Straße die Erde schwanken lässt. Soll ich rausspringen, sobald er abbremst? Und in welche Richtung weitergehen? Nach Oran? Nach Relizane? Dorthin, wo ich meine Stimme verloren habe, zu meiner Schwester, die wissen will, warum ich die Augen schloss und dem Emir vormachte, ich sei bereits tot?)* Der 7. September ist ein 34. September, ein 40. September. Nach meiner Rundreise zu den Buchhandlungen in der Region übernachtete ich in einem Hotelzimmer in Annaba. Als das Telefon so spät noch klingelte, wusste ich gleich, dass es eine schlechte Nachricht sein würde. Jedes Mal, wenn sie anriefen, klangen die Anrufer freundlich und sanft. Es waren unsere Nachbarn in Algier oder Batna. Sie pusteten in den Hörer, bevor sie die Worte wählten, damit sie mir in den Kopf gingen. Ich saß wie betäubt auf meinem Bett und hatte das Gefühl, mich unter Wasser oder in einem Loch zu befinden, war nur durch eine Schnur mit ihnen verbunden. Sie holten Luft, erkundigten sich nach Gott und der Welt und meinem Wohlergehen, erklärten, der Weg bis ins Mustapha-Pascha-Krankenhaus nach Algier sei weit, und dass ich kommen sollte, weil sich mein Bruder dort befinde, und dass ich nicht kommen sollte, weil es zu spät sei. Ich machte mich also auf den Weg, der immer länger wurde, sich hinzog wie das Leben. Die Berge zwangen mich zu Umwegen, versperrten mir mit Felsabbrüchen den Weg. Ich fuhr gegen den Wind. Ja, ich weinte. *(Er weint tatsächlich mit seinem linken Auge, und ich sitze nicht gern neben Leuten, die weinen, weil sie glauben, ich würde ihnen ein Wort schulden.)* Die Straße wurde nicht besser, sie widerstand, versuchte, mich daran zu hindern, nach Algier zu gelangen. Heute begreife ich, dass wir fünfhundertneunundvierzig Kilometer hin und her geredet und verhandelt haben. »Fahr nicht hin«, wiederholte sie ständig, und ihre Stimme war die meiner Mutter. »Versuche nicht, nach Algier zu kommen. Sobald du einen Fuß auf den Boden setzt, wird alles real und schwer. Auf deinem Rücken kannst du nichts mehr tragen, du bist ein versehrter Mann«, sagte sie mit der Stimme meines Vaters. Während ich durch eine andere Welt als die unsere fuhr, erhielt ich den Anruf einer Frau. Sie brüllte mir wirres Zeugs ins Ohr. Sie war eine Verwandte aus unserer verschwägerten Familie und verfluchte uns, »die Guerdi-Männer und unseren Bücherwahn«. Man habe es wegen der Bücher in seinem Auto auf meinen Bruder abgesehen gehabt, wiederholte sie. Später informierte mich ein Mann kühl, dass er Polizist sei und ich vor Mittag ankommen müsse. Danach sprach mir ein Greis sein Beileid aus, aber sein Name ist mir entfallen, offenbar hatte er meinen Vater gekannt. Eine andere Frau forderte mich immer wieder auf: »Danke Gott, Er ist der Ewige.« Dann unterhielt sie sich mit Gott und nicht mit mir. Schließlich schaffte ich es vor Mittag nach Algier, ich setzte meine Füße auf den Boden, und die Straße ächzte enttäuscht. Ich ging zum Mustapha-Pascha-Krankenhaus. Die Wände waren schmutzig, und alles wog Tonnen auf den Schultern der Person, die durch die Flure eilte. Berge lasteten auf meinen Knochen.

Sandybelle war schon tot, ich wusste es, weil fast vollkommene Stille herrschte, als verstopfte Watte meine Ohren. Das Kind hatte den Kopf stumm in seinem Bett vergraben, und sein Kopf war mit einem dicken Verband am Hals, dicker als deiner, seltsam nach hinten geneigt. Mein Bruder Benbadis und seine Frau waren nicht da, um zu weinen, denn sie waren ebenfalls tot. Ein für alle Mal von uns gegangen. Man fand nur wenige Spuren von ihnen in dem Wagen, in dem man ihnen die Kehle durchgeschnitten hatte. Man hatte sie mitsamt den Büchern, die sie transportierten, verbrannt.

Für einen Moment sah ich meinen Vater vor mir. Er ging mir durch den Kopf. Da begriff ich, dass ich der letzte Guerdi war und zum großen Ärger aller unserer Vorfahren die Fortsetzung unserer jahrhundertealten Familiengeschichte nicht würde schreiben können. Vielleicht würde unser Familienname wegen meines idiotischen Spiels mit meinem Vater verschwinden. Ich schluchzte und bat die ganze Welt um Vergebung. Auf den Fluren beobachteten mich die geschäftigen Ärzte. Die Worte waren nicht mehr der Reihe nach aufgefädelt wie eine Kette um den Hals meiner Mutter. O ja, meine Tochter, in jener Nacht in Algier verlor die ganze gelehrte Sprache meines Vaters ihren Zusammenhalt und ihre Blätter. Die Blätter schwebten zu Boden, und wenn man nachts ihre Verstecke aufsuchte, stapfte man über sie hinweg: eine nicht richtig geschlossen Tür, die auf zwei leere Betten ging, der Schatten unter einem Auge, eine Stuhlecke, eine durchgebrannte Glühbirne in der schmutzigen Krankenhaustoilette. Die Fenster des Büros, in dem man auf den Papierkram wartete, um die Leichen nach Batna zu transportieren, waren geöffnet, und man starrte in die Nacht, die nicht wusste, wohin. Nie wieder, das habe ich mir geschworen, meine Tochter, würde ich aufhören zu fahren.

Seit zwanzig Jahren besuche ich sämtliche Buchhandlungen, und wenn sie geschlossen sind, warte ich draußen. Ich verteile die Kochbücher und die Bücher über das Jenseits und das Paradies und die Frauen im Paradies und über die Hadithe des Propheten und den Unabhängigkeitskrieg und verdiene meinen Lebensunterhalt damit. Ich fahre vorwiegend tagsüber und halte nicht an. Weißt du, ich hatte sogar die Gelegenheit, mich für ein paar Monate zu verheiraten, aber meine Frau hat mich schnell verlassen und den Fernseher und das Geschirr mitgenommen, weil sie die zweite, ewige Frau, die Straße, nicht ertrug, die ihr den Ehemann wegnahm. Die schöne Straße mit ihrem so langen schwarzen Haar unter dem Kamm der Sonne. Und um mich zu bestrafen, hatte sie an Faulheit ebenso wie an Leibesfülle gewaltig zugelegt. Sie rührte keinen Finger mehr, um ihr Haar in Ordnung zu bringen, im Haus der Guerdi Staub zu wischen, die überzähligen Bücher in die Kisten zu räumen, oder dafür zu sorgen, dass sich in unserem Schlafzimmer der Himmel über meinem Kopf auftat, wenn ich aus der Ferne zurückkehrte, um mich auszuruhen. Nichts, meine Tochter. Sie verließ mich, und zum Glück! Wenn du in unser Haus kommst, wirst du sehen, dass alles noch so ist wie zu unseren Glanzzeiten: dieselben Möbel und dasselbe Bettzeug … Und dass im Streit zwischen den Büchern meines Vaters und dem Wasser meiner Mutter der Staub die Oberhand gewonnen hat, aber nicht überall. Er liegt in den Ecken, auf den hohen Flächen und im Hof, in den Fugen zwischen den Steinfliesen sprießt das Unkraut, und unsere Zitronenbäume sind struppig geworden, voller von Blattläusen zerfressener Zitronen. Dort kannst du leben und dich ausruhen, wenn du nicht weißt, wohin. *(Ich drehe mich zu diesem Irren um, der Mund steht mir offen, denn er hat mit dem linken Auge aufgeblickt, um mir die Leere in seinem Leben zu zeigen, seine verrückte Hoffnung.)*

Hab keine Angst! Was ich dir sagen will: Gott hat dich mit dem Zeichen hierher geschickt. Es ist gut, dass du deine Wunde gezeigt hast. *(Er richtet den Finger auf meinen Hals, und ich weiche zurück.)* Es ist der einzige Beweis, den wir haben! Im wahren Leben glaubt mir niemand mehr, und schreiben kann ich nicht. Du bist aus dem Nirgendwo hergekommen, und jetzt hat mein Leben anscheinend eine bessere Stimme. Du verstehst. Du musst nichts sagen, du musst ihnen nur in die Augen schauen und ab und zu dein Halstuch lüften. Im Übrigen kannst du in unserer Druckerei in Batna arbeiten, wenn du Beschäftigung suchst. Aber erzähl doch. Wer hat dir das angetan? *(Mach dir keine Sorgen, meine Tochter! Wir steigen aus, laufen weg. Atme langsam und zähle bis zehn. Atme ein, atme aus.)* Wenn du so noch mehr Kilometer barfuß marschierst, wird die Straße dich entblößen *(er wirft einen Blick auf meine an der Schulter ein wenig zerrissene Bluse und meine Hose mit den vom Sturz gezeichneten Knien)*. Du bist eine Frau; sie wird dich den Männern geben, dich zugrunde richten, dich verraten und dich in der Wüste unter sich begraben. Sieh dich vor! Ich habe nicht viel zu verlieren und nicht viel zu gewinnen, aber ich werde dich retten, das schwöre ich dir. Wir fahren nach Batna, dort bist du in Sicherheit.

Geh nicht weiter in der Sonne, sie macht dich verrückt im Juni.

Gut, heute ist niemand unterwegs; die Männer kümmern sich um die Tiere. Aber anschließend bist du an der Reihe, meine Kleine. Also, hör auf mich. Wir essen etwas in Relizane, dann fahren wir weiter. Hier, nimm meine Ablutionssandalen *(er dreht sich um, streckt einen Arm nach hinten und zieht ein paar rote Plastiksandalen für Männer hervor)*. Die Straße musst du austricksen, sie anderswo hinführen wie ein schlechter Spürhund, ihr weismachen, es gebe dich nicht, dich in meinem Haus verstecken. Hm? Hörst du! *(Mein Gott, ich muss hier weg! Er kann nicht rennen wegen seines Beins.)* In Batna wird es dir an nichts fehlen, und du bist nicht mehr auf der Straße. Ich könnte sogar aufhören, als Fahrer unterwegs zu sein. Ich habe Angestellte, die an meiner Stelle fahren könnten, aber täusch dich nicht: Ich suche bei Gott keine Frau, sondern eine Tochter ...

»Nenne mir eine andere Zahl.«

(Dieses Mal zögere ich nicht mehr. Ich muss mitspielen. Ein Schild kündigt an: »Willkommen in Relizane«.)

»Einundzwanzig.«

»Gut: Am 21. Juni 1996 wurden im Wald von Baïnem bei Algier drei Frauenleichen entdeckt. Eines der Opfer war Friseurin.«

14

Gegen 13 Uhr, in seinem weißen Lieferwagen.

Wie lange schon hat er sich in diesem endlosen Wortschwall verfangen? Fast zwei Stunden, mein blutiges Mondmädchen, meine Blume aus Fleisch. Zwei Stunden, in denen ich auf seine Hände aufpasse. Vor allem auf seine rechte Hand, mit der er vor meinem Gesicht herumfuchtelt. In denen ich seinen Schalthebel belauere, seine unterschiedlichen Augen, das eine von seinem mürrischen Lid bedeckt, das andere, das er nicht schließen kann, gequält und rücksichtsvoll. Eine irrsinnig lange Zeit, um in seinem langen Bericht die Anteile von Wind, Verblendung und seiner inneren Sprache zu entwirren. Ich habe es gleich gewusst, als ich das Foto seiner Nichte oder Tochter unter dem Rückspiegel sah; er ist also ein Mann, dessen innere Sprache die Sprache der Leute hinter sich gelassen hat. Glaub mir, dieser Mann wird es nie über sich bringen zu schweigen. Sollte er es für einen Moment wagen, wird er in seinem gewaltigen Angstschweigen gefangen bleiben. Einst hat er einmal für einige Stunden seine Stimme verloren, das soll ihm nie wieder passieren. Er hofft, seine Haut retten zu können, indem er seine Vergangenheit erzählt.

Gelbe Ebene, Hügel ohne Kühe, aber mit Ziegen, Hunden, Masten, Masten, Masten und durchhängenden Leitungen, die zurückfedern, die ganze Straße mit ihrem Auf und Ab wiederholt sich fortwährend in meinem Bauch, zum Erbrechen. Während dieser Unbekannte schnaubte, habe ich daran gedacht, die Tür zu öffnen und ins Leere zu springen, über den Boden zu rollen, mit deiner paradiesgrünen Vogelzeichnung in tausend Stücke zu zerbrechen wie Geschirr. Wäre das nicht eine Lösung, unter den Augen meiner Schwester zu zweit zu sterben?

15

13 Uhr 11.
»Noch ein Flur und Wände,
meine Perle in meinem Bauch.«

Warum haben sie mich verschont? Warum mich?

(*Er dreht sich zu mir, um den Eindruck zu erwecken, er warte auf meine Antwort, aus Angst, eine zu erhalten, redet er dann aber schnell weiter. Ich habe den Faden seiner Geschichte verloren, ich bin schwer angeschlagen, ab und an erwachen meine Füße und schmerzen, als wäre ich in einen Dornbusch gestürzt. Wie lange bin ich am Straßenrand marschiert, bevor ich in seinen weißen Lieferwagen gestiegen bin? Keine Ahnung, ohne Schuhe vielleicht zwei oder drei Kilometer.*)

Eines Morgens war ich einfach nur ein junger, unvorsichtiger Fahrer auf dieser Straße. Damals sagten alle ständig, dass man nicht vor Sonnenaufgang oder nach Sonnenuntergang fahren solle, aber niemand hielt sich daran, man wollte nicht wahrhaben, dass Krieg war. Er war zwar da mit seinen Bomben, seinen Enthauptungen, den Vergewaltigungen gekidnappter Frauen und seinen Leichen, aber wir wollten alle leben wie zuvor, nicht hinsehen, über die Leichen hinwegsteigen und uns weiter über alles und nichts unterhalten, vor allem über Frauen und den ausbleibenden Regen. Die Straßen schienen sicher, sauber und unschuldig, bis man auf Eddib el-Jiâane stößt *(den »hungrigen Wolf« in meiner heimlichen Sprache)*. Und überhaupt, ich frage es mich immer wieder: Warum ausgerechnet ich? Hm? Warum nicht der nächste Fahrer? Es gab andere, die unter dem roten Himmel fuhren und dabei Musik hörten oder sich in der Kabine mit ihren eingeschlafenen Freunden unterhielten. Es war keine große Straße, aber in dieser Wüstenregion die Hauptstraße. Lange vor der Ost-West-

Autobahn der 2000er Jahre, die nichts von ihr übrig gelassen hat. Kennst du dieses Biskra? Die Stadt liegt im Süden. Klar, in diesem Moment *(er mustert mich wieder, und ich verstehe seine Sorge: Er befürchtet, ich könnte aufhören, ihm zu glauben, abschalten. Ich habe abgeschaltet. Der Tag wellt sich wie feuchtes Papier, eine Zeitungsseite im Wind, darüber ein Datum und …)* konnte ich mir nicht vorstellen, dass man am Straßenrand Köpfe aneinanderreihte, damit Beute wie ich abbremste. Was für ein Idiot!

In der Dunkelheit hinter meinen Lidern dachte ich an nichts, während man meinen Körper über den Sand schleifte. Oder ich dachte an meinen Vater, an seinen weißen Burnus, seinen Zitronenbaum und seine Bücher, aber ich sagte nichts, denn ich atmete nicht mehr. Die Terroristen stießen mich mit dem Fuß, lachten höhnisch, ich stellte mich beharrlich tot, und das amüsierte sie irrsinnig, sie lachten schallend und schlugen sich mit den Händen auf die Schenkel. Stumm rief ich Gott mit allen Namen an, und die Verse verhedderten sich in meinem irren Gebet. *(Besorgt wegen meines ausdruckslosen Gesichts prüft Aïssa von Zeit zu Zeit meine Aufmerksamkeit. Ich spüre, dass er Angst hat, zu keuchen anfängt, unruhig wird bei dem Gedanken, ich könnte noch tiefer in meinem Sitz, in meinem Kopf versinken. Er wägt mein Schweigen ab.)* Vielleicht hat tatsächlich alles angehalten, sogar das Blut im Herz. Ich glaube, ich fühlte nichts, wie ein Stein, es war weder Winter noch das Jüngste Gericht, auch keine Schlaflosigkeit. Ich wartete, bis ich an die Reihe käme, um wie ein Schaf geschächtet zu werden, ich sah mich warten. Als sie mich aus meinem im Sand festgefahrenen Lieferwagen zogen, fühlte ich nichts mehr, ich hatte keine Beine mehr, keinen Kopf und keine Sprache, nur Augen, und die schloss ich. Jung, wie ich damals war, dachte ich, der Krieg sei ein Film aus der Zeit, als wir zu Frankreich gehörten, oder ein Gerücht in einem Café. Kannst du dir das vorstellen?

Ich las keine Zeitungen, ich las nicht, und ich konnte nicht schreiben. Der große Irrtum eines Guerdi. Deshalb zerbrach an jenem Morgen mein Leben vor den schwarzen Mündungen der abgesägten Gewehre. Ein Teil wähnte sich unsterblich mit einem Fußball in der Luft. Das war das Leben davor. Dieser Teil ist tot wie ein altes Hemd, das zum Putzlappen geworden ist, tot wie mein Bein. Es gab die Straße, viele tausend Kilometer auf dem Zähler und folglich den zweiten Teil, der jemanden suchte, mit dem er über eine Geschichte sprechen konnte, die in meinem Kopf kein Ende hat.

Ich habe es dir schon gesagt, oder? Wenn du lange allein fährst, plaudert die Straße mit dir. Sie erzählt dir dein Leben, während die Masten, Bäume und Hügel entschwinden wie die Leute, die dir nicht mehr zuhören können, und vor allem verrät sie dir so manches. Mit der Zeit habe ich begonnen, an meiner Version und an dem zu zweifeln, was ich zwei Stunden lang mit eigenen Augen gesehen hatte. Anschließend gehorchte ich, da ich weder Vater noch Sohn noch ein Zuhause hatte, der Stimme der Straße und erzählte meine Geschichte noch einmal von Anfang an. Als ich eine Million Kilometer gefahren war, begriff ich, dass ich wirklich keine Zweifel haben durfte. Dass es eine einzigartige Geschichte mit tausenderlei Bedeutungen war, eine, in der Emir Hungriger Wolf und die Seinen mich am Leben ließen, nachdem sie auf der Straße nach Biskra neunzehn Soldaten massakriert hatten. Denkt man richtig darüber nach, scheint sie weniger schlimm zu sein als der Zufall. Denn am 7. September hatten die Schächter mich ausgewählt, um ihre blutige Legende zu erzählen, ich war also auserkoren. Von wem? Von Gott, meinem Vater, meinem Großvater, den Büchern oder was weiß ich von wem.

Weißt du, du musst mir nicht glauben, nur zuhören, mir und der Straße *(er mustert mich, und hinter ihm rauschen ein Dutzend Bäume vorbei)*, wenn du sie lange betrachtest, wird sie auch mit dir sprechen. Aber du bist doch ein junges Mädchen! Was hast du nur an diesem Feiertag da draußen gemacht auf einer menschenleeren Straße? Hast du keine Familie? Du hast nicht einmal Schuhe! *(Er verstummt und kramt in seinem Kopf, um irgendetwas Unterirdisches auszugraben, dann taucht er wieder auf aus seinem Irrsinnsgarten.)* Die Straße ist nicht gut für eine Frau, weißt du, sie bringt Unheil, vor allem aber nimmt sie dir deine Ehre und deinen guten Ruf; auf die Straße zu hören, ist das Schlimmste, was einer

Frau passieren kann. Das Schlimmste von allem, glaub mir! Soll ich nicht lieber umdrehen und dich zurückfahren? Weißt du, woher du kommst? Wohin du willst? Nein? Du willst mir noch immer nichts sagen? Das wird dir noch leidtun, ich schwöre es. *(Als er den unpassenden Sinn seiner Drohung erkennt, korrigiert er sie eiligst durch ein Lachen.)* Nein, ich wollte sagen ... ich meine, du wirst noch bitter bereuen, dass du mir die Gelegenheit gegeben hast, als Erster zu sprechen. Alle bereuen es! Hinterher wirst du dir vornehmen, allein auf der Straße zu laufen oder dir die Ohren zuhalten oder mich bitten, mal Luft zu holen. Alle, die mir begegnen, nehmen am Ende die Beine in die Hand. Meine Gesprächspartner fühlen sich oft unwohl wie angesichts einer Missbildung *(er wirft schnell einen kurzen Blick auf meine Kanüle)*. Sie schauen nach links, nach rechts, dann zucken sie die Schultern, wie Gott es tut, wenn Er nach einem Gebet gegen die Trockenheit in einem verfluchten Land nichts mehr tun kann. Sie bezahlen den Kaffee, wünschen mir das Paradies oder Glück und machen sich aus dem Staub. Und das nur, weil ich, sobald ich mich hinsetze, von meiner Geschichte zu erzählen beginne, die sie seit Jahren nicht mehr hören wollen.

Sobald ich zu sprechen anhebe, spricht die Straße durch mich. Die ganze Geschichte kommt wieder hoch, ich erzähle sie einmal mehr und versuche, ganz genau zu sein. Denn ich habe einige unglaubliche Einzelheiten gesehen, die niemand bemerkt hat, ich erinnere mich an vieles, und das ist notwendig in Algerien. Man nennt mir eine Zahl, und ich liefere dazu das Datum eines Massakers, den Ort und manchmal die Vornamen der Toten. Wer, bitteschön, kann das? Nur leider flüchten die Leute, um nicht mehr daran erinnert zu werden, was während des Krieges geschehen ist. Sie hüllen sich in ihre Dschellabas, eilen fort, wollen sich von dem Abgrund entfernen, der sich vor ihnen auftut, und blicken nicht zurück, um zu sehen, ob ich ihnen mit meinem Lieferwagen folge. Was ich dann mache? Ich plaudere weiter. Ich bin gesandt worden, es ist nicht meine Schuld, ich bin ein Bote.

Emir Hungriger Wolf hatte mit mir gesprochen wie mit einem Kind. Sein Gesicht war über meinem, als wollte er mich fressen, es füllte den Himmel aus wie ein Ungetüm, und seine Zähne rochen nach Schimmel. Während sich seine Lippen bewegten, kauerte ich im Sand, klein wie ein Insekt, und sah nur seine haarigen Nasenlöcher: »Du gehst überallhin und erzählst, was du gesehen hast. Jede Einzelheit, klar? Ich bin der Zorn Gottes, sein Strafgericht. Du wirst es besser machen als die Zeitungen, das Fernsehen und die Gerüchteküche: Du wirst alles überall erzählen, und du beginnst beim Militär, den Polizisten, gehst in Rathäuser, Cafés, zu Hochzeits- oder Trauerfeiern und auf Bahnhöfe. Du gehst überallhin, klar? Man soll wissen, wer ich bin, was ich will und was ich im Namen Allahs tue. Denn durch Terror und Wahrheit werden wir siegen. Wiederhole!« Ich wiederholte es, ohne zu wissen, dass ich blutete, ich starb, als ich es erkannte. Ich willigte ein wie ein Toter bei der Totenwäsche. »Ihr seid Hungriger Wolf, Ihr seid der Emir der Region. Ihr schneidet den Gottlosen, den Abtrünnigen, den Verrätern Allahs, den Franzosen, den Ungläubigen die Kehle durch, Ihr seid der Zorn Gottes. Ihr seid voller Wut gegen die Wahlen, gegen die Ausschweifung, die Nacktheit, die halbnackten Frauen, den Wein, die Juden, Ihr seid das Schwert Gottes und seine Gerechtigkeit auf der Erde, die ihm gehört.« Ich wiederholte es, ich stöhnte, Tränen liefen mir über die Wangen, und meine Hose roch nach Feigheit. Er hörte geduldig zu, wie ich seine Worte bestätigte, senkte seinen hitzig funkelnden Blick tief in meine Augen. Dann fügte er hinzu, was mein Schicksal verändern sollte: »Lauf und erzähle alles, was du gesehen hast und was du zu unserem und zu Allahs Ruhm über uns weißt.«

Erkennst du, meine Tochter, wozu das Schicksal mich schließlich bestimmt hat? Nach zehn Jahren waren alle Emire und die islamischen Gruppen besiegt, getötet worden oder zu Lügenköchen konvertiert, alle haben die Verbrechen, die Rebhuhn-Schwestern mit den grünen Augen, die vergewaltigten Frauen und die abgeschlagenen Köpfe vergessen. Außer mir. Die Geschichte mit all ihren Daten und Namen und Vornamen bleibt in meinem Kopf, doch niemand glaubt sie, verstehst du? Ich habe nicht den geringsten Beweis. Schließlich versetzte mir der Emir mit seinem schweren Gewehrkolben einen Schlag auf den Schenkel, der mir die Knochen brach, hob mich auf und warf mich in den Lieferwagen. Dann bin ich durch ganz Algerien gerannt, um die Geschichte immer wieder zu erzählen.

16

13 Uhr 15, in seinem weißen Lieferwagen.
»Wir haben uns im Kreis gedreht, meine Huri,
haben uns verirrt, jetzt fahren wir nach links!«

Vor über zwei Stunden stand ich am Rand der Autobahn und hatte keine Namen mehr im Kopf. Ich weiß nicht, ob du dich erinnerst, bevor ich der Gendarmerie entflohen bin, konnte ich die Sachen wieder an mich nehmen, die ich in meinem auf Steinen aufgebockten Auto noch vorfand. Die Schlüssel zu unserem Haus und ungefähr 3000 Dinar in kleinen Scheinen. Den Rest haben die beiden Ratten aus dem Lastwagen mitgenommen. Genervt und gleichgültig hat mir der Polizist in Oued Tlélat meinen Wagen gezeigt, das aufgebrochene Handschuhfach und die aufgeschlitzte Armlehne, hinten waren die Reifen abmontiert und gestohlen.

Der weiße Lieferwagen wurde langsamer, während ich wie betrunken in der Junisonne marschierte und mich mit Magenschmerzen am liebsten übergeben hätte. Seit dem frühen Morgen hatte ich fast nichts gegessen, und meine nackten Füße begannen zu schmerzen. Du hast deine Augen geschlossen gehalten, meine Huri, die Lider über deine Entscheidung gesenkt. »Gehen wir zu deiner Schwester und fragen sie. Gehen wir zu ihr und fragen bei ihr nach.« Immer wieder sagte ich dir: »Beruhige dich und zähle bis zehn.« Du antwortetest: »Wir sind nicht imstande zu zählen, bevor wir geboren werden, für uns ist alles unmittelbar, endlos und neu. Flüsse von Wein, Fluss der Zeit. Ich muss den ersten Tag meines Lebens abwarten, um mit meiner ersten Zahl zu beginnen.« Der weiße Lieferwagen hat gebremst, und der Fahrer neigte sich aus dem Fenster zu mir. »Hast du ein Problem, Schwester? Was machst du hier, Schwester?« So spricht man eine Frau an, wenn man ihr bedeuten will, dass man nicht an ihr Geschlecht oder ihren Körper denkt, dass sie die Immunität einer Verwandten genießt, die nicht angetastet werden darf. Ich habe nicht geantwortet. Meine Füße waren nackt, ich hatte meine Schirmmütze in der Hand und jenen stupiden Gesichtsausdruck, mit dem ich immer meine Wut zeige, wenn sie nicht durch meine Kanüle entweichen kann. Knapp vier Meter hinter mir hatte ich einen großen Stein auf dem Boden liegen sehen. Wenn ich losrennen würde, könnte ich ihn mir schnappen. Er würde mich nicht kriegen, er würde am Kopf bluten, ich würde ihm ein Auge ausschlagen. Doch ich begriff schnell, dass er weder ein Messer besaß noch Krallen hatte, auch keinen Hass in seinem Blick. Ich musterte eine Weile sein Gesicht mit seinen harten Zügen, die wohl jeden Morgen von der Sonne ausgetrocknet wurden. Er winkte noch einmal mit der Hand, dann streckte er sie mir offen entgegen. »Steig ein, du kannst nicht hier am Straßenrand bleiben, die Leute sind böse. Wohin genau willst du?« Er starrte auf meine nackten Füße. Die Polizisten hatten mich am frühen Morgen weit weg von meinem zerlegten Auto am Rand der Fahrbahn hinter einem Busch versteckt gefunden. »Steig ein!« Dann schwieg er und ließ die menschenleere Straße in ihrer ganzen Bedrohlichkeit in meinen Kopf einziehen. Sie war lang und still wie das Ende der Welt. Auf dieser Straße wurde ich vor zwanzig Jahren geboren. Es ist die Straße von Relizane nach Oran. Heute führt sie von Oran nach Relizane.

Er fährt mit mir an den Anfang seiner oder zum Beginn meiner Geschichte. Als wir heute Morgen in Oran aufgebrochen sind, hast du geschlafen. Du hast geschlafen, bis man mich auf der Straße angegriffen hat. Jetzt träume ich davon, in deinem Bauch zu schlafen, um mich auszuruhen.

17

13 Uhr 20.
»Wo sind wir, meine Huri?«

Warum schaust du andauernd auf die Uhr? Man muss vor allem auf die Straße achten. Die Straße. Vertraue ihr nicht, meine Tochter. AUF KEINEN FALL. Schau, was siehst du dort? *(Ich sehe nichts. Die Ost-West-Autobahn hat keinen Anfang und kein Ende, ist ein Auf und Ab wie tausend Frauen, die sich hinlegen. Abgesehen von denen, die der Reisende in seinen Halbschlaf mitnimmt, entrollt sich die Straße gesichtslos. Sie führt in die Berge, und man sitzt auf ihrem Rücken wie auf einem alten Kamel. Sie schluckt die Dünen. Kein Mensch weit und breit …)* Du meinst, sie sei verwaist, aber das stimmt nicht, die Wölfe lauern hinter den Büschen, hinter einem Lächeln oder den schönen Worten. In den 90er Jahren war sie nicht immer so, aber jetzt scheint sie friedlich und gereift zu sein. Zur Zeit des Krieges musste man für die Fahrt von Oran nach Algier Nebenstraßen nehmen, was sieben Stunden dauerte. Die Dorfbewohner betrachteten uns mit ausdruckslosen Augen, wenn wir vorbeifuhren, sie konnten uns nur zählen und neidisch sein. Die Armen. Als mein Vater 1993 starb, führte ich sein Geschäft weiter. Die Straße war damals in schlechtem Zustand, voller Risse, stellenweise verbrannt. Man musste langsam fahren, schnell zurücksetzen und sich zwischen den Städten und Dörfern sputen. Besonders im Osten und in der Kabylei. In jenen Jahren, meine Tochter, musste man Flügel haben, um zu überleben. Überall gab es fingierte Straßensperren, man schlitzte den Leuten den Nacken auf, man ermordete sie, wie man atmet. Nenne mir eine Zahl!

»Vierzehn.«

»14. Januar 1994. In der Nacht des Aïd-el-Kébir greifen Terroristen die Kaserne des Spezialkommandos in Telagh bei Sidi Bel Abbès an. Rund sechzig Soldaten werden getötet: unter den Opfern zwei Rekruten, die ihren Militärdienst absolvierten, FEKHADJI Mokhtar aus El Aïn in der Region Tipasa und SIAFE Ali aus Mascara. Die Terroristen erbeuten eine beträchtliche Anzahl von Waffen. Ermöglicht wurden diese Taten durch die Komplizenschaft eines Offiziers aus Aïn Defla.« Nach Zeugenaussagen soll dieser Offizier, der noch immer lebt, in den Genuss des Gesetzes zur nationalen Versöhnung gekommen sein. Verstehst du? Man darf nie wieder allein ausgehen, wie du es tust. Damals konnten hinter einer Straßenbiegung, in einer Kurve oder auf dem Gipfel eines Hangs plötzlich Terroristen auftauchen. Und dann *(ich erinnere mich an die elf Lehrerinnen, meine Huri, zu Hause in Oran habe ich das vergilbte und verschwiegene Foto von ihnen)* gaben dir nach Wildschwein stinkende, dunkle Gestalten ein Zeichen anzuhalten und verhörten dich. »Betest du zu Gott? Wie oft wirfst du dich beim Morgengebet nieder? Rezitiere zwei Verse aus der Sure ›Die Kuh‹ …« Du kannst es nicht, du stotterst. Man lässt dich aussteigen, zwingt dich auf die Knie und fordert dich auf, etwas vom Boden aufzuheben. Dabei wird dein Nacken entblößt und man schneidet dir den Kopf ab. Hast du schon mal abgeschnittene Köpfe gesehen? Ich schon. Mehrmals.

Die Gerüche dieser Wildschweine, der »Tangos«, wie die Militärs sie nannten, witterte ich damals schon von Weitem, meine Tochter. Wie? Eine Straße mit fingierter Straßensperre hat eine eigene Stille. Die Sperre steht getarnt in den Wäldern, der Macchia oder den Felsspalten. Regel Nummer eins ist es, hinter einem anderen Fahrzeug herzufahren, damit es den Weg vor dir klärt. Als nächstes nimm dich in Acht, wenn fünfzehn Minuten lang niemand aus der Gegenrichtung gekommen ist. Die Straße gibt dir Fingerzeige. Soll man nur tagsüber fahren? Keineswegs! Auch tagsüber kann man in eine fingierte Straßensperre geraten. Es dauert fünfzehn Minuten, sie halten die Leute an, schneiden ihnen wegen nichts die Kehle durch, dann verschwinden sie schnell, um sich südlich von Algier in den Kasematten von Chréa zu verkriechen. Helligkeit schützt einen nicht, weder der Mond noch die

Sonne. Schützen kann einen nur die Straße, vorausgesetzt, man versteht ihre Sprache richtig. Da, schau: Sie scheint neu zu sein und entrollt sich vor dir wie eine freie Frau, aber das stimmt nicht. Die Wildschweine können zurückkommen. Hier, jetzt, nach der »Versöhnung« und der Abstimmung für die Amnestie können sie unbehelligt herumlaufen, beten und einen sogar mit Verachtung strafen. Sie haben den Krieg gewonnen, meine Tochter. Auch das Militär hat gewonnen. Nur die Toten haben verloren. 200 000 Tote für nichts!

Wie viele Kilometer bin ich in meinem Leben gefahren? Ich glaube, ich habe zwölfmal die Tour durchs ganze Land gemacht. Ich kenne fast alle Cafés in allen Dörfern. Reiht man alle Entfernungen aneinander, bin ich vermutlich bis nach Mekka und wieder zurück gefahren. Und das mindestens zweimal. Es ist wichtig zu verstehen, was die Straße einem verrät: ihren Fallen auszuweichen, auf das Kuhgebrüll lauschen, das sie anstimmt, wenn sie sich allein wähnt, nach den Hinterhalten der Wildschweine Gottes spähen. Achtung, auch der Schlaf kann zu Unfällen führen, meine Tochter! Aber während des Krieges waren Gottes Wildschweine tödlicher als kaputte Bremsen, schleifende Kupplungsscheiben oder Schlafmangel. Die Straße ist wie ein Pferd. Magst du Pferde? Man kann sie nicht verstehen, wenn man sie anschaut, man muss schon aufsteigen.

»Nenne mir eine andere Zahl, meine Tochter.«

»Eins.«

»Am 1. November 1994 werden bei einem Bombenanschlag auf dem Friedhof von Mostaganem sechs Kinder getötet und siebzehn verletzt. In Sidi Ali, einem kleinen Dorf. Pfadfinder, meine Tochter. Sie wollten dort den vierzigsten Jahrestag des anderen Krieges begehen. Am Grab der anderen Märtyrer. Mohamed CHAWKI AYACHI (7 Jahre), Mehdi BOUALEM (9 Jahre), Mohamed HACHELAF (8 Jahre) und Abdallah CHOUARFIA (12 Jahre).«

18

13 Uhr 25, kurz vor Relizane.
»Wir nähern uns der Ausfahrt …«

Als er für einen Moment verstummt, starre ich auf die Berge vor mir, und sie rücken dichter zusammen, werden drückender und legen ihr braunes Kleid in Falten. »Ich kann dir nicht helfen, wenn du mir nichts sagst. Du kannst auch nach Batna mitkommen, ich habe dort Freunde in Vereinen. Es ist ein weiter Weg, aber wir können unterwegs Halt machen, wenn du mir vertraust.« Hörst du ihn, mein Mondmädchen? Jetzt zeigt er mir sein totes Bein, wie um mir zu beweisen, dass er weder laufen noch mich schlagen oder angreifen könnte. Er betätigt den Schalthebel, der Lieferwagen holt tief Luft und beschleunigt. Obwohl es durch nichts gerechtfertigt ist, habe ich in dieser kümmerlichen Wüste Mitleid mit uns beiden. Sein Bein blutet in gewisser Weise für ihn weiter, oder aber er fährt seit Jahren so, damit er nicht aus seinem Lieferwagen aussteigen, vor anderen humpeln und das um die Wunde wuchernde Fleisch zeigen muss. Und da, mein Jadeknöpfchen, packe ich kurzentschlossen die Gelegenheit am Schopf, quasi um dem Schicksal das ganze Gewicht meines Körpers zu geben. Ich hebe die Hand, um mein Halstuch aufzuknoten, dann halte ich es ihm entgegen, damit er das Grinsen in seiner ganzen, siebzehn Zentimeter langen Pracht sieht. Ich schleudere ihm die Kanüle in ihrer Monstrosität entgegen, das klaffende Loch in der äußeren Sprache. Er merkt es nicht gleich. »Ja, für einen Behinderten ist es schwierig, ein solches Fahrzeug zu haben. Es kostet viel, und die einzige Werkstatt, die sie behindertengerecht umbaut, hat gerade dicht gemacht. Es ist mehr wert als meine beiden Beine!« Er lacht, während er die Straße im Auge behält. Ich sehe seine gelben

Zähne, aber auch etwas, das wie eine Mischung aus kindlichen Zügen und Totholz aussieht. Als er sich zu mir umdreht, entdeckt er meine Narbe, dieses Mal in ihrer ganzen Blöße dargeboten, nackt wie das haarige Geschlecht des Todes. Kurz ist er betroffen, aber mein Schmiss scheint ihm keine Angst zu machen, und er zwingt sich, die Scharte in seiner Sprache und an meinem Hals zu verkraften. Dann erstarrt er, glaube ich, irgendwie verzückt, mit zitternden Lippen, steif wie ein Balg in der Sonne. Es ist das erste Mal, dass mein Grinsen diese Wirkung auf einen Mann hat. Für gewöhnlich beugen sich die Männer neugierig darüber, entsetzen sich, schrecken zurück oder tun so, als sähen sie es nicht, und entweder sie verstummen daraufhin oder sie werden geschwätzig. Hier ist es anders. Ein greller Lichtblitz, als begegnete man dem gefürchteten und erwarteten Gespenst eines geliebten und verlorenen Menschen. Ehrlich gesagt, meine Huri mit den goldenen Kämmen, mein Leben, zucke ich meinerseits zusammen vor meinem Spiegelbild in seinen ungleichen Augen. Sein glücklicher Gesichtsausdruck beim Anblick meiner Wunde erfüllt mich mit lang anhaltender, gewaltiger, stürmischer Freude. Endlich werde ich einmal in meiner Hässlichkeit bewundert!

Dann wird Aïssas Aufmerksamkeit wieder von der Straße in Anspruch genommen. Kurz vor der Ausfahrt nach Mostaganem blickt er mir fragend in die Augen. Da ich nicht antworte, entscheidet er für uns beide. »Wir fahren nach Batna«: Seine Stimme wird wieder fester wie die eines Mannes, der einen Schiffbrüchigen auf offenem Meer retten will. Was geschieht mit mir seit diesem einsamen Vormittag? Was machst du mit mir, launischer Fremdling in meinem Blut? Behutsam knote ich mein grünes Halstuch wieder zu.

19

5 Uhr 49, am Stadtrand von Oran.
»Also sind wir zurück am Eingang des Labyrinths.«

Kann man sich an den ersten Tag seines Lebens erinnern? An das Blut? Die Schreie? An die Anstrengung des Bauchs, die Kontraktionen bei den Presswehen? Ja, ich kann das. Ich habe auch das Glück, mich an die letzte Stunde meines Lebens zu erinnern, ja, meine geheimnisvolle Jade in meiner eiskalten Brust. Ich rühre an die zwei Geheimnisse Allahs, auf die nur Er eine Antwort hat. Ich bin weder tot noch lebendig, aber ich bin ein umgepoltes Wesen, ein rätselhafter Fisch. Ich bin in der Tat am 1. Januar des Jahres 2000 geboren. Und ich bin am Vortag, am 31. Dezember, gestorben. Ich schwöre dir, meine Tochter, kein im Koran verzeichneter Prophet kann das von sich behaupten, kennt sein Ende und seinen Anfang.

Ich erinnere mich an alles durch die Augen meiner Mutter. An jeden Augenblick. An den Moment, als ich auf die Welt kam und in einem abgeschlossenen Kofferraum nach dem Beginn meiner Geschichte suchte. Im Krankenwagen kämpfte meine Mutter Khadija an meiner Seite stumm und starr mit einem Schmerz, dessen Ausmaß ich mir nicht vorstellen konnte. In ihren Augen funkelten Zorn und jene kalte Selbstbeherrschung, die sie vor ihren Mandanten und den Richtern am Gerichtshof von Oran an den Tag legte, doch dieses Mal war sie besiegt. Während ich im Dämmerzustand überlebte, verhandelte Khadija offenbar mit besorgten Leuten um mich. Der Krankenwagen heulte und schrie im Wechsel einen stechenden, roten und blauen Ton. Nach dem großen Massaker war ich im Krankenhaus von Relizane aufgenommen worden. Ich wusste nicht, dass man mich nach Oran transportierte, um zu versuchen, mich wieder an meinen übrigen Körper anzunähen. Khadija war voller Blut, verschmiert wie nach einem Mord, schmutzig und das Haar zerzaust. Sie hatte seit Tagen dasselbe an. Wir kehrten beide vom selben Toten Flecken zurück. Vielleicht ist es so, wenn wir entbinden, wenn wir gebären. Meine Mutter war voller Blut und still wie die Blumen über den Toten; ich hingegen, schwer und zum Stillhalten gezwungen, versuchte vergeblich, mich hinzusetzen. Man hatte mir die Hände ans Bett gefesselt, damit ich mir nicht an den Hals fasste. Vermutlich warteten in dem Krankenwagen alle auf jenen befreienden Schrei der Neugeborenen. Jenes Weinen, das einen vor Glück lachen lässt, nur dass ich fünf Jahre alt war. »Ich hatte mich als Freiwillige gemeldet, um im Krankenhaus zu helfen«, erzählte mir meine Mutter Jahre später. Ich erinnere mich an so etwas wie eine Fahne über einem lautlosen Krieg, an große, eingetrocknete Flecken auf ihrem zerknitterten weißen Kleid, an ein erschöpftes Stöhnen und die Hände der anderen, die ihr halfen, mich umzubetten. »Hörst du mich? Hörst du mich?«, fragte eine Stimme eine andere immer wieder an diesem ungreifbaren Ort.

Wir fuhren auf derselben Straße in entgegengesetzter Richtung. Von Relizane nach Oran. Nachts. Im Winter. Ich erinnere mich, dass die Tragbahre schwankte wie ein Tier, beinahe hochsprang, sich bog und wand, hin und her geworfen auf einem Meer ohne Sattel. Ein Arm umklammerte meine Kehle, während sich Taïmoucha, meine ältere Schwester, bezwingen ließ und in dem großen Zimmer hinter der Zinkblechtür unseres Lehmziegelhauses um Erbarmen für mich flehte. Ringsum offenbarte sich die Nacht in unerträglichen Knallern. Ich glaube, ich suchte nach Worten. Doch die Wörter segelten fort wie Möwen im Wind. Ich wurde mit weit aufgesperrten Augen geboren, unfähig zu schreien.

20

6 Uhr, auf der Autobahn.
»Du schläfst wieder ein.«

Die Erde unter dem Himmel ist kahl, öde und trocken. Am Straßenrand lässt sich ein mageres Tier blicken, vielleicht eine Ziege oder ein Schaf. Niemand hat es gegessen, um sich an das Fest in unseren Bergen zu erinnern; das Tier steht da, abgezehrt, knabbert schon am Leichentuch. Ab jetzt lebt und stirbt es auf einem Zipfel verbrannter, stellenweise verkohlter, niedergestampfter Erde. Offensichtlich ist hier eine Gruppe Männer vorbeigekommen. Auf dem Boden liegen Stroh und Heu herum. In Erinnerung an das Feuer vom Vortag qualmt noch immer ein Baumstumpf. Der in den Himmel aufsteigende Rauch zeigt die Richtung an, die die toten Seelen nehmen. Kennst du die berühmte Schicksalsnacht, meine Schöne? Das ist die Nacht, in der Gott in den untersten Himmel hinabsteigt, um die Menschen anzuhören, einen nach dem anderen, wie sie in ihrem Eifer glauben. Diese Nacht entspricht dem 27. Tag des Ramadan. Meine Schicksalsnacht datiere ich hingegen auf den 31. Dezember des Jahres 1999.

Es muss dunkel gewesen sein, wie sonst wäre das Wenige an ungenauen Erinnerungen zu erklären? Ich bin hier, um das Lehmziegelhaus mit seiner Zinkblechtür wiederzufinden. An den Mauern müsste ein alter Weinstock ranken. Zwei nicht weit entfernt angebundene Schafe sind gefesselt verendet, für nichts oder nur, um zu zeigen, dass der Tod überall war wie ein kollektives Erlöschen. Hinter dem Hof entdeckt man die umzäunte Weide für die Tiere. Der Zaun steht noch, wenn auch verkohlt. Ich erinnere mich an einen verdorrten, harten Baum auf der linken Seite, der in seiner winterlichen Stimmung offenbar niemanden mochte. In meiner Erinnerung an den Toten Flecken sehe ich nur ein Stück von ihm. Er hat keinerlei Grün, wie man keine Kinder hat, seine kahlen Zweige ziehen keine Blicke an. Trotz des Geschehens am Vortag ist der Himmel noch klar. Einige Wolken bilden dunstige Inseln. So weit über uns berührt ihn das Schicksal unseres Bauernhofs nicht. Dort steht auch ein Mann, der das niedergebrannte Gebäude betrachtet. In meiner Erinnerung bewegt sich diese Silhouette nie. Sie kehrt mir den Rücken zu, und das macht meine Stimme, das, was ich ihm sagen wollte, meine Fragen lächerlich. Sein rechter Arm hängt in der Luft, als hätte er eine Geste nicht zu Ende geführt. Ruft er nach jemandem? Schützt er sich gegen einen Schlag? Sein Hemd ist weiß, müsste es jedenfalls sein, wenn der Platz besser beleuchtet wäre. In Erinnerung geblieben ist mir aber, dass er Gummisandalen oder abgenutzte Halbschuhe trägt, es gelingt mir nicht, dieses wichtige Detail genauer zu sehen. Warum das wichtig ist? Weil ich wissen muss, meine Huri, warum seine Schritte auf diesem aschebedeckten Boden keine Spuren hinterlassen. Ich muss entscheiden, ob er gerannt ist, innegehalten oder gekämpft hat, oder wie auf dem Foto erstarrt ist, während meiner Mutter, meiner Schwester und mir die Kehle durchgeschnitten wird. Vielleicht ist er schon seit dem Vortag oder seit dem Morgengrauen so verstört, oder seit der Sonnenaufgang ihn übergangen hat.

Am 1. Januar sind die Bewohner von Had Chekala gegen Ende des Tages hier heraufgekommen, um die Körperteile einzusammeln und darüber zu entscheiden, wie man sie beerdigt, denn in der Leichengrube waren die Toten mit der Axt in Stücke geschlagen worden. Man entschied willkürlich. Zwei Arme pro Kopf, zwei Beine pro Person. Ohne nach Übereinstimmungen zwischen Geschlecht und Figur zu schauen. Man musste die Leichname so schnell wie möglich aufs Ungefähre rekonstruieren. Denn die Mörder konnten jeden Augenblick zurückkommen. Ich schaue noch immer, und alles hier erscheint mir sinnlos, einschließlich des Tötungsakts. Was konnten die armseligen Opfer an diesem Ort repräsentieren, wo man sommers wie winters kaum Luft bekommt?

Diese Szene ist ein Foto. Ich habe es in einer Zeitung aus den 90er Jahren gefunden, nachdem Terroristen einen Bauernhof bei Algier in Brand gesteckt hatten. Der Ort ist anonym. Ich war nie dort, aber ich besuche ihn manchmal wie man eine schmerzlose Stelle seines Körpers ertastet, eine Narbe mit verhärteten Wundrändern. Ich nenne ihn den Toten Flecken, meine aus einer Perlen- und Smaragdkuppel stammende Huri. So heißt der Ort in den Bergen bei Relizane, wo ich geboren bin und wo ich beinahe gestorben wäre, denn meiner Erinnerung nach entspricht das Foto in nahezu jedem Detail unserem Hof. Es genügt, die Augen zu schließen, um ihn zu sehen. Ich gebe auch zu, dass ich seit zwanzig Jahren nie mehr dort war, ebenso wenig wie meine Mutter, ich meine, meine zweite Mutter Khadija. Wir wollten nicht dorthin zurückkehren. Nicht, dass es schmerzlich wäre, das ist es nicht, es ist vielmehr wie das von der Sonne ausgetrocknete Gerippe eines Schafs. Abgesehen von diesem Foto habe ich keine genauen Erinnerungen an mein Leben vor meiner Geburt, aber ich vermute, so in etwa muss der Tote Flecken (der Bauernhof meines Vaters, wo man uns mit tausend anderen über die Ouarsenis-Berge verstreuten Menschen abgeschlachtet hat) ausgesehen haben.

Bevor ich auf dieses Foto gestoßen bin, hatte ich nichts, woran ich den Ort hätte festmachen können. Wenn in Oran Leute kamen, denen meine Mutter von meiner Herkunft und meinem Unfall erzählte, war ich ebenso ahnungslos wie diese und peinlich berührt, als hätte ich das Leben gestohlen und könnte nicht ebenso selbstverständlich wie sie darüber verfügen. Vor allzu neugierigen oder unbeholfenen Besuchern legte Khadija den Zeigefinger auf die Lippen, machte »psst«, und die Stille, die sich daraufhin einstellte, war durch die Last des Todes getrübt, das ich mit meinen großen, auf sie gerichteten graugrünen Augen bedeutete. Da alle im Salon unserer Wohnung wie gelähmt waren, konnte man weder sprechen noch schweigen, ohne an diesen Ort zu denken und dabei sein verfälschtes Gewicht zu spüren. Dann kehrte ich stets in mein Zimmer zurück und holte dieses Foto hervor.

Dorthin fahren wir, während mir das Pfeifen des Winds in meinen Ohren das Gefühl gibt, schneller als er zu sein. Ich war noch nie so weit weg von Zuhause, mein Mondmädchen. Demnächst werden wir diesen verflixten Lastwagen überholen, der vor uns Slalom fährt wie ein kleiner Junge auf seinem Fahrrad, und im Land meiner Schwester ankommen.

In deinen Augen, die nie blinzeln, wird sich alles bewahrheiten.

Was du hörst, dieses leise Brummen, das ist mein Wagen, und Fehlzündungen hat er nur wegen dieses Idioten, der den Lastwagen vor uns fährt. Jetzt schlage ich das Lenkrad nach links ein, um auszuscheren und auf der Überholspur zu beschleunigen. Der Lastwagen fährt zu schnell. Die Ratte blockiert meine Spur. Männer meinen, Frauen würden sie in ihrer Ehre verletzen, wenn sie ihnen vorausfahren. Diese Fahrer von Viehlastwagen machen mich verrückt. Nachdem sie ihre Tiere verkauft haben, fahren sie um diese Uhrzeit nach Hause, ins tiefe Hinterland Algeriens. Bald wird die Stadt Oran leer sein. Die Alten werden zur Schächtung rufen, und der Schächter wird bedeutsame Mienen machen, ein göttliches Gelübde rezitieren, »Bismillah« und »Allahu Akbar« murmeln, bevor er, selbstvergessen und verzückt von seiner Berufung für einen Tag, dem Opfer die Gurgel durchschneidet. Die ganze Stadt wird den Atem anhalten, und statt der Menschen werden alle Tiere wimmern, um von Neuem ihren Tod und ihre Wiederauferstehung zu spielen. Überall liegen Schafe, gefesselt und stumm. Während Gott die Opfer zählt, wird man die inneren und die äußeren Sprachen nicht unterscheiden können.

Mach PLATZ! Das ist doch unglaublich, meine blaue Sardine aus dem Paradies! Einfach unglaublich, die Männer in diesem Land! Versperrt mir den Weg, diese Ratte! Sie sind übrigens zu zweit und lachen wie Clowns. Das lasse ich mir nicht gefallen! Ich habe wenig Zeit. Spätestens morgen Nachmittag kommt meine Mutter zurück, und dann wird diese Reise unmöglich. Wenn ich mir vorstelle, dass sie nie damit einverstanden war, an den Toten Flecken zurückzukehren ... Seit Jahren reden wir nicht mehr darüber. Ich muss mich geradezu über sie hinwegsetzen, um zu mir zu kommen. Ich will es. Ich will, dass du die Geschichte aus nächster Nähe siehst, die mir dieses Grinsen von einem Ohr zum anderen eingebracht hat. Ich will, dass du mit ihr sprichst, mit meiner Schwester, und dass du für uns beide um das Recht auf Leben oder die Pflicht zu sterben verhandelst.

21

6 Uhr 10, im Osten löst sich die Sonne aus dem Labyrinth der Berge.

Da ist sie, die Sonne erhebt sich wie ein Bruder, nur habe ich keinen Bruder gehabt. Ich spüre irrsinnige Lust zu tanzen. Die Erde mit meinen Hüften und meiner Lebensfreude zu entflammen. Hörst du mein Lachen? Lacht ihr so im Paradies, ihr, die seit einer Million Jahren unberührt Huris seid? Wir fahren ins Land meiner Schwester, wie du es wolltest. Auf der großen Ost-West-Autobahn. Die nach Algier führt: Jetzt ist sie leer. Schau nach rechts: verfallene Bauernhöfe und Kühe. Mit ihren aufgedunsenen Leibern zeigen sie, dass wir auf dem Land sind.

Ja, ich gebe zu, ich habe es nicht gewagt.

Ich habe mich lieber auf den Weg gemacht.

Ich habe die drei Pillen nicht geschluckt.

Allein und mit den drei Pillen in der Hand habe ich mich immer wieder gefragt: Warum nicht? Meine Huri will leben, sie möchte alles wissen. Sie verlangt, dass ich ihr alles zeige. Also werde ich es ihr zeigen. Der Ruf des Muezzins in der letzten Morgenröte deines Lebens hat dich fürs Erste gerettet. Nicht, weil ich an Gott glaube (er glaubt nicht an mich), sondern weil ich kühn wurde: »Warum nicht dorthin fahren? Vielleicht ist es ja an Taïmouche, zwischen uns zu entscheiden?« Ich dachte: Den Toten Flecken gibt es noch immer, und die Bewohner unseres Dorfs Had Chekala sind bestimmt noch dort. Manchmal werden sie sich wohl von dieser furchtbaren Nacht erzählen und darüber klagen, dass sie ihre Liebsten nicht bestatten konnten. Dann wirst du es mit deinen Augen sehen, ich meine, mit meinen, und von dir aus sterben. Wie eine Kerze bei Sonnenaufgang.

22

8 Uhr 10.
»Wie kommt man aus einem Labyrinth heraus?«

Wie man dich töten soll, sagt das Gesetz ganz klar, die Riten sind präzise. Wenn ich es tue, muss ich »Bismillah, Allahu Akbar« rufen, »im Namen Allahs, Allah ist der Größte«. Dann das Instrument: kein Küchenmesser, keine Säge oder Axt, sondern geschliffenen Stahl, scharf wie eine alte Wahrheit, dünn wie die Jugend und glänzend wie ein zweites Leben. Der Prophet soll gesagt haben: »Gott hat Vortrefflichkeit in allen Angelegenheiten verlangt. Daher sage ich euch, wenn ihr euch anschickt zu töten, dann macht es mustergültig (das heißt, ohne Grausamkeit); ebenso, wenn ihr ein Tier opfert. Schärft eure Klinge gut und behandelt das Tier rücksichtsvoll.« Ich gehöre nicht zu denen, die ihre Beweggründe tausend Jahre in der Vergangenheit suchen, aber wie du siehst, steht das seit Langem fest. Wen soll man für seinen Glauben opfern? Rinder, Schafe und Menschen; unerwünschte Kinder; Leute, die nicht einverstanden sind; solche, die sich in einem Krieg für keine Seite entscheiden; alle, die nicht beten, nicht fasten und einen nicht für Gott halten. Getötet wird mit einer einzigen Bewegung, quält das Tier nicht, Gott besteht auf einer präzisen Ausführung der Tötung; richtig ist, die Kehle an der Stelle unterhalb des Kehlkopfs, die Speiseröhre und die großen Blutgefäße mit einem einzigen Messerschnitt zu durchtrennen. Der Kehlkopf muss unbedingt am Kopf bleiben. Das habe ich gelesen: »Ein tiefer und schneller Schnitt mit einem langen, spitzen Messer an der Halsunterseite, sodass die Jugularvenen und Halsschlagadern schnell durchtrennt werden, das Rückenmark jedoch nicht berührt wird, damit die Konvulsionen das Ausbluten begünstigen. Ziel dieser

Technik ist, dass das Blut leichter aus dem Tierkörper abfließt, damit das Fleisch ›hygienischer‹ ist. Alles Blut muss aus dem Tier abfließen.« Es ist verboten, ein Tier auf grausame Weise oder nur zum Vergnügen zu töten.

Dennoch sehe ich, wenn ich die Augen schließe, eingegraben in die Dunkelheit, die Augen meines eiligen Mörders. Sie glühen, sei es aus Eile oder aus dem irren Vergnügen, Gott gefällig zu sein, oder wie bei der Vergewaltigung einer Frau, wenn er sie penetriert; ich habe weiterhin kein genaues Bild. Ich weiß nicht, wer von uns beiden, meine Schwester oder ich, die Augen offen hatte. Ich erinnere mich an ein Zusammenzucken oder einen angehaltenen Atem, an ein absurdes und systematisches Fest für zweifelhafte Gläubige. Wer war dieser Mann? Ich weiß es nicht. Damals trugen die Bärtigen seines Schlages alte Namen, Pseudonyme aus dem Zeitalter der Gefährten des Propheten. Laut den vergilbten Presseausschnitten, die wir zu Hause archivieren, wurde der bekannteste in unserer Region »der Lahme« genannt. Er hatte einen Klumpfuß, war ein ehemaliger Friseur aus der Gegend der Stadt Aïn Témouchent und wurde von seinem Stellvertreter getötet, der sich, ich schwöre, ich sage die Wahrheit, den sonderbaren Namen Hungriger Wolf gegeben hat!

Merke dir, Hungriger Wolf war ein Mann, und das ist die erste Voraussetzung, um ein Schächter zu sein. Der Opfernde muss geschlechtsreif sein (meiner war es, das erkannte ich an der Art, wie er mich am Hals packte). Dennoch heißt es: »Ein Tier darf nicht von einem Verrückten, einem Betrunkenen, einem Drogensüchtigen, einem Kleinkind (vor der Geschlechtsreife) oder durch irgendeine andere Person mit einer Geistesschwäche geopfert werden.« In einem solchen Fall tappen wir im Dunkeln über mein Schicksal: Bin ich, die den Namen L'bia trug und fünf Jahre alt war, ein statthaftes oder ein misslungenes Opfer, eine Frau, ein Tier oder ein Gespenst? Und weiter heißt es: »Körperpflege und Kleidung des Opfernden müssen tadellos sein. Er muss sich gemäß den Hygienevorschriften kleiden.« Mein Mörder hingegen stank fürchterlich, er roch wie ein stickiger Raum und ranzig wie verfaultes Fleisch. Seine Schuhe waren voller Schlamm, und für seine Kleidung schien er Tieren das Fell abgezogen zu haben. Meine Mutter erzählt übrigens, »nach dem großen Massaker am 1. Januar entdeckte man die Klamotten der Mörder überall auf den Wegen und in den Weilern, denn sie hatten darauf geachtet, ihre Kleidungsstücke mit denen ihrer Opfer zu tauschen, sofern der Stoff nicht zu sehr von Blut durchtränkt und den aus Angst ausgeschiedenen Exkrementen verschmiert war.« Eine Garderobe auf einem Friedhof.

Schließlich heißt es noch, man müsse darauf achten, »niemals ein Tier vor den Augen eines anderen zu opfern und dem Tier das Messer nicht vor der Opferung zu zeigen, damit es vor der rituellen Schächtung keinen Stress erleidet.« Meine Schwester Taïmoucha beobachtete mich und flüsterte mir etwas zu. Oder setzte sie meinen Vornamen neu zusammen? Vielleicht übermittelte sie mir auch einen Gedanken oder die ganze Panik in ihren Augen oder ihre vom Tod gezeichneten Gesichtszüge, als ich die Augen schloss, um dem Gott mit den kotverschmierten Schuhen zu gehorchen? Es ist mir nie gelungen, das Geheimnis zu entschlüsseln, das sie mir in jenem Augenblick mitteilte. Ich sagte Zahlen auf, damit die Nacht zurückwich und wir zur vorausgegangenen Nacht zurückkehrten, als sie und ich noch atmeten und lachten. Wir unterhielten uns damals so leise, dass man es für einen Dialog zwischen zwei Herzen in einer Brust gehalten hätte.

Da ist er wieder, der Fahrer des Lastwagens, das geht jetzt wirklich zu weit, wenn ich weiter so fahre, wird mein Motor überhitzen, ich muss ihn überholen. Ja, am nächsten Hang werde ich es wagen.

JETZT.

Geschafft. Die zwei Viehhändler haben große Augen gemacht, als ich ihnen den Stinkefinger zeigte.

Da, hast du das gesehen?

Sie drücken hinter mir aufs Gas, es wird ihnen aber nichts helfen. Ich zappele vor Glück, den beiden Dummköpfen habe ich es gezeigt! Diese kleine Rache, sie rieselt wie frisches Wasser mitten im Juni.

Ich erzählte dir gerade, was das Schächten für ein Metier ist, und dabei verlor ich mich in den Einzelheiten des Ritus. Nimm auch zur Kenntnis, dass ich heute Morgen lange geduscht habe, denn Opfernde müssen rein sein. Auch wenn man drei Pillen schluckt, meine Huri aus dem Paradies, wo die Erde laut einem Hadith »aus weißem Mehl und reinem Moschus« ist.

Letzte Anweisung: Es heißt, man müsse das Tier zappeln lassen, damit es alles Blut verliert, in Muskelstarre fällt und glaubt, es fliehe ins Dorf Had Chekala hinunter, während die Pfoten über dem Wasserlauf in den Ouarsenis-Bergen strampeln. »Das Zucken der Gliedmaßen nach dem Ausbluten ist kein Zeichen von Leiden, sondern vielmehr eine natürliche und nervöse Reaktion auf die mangelnde Versorgung des Gehirns mit Blut und Sauerstoff.«

Wir haben mehr als sechzig Kilometer hinter uns gebracht. Die Gegend ist menschenleer, als ob ihre Bewohner im Jenseits einem großen Possenspiel beiwohnten. Im äußersten Osten löst sich die Straße vom Boden.

Noch nie bin ich allein so weit weggefahren. Noch nie.

23

8 Uhr 30, zwischen Oran und Oued Tlélat.

Glaub bloß nicht, dass es einfach ist, an einem Feiertag allein auf einer menschenleeren Straße unterwegs zu sein, mit niemanden außer der Sonne, die mich blendet, aber nicht alle meine Gründe erhellt. Eine Frau reist nicht allein in Algerien, schon gar nicht während des Opferfests. Es gibt Dinge, die wirst du nie tun können, wenn du auf diese Welt kommst. Zum Beispiel allein durch den Regen schlendern, dich allein in einem öffentlichen Park auf eine Bank setzen und auf einen Berg blicken, der sich weigert, mit dir zu sprechen. Oder auch, dich nach Lust und Laune kleiden, auf der Straße lachen oder auch einen Unbekannten abservieren, der dir auf die Pelle rückt, weil er meint, du seist eine Prostituierte, nachdem du freundlich wie eine Zimmerpflanze gewesen bist. Spazieren gehen wirst du in Gruppen (nur in den Städten, denn in den Dörfern ist auch das unmöglich) und zu den Zeiten, in denen sich die Männer in die Moschee begeben, einen Friedhof besuchen oder eine Verwandte verheiraten. Bestimmte Dinge hat Gott uns verboten: die Toten beerdigen, über einem Grab wehklagen, einem Opfertier die Gurgel durchschneiden, ebenso viel erben wie der Mann, sich während des Fastenmonats die Haare entfernen, seine nackten Arme zeigen oder auch laut sprechen, auf der Straße singen, Zigaretten rauchen, Wein trinken, Fußtritte zurückgeben. Die Strecke ist lang, die Liste auch. Niemand wird meine Geschichte glauben. Wie soll ich erklären, dass ich in die Berge fahre, um dir den Ort zu zeigen, an dem ich getötet wurde, und um dich meinerseits zu töten und dir das Leben zu ersparen? Das ist ein bisschen übergeschnappt, wie lieben oder hassen.

Die Straße ist so gerade, dass ich in meinen Erinnerungen versinke.

24

»... Ich heiße Mimoun. Hast du gesehen, wie gut ich schwimme?«, flüsterte er mir zu. Als wären sie vergessen worden, lungerten ein paar Angestellte des benachbarten Hotels an diesem im Winter verlassenen Strand herum. Seine zarte Stimme, die vom Rauschen des nahen Meeres übertönt wurde, überraschte mich. An dem Tag, meine Huri, war ich dreißig Kilometer von Oran hierher gefahren, damit ich mich allein hinsetzen, dem Meer lauschen und mir vorstellen konnte, wovon es sprach. Seit ich ein Auto besaß, kam ich immer wieder allein an den Strand.

Ich schenkte ihm keinerlei Beachtung, aber der Unbekannte lächelte mir trotzdem zu und zeigte seine Zähne. Eine Weile blieb er beharrlich, fast idiotisch. Sein Gesicht war vielleicht schön, zumindest auf den ersten Blick. Zwei Meter entfernt von mir sitzend, musterte er mich mit seinen hellen Augen. Sein dunkelbraunes Haar war vom Wasser nass und schwarz. Verärgert über seine Dreistigkeit zuckte ich mit den Schultern und drehte mich dann demonstrativ dem Horizont zu. Schließlich gab der Unbekannte auf. Eine allein an einem Strand sitzende Frau zieht die Aufmerksamkeit auf sich, aber ich bin keine Frau: Um das festzustellen, braucht man bloß meine Kanüle anzusehen. Ich war hierhergekommen, um meinen beiden Sprachen eine Pause zu gönnen. Dem Meer nahe zu sein, war meine Art zu schwimmen, denn ich hatte nie schwimmen gelernt.

»Ich heiße Mimoun«, wiederholte er mit seiner hohen Stimme, als versuchte er, mir ein Gespräch aufzudrängen. Ich blieb ungerührt. Ich beobachtete das Meer, dem er gerade vor Kälte schlotternd entstiegen war; es war eiskalt an diesem Tag. Er zeigte dieses breite Lächeln und hatte eine gelbe Shorts an, die an seinen kurzen

Beinen klebte. Es gab ein seltsames Missverhältnis zwischen seinem schönen nackten Oberkörper und seinen kurzen, krummen Beinen. Zuvor war mir aufgefallen, wie sein Körper elegant gegen die grauen Wellen gekämpft hatte. Als er dann auf mich zu schwamm, war sein Kopf aus dem Wasser aufgetaucht.

Dann sagte er mit seiner schwachen Stimme: »Da hinten, das ist meins.« Sein Finger wies auf eines der Boote auf dem Sand. Er hatte Erfolg: Ich drehte den Kopf, und ich sah vier Boote auf dem Trockenen. Drei von ihnen lagen da wie Tierleichen. Seines stand kerzengerade auf Stützen, darauf war in einem großen, weißen Schriftzug auf Arabisch der Name »Al-Buraq« gemalt. »Weißt du, wer das ist?« Sein Tonfall klang fast kindlich. Ich zog überheblich eine Schnute. Wenn man neben einer Moschee wohnt, weiß man mehr über die Propheten als über seine Nachbarn. Al-Buraq heißt das geflügelte Pferd des Propheten Mohammed, meine Huri. Das Pferd, das Ihn in einer Nacht nach Al-Quds und dann in den Himmel brachte.

Mimoun hatte sich erlaubt, sich neben mich zu setzen, aber er wagte es nicht, näher zu rücken. Das war ein Zeichen seiner Höflichkeit. Dann fielen mir wieder seine krummen Beine ein, und beinahe hätte ich boshaft darüber gelacht. Worüber? Es kam mir so vor, als amüsierte es ihn selbst, sie gleichgültig zu zeigen. Genauso machte ich es mit meiner Kanüle. Ich blieb weiter stumm.

Du wolltest wissen, wer dein Vater ist? Ich will seine Stimme für dich nachahmen, weil du sie in mir hören kannst. Hör zu: »Bastard! Bastard!« Ich bin kein guter Imitator? Wenn er es mit seiner Papageienstimme sagt, legt er den Kopf auf eine Seite und kneift die Augen fröhlich zusammen.

Er erzählte mir, wie man im Winter gegen die Wellen schwimmt, wie man im Westen guten Fisch fängt. Man müsse Geduld haben, war sein Rat.

Er war geduldig.

Als ich Ende der folgenden Woche wiederkam, stand er auf der Al-Buraq und erwartete mich. Wir begrüßten uns, und er erzählte weiter, als wäre inzwischen keine Zeit vergangen. An diesem Tag bot er mir Kaffee in einer zerbeulten Kanne an, und er schilderte mir, wie er sehr jung schwimmen lernte. Um den Kindern von den Bauernhöfen bei der Plage des Andalouses zu entwischen, die ihn verfolgten, verbarg er sich im Meer: »Du springst rein, und nichts erreicht mehr dein Ohr. Du hörst das Wasser, als würdest du schlafen. Das Meer dringt in die Ohren, und alles verschwindet.« Warum ich diese dumme Geschichte erzähle? Bei unseren folgenden Treffen versuchte er, ohne je eine Andeutung hinsichtlich meiner Kanüle zu machen, mir das Schwimmen beizubringen, denn er sah, dass ich mich fürchtete. »Kämpfe nicht, tauche ein und gerate nicht in Panik. Atme ganz ruhig! Unablässig!«

Du willst es also verstehen, mein Klümpchen aus Leben und Blut. Wie dieser Mann, dessen falsche Heldenbrust auf zwei Krabbenbeinen daherkam, es schaffte, meine Tätowierungen zu berühren? Wie er mich dazu bringen konnte, in der kleinen Baracke hinter dem winterlich verwaisten Tourismuskomplex in seinen Armen zu schlafen? Am nächsten Freitag lag ich in dem alten Fertighaus, das er bewohnte, und rauchte eine Zigarette, während sein Kopf auf meinem Bauch ruhte. Da Khadija fast einen ganzen Monat lang in Algier bleiben musste, kam ich gewöhnlich freitags, während des großen wöchentlichen Gebets, an den Strand zurück. Wir schienen echte Waisen zu sein: ich, er, das Meer und die Boote. In seinem mit einem Radiator beheizten Zimmer stachelte die Stille das Begehren an. An der Decke hing eine nackte Glühbirne. Alte Fenster, die auf hohes Gras und riesige Eukalyptusbäume hinausgingen, beobachteten uns vorwurfsvoll. Ich sprach wenig mit ihm, und Mimoun begnügte sich mit meinen grünen Augen und nannte mich »meine Stumme«.

»Und warum bist du mitgegangen?«, wendest du ein, neugierig wie ein früh aufgehender Stern.

Ich weiß nicht. Meine innere Sprache durchdringt es nicht. Vielleicht aus Mitleid. Oder aus Neugier. Oder aus Ermattung. Khadijas Hoffnung, meine Stimmbänder könnten wiederhergestellt werden, ließ mir da schon keine Ruhe. Außerdem hatte ich immer eine Schwäche für einsame Männer. Mimoun fügte dem seinen ulkigen Traum hinzu, nach Spanien zu gelangen, selbst wenn er schwimmen müsste. »Es ist nicht weit!«, versicherte er mir, »einen halben Tag dauert es, wenn du einen guten Außenbordmotor hast. Wenn sehr schönes Wetter ist und du die Augen zusammenkneifst, kannst du Spanien sehen.« Dann sagte er noch: »Es fehlen mir gerade mal zwanzig Millionen Centime für die erste Rate an den Schlepper. Den Rest gebe ich ihm, wenn ich angekommen bin.«

Nachdem wir miteinander geschlafen hatten, träumte er von diesem Land, während sein Kopf auf meinem Bauch lag. Er rechnete laut vor, wie viel die Überfahrt kostete, wie viel Kilo Fisch er verkaufen müsste, um die Summe zusammenzubringen.

Am dritten Freitag, fern aller Moscheen, die das Meer zu vergessen gebot, erzählte mir Mimoun dann seine Geschichte. Diese Geschichte gehört dir, meine Huri. Seine Mutter war fünf Jahre zuvor gestorben. Er war Fischer und roch für alle nach Fisch, nur nicht für mich. Ich hatte keinen Zugang zum Königreich der Gerüche, er musste sich keine Sorgen machen, wenn er sich mir näherte, sich auf mir ausstreckte. »Stimmt das? Du riechst nichts? Schwörst du es?«, fragte er. Ich schwor mit meiner Flüsterstimme und lachte. Bestimmt aus Koketterie, ich bemühte mich, dem Meer zu gleichen: nackt, schmollend, vom Winter betäubt. Er behandelte uns übrigens ebenso, tauchte in uns, um die Kränkungen und seine eigene Geschichte zu vergessen. Sein Vater war bei der Armee gewesen und 1999 im Maquis von Chlef, im Osten von Oran, erschossen worden. Mimoun zeigte mir das Foto, dieses Mal klang seine Stimme ernster. Die Aufnahme schützte ihn vor dem bösen Blick, vor Verleumdungen, Hunger und der Gefahr, aus der Baracke geworfen zu werden. »Sie wagen es nicht, auch nur daran zu denken, wenn ich ihnen das hier zeige«, behauptete er theatralisch. Bis hin zu den Polizisten im Nachbardorf, denen alle jungen Leute verdächtig waren. »Ich? Mich grüßen sie, nicken respektvoll. Und seit meiner Kindheit grüße ich mit militärischem Gruß zurück«, erläuterte Mimoun.

Auf diesem Foto sah man Armeeangehörige mit ernsten Gesichtern in einer Reihe stehen, Feuerwehrmänner und sechs Polizisten mit goldenen Galonen trugen einen vollständig von einer Fahne bedeckten Sarg, auf dem ein kleines Blumengesteck abgelegt war. Die Feier schien in einem fernen, strahlend blauen Himmel unter einem Militärflugzeug erstarrt. »Da steckt alles drin. Man muss nur genau hinsehen: Es gibt tausend Dinge zu entdecken, wenn man sich konzentriert. Sicher, es ist wie Schwimmen unter Wasser, aber man kann viele Einzelheiten erkennen.« Neugierig beugte ich mich darüber. »Man darf nicht über den Holzrahmen hinausgehen oder anderswo hinsehen. Das ist alles. Darauf beharrte meine Mutter. Das ganze Land habe sich für die Trauerfeier versammelt, sagte sie. Alles habe seine Hochachtung bezeugt, die ernsten und hochrangigen Leute, die Hymne und die Fahne auf dem Sarg.« Mimoun hatte kein anderes Foto von seinem Vater. »Alles ist da drin. Unsere ganze Geschichte.« Seine Mutter holte das Foto ständig hervor. Zeigte es überall herum, wenn sie die Behörden abklapperte, um Anträge auf Unterstützung zu stellen, eine Wohnung zu bekommen oder die Vertreibung aus der Baracke hinter dem Tourismuskomplex zu verhindern, als die Nachbarn dort rausgeworfen wurden. Ich stellte mir eine Witwe vor, die sich um ein Kind kümmern musste.

»War sie unglücklich?« »Nein!«, antwortete Mimoun auf meine stumme Frage und warf sich auf beinahe komische Weise in die Brust: »Meine Mutter war genau dreißig Tage glücklich, und bis ans Ende ihrer Tage erzählte sie mir immer wieder in allen Einzelheiten, was in diesen dreißig Tagen ihres Zusammenlebens mit meinem Vater passiert ist. Dreißig heilige Tage, wie der Ramadan.« Dieser verrückte Schwimmer kannte alle Einzelheiten dieser Flitterwochen wie einer, der zehn Lexika über die Insekten in den großen Wäldern auswendig kann.

»Aber warum nur dreißig Tage?«, murmelst du in deinem Wiegendämmer verstört.

Lass es dir erzählen. In Mimouns Stimme hörte ich die seiner Mutter.

»Ich heiße Zahra. Ich lebte bei Achaacha, hundert Kilometer westlich von Oran. Wir wohnten in dem Douar S'haya, direkt an der

Bergflanke. Hoch über dem Meer und weit entfernt davon in einer Gebirgsregion mit Felsen und Weinstöcken. Zwischen Himmel und Erde also, und trotz unserer Armut waren wir glücklich. Ich wuchs im Schatten meines Vaters, meiner Mutter und meiner älteren Schwester auf. Mein Vater war Fellache auf unserem Stück Land. Er baute dort das an, was er unterhalb des Douars am Straßenrand verkaufen konnte. Zu der Zeit, als meine Geschichte begann, wussten wir fast nichts vom Krieg bis auf das, was im Fernsehen darüber berichtet wurde. Dennoch spürten wir ihn näher rücken. Besonders als die Männer anfingen, untereinander mit leiser Stimme über ihn zu sprechen, und uns Mädchen im Dorf aufforderten, uns nicht mehr am helllichten Tag draußen zu zeigen und in unseren Lehmziegelwänden nicht mehr laut zu sprechen.

Eines Tages sah man sie dann.

Im Dorf holten wir alle unser Wasser von einem gemeinsamen, zentral gelegenen Wasserhahn. Dort sahen wir sie, in der Abenddämmerung. Sie trugen schmutzige Dschellabas, Turbane, waren mit Messern und Gewehren bewaffnet, die Gesichter versanken in Bärten, ihre Blicke waren lebhaft und gefährlich. Sie standen um den Wasserhahn herum und wuschen sich die Hände. Dann sahen wir, dass sich das Wasser erst rot, dann hellrot färbte und schließlich fast schwarz war, als es den Hang hinunterlief. Sie säuberten ihre blutbespritzten Kleidungsstücke und Hände. Auf dem Boden, direkt neben ihnen, lagen drei Säcke. In jedem Sack steckte ein Männerkopf mit fratzenhaftem Gesicht, die Lider aufgedunsen, als hätte man ihn aus dem Schlaf geholt. Da kippte in unseren Köpfen und in unserem kleinen Dorf alles um. Wir fanden uns in einem Land wieder, das im Schmutz versank. Stille wurde gefährlich, das Meer färbte sich braun wie eine alte Wunde, wer zu laut rief, spielte mit dem eigenen Tod, beim kleinsten Gerücht füllten sich die Augen mit Angst und Entsetzen, und die Männer unseres Dorfs irrten wie Schlafwandler umher. Vor allem aber zitterten die Stimmen unserer Mütter, wenn wir, die Jungfrauen des Dorfs, uns nicht in ihrem Blickfeld aufhielten. Später kamen die Mörder immer wieder in unser Dorf, um ihre blutigen Hände zu waschen, keiner von uns wagte es mehr, aus diesem Wasserhahn zu trinken. Jedes Mal forderten sie mehr: Brot, Fleisch, Kleidung, später bedrohten sie regelmäßig unsere Männer. Sie musterten unsere geschlossenen Fenster mit ausgehungerten Blicken. Nach ihrem Besuch schmeckte das Wasser schlecht, als hätten sie es verdorben. Ohne es offen zuzugeben, wagten wir es nicht mehr, uns damit zu waschen, es zu trinken oder damit zu kochen.

Dann kamen eines Tages Armeeangehörige und befahlen uns, wegzugehen und den Douar zu verlassen, weil sie unsere Bergregion, das Dahra, bombardieren würden, wie sie uns warnten. Doch wohin sollten wir? Wir waren zu arm, um auf einen Neuanfang an einem anderen Ort hoffen zu können. Was sollten wir ohne unsere Felder essen? ›Geht weg von hier!‹, brüllten die Soldaten. ›Bleibt hier und rührt euch nicht vom Fleck‹, wiederholten die Mörder bei Nacht. Also blieben wir und taten nichts. Mein Vater verlor die Sprache und sein Rücken krümmte sich vor Scham. Jeden Morgen kam das Militär zurück, wütend, ängstlich, und beharrte darauf, dass wir weggingen, und meine Mutter stöhnte: ›Aber wohin? Wir können nirgendwohin gehen!‹ Tatsächlich herrschte überall Krieg. Eines Tages sah ich, dass der Anführer der Soldaten ein großgewachsener, dunkelhaariger, finsterer Mann war, und dass sein Gesicht zugleich hart und schön war. Wie das in den Himmel ragende Gebirge. Seine sanften Augen sehnten sich danach, jemandem eine Geschichte zu erzählen, den er noch nicht erwählt hatte.

Ich, Zahra, war bereits siebzehn Jahre alt, wurde eine schöne junge Frau. Meine Mutter hatte Angst, man könnte mich entführen, denn die Mörder waren versessen auf Jungfrauen und verschleppten sie in die Berge. Eines Tages, nach einer Durchsuchung unseres Douars, sah mich der Anführer der Soldaten, der nie lächelte, mit sonderbaren Augen eindringlich an, und als er weg war, fühlte ich in meiner Brust, dass mir etwas fehlte. Er sah in mir eine anmutige junge Frau. Meine Haut glänzte silbern, als stammte ich aus dem Paradies. Mein Haar war im Sommer noch blonder als sonst, und meine Augen waren blau wie die Augen aller Frauen aus den Stämmen in unserer Region. Seine dunklen Augen funkelten voller unausgesprochener Bekenntnisse wie in Filmen und trafen mich ins Herz. Und als lebte ich im Fernseher, verliebte ich mich! Seine Männer nannten ihn Oberst Mimoun. Weißt du, mein Sohn, er überhäufte mich mit seinen Aufmerksamkeiten, dann machte er meinem Vater einen Vorschlag: ›Nimm deine Familie und lass dich mit ihr am Fuß der Berge im Dorf Sidi Ali nieder. Dort befindet sich das Haus meines seit Langem verstorbenen Vaters. Es steht leer, denn meine Mutter wohnt bei mir in Bousfer bei Oran.‹ Seine Stimme klang fest, aber sie trug das Gewicht einer weiteren Botschaft. Mein Vater verstand sie, als er bemerkte, wie er mich anblickte, als ob er eine Sonne wäre, die einen Ort suchte, an dem sie sich schlafen legen konnte. Wir verließen das Bergdorf und zogen in die Ebene um.

Zwei Monate später kam er an einem Freitagnachmittag, klopfte an unsere Tür und hielt um meine Hand an. Er lächelte mich noch immer nicht an und sprach nicht direkt mit mir, aber in seinen Augen lag ein Versprechen, bei dem ich fühlte, dass ich glücklich sein würde, als ob ich noch einmal schöner zur Welt käme. Und wir heirateten! Ich wurde in einem Auto voller Blumen und Musik versteckt, die von den Mördern verboten worden war. Unter Freudenrufen brachte man mich in einem weißen Kleid zum Haus deines Vaters.«

Als er innehielt, meine Huri, sah Mimoun mich durchdringend an und lachte. »Bastard! Bastard!«, ahmte er mit seiner zarten und spöttischen Stimme nach. Ich schreckte auf. Diese Einwürfe machten mir manchmal Angst. »Weißt du, meine Stumme, dass ich auf diese Weise Schwimmen gelernt habe?«, erklärte er mir. »Heute, das schwöre ich dir, bin ich überzeugt, dass ich nach Spanien schwimmen kann! Ich renne, und alle Kinder aus den Bauernhöfen an der Plage des Andalouses jagen mir hinterher und brüllen ›Bastard! Bastard!‹, und ich stürze mich ins Meer. Es läuft mir in die Ohren, und ich höre nur noch mein Herz, das sich unter den Wellen versteckt hat. Niemand schwimmt so gut wie Mimoun! Hörst du mir zu?«

Nein, ich hörte seiner Mutter zu, die durch ihn sprach, und noch von ihren dreißig glücklichen Ehetagen erzählen wollte. Mimoun fuhr fort:

»Wir fuhren also nach Bousfer, wo wir wohnen wollten. Bousfer ist das Dorf, in dem die Armeeangehörigen bei Oran kaserniert sind. Meine Mutter Zahra schwor, es sei der schönste Monat in ihrem Leben gewesen. Jede Nacht glich einem Opferfest. Über die Jahre erfuhr ich von meiner Mutter tausend Einzelheiten darüber. Sie erzählte mir, wie mein Vater abends nach Hause kam und wie er lächelte und seinem Herzen Luft machte. Sie erzählte, wie er in der Nacht flüsterte, damit meine Großmutter nicht hörte, wenn sie sich liebten. Sie erzählte, wie er ihr in der Dunkelheit leuchtendes Haar streichelte, und beschrieb mir seine Augen, die den ganzen Sommer der beiden bargen. Sie verriet mir, wie er sich ihre strahlende Zukunft als Ehepaar ausmalte. Weißt du was, meine Stumme? Ich kenne den Speiseplan meines Vaters im Paradies ganz genau. Die Art und Weise, wie er seine Armeestiefel auf Glanz polierte. Wie er redete oder schwieg oder sich am Kopf kratzte. Ich habe alles von ihm, meine Stumme. Meine Mutter sah mich an, als müsste ich ihn eines Tages wieder lebend nach Hause bringen.«

Daraufhin zeigte mir Mimoun das Foto des unsichtbaren Mimouns im Sarg umgeben von Polizisten mit goldenen Epauletten. »Alles ist da drin, schau nicht woanders hin!«, beharrte er. »Schau niemals woanders hin, und sei taub gegenüber allem, was sie über dich sagen. Alles ist in diesem Foto. Alles andere sind Lügen«, wiederholte seine Mutter Zahra durch ihn.

Einen Monat nach der Hochzeit spürte Zahra, dass sie schwanger war, und bat ihren Ehemann darum, ihre Familie besuchen zu dürfen. »Sie wollte ihnen die schöne Nachricht verkünden«, erklärte mir Mimoun. »Meine Mutter traf am Freitagabend bei meinen Großeltern ein. Und am Freitagabend kamen Nachbarinnen zu Besuch und begrüßten die Nachricht von dem kommenden Kind mit freudigen Youyou-Rufen. Und noch am selben Abend kamen die Terroristen zu ihnen und schnitten ihnen allen die Kehle durch. ›Die Stimme einer Frau ist eine Blöße, eine Sünde, ein Aufruf zur Sünde. Wie konntet ihr das wagen?‹, empörte sich der Emir der Messer. In seinen Händen hielt er Säcke und Äxte. Sie ermordeten unsere ganze Familie und deren Nachbarn, sparten nur meine Mutter Zahra und meine Tante aus, die sie in den Maquis in die Wälder der Provinz Chlef verschleppten.

Puh! Wie es endete? Die Armee durchkämmte die Gegend und holte meine Mutter nach einem Monat Gefangenschaft zurück. Ihre jungfräuliche Schwester, meine Tante, wurde im Gefecht getötet. Nachdem sie wie durch ein Wunder befreit worden war, sah meine Mutter Zahra ihren Ehemann wieder, und dieser brachte sie wie eine Braut in einem Autokorso zurück nach Bousfer. Er war verrückt vor Freude und Wut, aber meine Großmutter wollte ihre Schwiegertochter, deren schwangerer Bauch sich bereits rundete, nicht mehr im Haus haben.

›Bastard! Bastard!‹, riefen die Kinder hinter meinem Rücken, wenn ich in die Wellen rannte.

Ich wartete in ihrem Bauch, aber ich war ein Bastard. Verstehst du, meine Stumme mit den grünen Augen? Meine Großmutter heulte, ich sei die Frucht der Entehrung. Sie forderte die Scheidung von meinem Vater, aber der lehnte ab. Er war noch eine Woche standhaft, dann wurde er bei einer Razzia in der Provinz Chlef getötet. Sein Leichnam wurde per Flugzeug nach Bousfer gebracht, wo er mit militärischen Ehren bestattet wurde. Verstehst du?

Vierzig Tage später jagte uns meine Großmutter davon und wir kamen hierher, weil dieser Touristenkomplex in der Zeit des Krieges leer stand: Es gab weder Badende noch Urlauber. Wir zeigten das Foto, und man gab uns die Schlüssel zu dieser kleinen Baracke. Hier hat meine Mutter mir über Jahre hinweg von ihren dreißigtägigen Flitterwochen erzählt und davon, wie meine Großmutter unsere Sachen in Bousfer auf die Straße geworfen und dazu »Bastard! Bastard« geschrien hatte.

Doch eines Tages, ich war zehn Jahre alt, wollte meine Mutter, dass ich sie sah, und brachte mich zu ihr. Denn in meinen Träumen jagte mir meine Großmutter große Angst ein. Als wir bei ihr anklopften und sie mich sah, brach sie jedoch in Tränen aus, raufte sich die Haare und ohrfeigte sich. Sie berührte mein Gesicht und nahm mich dieses Mal sofort an. Ich war das Ebenbild meines Vaters. Ich hatte sein Kinn, seine Schultern, seine Schwimmerbrust, seine Zähne und sein Lächeln, ich sprach wie er und hatte dieselben Grübchen wie er. Meine Mutter gab mir sogar seinen Vornamen, Mimoun. Vielleicht ist er so aus seinem Sarg zurückgekommen.«

Dann seufzte Mimoun und gestand mir: »Es ist keine besonders lustige Geschichte, meine Stumme. Ich war stolz darauf, als ich klein war und man mir ›Bastard! Bastard!‹ hinterherrief, ich zuckte mit den Schultern und schwamm noch weiter hinaus. Ich hatte nicht einmal einen Vornamen, mein ganzes Leben steckte in einer Holzkiste auf den Schultern von Polizisten. Verstehst du, meine Stumme? Ich war stolz. Aber jetzt, da meine Mutter und meine Großmutter beide tot sind, will ich nach Spanien auswandern.«

Ich begriff es, meine Huri, als er das letzte Tattoo meiner Schenkel erreichte: Dieser Mann existierte nicht. »Nichts hier gehört mir. Nicht einmal Al-Buraq. Das Boot ist die Schaluppe eines Reeders aus Oran. Er hat sie mir überlassen, als er das Foto gesehen hat.«

Wir lagen Seite an Seite. Ich in meiner inneren Stimme, und er im Sarg von Mimoun. Weißt du, mein Fischlein aus Blut und Gold, dass wir den Spaß so weit trieben zu heiraten? Jawohl! Im Rathaus! Dem Beamten, der meinen Vater sehen wollte, hielt ich meinen Ausweis als Terrorismusopfer und Waise hin. Ich lüftete auch den Schal, der meine Kehle verdeckt, woraufhin er die Augen niederschlug und unsere Namen einschrieb. Danach schlenderten wir zugleich traurig und erleichtert durch Oran. Was würde Khadija, die in Algier war, davon halten? Darüber konnte man sich den Kopf zerbrechen. Oder sich über alle möglichen Regeln hinwegsetzen, meine Huri. Für deinen Vater war es offenbar niederschmetternd, ein Erwachsener geworden zu sein, er lächelte nicht mehr. Am dreißigsten Tag unserer Begegnung, nahm er mich zum Schwimmen mit. Ich hängte mich an seinen Rücken und zum ersten Mal in meinem Leben trieb ich im eisigen Wasser, ohne einen Fuß am Grund zu haben. »Bastard! Bastard!«, schrien die Möwen ihm zu.

Dann vergingen einige Tage, an denen ich unschlüssig in Oran blieb und ihn nicht sah. Die Geschichte kam mir vor wie eine Dummheit, ich bereute, dem Rat des Meeres gefolgt zu sein, aber zuletzt kehrte ich doch an die Plage des Andalouses zurück. Mimoun war weder in seiner Hütte noch mit Netzen am Strand beschäftigt. Fischer mit spöttischem Blick unterrichteten mich schließlich: Der »arme Mimoun«, wie sie ihn nannten, war mit den Schleppern mitgegangen.

Das Meer gibt nie eine Antwort.

25

9 Uhr 07.
»Es ist eine Sackgasse.«

Ein Knall, dann zwei. Das Bersten eines Kautschukreifens, den ein Metallteil durchsticht. Der pfeifende Luftverlust kündigt den Notfall an. Es ging ganz schnell. Dann verlor ich die Fahrzeugkontrolle, kam von der Fahrbahn ab, und die Straße unter meinen Reifen schlug Falten wie ein Teppich. Ich humpelte auf drei Reifen über die Autobahn. Hast du auch das Rumpeln gespürt und den kurzen Aufschrei des zerfetzten Reifens gehört? Ja. Ich hatte es mir in meinen ängstlichen Träumen ausgemalt, aber nicht hier, nicht an diesem Morgen. Einen Platten in der prallen Sonne zu haben, und weit und breit ist niemand! Mit Mühe stelle ich den Wagen auf dem Seitenstreifen ab, atme tief durch. Der stille Himmel umgibt mich. Als ich aussteige, sehe ich den zerfetzten, gezähnten Reifen. Ich drehe mich um und erkenne hinter mir die schwarzen Gummistücke. Er ist in tausend Fitzelchen zerplatzt. Die Felge raucht noch. Das Auto erscheint mir zahnlos, am Fuß verletzt. In einer Stadt glaubt man an das Geld, auf Reisen zählt man die Zeichen. Ist das ein Zeichen? Ich habe nie gelernt, wie man Reifen wechselt.

Ich habe keine Ahnung, was ich tun soll. Ich spitze die Ohren und hoffe, ein Auto kommt vorbei, ein Reisender. In der Ferne bellt ein Hund, das macht die Leere noch schlimmer. Aus beiden Richtungen ist kein Motor zu hören. Sogar Gott ist wahrscheinlich damit beschäftigt, die Opfer zu zählen. Diese Reise will nicht unternommen werden, das ist so klar wie meine Kanüle. Weder der Tote Flecken noch meine Schwester will uns sehen. Warum hast du mich dazu gedrängt, Mädchen? Was soll ich jetzt tun?

Vielleicht sollten wir umkehren. Dann geht jede dorthin zurück, wo sie herkommt: du in den Himmel, ich in meinen Friseursalon.

26

9 Uhr 20.

Ich wollte nicht, dass du ihn siehst, deshalb habe ich die Augen geschlossen. Große, spitze schwarze Zähne, die aus seinem Mund ragen, gelblicher Atem. War er um die dreißig? Oder tausend Jahre alt? Sein Hemd ist rot. Er versucht, mich an der Kehle zu packen, seine Hand schlägt gegen meine Kanüle und sein Gesicht erstarrt zur Grimasse vor Entsetzen. Ohne nachzudenken, wehre ich mich mit schmetterlingshaften Fußtritten, die nicht helfen. In meinem Schrecken habe ich alles Gewicht, alle Kraft verloren, kein Rückgrat mehr. Sein Begleiter filzt das Auto und brüllt: »Du bist eine Nutte!« Er winkt mit meinem Zigarettenpaket. »Wo versteckst du dein Geld? Wo ist es?« Sein Komplize drückt mich gegen die Fahrertür, das Autoblech schmerzt in meinem Nacken. In einen Brunnen stürzen. Meine Mutter. Ein vollkommen runder Stein, den Taïmoucha mir lachend reicht. Nicht weinen. Die Zähne zusammenbeißen. Ich beanspruche das Recht zu schreien wie alle Lebenden. Aber es bleibt still, während sich alles in mir seiner Hand widersetzt, die mich an meinem Blusenkragen gepackt hat. »Du wagst es, einen Mann zu beschimpfen? Du?« Seine aufdringliche Stimme nimmt meinen ganzen Kopf ein. Mein Herz schlägt für uns beide und verteidigt dich gegen den abrupten Tod. Mein Herz will es dir ersparen, in die Welt der Leere zu stürzen. Du liegst eingerollt im Dunkeln, und ich denke, ich komme zu dir, wenn ich die Augen schließe. Dann spanne ich mit einer von allen Frauen vor mir vollführten Bewegung meine Muskeln an, bäume mich auf, widersetze mich und strecke mich in meiner Wut fast wie eine Lanze. Weil ich eine Frau bin, soll ich also das Tier sein, das man abtastet? Ich versuche, dich mit Krallen und Tritten ins Leere zu verteidigen. Die rechte Hand des Angreifers löst sich und gleitet ab. Die andere hält mich noch am Kragen fest, kratzt mich in seiner Manneswut. Im Durcheinander meiner Gedanken sehe ich einen gelben Fingernagel. Der Hund schaut mich an und versucht zu verstehen, was ich sagen will. Ich höre noch immer seinen Komplizen johlen, lachen und eine Frau imitieren, die in ihrem Auto weint. Die kalte Hand rutscht zu meinen Brüsten hinunter bis zu meinem Büstenhalter. Sie kehrt zu meinem Hals zurück und berührt meinen grünen Schal. Mein Gesicht ist dem Himmel zugewandt, der nichts tut, und der Atem des Mannes dringt in mein Ohr. Voller Wehklagen stoße ich ein lautes »Mmmmmmm…« aus.

Die Autotür geht auf, schlägt zu, geht wieder auf, und ich höre sie erneut zuschlagen, der Komplize schimpft wütend, enttäuscht, weil er nicht findet, was er sucht. Er saß neben dem Fahrer, als mich der Lastwagen zum ersten Mal überholte. Ihm habe ich den Stinkefinger gezeigt, jetzt taucht er in meinem Blickfeld auf. Seine Augen sind hasserfüllt wie die der Ratten, die man am frühen Morgen in den Straßen von Oran sieht. Sie rennen, galoppieren, haben es eilig, in den Bauch der Erde zurückzukehren. Ihre Augen glühen bösartig, sie dulden nicht, dass man sie nackt überrascht. Er spreizt seine Hand, schiebt sie zwischen meine Schenkel, aber der Hosenknopf versperrt der Ratte mit den schwarzen Zähnen und den Zahnlücken den Weg. Ich glaube, Ratten verzeihen uns nicht, dass wir und nicht sie in den Mauern von Oran leben. Daher diese bohrenden Blicke, diese Eile und diese Hand. Ich schreie, aber ich erinnere mich, dass ich nicht brüllen und meine innere Sprache dies nicht leisten kann. Zähne schlagen sich in meine Wange, und seine Hand dreht mein Gesicht zu ihm. Ich habe die Hoffnung verloren, dich und mich heil aus dieser Lage zu bringen. Das Leben ist ein Jutesack über mir, der mich am Atmen hindert. Ich will ihn mit meinen Krallen und meinen Gedanken töten. Er zieht mein Gesicht zu seinen aufgerissenen Lippen. Mein Schal rutscht ab, fällt, und mein Verband zeigt ihm, wonach er an mir gesucht hat, während sein Komplize flucht, mein Ersatzrad über den Boden rollt und es lachend in sein Auto lädt.

Da sieht die Ratte das Loch in meiner Kehle.

Und plötzlich hält er inne. Seine Augen schlüpfen in seinen fast kahlen Schädel zurück, und eine Welle des Ekels lässt ihn noch hässlicher aussehen, als er ist. Glaubst du das? Er erstarrt, das Gesicht entstellt von einer Grimasse und dem Anblick des Furchtbaren in meinem Leben. Er scheint unentschlossen. Er begehrte eine Frau, und hat ein geschächtetes Schaf bekommen.

Ich bin das Monster, plötzlich verkehrt sich die Szene ins Gegenteil.

Ich bin das Monster, vor dem ihm die Gesichtszüge entgleisen.

Ich wäre am liebsten ganz klein, würde mich gern tief in mir vergraben und an einem Ort wie dem deinen verstecken. Ich würde mir gern in die Hand beißen, bis ich blute, ohne von Leichen oder vom Winter umgetrieben zu werden. Ich spüre, dass etwas Nasses meine Schenkel hinabrinnt. Der kahlköpfige Angreifer stößt mich heftig von sich weg, als wäre er beschimpft, beschmutzt worden. Er wischt sich die Hände an seiner Hose ab. Er spuckt aus, kann kaum glauben, was er sieht. Er zeigt seinem Komplizen meine Kehle, der sofort den Tanz beendet, den er aufgeführt hat. Er rennt herbei, nimmt mich seinerseits in Augenschein, beugt sich ebenfalls über mich, meinen offenen, aufgerissenen Körper. Dann fällt ein sehr großer Stein vom Himmel und trifft mich am Rücken. Ihm folgen Dornen, die mir das Gesicht zerkratzen.

Der Kahlköpfige hat mir einen Fußtritt verpasst wie einem Hund, den man aus dem Haus jagt. Ich bin rückwärts in den Himmel gestürzt. Sein Komplize begreift es noch immer nicht, er hat meinen Rucksack und ein paar andere Dinge an sich genommen, die ich nicht identifizieren kann. Schuhe schleifen über die Steine. Ich beiße die Zähne zusammen, damit du nicht aus mir herausrutschst wie eine Nuss, um dich nicht zu verlieren, damit du da bleibst, dir nichts zustößt in meinem Mutterleib. Ich drücke die Schenkel zusammen, spanne den Bauch, den Kiefer, die Hände an und beginne zu zählen. Eins, zwei, drei, vier … Die Sohlen knirschen auf der Straße, und der Himmel lastet schwer auf meinen geröteten Lidern. In meiner selbst erzeugten Dunkelheit höre ich die Stimmen der beiden Ratten, die diskutieren. Sie zerschlagen eine Scheibe. Sie verfluchen einen Gott oder ich weiß nicht wen aus ihrer vor Scham knallroten Ahnenreihe. Einige Minuten später fährt der gallige Lastwagen weiter.

Ich blieb in meiner Nacht, und der Tag um mich rauschte in meinen Ohren. Ich hörte nichts mehr, zwischen meinen nassen Schenkeln war es kalt. Ich Idiotin! Ich lauschte auf das Getöse der Insekten in den Büschen, zählte und zählte immer wieder, streckte die Wange in die Sonne und prüfte mit dem Gehör, wie weit die Welt reichte. Ich bin auch in Tränen ausgebrochen, weil du dich bewegt hast. Wir blieben eine oder zwei oder tausend Minuten einfach liegen, um wieder zu uns zu kommen. Kein Blut, nichts floss meine Kehle hinunter. Du warst nicht tot, aber hattest dich aufgehängt wie ein Wollfussel, ein Fisch oder ein sich dem Toten Flecken widersetzender Akt des Lebens. Für einen kurzen Moment überkam mich eine unfassbare Dunkelheit: eine gewaltige, milde orangene Mitternacht, die in meinen Ohren Blut ähnelte. Denn, ja, ich fühlte mich von der Welle unseres Überlebenswillens erfasst, und sie war stark wie die Sonne, die darauf wartete, dass ich eine Entscheidung traf. Ich dämmerte vor mich hin in einer Welt ohne Straße, einer Welt des Ankommens, der Erfüllung. Ich glaube, du hast auf mich aufgepasst, bis ich wach geworden bin.

Mein grüner Schal hängt an einem verdorrten Busch. Als ich mir das Gesicht abtaste, habe ich Blut an meinen Fingern. Und auf meiner Brust kleben Holzsplitter. Dann bemerke ich meine nackten Füße. Sie haben mir meine Sneakers geklaut.

Sie haben mir alles geklaut.

Sogar die beiden Hinterreifen.

Die Autobahn ist menschenleer. Sie hat nichts gesehen.

27

»Ich weiß nicht mehr, wie spät es in diesem Labyrinth ist.«

Da es nichts Besseres zu tun gab, da es keine Frau gab, an der sie sich hätten vergehen können, haben sie mir alles geklaut, als ich bewusstlos war. Schlaf, mein Tagmondmädchen. Keine Ahnung, wie man barfuß geht, ich hinke, draußen macht sich der Himmel auf den Weg nach Oran, um beim Opferfest dabei zu sein. Ich mache mich in der entgegengesetzten Richtung auf zu einem Dorf. Es dürfte höchstens drei Kilometer entfernt liegen. Ich bin jetzt eine Herumtreiberin, eine Landstreicherin. Ideale Beute für Männer in diesem Land, die von Jungfrauen und immerwährenden Entjungferungen träumen. Eine Frau, die keinem Mann gehört, nicht ihrem Vater, ihrem Bruder, ihrem Gatten, nicht einmal ihrem Sohn, wird »Herumtreiberin« genannt. Die Männer sagen, sie sei ein unbebautes Gelände, eine Habe, die einmal im Monat blutet, ein ausgegrabenes Geldstück, eine Beute.

Es ist meine Schwester Taïmoucha.

Ich bin mir sicher. Sie stellt sich uns entgegen wie ein Wind, sie widersetzt sich mit ihrer ganzen Abwesenheit, sie will uns nicht auf dem Bauernhof, ihrer Knochengruft.

Ich marschiere Richtung Dorf. Ein Schild kündigt es an, »Oued Tlélat«. Dort werde ich darum bitten, dass man mein Auto abschleppt oder mich nach Hause zurückbringt. Aber ich habe auch mein Handy verloren. Mehr können wir nicht tun, kleines Geldstück im Quellgebiet meines Bauchs, bist du jetzt überzeugt davon? Wir müssen zurückkehren. Es ist bestimmt nicht der richtige Weg. Es ist ruinös und schlecht, eine verrückte Idee, in der Zeit zurückgehen zu wollen oder auf der Suche nach Beweisen herumzustochern, um mit einer Toten zu verhandeln. Wir kehren um, nehmen ein Taxi in Oued Tlélat. Dann schlucken wir zusammen die drei Pillen, und du wirst fortgehen, um dir das Schicksal einer barfüßigen Herumtreiberin in diesem Land zu ersparen. Du wirst wieder eine Huri und am Tag des Jüngsten Gerichts nach den Freunden des Propheten Ausschau halten.

Ich humple noch immer, aber wenn ich am Straßenrand gehe, werde ich die ersten Häuser mit getrockneter Hose erreichen. Ich schwöre dir, ich hätte diese Reise zur Wahrheit mit dir unheimlich gern gemacht. Aber du siehst ja, es ist unmöglich und sogar gefährlich. Vor den beiden Ratten hat mich nicht mein Geschrei, sondern mein Grinsen gerettet. Mein aufgeschlitzter Hals.

Bald sind wir da und können ein Taxi nehmen, wenn es eines gibt.

Man hört nichts.

Doch, etwas hört man.

Meine Schritte im Schnaufen meiner Kanüle.

28

10 Uhr 17 auf der Uhr der Gendarmerie von Oued Tlélat.

»Und der Vorname?«

»Fajr.«

Ich wiederhole es, weil er sich zu mir gebeugt hat wie jeder, der mich zum ersten Mal sieht. Er scheint verärgert und weiß nicht, wie er an diesem Feiertag vorgehen soll. »Aber du warst allein unterwegs, oder?« Er beharrt darauf, meine Libelle, verstehst du seine Sprache? Er gibt mir damit zu verstehen, dass eine Frau nicht allein, nicht ohne Begleitung eines männlichen Schattens, eines Vormunds, in diesem leeren Landstrich und zu dieser stillen Stunde nach der Schächtung durch die Gegend fahren darf. Er tippt auf einer schmutzigen Tastatur, der einige Tasten fehlen. Der Mann sucht nach Worten, schaut auf sein Handy, als überwachte er eine Garzeit. Dann wendet er sich zögerlich wieder mir zu. Er wirkt jung, doch seine Glatze kündigt sich an wie eine Dürrewelle, und er kratzt sich oben am Kopf wie ein Schüler bei einer schwierigen Frage. Seine Geste angesichts des Lebens, glaube ich. Ich nehme an, dass die verheirateten Polizisten, seine älteren Kollegen, bei ihren Familien direkt über uns sind, in den Wohnungen der Kaserne. Man hört dumpfes Getrampel, Kinder und die Rufe der Frauen, die ihr geschächtetes Fleisch ausbluten lassen und ihre vom Anblick des Blutes erschrockenen Abkömmlinge beruhigen.

Der verärgerte Polizist sucht nach Fragen, die er mir stellen kann, und starrt immer wieder auf meine Kanüle und die Narbe an meiner Kehle, das Grinsen, das mein Schal nicht vollständig bedeckt. Ich überlasse ihn den Hypothesen, in die er sich verstrickt. Im Hof, den ich durch das große Bürofenster sehe, beleuchtet ein weißes Licht eine überflüssige Welt. Auf dem Platz der Opferung sind Pfützen von schwarz geronnenem Blut zurückgeblieben. Auf einer Brüstung sind drei Schafsköpfe aufgereiht. Zwei weitere liegen übereinander in einem großen Becken. Ein Allradfahrzeug parkt unter einem Wellblechdach.

In diesem Fahrzeug hat man mich zur Kaserne im Dorf gefahren. Ich irrte auf dem Seitenstreifen der Autobahn umher, wo mich meine Angreifer ohnmächtig zurückgelassen hatten und mitsamt meinem Gepäck und meinen Reifen, meinem Handy und meinen Schuhen geflohen waren. Ich marschierte eine halbe Stunde in Richtung Dorf, dann hörte ich eine Sirene und der Allradwagen der Polizisten stoppte auf der Gegenfahrbahn. Eine Stimme rief mir zu, ich solle stehen bleiben, solange sie wendeten. Vier gelangweilte Polizisten auf Patrouille quetschten sich in einen Jeep. Sie musterten mich ohne besondere Neugier. Zehn Minuten später luden sie mich mit mürrischer Gleichgültigkeit in ihren Wagen. Ich schwieg, war barfuß und schuldig. Ich weiß nicht, ob ich nach Urin roch. Das Fahrzeug zuckte kurz in alle Richtungen, man gab Gas, schließlich erreichten wir die Brigade in Oued Tlélat. Sie lachten wie über einen gelungenen Streich, während sie in ihrem Büro lange diskutierten. Ich wartete auf einer Holzbank am Eingang. Dann rief jemand: »Anissa?« *(»Mademoiselle« in meiner inneren Sprache.)* Ich nahm den Ort unter die Lupe, um kurze und vernünftige Antworten zu finden, denn ich wollte schnell fertig werden und nach Oran zurückkehren: ein Metallschreibtisch, halb offene, überquellende Aktenablagen und ein unbequemer Sitzplatz für diejenigen, die Anzeigen erstatteten. Nur die Tastatur des Polizisten, der meine Aussage aufnahm, machte ein Geräusch. Im Dorf Tlélat herrschte eine Stille, als läge es hinter einem riesigen Busch. Es war 10 Uhr morgens, glaube ich. Ich hatte keine Uhr und kein Handy mehr, die beiden Angreifer hatten alles mitgenommen, als wollten sie sich damit für ihre Enttäuschung rächen. Dem ältesten der Polizisten fehlten Zähne, mit seinem wovon auch immer versengten Haar sah er aus wie ein schwer arbeitender Maurer. Vor allem aber erinnere ich mich an seine Zahnstümpfe und seine Heiterkeit. Der andere hüpfte fast vor Aufregung. »Eine Frau? Eine Frau, die es hier, unter uns Männern, wagt, uns zu beleidigen?« Ich zitterte. Du hast es gespürt, glaube ich, denn du hast dich in meinem Innern gekrümmt und die Knie angezogen. Ich hatte nur Gedanken an dich, an dein winziges Dasein, deinen strahlenden Blick, deine Zerbrechlichkeit. Wird man so zur Mutter?

»Sie kommen aus Oran?«, fragte mich der junge Polizist, nachdem er lange seinen Bildschirm studiert hatte. »Sind Sie auf Reisen?« Er versucht, mich in seinem Universum aus Akten und Identitätsnachweisen ausfindig zu machen, wo ich doch nichts mehr besitze. Ein Witz: wie am Tag meiner Geburt. Ich sitze fast nackt, fast blutend, vor ihm. Ich nenne ihm den Namen und Vornamen von Khadija Az, unsere Adresse im Stadtteil Miramar. Wie soll ich ihm erklären, dass es nicht mein Familienname ist? Ab und zu fingert er an seinem grünen Käppi herum, überlegt sich die nächste Frage, aber ich sehe, wie er sich langweilt und wieder auf die Uhr schaut. »Belassen wir es dabei: Laut Ihrer Aussage wurden Sie angegriffen, und man hat Ihnen alles geraubt. Ebenfalls nach Ihrer Aussage kennen Sie die Angreifer nicht. Sie sind in einem Lastwagen entkommen, dessen Kennzeichen Sie nicht gesehen haben.« Und dann: »Was hatten Sie an diesem Morgen auf der Autobahn zu suchen, wohin wollten Sie ganz allein?«

29

Fast 14 Uhr. Wir erreichen Relizane.
»Den Ausgang aus dem Labyrinth, meine Huri.«

Man fand mich ohnmächtig in meinem Lieferwagen, ich war verletzt, mein Bein blutete. Man benachrichtigte die Polizei, Armeeangehörige aus der Kaserne von Ouargla haben mich mit ihrem Lastwagen abgeholt wie ein Schaf, die Hände auf den Rücken gebunden. In Handschellen, hungrig und verlassen in einem Kellerraum eines Militärquartiers, glaubte ich zu sterben. Ich hörte Gebrüll und Schreie. Es dauerte Stunden, denn im Durcheinander glaubte man, ich sei ein Emir oder ein bewaffneter Bärtiger, der seiner Katiba entflohen war. Weißt du, was mir das Leben rettete, Schwester? Sie waren es. *(Er zeigt mit dem Daumen hinter sich. Die Bücher?)* Ja, die Bücher, denn an dem Lieferwagen prangte der Name unserer Familie, unserer Vorväter, er zeugte von unserem Ruf, verstehst du, meine Tochter? Man fand die Spur des edlen Geblüts in meinem tröpfelnden Blut.

Mein Bein, das stundenlang unversorgt blieb, war fast verloren, halb vom Wundbrand zerfressen. In Batna, wohin ich überführt wurde, musste man Wunder vollbringen, um eine Amputation meines Beins zu vermeiden. Sieben Monate mit Gegengewichten, um eine permanente Muskelanspannung zu erzeugen und die Hüfte und den Oberschenkelknochen auszurichten. Dann musste ich zur Reha und alles sonst aushalten: die Druckgeschwüre vom langen Liegen, die Übelkeit von den Medikamenten, den Juckreiz, den Drang, die Gegengewichte ein für alle Mal loszuwerden, zu sterben oder Gott und die Besucher aus der Nachbarschaft um den Tod zu bitten. In Algerien bringt man dir keine Blumen ins Krankenhaus wie in Filmen, sondern etwas zu essen, Suppen, püriertes Gemüse und vor allem Bananen. Früher waren Bananen in Algerien rar, nur die Immigranten brachten im Sommer welche mit, wenn sie bei uns Urlaub machten. Verstehst du? Bananen waren eher eine Frucht, die man im Sommer aß und die in Koffern, in Häfen oder in Flughäfen reiften, ja *(Lachen, Pferdezähne, unschuldiger, aber entschlossener Gesichtsausdruck)*. Also brachte man mir viele Bananen, Suppe, Wassermelonen und Saft, dann wurden es langsam immer weniger Bananen auf dem Nachttisch im Krankenhaus unserer Stadt. Wertschätzung und Treue lassen bei uns nach, Schwester, wallah.

Aber wer mich nicht schlafen ließ und mir in den Ohren lag, waren die Militärs. Der Chef des CTRI, des Regionalen Forschungs- und Aufklärungszentrums, wohnte in Batna. Am Anfang meines Aufenthalts nahm er es jeden Tag auf sich, zu mir zu kommen und sich nach meinem Befinden zu erkundigen. Er war ein großer Mann, sehr mager, mit den gelben Fingern eines Kettenrauchers und sehr intelligentem Blick, als hätte er von Geburt an lesen und schreiben können. Seine beunruhigende Magerkeit wundert mich noch heute: Wie kann man im Leben so mächtig, so gefürchtet sein, wenn man nicht dick und mit Muskeln bepackt ist? Sobald er mit Bananen in meinem Zimmer aufkreuzte, dachte ich daran, doch als wir dann plauderten, vergaß ich es immer. Manchmal kam er in seiner maßgeschneiderten Uniform, und da er nicht lächelte, sah er aus wie eine gehisste Fahne, und manchmal kam er in Zivil und lächelte.

Ich muss sagen, der Mann war brillant, er wusste das Schweigen, das Zögern, die Blicke, die Lügen zu lesen, alles! Er fragte mich endlos darüber aus, was ich als Überlebender von dem Massaker an den neunzehn Armeeangehörigen berichten konnte, und mit ihm reifte meine Geschichte, wurde detailreicher, genauer, dick wie ein Buch, märchenhaft wie ein alter Teppich, ich konzentrierte mich und sah zahllose Elemente wieder, die gewöhnlich in meinen Träumen oder Rachegedanken fortbestanden. Ich entdeckte deutliche Einzelheiten wieder, von denen ich nicht wusste, dass ich die Zeit gehabt hatte, sie mir zu merken, als ich fast ermordet wurde: die Zahl der schwarzen Zähne im Mund des Emirs

Hungriger Wolf, das Haar in seiner Nase, seine Backenzähne, als er mir in die Ohren brüllte, die Zahl der Toten, die ich mit geschlossenen Augen nachzählen konnte, die Farbe der Kleider, die die Bärtigen trugen, ihre Uniformen, ihre Waffen und die Temperatur der Sahara, die auf den kleinsten Schritt eines Fremden über ihren weitläufigen Leib achtete. Ja, ja, Oberst Chahid ... (so nannte er sich, aber das war nur ein Pseudonym – denn alle führenden Geheimdienstoffiziere unserer Armee tragen Pseudonyme, und manchmal verwechselt man sie mit Raï-Sängern).

»Cheb Chahid« nannte ich eines Tages den Oberst, der verstummte und mich kalt anstarrte. Ich glaubte, er würde seine Bananen schnappen und nie mehr zurückkehren. Es war unvorsichtig, diesen Namen laut auszusprechen, meine Tochter, selbst zum Spaß. »Was ist an diesem Nachmittag passiert? Erzähl ihn mir noch einmal!«, forderte er, während er rauchend am Fenster stand und mir zwei Bananen zuwarf, die ich, angegurtet und mit Gegengewichten beladen, im Flug fing. Er wollte wissen, wie ich in Haft geraten und verwundet worden war, wie mich der berüchtigte Emir Hungriger Wolf geschlagen und mir den göttlichen Befehl erteilt hatte, jede Einzelheit des Massakers immer wieder zu erzählen, um die Lebenden und die Toten damit abzuschrecken. Während ich zu seinen Füßen gelegen hatte wie in einem Grab, seinen großen Schuh auf meinem Schafshals spürte, hatte der Emir seinen Männern eingeschärft, dass diese Religion durch das Gedächtnis und die Klinge für immer erhalten worden sei. Und obwohl Hunderte Kilometer sie trennten, traf in diesem Krankenzimmer Oberst Chahids Verlangen zuzuhören, allmählich auf das Verlangen des Emirs Hungriger Wolf, über sich zu reden, und befriedigte es, und in meinem von Medikamenten benebelten Kopf umarmten sich die beiden Männer wie feindliche Brüder, drückten einander als Komplizen, während ich, Aïssa Guerdi, Buchhändler in der Nachfolge meines Vaters, klein und winzig zu ihren Füßen, dazu nur stöhnen konnte.

Ich berichtete dem Oberst jede noch so kleine Einzelheit dieses einmaligen Tages, die kleinste Stimmmodulation, die zarteste Farbabtönung, und manchmal erfand ich etwas, oder vielleicht war es die Geschichte selbst, die nach und nach mit mir niederkam und mir meinen zerstückelten Körper zurückgab. Meine Zehen kehrten aus der Kälte zurück und begannen, sich zu bewegen, mein Rücken hob sich langsam aus der Bettmulde, mein Mund fand wieder Geschmack an Früchten. Allmählich konnte ich mein Gesicht in den Spiegeln wieder deutlich erkennen, und meine Lippen entdeckten das Lächeln wieder. Letztendlich hatte ich in dieser turbulenten Geschichte meiner abgebrochenen Ermordung nur die Unversehrtheit meines rechten Beins und mein Haupthaar verloren. Alles andere erhielt ich zurück, wie ein Häftling nach Verbüßung seiner Strafe am Tor der Strafanstalt seine Kleidung zurückbekommt.

Der Oberst war wohlwollend, aufmerksam und ermutigend, er notierte alles, setzte alle Einzelheiten zusammen, schrieb beinahe alles in seine Hefte, korrigierte die Unstimmigkeiten, strich und kümmerte sich um den Stil, hielt die genauen Daten und Uhrzeiten fest, und mit dem Glück eines Menschen, dem man ein zweites Leben gewährt hatte, das besser war als sein erstes, kam er mir manchmal vor wie die Reinkarnation meines eigenen Vaters. Andererseits konnte der Emir mit meinem Gedächtnis zufrieden sein, seine Terrorwünsche waren erhört worden: Von nun an konnte ich wegen ihm, dank seinem Messer, seinen Kalaschnikows, seinem Gelächter, seinen Zähnen, seiner Körperbehaarung und seinem Bart, nichts mehr vergessen. Mit dem glühenden Eisen der Drohung hatte sich mir alles eingeprägt, und ich konnte die zahlreichen Geschichten aus diesem Krieg nicht mehr verheimlichen. Der General notierte alles, gab seinem Bericht den letzten Schliff für seine Vorgesetzten, bedankte sich bei mir und verließ mich entschlossenen Schrittes, mager wie ein Kleiderständer. Und eines Tages besuchte er mich nicht mehr im Krankenhaus, wo ich mich zusehends erholte, seit sich mein Bericht in meinem Kopf immer mehr geläutert hatte.

Später erhielt ich zwei Kisten mit Bananen, Kisten mit Aprikosensaft, eine rote Jacke und Parfüms von ihm. Zwei- oder dreimal sah ich ihn noch in seinem Büro in der Kaserne, dann verschwand auch er und wurde nach Algier versetzt. Meine Geschichte vom

Massaker an den neunzehn Soldaten zwischen Biskra und Ouargla sowie das Geheimnis der gelungenen Eliminierung von Hungriger Wolf einige Monate später nahm er mit. Und ich? Ich kehrte verwirrt und noch unschlüssig über mein weiteres Leben nach Hause zurück.

30

Ohne meinen Großvater im Kopf meines Vaters und den beiden, die in meinem Kopf hockten, wäre die Buchhandlung verschwunden, das schwöre ich dir! Selbst wenn Bücher Menschen gleichen, die niemals sterben, richten sie ohne uns Buchhändler nichts aus. Sie haben weder Arme noch Beine oder Münder. Im Wasser lösen sie sich auf, das hatte meine Mutter begriffen, möge Gott ihrer Seele gnädig sein, Staub, Vergessen und Feuer bewirken dasselbe. Als ich die Geschäfte in der Rue de l'Indépendance wieder aufnahm, glich unsere lange Buchhändlertradition einem absterbenden Baum, der wie die Zitronenbäume unseres Hauses vom Tod umschlungen dahinsiechte. Meine Geschichte war fast zur Gänze von Oberst Chahid geschrieben worden. Doch in unserer Familie, in unserem Viertel, bei den Leuten, die ich kannte, hatte sie keine Spuren hinterlassen. Es ist also nicht meine Schuld, dass ich angefangen habe, sie zu erzählen. Und die Berichte zu lesen, die ich über die Massaker des Bürgerkriegs fand. Denn die Zeitungen haben in diesen zehn Jahren, falls du es nicht weißt, über die genaue Zahl der Toten gestritten, sie haben über die Einzelheiten der Massaker, die Straßensperren, die Kapitulation der Terroristen oder ihre Eliminierung berichtet. Ich las sie auf der Schwelle unserer Buchhandlung El Houria, und alles blieb, o Wunder, hartnäckig in mir erhalten, als wäre ich schließlich selbst ein Buch! Verstehst du? Mit seiner Waffe und seinem Schlachtermesser hatte der Emir dieses Talent in mir geweckt, und der Oberst hatte diese völlig neue Gabe gestärkt. Das sollte den Emir das Leben kosten: Ich habe dazu beigetragen, indem ich alles erzählte, was ich wusste, und sogar das, was ich nicht wusste, bis er schließlich dank meiner zahllosen Hinweise zu seiner Bekleidung, seinen charakteristischen Merkmalen, seinen Waffen und seinen sprachlichen Eigenarten verhaftet und erschossen wurde. Ich hatte mich an die Nummern auf seinem Gewehr, auf seinen Schuhen, auf seiner Kleidung erinnert, und das alles ermöglichte es, ihre Herkunft bis zu einer Kaserne zurückzuverfolgen, aus der diese Ausrüstung gestohlen worden war, seine Komplizen festzunehmen, seinen Schlupfwinkel ausfindig zu machen und ihn wie ein Wildschwein zu töten.

Tod, Massaker und Enthauptungen hatten sich über alle Regionen in Algerien ausgebreitet, nach und nach strömten die Ereignisse auf mich ein, kamen mir vor Augen und gelangten in mein Gedächtnis, das die Artikel schneller verschlang als ich, das anschwoll und sich zu einem zehntausend Seiten dicken Buch verfestigte, einer wahrheitsgemäßen Sammlung der Taten und Worte der Emire. Ich war so etwas wie die zweiundzwanzig Bände der heiligen Worte einer neuen Epoche monströser Propheten. Möge Gott mir diese Sünde verzeihen, ich rezitierte sie alle, während ich, da ich kein Haustier hatte, mein verkrüppeltes Bein streichelte. Kennst du Abū Huraira? Er hat seinen Namen unter alle Hadithe des Propheten gesetzt und verdankt sein Pseudonym einer Katze, die er vor Jahrhunderten über alles liebte. Überall heißt es, »Abū Huraira hat berichtet, der Prophet habe gesagt, dass ...«, doch niemand kennt diesen Mann, von dem es heißt, er sei Waise gewesen, habe bei einem Stamm im Jemen gelebt und nur wenige Monate beim Propheten verkehrt, von diesem Aufenthalt aber eine Million Aussprüche mitgebracht. Ich war ein wenig wie er: Ich vergaß nicht, ich berichtete, führte aus und erfand.

Anfangs war es herrlich und erfüllte mich wie die Liebe oder die süßeste aller Mandelspeisen. Im Café Marhaba in unserem Viertel hörte man mir ernsthaft und respektvoll zu. Unsere Familie hat einen guten Ruf. Damals, Schwester, waren die Geschichten über die Massaker wahr. Nenne mir eine Zahl!

»Sechs.«

»6. Januar 1997: Massaker an den Bürgern der Cité des Oliviers in Douaouda (Tipasa). Bilanz: 23 Tote. Unter den Opfern sind drei Kinder und sechs Frauen. Noch eine Zahl?«

»Siebzehn.«

»17. Januar: Im Weiler Kerrache, 50 km von Algier entfernt, massakrieren die islamistischen Terroristen von Antar Zouabri 31 Personen. In einer Verlautbarung beansprucht er das Massaker für sich und korrigiert die Zahl der Opfer, von denen er sagte, es seien nicht 31 gewesen, wie in der Presse berichtet, sondern 41. Siehst du … Noch eine?«

»Vierundzwanzig.«

»24. Dezember 1994: Geiselnahme bei einem Flug der Air France auf dem Flughafen von Algier, drei Opfer: Kamel BERKANE, Inspektor bei der SWPJ, der Kriminalpolizei des Wilaya von Algier. Er war Passagier und befand sich auf einer Urlaubsreise. Yannik BEUGNET, 28 Jahre, Koch der französischen Botschaft in Algier. Bui GIANG TO, Handelsattaché der vietnamesischen Botschaft. Begreifst du?«

Nie glänzte ich mehr mit meinem Wissen, und die Menschen umringten mich mit Respekt und Würde. Alles wurde wieder lebendig: die Farben, die Geschmacksnoten in meiner Teetasse, der Himmel, der die Farbe von altem Papier annahm, und der Klang meiner Stimme, die der eines Koran-Rezitators ähnelte, der mit seinem Gesang Steine erweichen kann. Begreifst du, Schwester? Ich berichtete alles aus diesen zehn Kriegsjahren: Namen und Vornamen der Opfer, Orte, Umstände. Ich erkannte die bewaffneten Gruppen an der Handschrift ihrer Verbrechen, kannte die gefährlichen Wälder, die Kurven der blutigen Straßen. Täglich kam ich ins Café gehumpelt und schlug ein Buch auf, das nicht existierte, und die Leute erwiesen mir ihren Respekt, indem sie mir wegen dieses einzigartigen Buchs in zweiundzwanzig Bänden in meinem Kopf und meinem Herzen zustimmten und schwiegen.

Das ging eine ganze Weile so. Fast wäre ich unter dem Beinamen Abū Huraira berühmt geworden, aber wie in Büchern gibt es immer ein Missverständnis: Eines Tages wurde ein neuer Präsident der Republik gewählt, der viel herumschrie, dabei auf den Tisch klopfte und schließlich beschloss, dass alles vergessen, ausgelöscht werden sollte, dass alle, Mörder und Ermordete, nach vorne schauen sollten. Er wurde am 15. April 1999 gewählt. Am nächsten Tag feierte man Youm El Ilm, den Tag des Wissens zu Ehren des großen algerischen Rechtsgelehrten Abdelhamid Ben Badis, und noch einmal schärfte uns der neue Präsident ein, man wisse nichts und solle alles vergessen.

31

Es begann im Café Marhaba. Ich sah es an den Gesichtern, am leicht spöttischen Blick, an der steigenden Anzahl leerer Plätze unter meinen Zuhörern in diesem Café des Viertels. Ab 2005 nahm die Zuhörerschaft ab, manche zuckten die Schultern, vor allem aber unterbrach man mich schamlos mit idiotischen Fragen: »Woher wissen Sie das alles?«, warf mir jemand entgegen. »Waren es nicht die Armeeangehörigen, die sich verkleideten und mordeten?«, murmelte ein anderer. Zuletzt merkte ein Spötter an: »Das sind alles Geschichten und Gerüchte, um einen Krieg auszulösen, dahinter stecken Frankreich oder die Juden, die sich verschworen haben.« Zuerst hob man die Hand, um mich zu unterbrechen, dann unterbrach man mich rücksichtslos, bis von meiner Aura nur noch zerknittertes Papier übrig war.

So ging das Wissen in der Kakophonie des Stühlerückens und des Spotts verloren, ich wurde zögerlich, später bestritt man meine Zahlen und meine Ehrlichkeit. Als man jedes Mal das Radio lauter stellte, wenn ich ins Café kam, begriff ich, dass man mir nicht Zweifel, sondern Verärgerung entgegenbrachte, und dass man weggehen und etwas anderes hören wollte. Statt meiner Zahlen hörte man lieber die langen Predigten unseres neuen Imams und die Beschreibung, die er von den Huris im Paradies gab. Mit einem Vorsprung von tausend Jahren setzte sich der echte Abū Huraira, der die bekannten und unbekannten Hadithe zusammengestellt hatte, gegen mich durch. Man sah lieber fern oder schaute sich einen Film an, folgte dem Gebetsruf, hörte lieber einem Raï-Sänger oder sonst wem zu als meiner Geschichte.

Der Teufel ist die Summe vieler Details, sagte mein Vater manchmal zu mir. Die Leute in Batna hatten genug von meinem imaginären Buch, meinem Gedächtnis, meinem durch das Unglück geweckten Talent. Sie warteten auf einen anderen fabelhaften Bericht von derselben Qualität, der von Frauen, von Sex, von Mekka oder den Juden handelte. Vielleicht hatte Abū Huraira genau das vor Jahrhunderten begriffen: Man erzählt den Zuhörern das, was sie hören wollen! »Können Sie sich an den Krieg gegen Frankreich erinnern? An die Hadithe des Propheten?«, bat man mich, bevor man genug hatte und meinen Tisch verließ. Konnte ich es so machen wie der neue Imam aus der Moschee in unserem Viertel, der nicht einmal den Vornamen des Imams kannte, den man zur Zeit meines Vaters geköpft hatte? Konnte ich schweigen? Nichts mit der Zunge in meinem Mund niederlegen? Nicht denken wie ein Buch? Sollte ich vom Stuhl aufstehen und verschwinden? Ich gab zurück: »Und was ist mit den Toten, den getöteten Kindern, den durchgeschnittenen Kehlen, den vergewaltigten und anschließend ermordeten Frauen? Was ist mit den Straßensperren? Den Bomben? Den Schutzgelderpressungen? Den Listen mit Leuten, die getötet werden sollten, an den Türen der Moscheen? Den Explosionen? Und dem Brüllen mitten in der Nacht? Was ist damit? Was mache ich jetzt mit den Zahlen, mit mir?«

Eines Tages nahm mich dann der Besitzer des Cafés zur Seite und erklärte mir, in welcher Bedrängnis er war und welches Unbehagen er fühlte, denn, weißt du, Schwester, wir, die Guerdis, haben einen guten Ruf. Er kratzte sich am kahlen Kopf, beschwor meinen Vater, um die Undankbarkeit der Gegenwart zu mildern, und erklärte mir, wegen meiner Geschichten wollten die Leute nicht mehr in sein Café kommen. »Die Guerdi verkaufen Bücher, keine Geschichten«, wiederholte er immer wieder, glücklich über seinen Geistesblitz. Also musste ich, der Enkel von El Hadj Guerdi Senoussi, gehen und in unseren vier Wänden Zuflucht suchen. Einziger Beweis und einziger Ansprechpartner war mein Bein. Wütend protestierte ich, tobte, weinte fast. Ob ich Angst hatte? Ja. Der Emir, seine Nasenlöcher und sein Atem existierten noch immer in meinem Kopf, und er wiederholte ständig: »Geh herum und erzähle es überall!« Und Oberst Chahid? Wie würde er über meinen Verrat denken? Und der junge Kindersoldat, der mitten in der Sahara von norwegischen Fischen geträumt hatte?

Wie meine Mutter plante ich sogar, nichts mehr zu essen und zu den Meinen zurückzukehren, zu meinem Vater, meinem Bruder, zu Sandybelle.

Als ich dann vom neuen Oberst des CTRI in Batna vorgeladen wurde, begriff ich, dass der Wind die Seiten des Buchs zu schnell umblätterte, dass man meine Wörter verwehen lassen, das Gesprächsthema wechseln und es wie alle machen würde. Nun sollte man glauben, zehn Jahre Massaker seien nur ein Albtraum, dann ein Traum, ein Gerücht und schließlich nur welkes Laub von einem Johannisbrotbaum in einer anderen Stadt gewesen. Ja, Schwester, meine einzigartige Geschichte, das niederschmetternde und großartige Buch der Erinnerung, war unerwünscht. Kannst du das glauben? Ich, ein Guerdi, bin gezwungen, zu schweigen und Kochbücher zu veröffentlichen.

32

Der neue Oberst empfing mich nicht zu dem Termin, den er mir mit seiner schleppenden Stimme am Telefon genannt hatte. Er ließ meine Unruhe in einem armseligen grauen Salon mit altmodischen und zerbrochenen Kacheln reifen, wo ich in alten Zeitschriften und Zeitungen blätterte, die kein Mensch mehr las. Der junge Offizier, der mir an jenem Morgen auf mein Klingeln hin die Tür zur stadtbekannten Weißen Villa in Batna öffnete, sagte nichts zu mir, fragte nicht einmal, wer ich sei. Er gebrauchte keine Höflichkeitsfloskeln, erkundigte sich nicht, warum ich am Eingang dieses Gebäudes stand, das vielen Leuten Angst und Schrecken einjagte, besonders, wenn sie unschuldig waren. Der junge Polizist mit seinen Sportschuhen und seinem goldenen Armband wusste Bescheid, ich wusste, dass er Bescheid wusste, und so schwiegen wir, als wir die Treppe hochstiegen.

Anders als zu Zeiten von Oberst Chahid bot man mir nichts zu trinken an. Ich saß herum, mein verkümmertes und hasserfülltes Bein zappelte, sprang auf und wünschte, dass ich so schnell und so weit weg wie möglich davonliefe. Das andere rührte sich nicht. Mit dem rechten Auge musterte ich den Saal, in dem wie in allen algerischen Behörden die immergleiche eingestaubte Uhr an einer beigegrau gestrichenen Wand hing. Da es nichts anderes zu tun gab, beschäftigte ich mich eine Weile mit den Motiven auf den Bodenfliesen der Villa des CTRI, das man kurz »das Zentrum« nannte. Mein linkes Auge, das sich hinter meinem Augenlid verbirgt, seit man mir beinahe die Kehle durchgeschnitten hatte, dachte an die Zukunft, die in unserem Land die Vergangenheit ist: Wer würde mich dann noch lesen? Wie dieses Buch schreiben? Wie daraus ein Meisterwerk der Erinnerung und der Genauigkeit machen, über das selbst mein Vater in seinem Grab staunen würde? Was hätte Abū Huraira an meiner Stelle getan, wenn ein cholerischer Kalif ihn aufgefordert hätte, den Mund zu halten und seine fünfhunderttausend Hadithe wegzuräumen? So saß ich da, zweigeteilt, wie ein der Länge nach Enthaupteter, bis sich die Tür öffnete und der in seiner grauen Uniform beeindruckende Oberst mich bat einzutreten. Er hing noch am Telefonhörer, nickte zustimmend, ließ lange »Hmm!« hören und senkte seinen Blick in die Akten, die geöffnet auf seinem Schreibtisch lagen, betrachtete das Fenster, seinen Aschenbecher, den Bildschirm, seine schöne goldene Uhr, doch niemals mich, obwohl ich ihm genau gegenüber auf einem etwas niedrigeren Stuhl saß.

Auf einmal zeigte er mit dem Finger auf mich, und als ich, bereit mich zu erklären, den Mund öffnete, bedeutete er mir mit wütend aufgerissenen Augen, ich solle schweigen, und lächelte seinem Gesprächspartner am anderen Ende der Leitung zu. So ging es einige Minuten, dann legte er plötzlich auf und schreckte mich aus meinen Schafsträumereien auf: »Sie sind der Buchhändler, der im Café in der Rue de l'Indépendance alles Mögliche erzählt?« Seine Stimme klang bereits nach Überdruss, und ich begriff, dass er keine Antwort von mir wollte, deshalb hielt ich den Mund und erstarrte, als würde ich strammstehen. »Sie sind der Sohn einer geachteten Persönlichkeit, Sie stammen aus einer bedeutenden Familie, Herr Aïssa Guerdi. Ich habe nicht viel Zeit, das muss ich Ihnen sagen. Auch ich bin ein namhafter Mann, bekannt für seine Offenheit. Meine Botschaft an Sie lautet: Schweigen Sie von nun an!«, und er wartete, bis sein militärischer Befehl mir in den Kopf drang, mich erreichte und bis in mein Herz vorstieß. Er hatte es auf meine Geschichte abgesehen. Er zielte auf ihre Wurzel, den in mir widerhallenden Befehl von Emir Hungriger Wolf, der seit Jahren und zum Teil dank meiner ausführlichen Beschreibungen tot war. Der Oberst wollte an mein Talent, es mit den Wurzeln ausreißen oder mit seinem Schuh zerquetschen, ihm einen Schleier überwerfen oder ihm eine Waffe in den Mund stecken, ihm sogar verbieten, überhaupt einen Mund zu haben! Ich verstand, wie ein Goldhändler einen Straßenräuber versteht, noch bevor er etwas gesagt hatte.

Seine kleinen Augen forderten meine Kapitulation, meine, nicht die der Mörder. Weil das Gesetz der »Versöhnung« ihnen versprach, man werde sie überall im Land mit Milch und Datteln aufnehmen, wenn sie die Waffen ablegten und erzählten, dass man sie nur als harmlose »Köche« angeheuert hatte und sie von den jetzt toten Emiren als Geisel in die Berge oder den Maquis verschleppt worden waren. »Verstehst du?« Ich stimmte zu. Was hätte ich tun können? Der Wind hatte gedreht, doch den Oberst schien mein Schafsschweigen nicht zufriedenzustellen, denn er sah meine Augen, die in seine sahen. »Du musst eines verstehen, mein kleiner Buchhändler, wir dienen dem Frieden, aber was du im Café deines Viertels verbreitest, hilft dem Frieden nicht, den der Präsident der Republik will. An deinen Reden entzünden sich die Geister, sie erzeugen Rachegelüste, außerdem stimmen sie nicht immer. Welche Beweise hast du für das, was du vorbringst? Hm? Keine.« Meine Hände zitterten ein wenig und mein verkrüppeltes Bein zuckte. Er merkte es und war pikiert. Nun wurden seine kleinen Augen noch aggressiver. Er baute sich direkt vor mir auf, zeigte mir, wie unbedeutend ich war, ich roch seinen Atem. Er stank, war schwer und fett wie nach einer üppigen Mahlzeit. Es war, als hätte er das Maul weit aufgesperrt und alle Leichen des jüngsten Krieges verschlungen, alle sterblichen Überreste, die noch auf den Straßen und Landstraßen herumlagen, und die letzte noch vorhandene Spur dieser zehn Jahre des Verbrechens vernichtet. Weißt du, die kleinen Haschischdealer machen das so bei uns, wenn sie erwischt werden: Sie schlucken ihre Ware. Der Oberst und seine Kollegen hatten beschlossen, alles zu verschlingen und auf diese Weise keinen Beweis, keine Zahl, keine Möglichkeit zurückzulassen, den nachfolgenden Generationen die Geschichte zu erzählen.

»Hast du Beweise für das, was du über diese angeblichen Massaker verbreitest? Nein. Nichts als Luft, Worte, Lügen und Märchen, die für die Stabilität des Landes gefährlich sind. Wie in deinen Büchern. Übrigens müsste man sicher eines nach dem anderen überprüfen, nicht wahr? Und näher betrachten, was du veröffentlichst und in deiner Buchhandlung verkaufst? Kochbücher und Bücher über den Propheten, wurde mir berichtet. Das ist gut, aber gehe nicht weiter. Du kannst wieder ein guter Bürger, ein respektierter Mann in Batna werden.« Dann fügte er spöttisch hinzu, womit er sein Protokoll abzuschließen gedachte: »Man hat mir gesagt, dein Bein sei ein Motorradunfall gewesen. Bist du in Behandlung? Du kannst einen dicken Scheck von der Versicherung bekommen. Ich kann mich darum kümmern. Aus Barmherzigkeit«, und dabei deutete er mit dem Kinn auf eines seiner Festnetztelefone. Ich wusste, dass er Bescheid wusste. Deshalb starrte ich auf seine goldene Uhr, während er mir mit seiner breiten Hand bedeutete, das Büro zu verlassen. In der Nacht hatte ich heftige Schmerzen in meinem Bein. Es quälte mich wie ein faulender Zahn, und ich musste mich in Gedanken mit seiner Version der Dinge herumschlagen. Im Morgengrauen schloss es sich meinen Argumenten an.

Meine von genauen Zahlen und Berichten überquellende Geschichte der Geschehnisse zwischen 1990 und 2000 erzählte ich nicht mehr, weder im Café noch auf der Straße, nicht einmal auf Beerdigungen, Hochzeiten, Beschneidungsfesten und auch nicht in den Ramadan-Nächten oder in der Buchhandlung. Vielleicht wäre ich ein großer Schriftsteller geworden, wenn ich früh begonnen und mich auf die Seite meines Vaters gegen meine Mutter, auf die Seite der Tinte gegen das Wasser gestellt hätte. In Algier ist »mein« von Oberst Chahid verfasstes »Buch« mit Sicherheit aus dem Verkehr gezogen worden, und mitsamt der Geschichte auch der Oberst. Es ist verboten, den Krieg in den 90er Jahren im Unterricht zu behandeln, ihn zu erwähnen, zu zeichnen, zu verfilmen und von ihm zu sprechen. Kein Sterbenswörtchen.

Deshalb bin ich wieder mit meinen Bücherkisten unterwegs und liefere aus. Besser das als eine Verhaftung zu riskieren. Weißt du, dass das Gesetz drei bis fünf Jahre Gefängnis für jeden vorsieht, der etwas über diese Zeit verlauten lässt? Die Bücher, sagte ich mir, haben gründlich Rache an dir genommen, wallah! Der Fluch meines Vaters verfolgt mich ... Ich habe keinen Beweis. Und während ich Gott darum anflehte, mir an diesem Tag des Aïd zu verzeihen, und die Straße mir immer wieder sagte, ich solle nicht mit Menschen darüber sprechen, habe ich dich am Rand der Autobahn gesehen, Schwester! Ich habe dich gesehen und angehalten, geleitet von der Hand meines Vaters auf meiner Schulter, und jetzt bist du da. *(Seine Stimme ist fiebrig, gewaltig, zitternd, beinahe schluchzend unter dem Gewicht der trüben Kindheit.)* Verstehst du, Schwester? Ich suche keine Frau, auch kein leichtes Mädchen, ich will dich nicht vergewaltigen oder kidnappen. Um was ich dich bitte, ist, mit mir nach Batna zu kommen, deinen Schal abzulegen und ihnen das Zeichen zu zeigen. Verstehst du? Es ist entscheidend für mich und für alle, die heute niemanden mehr haben außer mir, der ihre Namen und Vornamen nennen kann, und an die nur noch vergilbte Zeitungsartikel erinnern. Komm mit mir: In Batna wird es dir an nichts fehlen, das schwöre ich dir beim Grab meines Vaters. Ich werde deine Stimme sein und du mein Beweis. Ja? Nenne mir eine letzte Zahl.«

(Überwältigt und fast in Tränen aufgelöst sagte ich:)

»Tausend.«

»Bei einer Pressekonferenz in seiner Residenz Djenane El Mithak in Algier räumte der Premierminister gestern ein, dass das Massaker von Ramka und Had Chekala (Relizane) im Jahr 1998 tausend Menschen das Leben gekostet hat. Drei Dörfer wurden vollständig ausgelöscht! In den offiziellen Verlautbarungen hatten die Behörden die Zahl der Getöteten mit 150 angegeben.«

(Er drehte sich zu mir und betrachtete mich lange.)

DRITTER TEIL

DAS MESSER

1

20. Juni, 16 Uhr 30, in Had Chekala.

Ich steige aus dem Taxi. Die Sonne durchbohrt mich wie ein Messer, die Luft vibriert, als bewegte ich mich in einem Traum, den ich noch nicht verstehe.

»Steigen wir aus? Wach auf, H'med«, sagt eine Männerstimme hektisch. Eine andere antwortet: »Nein, noch nicht, schlaf!« Die beiden Fahrgäste auf der Rückbank des gelben Wagens schauen mir kurz trübsinnig und schläfrig hinterher, jeder halb versunken in seinen Monolog in der Talsenke dieser Berge, die eine Antwort schuldig bleiben. Diese Männer wollen bestimmt lieber glauben, dass ich Verwandte besuche. Auch wenn ich während dieser Fahrt ganz unauffällig geblieben bin, hat meine Anwesenheit genügt, dass sie sich Fragen stellen. Die Gesetze ihrer Welt waren bedroht. Hierzulande geht eine Frau nicht allein aus dem Haus, hebt den Blick nicht vom Boden, wenn sie die Straße entlanggeht, spricht nicht einmal mit ihren Begleitern, reist nicht ohne männlichen Vormund und trägt keine Hosen, die wie eine zweite Haut sitzen und ihre Silhouette unterstreichen. Die beiden Fahrgäste mustern mich noch einmal missbilligend, dann wenden sie den Blick ab.

Das Taxi fährt weiter. Die Stille ist vollkommen, hörst du sie? Ein unbewohntes Dorf auf der Kuppe eines Hügels, könnte man meinen. Ich habe es mir nicht so klein vorgestellt, so unbedeutend unter dem großen Himmel, der es von allen Seiten belagert. Offenbar ist der Weiler zweigeteilt. Die einzige Straße geht mitten durch ihn hindurch und führt bergan wie eine Nabelschnur. Schmal und argwöhnisch zieht sie sich an einem Hügel entlang: Die kleinen Fenster der Häuser, die auf den Hang hinausgehen, sind alle geschlossen. Ich stehe am Fuß der Anhöhe, mit dem Rücken zum rissigen Bett eines Wadis, das den Hügel umschließt und ihn von der Bergkette trennt, diesem riesigen, gesichtslosen Gewand, das für das hohe Alter des Ortes bürgt.

Ich bin da. Mitten in meiner Geschichte. In meinem Dorf.

Riechst du den Staub, meine aus dem Paradies der Getreuen gefallene Huri? Man denkt, eine Ruine. Alle Felder ringsum zeigen ihre von einem pedantischen Sommer hart gewordene Haut. Ich erinnere mich nicht wirklich an diesen Ort. Keine eindrücklichen Bilder. Die einzige Spur, die mir im Gedächtnis geblieben ist, führt in den Winter zu meinen eisigen Händen, als ich einmal mit meinem Vater den Viehmarkt besuchte, und zum grauen Wasser des Wadis, das du dort siehst. Ich meine das ausgetrocknete Bett des Wasserlaufs unter uns, links von der Hauptstraße nach Tiaret. Heute ist es ein hundertjähriger Greis mit seinen Schrunden, verdorrt und leblos um diese Jahreszeit. Sieht aus wie eine Schlangenhaut. Also: eine riesige, ausgenommene, zerquetschte gelbbraune Schlange im brennend heißen Lehm mit den Fußstapfen von Leuten, die das Wadi eilig durchquert haben. Spuren von Schuhen, Hufen, Rädern.

Welchen Weg soll ich einschlagen? Wegen dir bin ich in diesem Land so weit gefahren, wegen dir habe ich an meiner irrwitzigen Idee festgehalten, damit du mit eigenen, also mit meinen Augen mein Dorf, die ganze Wahrheit über diesen ausgelöschten Krieg sehen kannst. Die Überlebenden der großen Massaker, die in der Gegend der Ouarsenis-Berge verübt wurden, leben noch immer hier, geprägt von der schrecklichen Vergangenheit dieser Region. Ich sehe ihre Häuser. Vor einundzwanzig Jahren sind die terrorisierten Stämme nachts aus den Bergen gekommen und haben alles auf den Pfaden zurückgelassen: Güter, Kinder, Körperteile, Hände, Katzen, Ohren, Vieh und Erinnerungen. Ein Dutzend Stämme, deren Überlebende nirgendwo anderes hingehen konnten als an diesen Ort, nach Had Chekala, »nach unten« wie meine ältere Schwester Taïmoucha dazu sagte. Gewöhnlich kamen wir ins Dorf, um unsere Jungtiere und unsere kleinen Ernteerträge zu verkaufen. Dieses Mal flüchteten, von Panik getrieben, die Überlebenden hierher, um dem Massaker zu entkommen. Wie viele haben diese Nacht überlebt? Man hat es nie erfahren. Ich habe Khadija lange nach der genauen Zahl gefragt, doch selbst sie zögerte. Es ist, als wollte man Sterne zählen, aber tote Sterne.

Was bleibt von dieser einen, vergangenen Nacht unter dieser erinnerungslosen Sonne? Die Stille. Ich betrachte die Landschaft: Weiter unten, gegenüber dem besiedelten Hügel und auf der anderen Seite der Straße, die nach Tiaret führt, der nächsten größeren Stadt 200 Kilometer weiter südlich, stehen Strommasten quer durch das Bett des ausgetrockneten Wadis. Unser Bauernhof liegt in dieser Richtung. Die Bergkette breitet ihr schweres Steinkleid aus. Ich glaube, der sandige, rissige Boden besteht aus Lehm. Gierig dehnt sich das Wadi aus und bekommt Krakelüren in der Hitze. Es knistert fast, wie zerknülltes Papier.

Langsam, zögerlich durchquere ich das Dorf. Es ist nach 16 Uhr. Ich weiß, was ich hören will und was du hören sollst, aber weder kenne ich diese Stille noch weiß ich, wie ich sie umgehen kann. In Oran ist man durch das ständige Meeresrauschen an anderes gewöhnt. Hier zwingt einen die Ruhe dazu, die Ohren zu spitzen, und am Ende erfindet man Geräusche. Ich steige die steile Straße hinauf. Vielleicht schreit da ein Kind. Ein Hund schlägt an und beansprucht sein Revier. Man hört auch ein elektrisches Knistern, das der Wind herbeiträgt. Ein Zischen, aber ich bin nicht sicher.

Auf jeden Fall sind wird in Had Chekala, das hat der Taxifahrer mit einem Brummen bestätigt. Hier müssen sich alle Überlebenden, ihre Familien und ihre Erinnerungen befinden. Sie werden dir tausend Einzelheiten berichten. Sie werden dir die Spuren jener Nacht zeigen, dir schreckliche Geschichten erzählen, und vielleicht haben sie genauere Erinnerungen als ich, kennen Daten und Wunden. Vergiss nicht: Du musst Wort für Wort zuhören, das ist wichtig. Jedes Wort rührt hier an eine Narbe. Jedes Wort ist eine Frage von Leben und Tod, heute wie gestern. Wir sind so weit gereist, nur um diese Worte zu hören. Auch wenn ich mich nicht an alle Einzelheiten erinnere (»Du bist ein Buch!«, behauptet Khadija beharrlich, aber ich glaube, ich bin nur ein Notizbuch), was ich dir in den letzten Tagen erzählt habe, ist wahr.

Meine durchgeschnittene Kehle, die Geschichte meines Grinsens, meine misslungenen Operationen, um mir Stimmbänder einzupflanzen, und meine beiden Vornamen, erst L'bia, dann Aube. Die Leute hier müssen meinen Vater und unseren Familiennamen gekannt haben, auch den Weg zu unserem Hof. Es ist menschenleer, weil man Aïd feiert, fürchte dich nicht. Um diese Uhrzeit verrichtet man das vorletzte Gebet des Tages, die Männer sind satt, die Höfe wahrscheinlich gesäubert, das Blut müsste getrocknet sein, und Gott hat sich zurückgezogen. Was tun wir jetzt? Sollen wir hier, an einer der ersten Türen, die ich sehe, anklopfen?

Auf dem ansteigenden Weg starren mich Kinder aus der Ferne an.

Meine Blase drückt. Ich würde mich gern hinter einem Busch erleichtern. Für uns Frauen gibt es in diesem Land keine öffentlichen Toiletten. Ich werde an eine Tür klopfen. Ich werde ihnen meinen Familiennamen nennen. Für uns beide wiederhole ich: »Kennen Sie die Familie Adjama?« In dieser Stille klingt mein Flüstern wie das einer kleinen Diebin. Ich hebe die Hand, um die Kinder herbeizurufen. Sie halten Abstand, spucken aus.

»Ein, zwei, drei. Hallo? Hallo? Bismillah.«

Oberhalb des Dorfs, auf der Kuppe des Hügels, übt eine Stimme, testet in der Ferne, wie sie klingt. Hörst du sie, meine blaue Sardine? Die Kinder sind neugierig geworden, nähern sich. Sie inspizieren meine roten Sandalen, meine Hose und meine Schirmmütze. Und beachten meine Kanüle kaum, die mein schweißnasser Schal ihrem Blick nicht ganz preisgibt.

Heute Abend wird wahrscheinlich meine Mutter Khadija anrufen, und ich habe kein Handy mehr. Wenn sie erfährt, dass ich hier bin, wird es ihr die Stimme verschlagen, die mich beschirmt wie eine Palme. Bei dem Gedanken, wie sie ihre Hände wringt, wenn sie mich nicht Banalitäten aus Oran ins Telefon wispern hört, versetzt es mir einen Stich ins Herz. Sie kann sich nicht vorstellen, dass ich diese Straße getrockneten Blutes entlanggehe, in diesem Dorf, das sie mit den Emiren und den Mördern verbindet.

Had Chekala. Was bedeutet das in meiner inneren Sprache? »Had« heißt »Grenze«. Was Chekala bedeutet, weiß ich nicht. Es klingt wie »Belangloses«, »Gequassel«.

Die Straße zur Wahrheit steigt steil an, ich muss sie nehmen. Die Jahreszeiten umkehren, fürs Erste. In diesem Juni-Sommer einen Winter sehen, der mit meiner Version der Fakten übereinstimmt. Ich bin in diesem düsteren Dorf fünf Jahre alt, eine Unmenge von Schreien hüllt mich ein, reißt mich aus der Ohnmacht. Ich öffne die Augen kaum, die eisige Luft lähmt mich, ich spüre eine laue, widerwärtige Unschlüssigkeit. Hände heben mich auf und reichen mich an andere Hände weiter, mein Kopf ist so schwer und das Blut fließt aus meiner Kehle, ich nehme Silhouetten war, aufgeregte Gestalten. Ich sehe dieselbe Szene in Endlosschleife: Meine Schwester hält sich mit den Händen die Augen zu, während der Schächter sie an den Beinen zieht und seinem gesichtslosen Komplizen zerknirscht einige Worte zuflüstert. Es ist nicht wie im Film, meine Huri, denn man schreit nicht wirklich, wenn das Entsetzen stärker ist als die Stimme. Man schließt die Augen, um sich tot zu stellen, und so die Aufmerksamkeit des Mörders auf die eigene Schwester zu lenken. Man wird zu einem Teil des Messers.

Es muss Blutspuren und Reste von geopferten Tieren auf diesem Weg geben. Aber ich sehe nichts dergleichen. Sind die Bewohner von Had Chekala zu arm, um Tieren die Kehle durchzuschneiden, oder so hungrig, dass sie schon mittags alles gegessen haben? Vielleicht sollte ich dem Dorf den Rücken kehren, das ausgetrocknete Wadi durchqueren und auf dieser Straße in entgegengesetzter Richtung zum Gipfel des Berges gegenüber hinaufsteigen. Dort befindet sich unser Hof. Aber mein Herz zieht sich zusammen, ich will diesen Ort zugleich wiedersehen und ihn meiden. Ich denke an meine Schwester, die kein Grab dort oben hat, und an meine Eltern. Ich denke an sie, aber ich empfinde nichts. Das kommt vor, wenn eine Tote Tote besucht.

Die Kinder werden kühn, rufen: »El-Ghouroub? Ed-Damar?« Sie wiederholen ihre Frage und schubsen sich. Sie spielen auf zwei algerische Fernsehsender an (das Fernsehen ist eine Kiste, die das Leben einschließt, meine Huri): Vielleicht denken sie, ich sei gekommen, um ihre Geschichte zu verfilmen?

Soll ich hier an dieser grünen Tür anklopfen? Hier müsste man sich an meinen Familiennamen erinnern, an den Tag, als ich die Narbe erhielt, an die heilige Nacht. Tausend Tote sind nicht wenige. In ihrer Bestialität zwang diese Nacht allen dasselbe Alter auf, machte die Überlebenden gleich angesichts der Leere. In Oran schwor der Imam, dass wir im Paradies alle 33 Jahre alt sein würden. Ich hörte dieses Versprechen jeden Freitag, während ich ein Glas Wein auf der Terrasse unseres Hauses trank. Offenbar gilt dieses unerklärliche Gesetz auch hier, dasselbe Alter für alle und für immer. In meiner Rekonstruktion des Verbrechens sind Greise, Frauen, Kinder, Hunde, Katzen, Kühe und Vögel alle am selben Tag in Had Chekala gestorben und geboren. Alle sind für immer 33 Jahre alt.

Hörst du die Rufe der Kinder, die vereinzelt und neugierig näherkommen? Ein Mädchen mit wagemutigem Blick geht ihnen voraus. Mit fragendem Blick versucht sie, mich in ihrer kleinen Welt einzuordnen.

2

Ich bin mit dem Fuß gegen etwas gestoßen.

Es ist von einer roten, schwärzlichen Flüssigkeit durchnässt, die an meinen Zehen klebt. Einen Moment lag habe ich versucht, es auszublenden, aber meine Augen kehren unwillkürlich zurück: Es ist ein plumper, friedlicher Kopf, als wäre er von allem erlöst, mit dicken, gesenkten Lidern und langen Wimpern. Im leeren Sommerlicht geht eine diffuse Empfindung von diesem strahlenden *Gegenstand* aus. Als wäre das tote Tier in der echten Nacht angekommen. Es ist der abgeschlagene Kopf eines Esels. Man hat ihn offenbar hier an den Dorfrand geworfen, wo die Hauptstraße des Dorfs auf die asphaltierte Straße trifft, die es mit dem übrigen Land verbindet. Als wäre der Kopf von der Anhöhe des Hügels direkt vor meine Füße gefallen, von einem unsichtbaren Altar heruntergepurzelt. Ich blicke auf: Die Kinder beobachten mich, stören sich kaum daran, dass ich ihnen eine Antwort auf ihre Frage schuldig bleibe.

In diesem Moment, meine Huri, gleite ich ab in einen anderen, in den Tag eingebetteten Traum. Wegen dieses Unglückszeichens denke ich, die Grenze für mich sei erreicht. Vielleicht macht sie sich bemerkbar? Vielleicht widersetzt sich mir meine Schwester mit ihren letzten Schreckenswaffen? Plötzlich ertönt eine Kinderstimme in meinem Rücken. »Du bist Journalistin, stimmts?«, und du zuckst in mir zusammen. Ich? Journalistin? Ihre Spielkameraden sind im Hintergrund geblieben, lassen das Mädchen, das als Kundschafterin gekommen ist, nicht aus den Augen. Ist es wegen meiner Hose und meinem Haar? Ich trage weder Schleier noch Damenkleidung. Das kleine Mädchen mit dem zerzausten braunen Haar sieht mich übertrieben herausfordernd an. Sie war plötzlich hinter einer roten Ziegelmauer aufgetaucht. Mit durchdringendem Blick mustert sie mich. »Kommst du, weil wir uns weigern, Fleisch zum Aïd zu essen?«

3

Am Anfang, als ich im Ort ankam, hatte ich an meinen Sieg geglaubt, meine Huri. Nach dem Anblick, der sich bot, hätten wir übrigens gleich wieder zurückfahren können: Ein von einer Katastrophe heimgesuchtes Dorf, in dem das Leben seine undeutliche Grenze erreicht hatte. Bäume, ein unförmiger Hügel, eine unbefestigte Straße, Trockenheit und dieses verbrauchte Gelb des zu Ende gehenden Tages. Hier hörten die goldenen Felder auf, denen wir lange mit dem Auto gefolgt waren, und auf denen diese kleinen Esel standen, die ich dir durch die Scheibe zeigte. Erinnerst du dich, wie im Taxi lauthals der Koran rezitiert wurde? Der Sprecher ächzte, schrie sich heiser, als würde er einen tausend Tonnen schweren Felsen ins Jenseits befördern. Es galt, den Dämon in Gestalt einer unbegleiteten Frau in einem Fahrzeug von Männern auszutreiben. Das alles brachte uns von Ammi Moussa bis an diese Grenze, zu diesem »Had« in der äußeren Sprache. Seit dem Morgengrauen in Oran auf diesem gewundenen Weg unterwegs zu sein, hätte als Beweis genügen müssen, nicht wahr? Aber du bist ein verwöhntes Kind. Du befindest dich seit Wochen an einem Ort, an dem die Welt nichts als ein Brausen ist, du willst es also überprüfen. Das verstehe ich.

Wir hätten beim ersten Zeichen meiner Schwester umkehren sollen. Aber das braunhaarige Mädchen beharrte darauf: »Kommst du von Ed-Damar? Von El-Ghouroub? Sind keine Kameras da?« Sie hat mich an der Hand genommen und mich zur Türschwelle des ersten Hauses gezogen, ihrem Elternhaus, glaube ich. Ich war fiebrig, erschöpft, befürchtete, ohnmächtig zu werden und auf den Boden zu stürzen. Der Eselskopf in seinem Kranz aus zerbrochenen Knochen haftete an meinem Blick und klebte mir an den Füßen. »Sag Bismillah, sag den Namen Gottes!«, riet mir das Kind, das meine Not am Druck meiner Hand in seiner erkannt hatte. Das Mädchen führte mich vorsichtig an die Schwelle seines Elternhauses, und ich setzte mich in den Schatten, mir war speiübel.

Du kannst zur Mörderin werden, das erkenne ich jetzt. Dein Leben hat sein eigenes Gesetz, seine eigene Währung aus dem Gold des Jenseits und seine eigenen Gelüste. Du kannst in diesem Feld verdorrter Blumen und Wurzeln vor der Zeit kommen, in diese Welt, die das umgekehrte Abbild deines Paradieses ist. Ich fantasiere und habe jetzt entsetzlichen Durst. Das Kind hält mir einen Krug hin, und ich trinke, ohne nachzudenken. »Sag Bismillah«, beharrt es. In meiner Verwirrung dringt die Stimme einer Frau durch die Tür zu mir. Das Mädchen zuckt mit den Schultern. Sie trägt ein weißes Sommerkleid mit goldgrünen Schmetterlingen, die zum Teil abgewetzt sind, Flip-Flops und ein rotes Haarband. Wie alt ist sie? Acht oder neun Jahre? Ihre Schalkhaftigkeit, die sie hinter ihrem Ernst versteckt, amüsiert mich, fast sehe ich mich selbst in diesem Alter. Ich bedanke mich bei ihr, denn das Wasser lässt mich wieder klar denken. Die Haustür bleibt geschlossen, aber ich höre, wie die Frau mit anderen Personen diskutiert, dann erheben sich Proteste. »Wir warten seit heute Morgen auf die Entscheidung«, erklärt mir das Kind wichtigtuerisch wie eine Erwachsene. Ihre Spielkameraden, alles Jungen, kommen näher. »Die Frauen warten seit heute Morgen, niemand wagt, etwas zu essen oder zu kochen. Mein Vater und mein Onkel wollen nach der Predigt des Imams darüber entscheiden.«

Mit dem Kinn deutet das Mädchen auf das kleine Fenster des nicht fertiggestellten Lehmziegelhauses. Ich höre Geschirrklappern und stelle mir das eingeschränkte Leben der Frauen im Innern vor. »Von welchem Sender kommst du?« Sechs oder sieben Kinder bilden jetzt einen Kreis um mich. Ich komme mir lächerlich vor. Ich wollte dir zeigen, was der Krieg mit uns gemacht, welche Spuren er hinterlassen hat, und ich stolpere über einen abgeschlagenen Eselskopf und Kinder, die mich für eine verirrte Journalistin halten! Ich komme mir dumm vor mit meinem irrsinnigen Projekt, alle Einwohner eines verlorenen Nests zu versammeln, damit sie mit dir, der Unsichtbaren in meinem Bauch, sprechen. Ein Einfall wie aus einem Film oder einem Traum.

Ich bin kraftlos und wütend auf das Schicksal oder meine Dummheit. Am liebsten würde ich die Runde machen, an alle Türen klopfen und die Leute fragen, was sie erlebt haben, damit sie es sich mit lauter Stimme in Erinnerung rufen. Ein Massaker mit tausend Toten vergisst man doch nicht, oder? Ich bin sicher, dass mein Grinsen hier keine Narbe ist, die ich allein trage, sondern ein Zeichen, das man von Weitem lesen kann wie den Namen eines Stammes. Vielleicht kann man sie alle in der Moschee antreffen. Und gleich danach würden wir schnell zurückkehren. Ja, besser wir gehen in die Moschee, wo wir alle zugleich treffen, die Überlebenden und ihre Nachkommen, als zu unserem Hof, wo nichts mehr steht, da die Jahre alles ausgelöscht haben.

Benommen und angeschlagen stehe ich auf, klopfe an die Haustür. Das Mädchen neben mir hält den Atem an und setzt ein feierliches Gesicht auf. Dein Mondgesicht, meine Huri, scheint sich einen Augenblick lang wie eine Maske auf sein Gesicht zu legen, sich darüber zu schieben, als wolltest du die Beschaffenheit unserer irdischen Welt ertasten. Das Mädchen richtet einen fragenden Blick auf mich, dann ruft sie mit ihrer kindlichen Stimme: »Es ist das Fernsehen, Mima. Wegen unserer Geschichte.« Sie klopft noch einmal: »Mach auf, Mima. Es ist wegen des Fleischs. Es ist eine Frau.«

4

20. Juni, nachts, in einem Schuppen.

Der arme Irre hat uns hier angebunden, weil er nicht wusste, was er mit zwei Eindringlingen bei sich anfangen sollte. Wir sind bei ihm. Er wiederholte immer wieder, dass er nicht ins Dorf gehen dürfe und ich nicht hätte herkommen und in seinen Angelegenheiten herumschnüffeln sollen. Der Scheich persönlich habe es verboten. »Es ist ein Geheimnis! Es ist ein Geheimnis!, hat mein Bruder gesagt.« Dieses Mal bitte ich dich, damit du nicht leidest: Schlafe. Außerdem wirst du nicht sterben, meine Huri, denn du hast noch nicht wirklich gelebt. Du wirst nichts verlieren, nur mein Blut, das aus meiner Kanüle fließen oder an meinen Schenkeln hinabrinnen wird. In der nebligen Dunkelheit sah ich, wie er sich den Bauch kratzte, als hätte er Läuse, wie er sich selbst ohrfeigte. Er versuchte, aus dem Delirium aufzutauchen, in dem sein Kopf seit Langem versunken war. Ein dicker, trauriger Kopf, die Augen gesenkt, als schämte er sich für sich selbst.

Er ist Hirte. Er wiederholt es, als müsste er sich selbst davon überzeugen. Er trägt einen alten Überwurf, abgetragene Schuhe und eine schwarze Mütze. Ich erinnere mich an arme, einsame Hirten wie ihn, die meine Schwester und mich von Weitem beobachteten, als wären wir Adler. Ich betrachte diesen großen und mageren, bärtigen Mann mit abgezehrtem, messerscharfem Gesicht und großen schwarzen Augen, die fiebrig glänzen. Er trägt die Zeichen eines Fluchs im Gesicht. Eines Messers. Auch er.

Schlafe, zähle bis tausend, dann tausendmal tausend. Es ist Nacht, durch das abgedeckte Dach des Schuppens sehe ich sie wie einen in einen funkelnden Schleier gehüllten Haarschopf. Schlafe, meine Tochter. Ich habe versucht, mich loszubinden, aber der Hirte versteht sich darauf, seine Schafe zu fesseln. Er weiß, wie man es macht. Drei Knoten in meinem Rücken und mein Hals an einen Pfeiler gebunden, als hätte ich Hörner.

5

20. Juni, 17 Uhr.

Nach dreimaligem Klopfen unter den aufmerksamen Augen des hartnäckigen Mädchens öffnet mir eine alte Frau und mustert mich misstrauisch. Sie sucht mit den Augen rasch die Straße hinter mir ab und kommt zu dem Schluss, dass ich allein bin. Hinter ihr spähen zwei jüngere Frauen im Kleid vor, spitzen die Ohren. Eine ist klein und unauffällig. Die andere, verschleiert, ganz in Schwarz gekleidet, hat einen harten, bohrenden Blick. Die älteste, mit abertausend Falten und mager, bedeckt ungeschickt ihr Haupt, wie man sein Haar vor einem Fremden verbirgt. In den Falten zwischen ihren Brauen und am Kinn sind alte Tattoos vergraben. Zwei Zeichnungen sehen aus wie fremde Buchstaben. Hinter ihr blicke ich in einen langen, schwarz-weiß gekachelten Flur, den ein Lichtstrahl aus einem verborgenen Hof erhellt.

»Wir haben nichts zu sagen. Wir warten auf die Männer, sie werden entscheiden«, schleudert sie mir mit fester Stimme entgegen. Dann wartet sie auf meine Reaktion. Ihr Blick ist alt wie der Berg, bietet keinen Zugang zu ihr. »Es ist wegen der Esel, Mima. Sie wird uns im Fernsehen zeigen«, wiederholt das kleine Mädchen an meiner Seite, dieses Mal klingt ihre Stimme sanft, um die alte Frau zu einer Meinungsänderung zu bewegen, aber vergeblich.

Die Mutter oder auch Schwiegermutter oder Tante der beiden Frauen bietet mir die Stirn. In einem Durcheinander von Argwohn und Neugier sieht sie mich prüfend an: meine enge Hose, mein Gesicht unter dem glanzlosen, struppigen Haar und schließlich meine Kanüle. Ohne zu blinzeln wühlt sie mit ihrem Blick im Abgrund meines Halses. Im Stehen, von der Sonne und dem

Schatten des abgeschnittenen Eselskopfs orientierungslos, lasse ich sie gewähren, als wäre ich tot. Dann zieht sie ihre Augen zusammen, als hätte sie mich erkannt und wollte nichts davon wissen. Dennoch widersteht sie den Bräuchen der Gastfreundschaft nicht. »Möchtest du noch etwas Wasser, mein armes Mädchen?« Die beiden jüngeren Frauen schweigen weiter vor ihrer Autorität. Sie wendet sich der ersten zu und gibt ihr mit dem Kinn ein Zeichen. Die Frau beeilt sich, ein Glas Wasser für mich zu holen. Die andere rührt sich nicht, schaut aufmerksam, als wollte sie mir etwas sagen.

»Die Männer entscheiden, wir können dir nichts sagen. Wenn sie entschieden haben, kannst du wiederkommen. Dann bist du willkommen. Wir haben noch nichts im Ofen, auch nichts gekocht und nichts gegessen. Alles liegt im Kühlschrank. Zum Glück!« Die alte Frau zeigt ihren Stolz. »Ich sehe jedenfalls keinen Unterschied. Ich habe viele Jahre auf dem Buckel, aber ich habe nichts gemerkt. Man riecht keinen Unterschied zwischen den beiden Fleischarten.« Dann schweigt sie, weiß nicht, was sie noch hinzufügen könnte, und fragt sich, ob sie nicht vielleicht schon zu viel gesagt hat. Wovon spricht sie, mein flügelloser Engel? Dieser Ort sollte mir Antworten auf meine Fragen geben und keine neuen Fragen aufwerfen. Jetzt stehe ich hier vor dieser zahnlosen alten Frau, die wegen des Geruchs von Fleisch herumdruckst und mein Grinsen und die zahllosen Nahtstiche unschlüssig betrachtet. »Wenn sie zustimmen, kannst du wiederkommen, meine Tochter, dann bist du unser Gast«, wiederholt sie. »Bist du von hier? Aus Ammi Moussa? Arbeitest du für das Fernsehen?« Ich schüttle verneinend den Kopf. »Geh zu den Männern, wenn du beim Fernsehen arbeitest, sie sind oben beim Imam. Du gehst mit Rab'ha, meiner Enkelin, hinauf.« Die ganz in Schwarz gekleidete Frau hinter ihr protestiert: »Lass sie rein, Tante.«

Plötzlich kommt ein Rauschen aus einem Megafon und prallt gegen mein Bewusstsein wie eine Handvoll Kieselsteine gegen eine Windschutzscheibe. »Dürfte ich vielleicht die Toilette benutzen?«, frage ich das weibliche Oberhaupt der Familie. Genau das hatte unserem Gespräch noch gefehlt: das Aufplatzen des Geflechts aus Schweigen und Räuspern. Meine Entenstimme. Die Alte sperrt die Augen weit auf, dann blickt sie wieder auf mein Grinsen. Sie ächzt: »Bist du von hier?« Stutzig geworden ob dieses Duells, in dem überall Rätsel auftauchen, beugen sich die beiden anderen Frauen vor. Angesichts meiner Beharrlichkeit wird die Älteste schwach wie eine Kerze bei Tag. »Aus welcher Familie stammst du?« Ihre Stimme zittert. Warum habe ich ihr geantwortet? Oder warst du es? Denn hier scheinst du mir meine äußere Stimme fast zu entwenden. Ich habe den Namen der Meinen auf meinem Ausweispapier, auf Formularen, auf der Straße mit mir herumgetragen, aber nie unter einer solchen Sonne. »Den Adjamas.«

Als ich diesen Namen mit dem Atem einer Sterbenden, diesem versiegenden Luftstrom in meiner Kanüle, aussprach, hatte die Alte keine andere Wahl: Sie schlug mir die Tür vor der Nase zu. Ich hörte, wie sie die anderen Frauen ausschimpfte und aufforderte, alle Fenster zu schließen. Mit einem leeren Glas Wasser in der Hand vor die Tür gesetzt, stand ich da, den Bauch voller Fragen. Eine Hand zog mich aus dem Dämmer, in dem ich herumtappte: »Komm«, sagte das Mädchen mit den großen Augen, »du kannst in das Café da hinten gehen. Es heißt Café Marhaba und ist das einzige im Dorf.«

6

Einige Stunden zuvor.

Es war vielleicht 14 Uhr, als Aïssa in Relizane anhielt. »Ich gehe nur zum Gebet und auf die Toilette, dann hole ich etwas zu essen für uns.« Er wiederholte es besorgt, bettelte fast um eine Garantie. Ich nickte. Er stieg aus dem Lieferwagen und ließ mich mit Hunderten Büchern zurück, die aus seinen Kartons quollen. Als er weg war, meine durchsichtige Huri, haben wir uns davongeschlichen. Mit 3000 Dinaren und einer Flasche Wasser. Lachenden Auges und etwas kopflos auf unserer stillen Flucht. Am Busbahnhof von Relizane suchten wir nach einem Platz, um uns zu verstecken. An diesem Feiertag war das Gebäude quasi menschenleer, alle Schalter waren geschlossen. Eine Familie, bestehend aus einem wütenden Vater, einer vollverschleierten Mutter und zwei Kindern, die wie für eine Hochzeit herausgeputzt waren, musterte mich und wandte sich dann gelangweilt ab. Ich war nur eine gewöhnliche Herumtreiberin mit Männersandalen an den Füßen.

Ich machte die Runde durch den großen Wartesaal, überall lagen leere Verpackungen und Abfälle herum, und überlegte, dass Aïssa uns bei seiner Rückkehr wahrscheinlich hier suchen würde. Deshalb entschieden wir uns für eine List, du mit den Händen auf deinem Mund, der außerhalb der Kalligrafie in den Koranversen noch nicht gezeichnet wurde, und ich, ängstlich und in Eile, wieder auf die Straße zu kommen. Wir versteckten uns zwischen den hintereinander geparkten Bussen, die leer waren wie Friedhöfe. Es war noch die Zeit des blutrünstigen Festmahls, der Familienzusammenkünfte und der vollen Bäuche. Wir warteten, bereit unter einen der Busse zu kriechen, damit Aïssa uns nicht entdeckte. Ich gebe zu, es tat mir leid für ihn, aber ich musste meine Sache weiterverfolgen. Wir mussten nach Had Chekala, um dir zu zeigen, dass meine Geschichte wahr ist, und dass deine, die einer Huri im Paradies, die Beste bliebe, um das Leben nicht zu erleiden.

Aïssa sah in mir ein Zeichen und seinen unwiderlegbaren Beweis. Ja, ich machte mir ein wenig Vorwürfe, weil ich ihn um diesen Triumph brachte, auf den er seit dem Ende des Bürgerkriegs hoffte. Zu sehen, wie er an der Ecke der Straße beim Busbahnhof von Relizane stand, mich suchte und am hellen Tag »Aube! Aube, wo bist du?« rief, brach mir das Herz. Ich dachte an seine beiden unterschiedlichen Augen, die jetzt wahrscheinlich im Verein weinten. »Aube! Aube, bitte, zeige dich!«, flehte er mit ratloser Stimme, als er auf dem großen Vorplatz vor dem Bahnhofsgebäude stand, in alle Richtungen Ausschau hielt und sich auf seinem kurzen Bein umdrehte. Er hielt eine Tüte mit etwas zu essen und zu trinken in der Hand und winkte mit einem Paar Damen-Sandalen. »Bei Gott, komm zurück, du bist der einzige Beweis!« Vor dem Bahnhof wirkte er wirklich wie ein armer Irrer, der keine Zukunft hatte. Ich hörte ihn schreien und weinen, als ob ihm jemand sein Bein geraubt, ihn um seinen Ruf oder sein Wunder gebracht hätte. »Aube? Aube?«, rief er noch, während wir uns in den Schatten der großen Busse duckten und ans andere Ende der Gasse rannten.

Taxifahrer ohne Lizenz, die aus Angst vor der Polizei etwas weiter entfernt parkten, riefen mögliche Kunden zu sich. Wegen der fehlenden Fahrgäste zankten sich die Fahrer wie auf einem Schulhof. »Ammi Moussa? Ammi Moussa«, brüllte ein magerer und atemloser Anwerber. Ich stieg ein, ohne ihn eines Blickes zu würdigen, öffnete die Fahrgasttür und wollte mich auf die Rückbank setzen. Dort saßen bereits zwei Männer. Der Fahrer, der sich scheute, eine Frau neben zwei Männer zu setzen, forderte mich eilig auf, mich nach vorn zu setzen. Ein paar Minuten später fuhren wir unter den Klängen eines Koran-Rezitators los. Im Rhythmus der Verse folgten wir der kurvenreichen Straße zwischen Relizane und Ammi Moussa, und um zu zeigen, wie sehr er meine Aufmachung missbilligte, seufzte der Fahrer bisweilen. Immer wieder sagte er: »Möge Gott uns beschützen!«, und suchte dabei im Rückspiegel die Bestätigung seiner übrigen Fahrgäste. Ich ließ sie gewähren, betrachtete nach den letzten Häusern am Stadtrand ein großes Feld mit Eseln, gemähte Felder soweit das Auge reichte und den schwindelerregenden Himmel. Warum hätte ich mich unter einem Schleier verstecken sollen?

Zugegeben: Ich war glücklich, ich meine, ich war stolz auf mich, weil ich fast am Ziel dieser Reise angekommen war. Du wolltest mit meinen Augen sehen, mit meinen Händen spüren, wolltest meine Geschichte anhand meiner ehemaligen Orte überprüfen, und wir waren auf dem richtigen Weg.

7

20. Juni, nachts, in einem Schuppen.

Als wir in Had Chekala ankamen, habe ich dir mit klopfendem Herzen verkündet, dass du endlich alle unsere Toten sehen und mit ihnen sprechen könntest. Während mich der Durst quälte und meine wunden Fußsohlen schmerzten, sagte ich mir immer wieder: Sie wird einsehen, dass ich recht habe. Verstehst du? Um diese Zeit hoffte ich, dass ich im hellen Tageslicht, das dir widersteht, recht behielt. Ich wollte dich tausend anderen »Aubes« vorstellen, Schwestern, die wie ich halb tot waren, Eltern, Überlebenden, Opfern oder Frauen, die an diesem Ort vor einundzwanzig Jahren vergewaltigt worden waren. Sie würden dir, die aus dem Garten Eden stammt, erklären, dass man besser nicht auf die Welt kommt.

Als ich aus dem Taxi stieg, entfuhr mir fast ein Freudenschrei, so sehr fühlte ich mich im Recht. Die strahlende Sonne dieses heiligen Tages zeigte mir ein elendes Dorf aus unfertigen, unverputzten Häusern, Schlamm und allem, was das Wadi hergetragen hatte, bevor es versiegt war. Man hätte meine Geschichte nicht besser illustrieren können. Zinkbleche, zwei zerbrochene Stühle, eine alte Parabolantenne, geschlossene, misstrauische Fenster. Der Schmutz, die Stille und die Trauer im sonnigen Sommerlicht. Ich glaubte an meinen schlagenden Beweis, an das Ende unserer Geschichte, ein glückliches Ende, da du sterben würdest. Es war kein Vergehen, sondern eine annehmbare Lösung für uns beide. Nach einem Rundgang durch Had Chekala würden wir nach Oran zurückkehren. Die eine würde sich ins weitläufige Paradies Allahs zurückziehen und dort mit goldenen Kämmen und durchsichtiger Haut auf die Gläubigen warten, würde nackt in Wein baden. Die andere, die Frau mit der halb durchgeschnittenen Kehle, würde in ihre Welt, in ihr Wohnviertel in Oran, in ihren Friseursalon zurückkehren. Ich war in Had Chekala, fast am Toten Flecken, und alles zeugte für mich: Es war richtig von mir gewesen, dir immer wieder zu sagen, dass man nicht leben sollte.

Siehst du, meine Huri, mein blauer Fisch, meine Sardine, jetzt bist du dort, wo mitten in einer dumpfen Sternennacht alles angefangen hat, mit mir gefesselt, gefangen in diesem abgeschiedenen Schuppen, wo einst ein geschwächter Vater, der zwischen der Armee und den Mördern in der Falle saß, noch einmal seine Schafe zählte. Nur du, ich, die Berge und die Schatten dieser Dinge und der Erinnerungen: ein Paar Stiefel eines Viehzüchters, ein Futtertrog ohne Tiere, Heuschober und große graue Becken.

Ich wusste nicht, meine Huri, dass recht zu haben das Schlimmste war.

8

20. Juni, 17.30 Uhr.

»Sie sind überall. Man hat vor allem dort oben bei der Moschee des Scheichs welche gefunden. Neben seiner Metzgerei. Die Metzgerei des Scheichs heißt El Halal. Hier bei uns mögen die Leute den Scheich und mögen ihn nicht.« Das kleine Mädchen mit dem von goldgrünen Schmetterlingen überladenen Kleid hat mir gezeigt, wo die Kuppe des Hügels war, die noch immer von hässlichen Gebäuden verdeckt wurde, die übereinander einzustürzen drohten. Die Dächer waren aus Zinkblech, mit großen Steinen oder abgefahrenen Reifen beschwert, damit sie den Winterwinden standhielten. Ihre kleine Hand wies mich auf weitere abgeschlagene Eselsköpfe hin, die kreuz und quer auf der Straße lagen. Ich sah nun fast überall welche. Einige schauten aus Mülltonnen hervor, und andere lagen einfach unter Strommasten, waren von den Türschwellen der Häuser dorthin befördert worden. Die Blutspuren auf dem staubigen Boden waren dunkelbraun.

Rab'ha – wie ihr Vorname lautet (das bedeutet »siegreich« in der inneren Sprache, meine Huri) – pfiff andere magere und umherwirbelnde Kinder herbei. Sie schwirrten um mich wie um eine Bienenkönigin. Die Rufe ertönten in der Stille, die das Dorf einschloss wie eine Muschel. »El-Ghouroub? Ed-Damar? Sag, Madame, für welchen Sender arbeitest du?« Der älteste Junge, ziemlich groß, trat vor und stellte sich vor Rab'ha, die ihm die Führung überließ. »Ich habe insgesamt neunzehn gezählt, und ich kann Sie Ihnen zeigen, wenn Sie mich neben Ihnen für das Fernsehen filmen!« Wir kamen aus Oran, und ich suchte Spuren, aber hier gab es nur dieses verschlossene und verschwiegene Dorf, weder Männer noch Frauen, nur barfüßige Kinder und Eselsköpfe mit großen Lidern, die wie Vorzeichen auf meinem Weg herumlagen. »Wir haben noch nichts gegessen. Kein Fleisch seit dem Morgengebet«, warf der große Junge ein. Die anderen bestätigten, was er sagte, und setzten dabei Erwachsenenmienen auf. »Wir, unsere Familie wohnt dort.« Er zeigte auf ein kleines Haus im Rohbau, ganz aus nackten Lehmziegeln errichtet. An einem abgezehrten Busch lehnte ein rosarotes Mofa, und der erste Stock bestand aus einer Fassade, die auf eine Leere hinausging. »Wir glauben, es ist halal, und man darf es essen. Die anderen nicht.« Er drehte mir den Rücken zu und zeigte auf eine Reihe Häuser auf der rechten Straßenseite. »Auf der Seite glauben sie, es ist haram. Heute Morgen beim Aïdgebet haben sie viel geschrien, auch der Imam. Sie weigern sich, es zu essen. Wir warten trotzdem ab, was der Scheich entscheiden wird.« Dann verstummte er.

In diesem Augenblick hätten wir den Rückweg antreten sollen, mein Mädchen. Ich war dabei, mich an dem Ort zu verlieren, wo ich hätte zu mir finden sollen. In meinem Kopf meldete sich wieder deine Stimme zu Wort und fragte unaufhörlich: »Und wo sind wir jetzt? Wo ist deine Schwester? Und der Schächter? Und wo der Bauernhof, auf dem man Sterne in Wassergläsern fängt? Sag, wo sind sie?« Selbst die fröhlichen Kinder hätten nicht hier sein oder geboren werden dürfen, wenn man meine Geschichte und die des Toten Fleckens wirklich respektiert hätte. Konnte man sich in dieser geschundenen Erdspalte in den Armen liegen, bei den Hochzeitszügen hupen, Musik spielen, tanzen, miteinander schlafen und Kinder zeugen, nachdem man dort einundzwanzig Jahre zuvor tausend Tote an einem Tag notdürftig begraben hatte? Durfte man hier zu Recht darauf hoffen, dass der eigene Familienname im Mund eines Kindes wiederauflebte?

Ich war gekommen, um dir dieses Dorf zu zeigen, als würde ich meine nackte Haut vorzeigen. Ich wollte, dass du es winseln hörst, seine blinden Hände, sein lebloses Leben spürst. Unter einem windschiefen Mast stand ein aus dem Boden gerissener Zementsockel. In seinem Schatten schlief ein sandfarbener Hund und schien darauf zu warten, dass der Wassermangel alles zerstörte. Etwas weiter an diesem eintönigen Ort sah man ein Trafohäuschen, auf dessen wie zum Scherz rosa und blau gestrichenen Wänden man fett die geheimnisvolle Ziffernfolge 0001 gepinselt hatte. Es summte wie eine sterbende Wespe. In seinem Schatten hockte ein Greis mit einem Gesichtsausdruck, als käute er eine alte Stichelei wieder. Zusammen mit Rab'ha beobachtete ich ihn aufmerksam. Da berührte er eine Gebetskette und bewegte die Lippen. »Der da? Das ist Ammi Ennaz. Er ist nicht wichtig. Er weiß nichts, man darf ihm nicht zuhören und ihn nicht im Fernsehen zeigen«, erklärte mir der Schmetterling im goldgrünen Kleid, und ihre Stimme verlor sich im Stimmengewirr der Kinder, die mich begleiteten. Sie wussten genau, wohin sie mich führten. »Dort geht es zum Café.«

Mir hätte klar sein müssen, dass es Wahnsinn war. Allein durch das schräg einfallende Licht hätte ich begreifen müssen, dass an diesem Tag im Dorf alles auf unverständliche Weise verzerrt war. Die Leute hätten stündlich die Namen der Toten rezitieren und ohne Unterlass Zeugnis ablegen müssen, sie hätten nach dem wahren Geheimnis der Geschichte Algeriens befragt, ausgehorcht, erforscht werden müssen. Sie hätten für ihre Erinnerungsarbeit, dafür, dass sie nie schwiegen, wie Angestellte bezahlt werden müssen, doch was sah ich? Fröhliche Kinder. Traurige Eselsköpfe: Waren diese Menschen nicht die Überlebenden der zwölf Stämme der Ouarsenis, die man am 31. Dezember 1999 getötet und mit ihren Tieren massakriert hatte? Müsste man hier nicht Denkmäler errichten und, da es keine Straßen und öffentlichen Plätze zu taufen gab, auf alle Steine, Stämme von Bäumen und Büschen Namen schreiben? »Die Familie Adjama wohnt dort, weiter oben, hinter dem Café. Willst du ins Café?« Rab'ha flüsterte ihren Spielkameraden etwas zu, und Gelächter machte die Runde. Diese Kinder kamen mir vor wie greise Schlitzohren, die ein junges Mädchen umlagerten, das sich verirrt hatte. »Das Café ist für Männer«, warnte mich der größte, dann fügte er aristokratisch hinzu: »Aber du bist Journalistin, du kannst rein«, und kehrte mit seiner Armee um. Ich sah mich auf eine Wellblechbaracke zugehen. Für lange, heiße Nächte war eine Holzbank davor aufgestellt. Taumelnd, mit einem Bauch aus Stein, kam ich an.

9

»Es ist ein Komplott der Ouled Kadi. Sie mögen den Scheich nicht.« Eine entrüstete Stimme riss mich aus meiner Benommenheit. Zwei junge Männer gingen sich hart an, und der Ton wurde schärfer. »Es ist ein Komplott. Man will ihm sein Geschäft nehmen und seine Metzgerei schließen. Ich habe gestern welches gekauft und gegessen, soll Gott im Jenseits darüber entscheiden.« Wo war ich? »Es ist haram, es ist schlecht. Der Prophet hat gesagt, ein Tier, das kein Weibchen ist und Gras fressen muss und das nicht als Reittier dient, ich schwöre es.« Als ich mich näherte, verstummten die beiden Männer und nahmen mich unter die Lupe. Ihr Augen verweilten auf meinen Schenkeln, meiner Hose, die alles über meinen Körper sagte. Empört hob sich eine Lippe, ich ahnte den aufbrausenden Zorn dahinter, dann die Verlegenheit und schließlich das langsame Aufkommen des Zweifels. Wer ist sie? Die Kinder kamen angerannt, um mit Eifer eine Erklärung zu geben. »Sie ist gekommen, um einen Film über unsere Geschichte zu drehen, darüber, ob das Fleisch halal oder haram ist.« Die beiden jungen Männer am Eingang des Cafés versuchten, die Aussagen der durcheinanderredenden Kinder zu entwirren. Der eine wies sie an zu schweigen. »Eine Journalistin?« Sein Blick richtete sich auf meine Männersandalen.

Da ich es nicht mehr aushielt, sagte ich mit meiner auf dieser Welt einzigartigen Stimme: »Die Toilette, bitte.« Dann wiederholte ich die Bitte etwas lauter. Ich schrie sie mit der Stimme eines Fischs auf dem Trockenen, und er sah die Kanüle in meinem Hals. »Die Toilette?« Wie vor Scham wurde er plötzlich ganz klein. Sein Gefährte im grauen Qamis, dessen kreidebleiches Gesicht von einem Bart umschlossen war, den er mit einer Hand streichelte und zurechtzupfte, empörte sich: »Nein, das ist ein Männer-Café. Wir haben keinen Raum für Familien.« Verzweifelt schüttelte ich den Kopf, als ginge mir die Luft aus, meine Blase gefährdete alles, was mir an Würde geblieben war. »Bitte, ich komme aus der Familie Adjama, ich bin auf Reisen.« Der kleine Bärtige wog das Argument im großen Universum seines Propheten, mischte es unter seine eigenen Ideen, unter die Gerüchte, die schmutzigen nächtlichen Träume, und ließ die Entscheidung offen. »Es ist sein Café, nicht meines«, antwortete er. Und jetzt, meine Huri, da ich mit den Nerven am Ende war, wagte ich das Unmögliche. Ich begann meine Jeans aufzuknöpfen und eine Mauerecke zu suchen. »Allah yahfed!« Möge Gott uns beschützen! »Geh! Es ist da hinten, links, direkt hinter dem Tresen«, brüllte der Bärtige und wendete den Blick ab.

10

Draußen warteten die Kinder auf mich, und ich bat um Wasser, aber man lehnte es ab, mich dafür bezahlen zu lassen. Eine lauwarme Plastikflasche. Ich bestellte auch einen Kaffee, und der junge Mann, bestimmt war er der Besitzer, bedeutete mir, ich solle mich draußen hinsetzen. »Das ist ein Männer-Café«, wiederholte er mit gesenktem Kopf. Ich setzte mich auf die Bank. Ich fühlte mich gefährlich leicht, überwältigt von der physischen Erleichterung.

Von Weitem war ein Knistern zu vernehmen, dann ein »Bismillah« und ein Gebet für den Propheten, gesprochen von einer sehr schönen, warmen und bewegenden Stimme. Ich verstand die erstickten Aussagen nicht, sie waren mir nicht vertraut. »Deshalb sage ich, meine Brüder, nein ...« Die Worte schienen jenseits jedes Gesprächsfadens zu liegen, dessen Anfang ich verpasst hatte. Als die eigenartig sinnliche Stimme einen Vers aus dem Koran rezitierte, verbreitete sie sich wie das warme Blut der Verwandtschaft. »Wir schenken der Fitna keinen Glauben, der Prophet, Gott segne Ihn und schenke Ihm Heil!, hat uns gewarnt, die Fitna ist schlimmer als ein Mord.« Wie ein fernes Echo hörte man die Menge den Segenswunsch wiederholen. Ich hatte geneigte Köpfe und gehorsam an den Körper angelegte Hände vor Augen. Dann intonierte die Stimme eine lange Rezitation, ausgeschmückt mit Klageversen aus dem Koran. Während ich versuchte, im Licht dieses hellen Sommertags einen Sinn zu finden, zerriss mit einem Mal ein Knistern die feurige Stimme, von der nur noch Fetzen durchdrangen. Das Megafon funktionierte nicht mehr. Ich vernahm noch ein paar Brocken: »Allah hat gesagt, das Opfer müsse ...« »Schande über diejenigen, die ... « Ein wirres Brummen und ein Zischen machten diesem Rätsel ein Ende.

Die beiden auf der Schwelle zum Café stehenden Zeugen meines Schicksals als Herumtreiberin, die das Megafon kurz elektrisiert hatte, nahmen ihre Diskussion wieder auf, in der immer wieder geheimnisvolle Argumente hervorgehoben wurden. »Wer nicht will, braucht nicht hierherzukommen. Wir sind für halal. Wir essen nichts anderes als das, was der Prophet, Gott segne Ihn, gegessen hat.« Das sagte der kleine Bärtige mit den dicken Backen, einem Käppi auf dem Haupt und den von einem endgültigen Urteil erleuchteten Augen. Es war genau die Sorte Mann, mein Mädchen, die von dem Ort zurückkommt, an dem bei Mekka die Wahrheit in Form eines schwarzen Steins in die Erde gepflanzt worden ist. »Wir essen, mehr nicht. Die Sünde wird denen angelastet, die Verwirrung gestiftet haben, nicht uns. Was soll ich tun? Alles in den Müll werfen? Ist dir klar, was mich das gekostet hat? Und was soll ich meinen Kindern sagen?«, protestierte der vermeintliche Besitzer des Cafés. Das darauffolgende Schweigen zeigte, dass man nicht zustimmen, sich aber auch nicht weiter aus dem Fenster lehnen wollte, da man sonst offenen Streit riskierte.

Ich erhob mich von der Bank und bedeutete den eifrigen Jungen, dass ich mit dem Scheich sprechen wollte, dessen Stimme sich als dröhnende Versuchung in mich hineingrub. Rab'ha ließ mich nicht aus den Augen, hing an mir wie an einem grünen Baum. Sie wies mir den Weg. »Ich bringe dich hin, und du zeigst mich dann im Fernsehen!« Überrascht und neugierig drehten sich die beiden jungen Männer aus dem Café zu mir um, da sie jedoch froh waren, die Schande loszuwerden, die ich darstellte, enthielten sie sich eines Kommentars. »Zum Scheich der Moschee? Wirst du ihn filmen?«, erkundigte sich Rab'ha, während sie ganz unverfroren meine Kanüle musterte. Ich nickte. Sie ging mir voraus, und ihre Freunde bildeten das Ende unseres Zugs.

In diesem Augenblick brach der alte Ennaz, der noch immer in dem schmalen Schatten saß, den das Trafohäuschen warf, von dem Had Chekala mit Strom versorgt wurde, in Gelächter aus. Er lachte trocken, spitz und so voller wildem Spott, dass ich beinahe stolperte.

11

»Geh nicht hinauf, meine Tochter!«, warnte mich der Greis Ennaz. »Hier sind alle verrückt, alle lügen, und niemand trägt seinen wahren Namen, sie haben die Toten und ihre Familienstammbücher geplündert, wallah!«, beharrte er, fuchtelte mit den Händen und schlug sie gegen seinen Kopf. Seine Augen glänzten. Ich sah ihn auf mich zukommen; von lachenden Kindern umringt, torkelte er auf der steil ansteigenden Straße und zeigte mit seinem knotigen Finger auf mich. »Du bist Journalistin? Willst etwas im Fernsehen zeigen? Was willst du zeigen? Esel, die Esel gegessen haben?«, prustete er los und mit ihm die Kinder, die immer wieder »Ennaz ins Fernsehen! Ennaz ins Fernsehen!« riefen, und bei diesem Spiel aus Schatten und Licht gerieten die Worte durcheinander, stifteten Verwirrung.

Der durchtriebene Greis holte wieder aus: »Du wirst sehen, meine Tochter, sie sind Esel, die am Tag des Opferfests Esel statt Schafen verzehrt haben. Niemand hört hier auf seinen richtigen Namen, arme Fremde! Sie lügen alle, sie haben ihre Namen den Toten gestohlen, alle lügen, meine Tochter, geh! Geh und erzähle das im Fernsehen. Hier haben wir unsere Toten gegessen!« Gesenkten Hauptes machte ich mich wieder auf, die einzige Straße hinaufzusteigen. Ich war wütend, betrübt und kam mir vor, als würde ich nach einem schändlichen Ausreißversuch nackt zu meiner Mutter zurückgebracht. Dann sah ich sie. Eine Schattengestalt. Eine schwarz gekleidete Frau, völlig unter einer Burka versteckt, die auf mich zukam. »Schwester, Schwester, komm zurück«, sagte sie, »ich will dir alles erzählen. Komm zu uns zurück ins Haus. Meine Tante ist einverstanden.«

12

»Ich heiße Hamra. Kannst du dich für mich daran erinnern?«

Es ist die Frau mit dem schwarzen Schleier, die ich vorhin hinter der Tür des ersten Hauses gesehen habe, als die tätowierte alte Dame mir Wasser gab. Die verschleierte Frau mit dem eindringlichen Blick. Jetzt sitzen wir im Salon, der mit lebhaften Farben und Goldglanz geschmückt ist wie für eine Feier. Ich wurde stolz hineingeführt, und die drei Frauen warten darauf, dass ich ein Loblied auf die Stoffe und Möbel anstimme. Ich tue es. Roter Stoff, goldene Muster, ein großes Bild mit dem Namen Allahs in leuchtenden Buchstaben in der Mitte. Neben dem Sofa eine Vase mit Plastikblumen, den Fußboden bedeckt ein großer Teppich mit seinem Wollbauch. Man nimmt mich unter die Lupe. Vor allem die alte Frau wirkt ängstlich, als wäre es eine Anstrengung für sie. Sie seufzt ostentativ. Die beiden anderen Frauen sitzen da und bewegen sich nicht, achten auf die Art, wie ich mich setze und was ich als Erstes bei ihnen betrachte. In algerischen Häusern gibt es ein Protokoll, dem man folgen muss, meine Tochter, die du aus dem größten Harem der Welt kommst, dem Paradies.

»Ich heiße Hamra. Ich wollte mit dir sprechen.« Die alte Frau windet sich resigniert und unruhig. Rab'ha, das kleine Mädchen, das mich geführt hat wie ein goldener Schmetterling, sitzt neben ihr auf der Bank. Sie lächelt mit ihren großen hellen Augen und sagt zu mir: »Einmal bin ich am Meer gewesen!« Ich nicke ihr verständnisinnig zu. Durch das Fenster sehe ich am Himmel die Zweige eines zähen Olivenbaums in der noch immer brüllenden Hitze.

»Was tun, meine Tochter? Gott hat es so gewollt. Wir sind Seine Diener«, beginnt die Älteste, um die Änderung ihrer Haltung mir gegenüber zu rechtfertigen. »Gott hat entschieden«, fügt sie hinzu, und ihre Stimme scheint aus einer Erinnerung zu kommen, die sie für sich behält. Dieselbe Erinnerung sehe ich nach und nach in den Augen der Frau aufsteigen, die mit mir sprechen will, seit sie mich vorhin an ihrer Tür gesehen hat. »Ich heiße Hamra, wegen meiner roten Haare. Ich lebe seit zwanzig Jahren bei meiner Tante, aber ich muss mich beeilen. In einer oder zwei Stunden kommen die Männer zurück. Sie werden darüber befinden. Deshalb will ich dir jetzt alles sagen, Schwester. Und du kannst entscheiden, ob man es im Fernsehen erzählen soll oder nicht.«

Hamra schiebt einen Teller mit hausgemachtem Kuchen zu mir und reißt mich aus dem Um-die-Wette-Lächeln mit dem goldgrünen Schmetterling. »Das Vergessen ist die Gnade Gottes, aber auch die Ungerechtigkeit der Menschen. Vielleicht musst auch du dich dem unterwerfen und vergessen, Schwester. Es ist besser für dich und deine Kinder.« Die Welt draußen, hinter den geschlossenen Fenstern, ist wie erloschen. Sogar meine kleine Eskorte aus Kindern scheint sich aufgelöst zu haben. Die drei Frauen schauen mich an, als erwarteten sie eine Antwort. Meine Rede wird von der gefräßigen Stille geschluckt.

13

»Vor allem muss ich dir sagen, Schwester, dass meine Tante Fatiha wie eine Mutter für mich ist. Sie ist sogar mehr als meine Mutter. Sie hat mich nicht gestillt, aber alles andere hat sie mir zuteilwerden lassen. In diesem Haus fehlt es mir an nichts: weder an Brot noch an Sicherheit oder Würde. Hier bin ich im Paradies. Denn ich komme aus der Hölle. Die Hölle ist da draußen. Notiere es für das Fernsehen. Ich bin auch bereit, es vor den Kameras zu wiederholen: Hier ist das Paradies; ich gehe nie nach draußen, und ich spreche mit niemandem. Ich mische mich weder unter die Frauen noch unter die Männer. Das war die Bedingung, die mein Onkel stellte, damit ich in Had Chekala bleiben konnte. Und die meiner Tante. Und die ihres Sohnes, dem Vater Rab'has. Meine Tante, die du hier siehst, und Gott sind Zeugen meiner Worte (die alte Frau, die mir gegenübersitzt, senkt den Blick zum Boden, wie man es tut, wenn man mit Leib und Seele zustimmt). Ich sage es dir, Schwester, weil du im Fernsehen davon berichten wirst.

Wir leiden: Ich habe nichts mehr, außer meiner Tochter, die du gleich sehen wirst, dieser Familie und einem Olivenbaum, der im Hof gepflanzt wurde. In unserem Land wissen Frauen wie ich nicht mehr, was sie mit ihrem verfluchten Leben anfangen sollen. Wir haben alles ausprobiert, das Leben, den Tod, das Vergessen, den Schleier, das Schweigen, aber nichts hilft wirklich dabei, unsere Geschichte zu Ende zu bringen. Gott ist mein Zeuge, ich habe es versucht. Aber was tun? Ich habe vor den Toren von Moscheen gebettelt, auf Märkten, bei Relizane habe ich Brot am Straßenrand verkauft, auf den Ämtern habe ich um ein paar Krümel geweint. Doch es hat nichts geändert: Ich werde immer wieder an meine Situation erinnert: Ich bin eine Terroristin. *Irhabiya*. Sie sprechen das Wort mit Verachtung aus, sie verziehen das Gesicht dabei und jagen mich fort wie eine räudige Hündin. Aus diesem Grund verberge ich an den Eingängen von Moscheen mein Gesicht hinter einer Burka, die einem Leichentuch gleichkommt. Denn ich fürchte, jemand erkennt mich und ruft die Polizei.

Als man mich vor ein paar Jahren aus dem Gefängnis entließ, irrte ich monatelang durch die Straßen, Schwester. Ich habe überall die Hand ausgestreckt, in Ammi Moussa, in Ramka, in Relizane, in Jdiouia. Bis meine Tante und ihr Mann mich aufnahmen und mir ein Dach boten. Khalti Fathia ist wie meine Mutter. Und er, Ammi, ist wie mein Vater, aber ich darf das Haus nicht verlassen, sagt er stets. Ich zeige mich nie. Ich muss Blicke, die Sonne und die Gerüchte meiden. Das Dorf Had Chekala ist zu klein, um Verständnis zu haben. Hier wollen die Leute vergessen, nicht sich erinnern, Schwester. Vielleicht hat sich mein Leben gar nicht geändert: Ich kam mit meiner Tochter aus dem Maquis, wo ich in einer Höhle lebte, in diese Höhle, wo ich mich satt essen kann. Der Teufel flüstert mir das zu, aber ich glaube es nicht. Hier bin ich im Paradies. Ich habe es akzeptiert. Es ist besser als die Straße, die Kälte, die Blicke der Männer. Für meine Tochter und für mich. Trinke deinen Kaffee, Schwester, meine Geschichte ist nicht lang, und die Männer werden zurückkehren, sobald sie mit dem Imam über das Fleisch entschieden haben. Wir haben nichts gekocht, deshalb können wir dir keine Mahlzeit anbieten, bevor sie zu einer Entscheidung gelangt sind.«

Ein Mädchen ist zu uns ins Zimmer gekommen. Hoch gewachsen, schlank wie eine Zypresse und ebenso würdevoll, das rote Haar zu einem Knoten gebunden, sanfter Blick. Ich habe ihre Verlegenheit bemerkt, sie hat etwas an sich, das sie gebrochen wirken lässt, wie eine Spur von Finsternis, die Scham hinterlässt. Sie hat eine Tasse Kaffee vor mich gestellt und sich an die Schulter ihrer Mutter gelehnt wie eine Fünfjährige. Dabei ist sie zwanzig oder älter. So alt wie ich. Ein umgekehrtes Spiegelbild, stumm, noch stiller als meine innere Sprache seit unserer Ankunft in diesem geräuschlosen Dorf, meine Huri. Sie hat mich nicht lange angesehen, ist in sich gegangen und in eine Mulde abgetaucht, die nur sie im Bett ihres vertrauten Wadis kennt. Etwas später geht sie einen Teller mit kleinen Stücken Wassermelone holen und stellt ihn vor mich.

Hamra greift den Gesprächsfaden wieder auf: »Ich heiße Hamra. Hast du es notiert? Iss, du bist unser Gast. Es sind Früchte von unseren Feldern. Wir können dir kein Fleisch anbieten. Nicht, bevor die Entscheidung getroffen ist.« Der kleine goldgrüne Schmetterling betrachtet mich eingehend. Das Mädchen wartet voller Hoffnung auf das Ende des Gesprächs, um wieder meine Hand zu nehmen. Oder deine durch mich.

14

»Es ist schwierig: ich wusste nicht, was ich mit meinem Körper, meinem Gesicht und meinen roten Haaren anfangen sollte. Monatelang habe ich einen anderen Vornamen angenommen: Ich nannte mich Ghania und trug beim Betteln ein Schild mit Versen aus dem Koran um den Hals und meine Tochter im Arm. Ich irrte zwischen den Städten und Dörfern des Oued-Rhiou-Bezirks umher, der nicht weit von hier liegt, du bist bestimmt durchgekommen. Ich winselte in den Bahnhöfen wie die anderen Bettlerinnen und sagte Koranverse auf, um etwas zu essen zu bekommen. Manchmal putzte ich in Cafés und schäbigen Lokalen an der Straße nach Algier; ich verkaufte Kleinkram auf den Märkten, Bonbons, Kämme, Armbänder für Mädchen; doch jedes Mal, wenn die Sonne aufging, wurde ich von meinem Schatten eingeholt: Jemand erkannte oder verriet mich. Ich war *El Irhabiya*, ›die Terroristin‹. Man murmelte es, dann zeigte man mit dem Finger auf mich und verjagte mich. Ich konnte nie protestieren, wenn eine Familie sich weigerte, mich für die Tage zu bezahlen, an denen ich ihre Fußböden geputzt und ihren Staub weggewischt hatte: Was hätte ich sagen sollen? An wen hätte ich mich mit einer Klage wenden können? Es genügte, die Polizei zu rufen oder ein Amt aufzusuchen, um die Akte mit dem Namen einzusehen, aufgrund dessen ich als Terroristin und Komplizin der Morde an Armeeangehörigen verurteilt worden war.

Damit will ich sagen, Schwester, dass es für die Männer anders ist. Als sie nach dem sogenannten Gesetz zur ›Versöhnung‹ aus den Bergen zurückkehrten, bot man ihnen Datteln, Milch und Pensionen an; doch Witwen wie mich ließ man in der alten Finsternis zurück, niemand hat uns je wieder ans Tageslicht zurückgebracht. Wir, die Frauen der Terroristen, sind noch immer in den Bergen, verstecken uns in Höhlen oder unter Schleiern und verhungern. Wir sind die Schande dieses Krieges. Die Terroristen haben uns unsere Ehre, unsere Jugend genommen, und als sie den Untergrund verließen, haben sie uns unsere Entschuldigung geraubt: Sie erklärten sich alle zu ›Köchen‹. Sie sind zu dem geworden, was du siehst: sauber, lächelnd, fett; sie können auf den Straßen spazieren, beten und sich darüber streiten, ob man Esel oder Schaf isst. Aber was ist mit uns Frauen? Wir sind für immer Terroristinnen, lebenslänglich. Sie wollen uns weder begraben noch ausgraben.

Wer, Schwester, würde mir seine Kinder zum Hüten geben und dafür bezahlen? Wer würde mich in sein Haus lassen, damit ich den Haushalt mache? Wer würde mich in den Spielzeugfabriken von Relizane einstellen? Oh, das Leben wurde sehr eng, und ich wünschte mir den Tod, nachdem ich ihm im Maquis entkommen war. Aber Gott schließt eine Tür, um zehn andere zu öffnen. Eines Tages beschloss ich, trotz der brennenden Schande an die Tür dieses Hauses in Had Chekala zu klopfen. Meine Tante erkannte mich und ließ mich herein; als sie die Vergangenheit und die Gegenwart zusammenfügte, weinte sie tagelang. Sie hat in ihrem Gedächtnis meinen Vornamen ausgegraben. Ich heiße Hamra. Mein Onkel zögerte, aber er ist ein altmodischer Mann, und er stellte mich unter seinen Schutz. Ich darf mich hier in Had Chekala nicht zeigen, die anderen Frauen nennen mich ›Geist‹.

Warum gibt der Staat männlichen Terroristen Geld und will uns nicht anerkennen? Ich warte schon mehrere Jahre auf eine Antwort, Schwester. Vielleicht wird mein Onkel mich und meine Tochter aus dem Haus jagen, vielleicht wird er nichts dazu sagen, wenn ich mich vor den Kameras zeige, aber ich will, dass man mir sagt, wer ich in dieser Sache bin. Ich bin mir über nichts mehr sicher, besitze nichts als einen Olivenbaum, einen Vornamen und die Augen meiner Tochter, deshalb darf ich hier schlafen. Alles andere ist zu Asche geworden. Man muss im Fernsehen darüber sprechen, damit sich etwas bewegt, richtig? Wenn du Journalistin bist, wenn du mich mit deiner Kamera zeigst, werde ich verschleiert sein und meinen Niqab tragen, man darf nur meine Augen sehen, aber ich werde alles erzählen. Bist du einverstanden?«

»Einverstanden«, sagt ein Vogel. Die alte Dame spitzt das Ohr. Manchmal wringt sie die Hände wie meine Mutter Khadija. Ich bleibe in meinem Traum, und in diesem Traum dringe ich in einen anderen vor, und meine Spuren werden mit einem Palmwedel verwischt.

»Als das Gesetz für das Vergessen erlassen wurde, haben alle applaudiert, außer Frauen wie ich. Uns hat man ausgeschlossen. Also, sage es im Fernsehen ganz klar: Wir haben nichts bekommen. Wir dürfen nicht arbeiten, erhalten keine Pension, wir dürfen nicht heiraten oder uns scheiden lassen, uns nicht aussuchen, wo wir leben wollen, und ohne Ausweispapiere auch nicht reisen. Und meine Tochter hier? Sie weiß nicht, wer sie ist, denn sie weiß nicht, wer ich bin, sie weiß nicht, ob meine Geschichte richtig oder falsch ist. Sie hinterlässt keine Spuren im Sand, wenn sie nach draußen geht. In der Schule hat man Ausweispapiere und den Namen eines Vaters von ihr verlangt, und sie kam weinend zurück. Sie hat keinen Nachweis, dass es sie gibt, außer mir und meiner Tante. Möge Gott sie beschützen. Sie hat keinen Namen, nur einen Vornamen. Für mich, die Terroristin, ist mein Schatten meine Vergangenheit; der Schatten für sie bin ich, ihre Mutter. Ich hätte vielleicht besser sterben und ihr so statt der Schande das Leben schenken sollen, aber Gottes Wege sind rätselhaft für uns. Dies ist alles, worum ich dich bitte, worum die Terroristin bittet, der man niemals verzeiht: entweder vollständiges Vergessen oder vollständige Erinnerung. Tiefe Nacht oder helllichter Tag. Ich will, dass man uns ein für alle Mal vergisst oder dass man sich an alles erinnert. Dass man unter Gottes Sonne alles offen ausspricht, vor den Kameras und in der Moschee über das Megafon des Scheichs persönlich. Ein für alle Mal. Denn im Gesetz für das Vergessen hat man uns vergessen; ich bin eine Terroristin, aber ich will dir erzählen, wie ich zur Terroristin wurde; schreibe alles auf. Und wenn du morgen wiederkommst, dann filme mich. Ich weiß nicht, ob ich noch eine andere Gelegenheit haben werde. Nimm also wenigstens meine Geschichte mit nach Algier.«

15

»Vor unserem Haus in Aïn Tarek gab es einen Olivenbaum. Nachts leuchtete er, ich schwöre dir, Schwester, da war Licht zwischen seinen Blättern. Aïn Tarek liegt einige Kilometer entfernt von hier. Ich war ein wenig jünger als meine Tochter jetzt, möge Gott sie beschützen und ihr den Rest meiner Tage schenken. An den Olivenbaum erinnere ich mich. Du kannst ihn filmen, er wird für mich zeugen. Unser Nachbar Miloud hatte ihn gepflanzt, als wir Kinder waren, und er und ich gossen ihn und gaben ihm Namen, die unsere Herzen erfreuten. Andere in unserem Dorf zogen Katzen, Hunde, Schafe groß, wir hatten einen Olivenbaum.

Miloud hatte schöne schwarze Mandelaugen, als wäre er aus einem indischen Film. Seine Haut war dunkel, und wenn er lachte, bebte alles und wurde wie neu. Seit ich fünf war, blieben wir am Olivenbaum stehen, wenn wir von der Schule kamen. Ich war fast achtzehn, als es passierte. Ich sah Miloud noch immer, er war mit dem Olivenbaum gewachsen, aber ich sah ihn nur von Weitem, Gott ist Zeuge meiner Tugend. Ich fürchtete meinen Vater, möge Gott seiner Seele gnädig sein, meine Mutter bewachte mich wie Milch auf dem Herd, seit zwischen meinen Schenkeln Blut geflossen war, und man merkte, dass mein rotes Haar Männer anzog. Ich sage das ohne Scham, denn seit zwanzig Jahren bewahre ich Stillschweigen darüber und verberge mein Haar. Meine Mutter belauerte alles, was ich tat, deshalb kam Miloud nicht mehr in meine Nähe, er lächelte mir von Weitem zu, legte Bonbons oder Pralinenschachteln auf die Türschwelle. Er kaufte bunte Haarbänder und gab sie Schülerinnen, damit diese sie zu mir brachten, denn ich durfte das Haus nicht mehr verlassen. Ich war die einzige Tochter, und mein Vater fürchtete sogar die Sonne auf meiner Haut. Er wusste es, meine Mutter wusste es, das ganze Dorf Aïn Tarek wusste es, wir waren dazu bestimmt zu heiraten.

Miloud besaß zwei Traktoren, die er in den warmen Jahreszeiten vermietete. Er wohnte zwei Gassen von uns entfernt mit seiner Mutter und zwei jüngeren Brüdern unter einem Dach, und auch die Brüder lächelten mir von Weitem zu. Miloud sah mich nur noch aus der Ferne, als wäre ich ein Mond. Manchmal winkte ich ihm vom Fenster aus zu, manchmal zeigte ich mein Haar, oder ich beobachtete ihn, als wäre er ein heraufziehender Tag; für eine junge Frau ist die Zeit ein Fluss, der viel zu langsam fließt. Doch alle wussten um die Geschichte zwischen uns, die nach den Gesetzen Gottes, dem Imam, dem Koran und meinen Eltern erlaubt war. Wir würden heiraten. Der Olivenbaum war da und gab uns Sicherheit. Ein Olivenbaum ist kein Baum wie jeder andere, er kennt nur eine Saison, verliert seine Blätter nicht. Er hält der Kälte und dem Sommer stand und ist immer grün. Ich habe es also geglaubt, und heute kann er vor den Kameras Zeugnis davon ablegen.

Wir wussten nichts über das, was woanders vor sich ging, nichts vom Krieg. Auch wir schauten fern wie alle im Dorf Aïn Tarek. Alles spielte sich im Fernsehen ab, dort sah man Menschen, die getötet wurden, Menschen, die töteten, Menschen, die davon erzählten. Doch außerhalb des Fernsehens war der Himmel immer derselbe, bei uns in Aïn Tarek veränderte sich nichts.

Deshalb sahen wir sie nicht, als sie kamen. Das erste Mal kamen sie an einem Freitag nach der Mittagszeit. Meine Mutter und ich hatten uns über die laute Stimme gewundert, die aus dem Lautsprecher ertönte. Gewöhnlich predigte unser Imam Hadj Lakhdar, ein alter Scheich, der die Leute mit schönen Versen von Gott verheiratete und begrub, doch an diesem Freitag war es anders. Es war im Herbst: Ich erinnere mich daran, weil die Schule wieder anfing, und die Schülerinnen an unserem Haus vorbei zur Schule gingen. Sie waren hübsch anzusehen mit ihren bunten Bändern im Haar und ihren rosaroten Schulkitteln, und ich spürte ihre Schritte in meinem Bauch, als wäre ich schon ihre Mutter. Gott ist mein Zeuge, Schwester. Es war ein Freitag, der zweite

Freitag nach Beginn des Schuljahrs. Die Schule befand sich zwei Straßen hinter dem Olivenbaum, die Moschee drei Straßen davor, das Café der Männer lag vom Olivenbaum aus sieben Straßen weiter links, und die Straße nach Ammi Moussa verlief zehn Straßen weiter rechts von ihm. Der Olivenbaum ist so etwas wie der Nabel, den meine Tochter in meinem Bauch trug. Er wies in den Himmel und auf die Erde, er zeigte die Gassen an, die Nacht, den Tag, an ihm orientierten sich die Fremden, die nach Aïn Tarek kamen. Du kannst ihn fragen. Die Leute aus dem Gebirge erzählten mit brüllender Stimme von einem wütenden Gott, von Männern, Gesetzen und Ehre. Wir verstanden, was sie wollten: Die Frauen sollten nicht mehr auf den Straßen des Dorfs gehen, außer in Begleitung eines Mannes, der ihr Vormund ist.

Später kamen die Terroristen fast jeden Tag. Man wusste schnell, dass sie Mörder waren; sie waren aus dem Fernsehen und aus den Bergen in unser Dorf gekommen. Sie haben uns mehrere Gesetze vorgeschrieben: keine Frauen mehr auf den Straßen; dann schlossen sie eine Woche später die Schule, noch eine Woche später mauerten sie das Rathaus von Aïn Tarek zu, dann alles andere. Niemand bei uns sagte etwas. Die Ouarsenis-Berge waren zu nahe und hörten alles, selbst das, was ein Herz dem anderen anvertraute. Miloud blieb stundenlang in der Nähe unseres Hauses, denn die Männer hatten Angst um uns Frauen, um die Jungfrauen, die jungen Mädchen. Man spürte es. Mein Vater schlief wenig, er ging in unserem Hof auf und ab. Und in den Augen meiner Mutter sah ich Angst und Entsetzen. Der Teufel ließ uns nicht mehr schlafen und auch nicht mehr ganz aufwachen. Wir blieben da, zwischen Himmel und Erde, zwischen den Jahreszeiten, wie ängstliche Schatten, alles war grau. Außer dem Olivenbaum.

Wenn ich zwischen den Haushaltspflichten und der Nacht etwas Zeit fand, beobachtete ich den Olivenbaum und seine silbern schimmernden Blätter. Miloud hängte Stoffe, Schals hinein. Er zeichnete auf den Stamm und riss rundum das Unkraut aus. Er schmiegte sich an die Umzäunung und rauchte dort stundenlang. Er beobachtete mein Fenster, meine Augen, mein rotes Haar, und er stellte sich vor, ich sei da, ohne mich jemals länger als eine oder zwei Minuten zu sehen. Früher lachten wir über dieses Spiel, doch jetzt, in den Tagen mit den Terroristen, las ich etwas anderes auf seinem Gesicht: Auch er hatte Angst. Seine beiden Brüder waren verschwunden, und das Gerücht machte die Runde, sie hätten sich den Terroristen im Maquis angeschlossen. Ich wusste nicht, was der Maquis ist. Es war das Gebirge über uns, das Schweigen und die Moschee mit den Lautsprechern, die uns Nacht für Nacht mit wüsten Predigten beschallten. Die Terroristen kamen jeden Freitag aus den Bergen herunter, sprachen in der Moschee und gingen zurück, nachdem sie gegessen hatten. Am Anfang aßen sie wie Gäste, dann wie Ehemänner, dann wie der Staat, und sie forderten unsere Vorräte, um sie mitzunehmen. Deshalb wechselten die Familien sich ab und bekochten sie reihum. Doch ich sah, dass Miloud das nicht guthieß. Er hatte tausenderlei Worte in seinen Augen; er sagte nichts, gab mir Zeichen seiner Verdrossenheit, er rauchte von Sonnenaufgang bis Sonnenuntergang und dachte dabei nach. Seine beiden Traktoren waren selten im Einsatz, denn die Fellachen arbeiteten wenig.

Wir wussten es alle: Eines Tages würden die Leute aus den Bergen etwas anderes verlangen. Niemand sprach es aus, nicht einmal wir Frauen, aber wir wussten es. Deshalb beschloss Miloud eines Tages zu sprechen. Er ging zur Polizei nach Ammi Moussa und erzählte alles. Und die Leute aus den Bergen erfuhren es, denn bei uns lauschen die Berge aufmerksamer als die Heiratsvermittlerinnen und die alten Frauen.

Ich heiße Hamra, schreibe es auf, ich werde dir erzählen, wie ich eine Terroristin wurde, der weder jemals Geld bezahlt noch verziehen wurde.

Am folgenden Freitag öffnete ich mittags mein Fenster. Normalerweise lehnte Miloud um diese Zeit am Olivenbaum, während die Männer beten gingen. Er kam täglich dorthin und winkte mir zu. Oft lachten wir, unterhielten uns wortlos, bewegten nur unsere Lippen; jeder im Dorf wusste es, aber diese Geschichte war halal. An jenem Tag öffnete ich das Fenster. Miloud war da, beim Olivenbaum, wie immer seit Jahren.

Er lächelte nicht, Schwester, er hatte die Augen geschlossen und verzog das Gesicht. Er war rot angemalt wie mein Haar. Man hatte ihm die Kehle durchgeschnitten und ihn am Olivenbaum aufgehängt.

O meine Schwester, schreibe es auf, denn das war der Tag meiner Hochzeit, die Hochzeit von Hamra, Tochter des Ouled Tarek aus dem Dorf Aïn Tarek. Miloud trug einen Anzug, den ich nicht kannte. Die Terroristen hatten ihm vielleicht seinen Hochzeitsanzug angezogen. Sein weißes Hemd war blutverschmiert, seine Zunge kam aus dem Mund, als würde er sie den kleinen Schülerinnen rausstrecken, und er war grau. Der Olivenbaum war grün. Die Leute aus den Bergen hatten ihm die Kehle halb durchgeschnitten und ihn dann gehängt.

Am selben Abend wurde ich eine Terroristin. Wie für eine Hochzeit kam der Zug herab, um mich zu meinem neuen Haus zu eskortieren. Ich war kaum achtzehn Jahre alt. O meine Schwester, der Hochzeitszug war nicht lang, es gab keine Youyou-Rufe, keine Freudenschreie, die Männer waren bewaffnet. Zum ersten Mal sah ich meinen Vater gefesselt, er lag auf den Knien und weinte. Meine Mutter wälzte sich am Boden, schrie unter Fußtritten, raufte sich die Haare und ihren Verstand.

Nein, Tante, weine nicht, es ist lange her. Niemand soll weinen, ich bin eine Terroristin.

Dann führten sie uns fort. Uns sechs Jungfrauen. Sechs junge Frauen zwischen vierzehn und achtzehn Jahren. Mit meinem Haar, das mir bis zu den Hüften herabfiel und die Augen der Männer entflammte, mit meiner dunklen Haut und dem Ruf, selig zu sein, war ich die schönste. Man stülpte uns einen Sack über den Kopf und fuhr mit uns zur Hochzeit in die Berge. Meine Mutter verfluchte Gott, möge Gott ihr verzeihen, und mein Vater weinte still auf Knien, die Hände hinter dem Rücken zusammengebunden. Zwei Jahre später erfuhr ich, dass er ohne Kugel ins Herz, ohne Messer, ohne Blutvergießen, einfach so gestorben ist. Als man mich wegführte, fiel er auf die Knie und war tot. Meine Mutter verlor den Verstand, heulte immer wieder meinen echten Vornamen, warf Steine in Richtung Berge, die ihr nie antworteten, und starb einige Monate später.

Ich heiße Hamra, das weißt du jetzt.«

Ich nickte.

Das kleine Mädchen hat sich neben mich gesetzt, hält meine Hand.

»Wir fuhren stundenlang. Wir fuhren in alle Richtungen, nach links, nach rechts, bergab, bergan. Irgendwann waren wir mitten im Gebirge, und man zog die Säcke von unseren Köpfen, und wir, die sechs Jungfrauen aus Aïn Tarek, weinten. Wir beklagten unser Schicksal, und unsere künftigen Ehemänner lachten darüber und schlugen uns. Dann war die Straße zu Ende und wir gingen stundenlang zu Fuß weiter. Es gab nichts mehr: weder Menschen noch Tiere. Der Weg war einsam und verlassen, als führte er in den Tod. Der Himmel war bedeckt, aber dann hellte er sich auf, und wir befanden uns hoch oben mitten auf einer Lichtung. Es gab Höhlen in den Felsen mit Zinkblechen und Wachstüchern vor den Eingängen. Die Leute im Maquis lebten auf der blanken Erde, auf dem Boden ein Gaskocher. Es gab dort alle Küchengeräte, alles Geschirr, aber alles war schmutzig. Überall entdeckte man Erde, und beim Essen schmeckte man sie im Mund. Selbst die Kleider waren schmutzig. Dort sollten wir zwei Jahre lang bleiben. Auch das kannst du sagen.

An diesem ersten Tag standen wir gefesselt herum. Zwei sehr starke Frauen kamen, die Riesinnen nahmen uns in Empfang und erklärten uns unser neues Leben. ›Hier herrscht das Gesetz Gottes‹, brüllten sie. ›Heute Abend werdet ihr euch waschen, weiße Kleider anziehen und euch schminken, und dann werdet ihr Frauen, Ehefrauen.‹ Die Riesinnen waren wie Männer gekleidet, trugen Drillich und hatten Waffen. Die Jüngste von uns wagte es, ihnen zu drohen: ›Unsere Männer werden kommen, und dann werdet ihr sehen!‹, schrie sie ihnen tränenüberströmt entgegen. Daraufhin zogen die beiden Aufseherinnen sie in die Mitte der Lichtung und banden sie unter den Augen der Männer, die anfangs Neugier und später Vergnügen zeigten, an einen Baumstamm. Sie peitschten sie aus, bis sie blutüberströmt war, bis sie kein Wort mehr im Kopf hatte und kein Stöhnen mehr aus ihrem Mund kam. Nur noch Blut. Sie sagte nichts mehr, deshalb zitterten wir an ihrer Stelle, und am nächsten Tag starb sie.

Wir fünf Jungfrauen schlotterten am ganzen Leib. Man stieß uns in eine Höhle und gab uns bis zum Abend Zeit, um uns vorzubereiten. Es gab drei Höhlen für verschiedene Aufgaben: Die erste diente der Versorgung, die zweite war das Waffenlager, und in der dritten gebaren die Frauen ihre Kinder. In dieser lagen die jungen Frauen auf Matratzen auf dem nackten Boden und die Neugeborenen weinten. Dort empfing mich eine alte Frau. Sie sah seltsam traurig, abwesend aus, als lebte sie nur noch halb in unserer Welt. Als ich sie dazu befragte, antwortete sie: ›Ach, meine Tochter, was soll ich tun? Sieh dir diese jungen Frauen an, sie sind alle schwanger und sollen hier niederkommen. Dann helfe ich ihnen im Namen Gottes. Gott hat mich gerufen, um diesen Unglücklichen zu helfen.‹ Als ich die Frauen auf ihrem Lager sah, begann ich zu weinen: Sie waren so jung! Einige kaum dreizehn oder vierzehn Jahre alt. ›O Mutter, was werden sie mir hier antun?‹, sagte ich immer wieder in den Armen der alten Frau, die mich tröstete. ›Was willst du, meine Tochter? Das ist unser Schicksal. Sie werden dich verheiraten, das ist klar. Du bist so schön! Und dein Haar ist so lang, so weich, so glänzend!‹ Ich stieß sie zurück. ›Aber ich könnte doch von hier fliehen, oder?‹ Ihre Miene war tieftraurig: ›Wenn man von hier fliehen könnte, wären diese Mädchen längst weg.‹ Dann schwiegen wir. Draußen rauschten die Bäume, und der Himmel ging in die Nacht über. Man hätte hundert Jahre laufen können und wäre nicht aus ihren riesigen Schatten herausgekommen.

Beim Sonnenuntergang kamen die Männer zurück. Es waren viele, sie waren hochmütig und wütend. Ich sah sie mit ihren Gewehren, Macheten, Dolchen am Gürtel und ihren schweren Militärstiefeln. Sie lebten abgetrennt in so etwas wie Hütten, und die Frauen wurden in zwei Gruppen aufgeteilt: auf der einen Seite die Jungfrauen, auf der anderen die Frauen mit dicken Bäuchen oder Neugeborenen im Arm. ›Allahs Armee muss zahlreich sein, und ihre Soldaten müssen sich vermehren‹, meinten die Aufseherinnen irgendwann. Dann erklärte man uns, dass wir den Kriegern Gottes gefallen, kochen und Kinder bekommen müssten. Man durfte niemals seine Stimme erheben, Schwester, nie schreien, nie weinen, nie zu viel sprechen. An jenem Abend erinnerte ich mich zum letzten Mal an mich selbst und an meinen Vornamen. Ich heiße Hamra, aber ich hatte es unter Tränen vergessen.

Vergessen, das ist manchmal die Gnade Allahs, Schwester.

An den folgenden Tagen gab man uns andere, modernere Vornamen nach dem Vorbild der Schönen aus dem Fernsehen. Die Aufseherinnen brachten uns weiße Kleider, Schminke und Parfüm und verlangten, dass wir uns wuschen. Als am Abend das Ischagebet gesprochen wurde, parfümierten wir uns, und man stellte uns in einer Reihe auf die Lichtung. Es war Nacht geworden, die großen Bäume musterten uns wie Dschinns, denn es war unser Hochzeitstag, der Tag, auf den ich seit meinem fünften Lebensjahr gewartet hatte. Ich wusste, wenn ich mich an den Olivenbaum oder an Miloud, an meine Mutter oder meinen Vater erinnerte, würde ich verrückt werden: Deshalb beschloss ich, alles zu vergessen. Ich sagte zu den Erinnerungen an mein früheres Leben: ›Geht weg. Bleibt nicht in meinem Kopf, ich heiße nicht mehr Hamra.‹ Und sie sind verschwunden.

Der Emir der Gruppe sah mein Haar und zeigte mit dem Finger auf mich. Man verheiratete mich mit Gewalt. Der ganze Maquis roch nach Küche, erlesene Gerichte, sogar Kuchen wurden gebracht. Ich erinnere mich, dass die Frauen leise vor sich hin sangen, damit die Neugeborenen einschliefen.

Zwei Jahre lang nannte ich mich Houria. Mein Ehemann war der Anführer der Katiba und über fünfzig Jahre alt. Die vier anderen Jungfrauen wurden ebenfalls verheiratet. Dazu genügte es, die Worte: ›Mein Partner, ich heirate dich‹, auszusprechen. Dann verschwand jede in einer Hütte. Am nächsten Tag gingen die Männer in die Dörfer unterhalb der Berge hinunter, töteten und schnitten Kehlen durch, dann kamen sie mit Geld, Lebensmitteln, Kleidern und Parfüms zurück.

Ich hatte einen anderen Vornamen, ich war also nicht mehr ich selbst. Den anderen Jungfrauen erging es ebenso. So lebten wir zwei Jahre, Schwester. Ich wurde schwanger und mein Bauch begann sich zu runden, er wurde riesengroß, er würde mich verschlingen! Und eines Tages entband ich. Es war ein Junge. Ich schrie, weinte und dachte an meinen Vater, aber ich wollte dieses arme Kind nicht. Es schlug die Augen auf und sah mich an, und ich schaute zum Himmel, um nicht zu stillen. Es roch nach seinem Vater, dem Anführer, dem Gesetz Gottes.

Eine der vier Jungfrauen überlebte nicht, weil sie einem der Soldaten Gottes ins Gesicht spuckte. Am Abend holte man uns schwankend aus unseren Hütten, stellte uns mit den ältesten Frauen des Maquis in eine Reihe und führte uns das Mädchen aus meinem Dorf vor, dann schnitt man ihm die Kehle durch, Schwester. Mit dem Kopf nach Westen, wie es mein Emir und Ehemann vorgeschrieben hatte, der in der Nacht an meinem roten Haar schnüffelte, um einzuschlafen.

Und dann startete die Armee eines Tages eine große Razzia, und mein Gatte wurde getötet. Als man mir seinen Tod mitteilte, atmete ich vor Erleichterung auf, aber ich riss mich zusammen, Schwester, denn man durfte niemals zeigen, dass man sich freute. Mein Ehemann starb, und eine Woche später verheiratete man mich erneut. So war das Gesetz dort oben in den Bergen. Nahe am Himmel, der zwar die großen Bäume hörte, aber niemals uns. Wir kochten, wir wuschen uns, wir schminkten uns und warteten auf die Rückkehr der Männer. Ob man fliehen konnte? Unmöglich bei den Aufseherinnen und Spähern. Wohin hätten wir gehen sollen? Ich wurde direkt danach wieder schwanger, und wohin hätte ich mich wenden sollen mit einem Bauch, der größer war als mein Leib? Deshalb harrten wir im grauen Maquis aus. Betrachteten den Himmel, wuschen die Wäsche, fegten aus. Es gab nichts zu tun. Selbst Gott stieg nicht so hoch ins Gebirge hinauf. Wir blieben stumm, selbst zu murmeln war praktisch nicht erlaubt, deshalb vergaßen wir nach unseren Namen alles, sogar die Sprache, die Schreie, die Geräusche.

Ein Tag glich dem anderen, unser Leben drehte sich im Kreis

zwischen den drei Höhlen, den Hütten und den Bäumen. Wohin hätten wir gehen sollen, Schwester? Woher sollten wir wissen, wo oben, unten, rechts und links lagen? Wir waren verloren, eingeschlossen und mussten schweigen. Glaub mir, Schwester, es gab Jungfrauen, denen wegen eines einzigen Aufschreis die Kehle durchgeschnitten wurde. Dann nahmen andere ihren Platz ein. Sie übernahmen die Vornamen der Toten. Und ihre Kleider. Und ihr Parfüm. Niemand wusste, wer die andere Frau oder wer die im Spiegel war. O ja, Gott schenkte uns das Vergessen. Und mit jedem Tag erlosch ich ein wenig mehr. Wie hätte ich an Miloud und seinen Hochzeitsanzug, wie an meinen Vater mit seinen niedergeschlagenen Augen und an meine weinende Mutter, wie an das Dorf zurückdenken können, oder sogar an den Himmel, der nichts hörte? Wie? Ja, Gott in Seiner Barmherzigkeit schenkt das Vergessen, Schwester.

Es gab nichts. Es gab das Holzfeuer, die Düfte, die Küche und meinen Säugling, den ich nicht anschauen wollte und der starb. Auch mein zweiter Mann starb. Er kam an einem Freitag nicht mehr aus der Gegend unter uns zurück. Man ließ mich in Frieden, denn ich war sehr dick. Die Männer hatten beschlossen, meine Niederkunft abzuwarten, bevor sie mich einem dritten Gotteskrieger anbieten wollten. Aber ich hatte meinen Vornamen vergessen, deshalb erscheint mir alles wie im Traum, Schwester. Mein Bauch schwoll an, wurde schwer und jeder Bewegung hinderlich. Oft saß ich einfach nichts tuend unter den riesigen Bäumen.

Und das hat mich gerettet.

Weil ich nichts tat, entdeckte ich nämlich, dass man uns seit Monaten Tabletten zu schlucken gab. Mit eigenen Augen sah ich, wie die Aufseherinnen Pillen zermahlten und in unser Wasser gaben, und ich begriff, warum ich alles vergessen hatte. Gott öffnete mir die Augen und öffnete Seine für mich, und Er beschloss, dass ich mich an alles erinnern sollte. Ich weigerte mich, zu trinken und zu essen. Ich übergab mich ständig und erklärte, mein Bauch sei schuld, und hinter meinem Rücken murmelten die Männer mit den Aufseherinnen: Ich spielte mit meinem Leben, Schwester, denn mir konnte jeden Augenblick die Kehle durchgeschnitten werden. Da oben hängt das Leben an den dünnen Fäden eines Spinnennetzes. Ich glaube, sie hatten beschlossen, mich von den anderen abzusondern: Ich war alt geworden, hatte einen runden Bauch, irrte überall umher und übergab mich. Da schickte mir Gott jemanden.

Anfangs wirkte sein Gesandter nicht sehr vertrauenerweckend: ein kleiner dunkelhäutiger Mann, schmutzig und die Hände auf dem Rücken gefesselt. Er beklagte sich nie, wenn die Männer ihn schlugen und drohten, ihm mit Zangen die Finger auszureißen. ›Du baust sie, und wir lassen dich frei!‹, sagten sie immer wieder zu ihm, er schwieg, und sie schlugen ihn wieder. Abends gab man ihm zu essen, und er aß und starrte mich manchmal an. Gott hatte ihn geschickt.

Er hatte die Worte in meinen Augen verstanden. Später wagte er, mir von Weitem Zeichen zu geben wie Miloud, er lachte mit den Augen wie Miloud, und Miloud kehrte wieder in meinen Kopf zurück, denn ich schluckte nicht mehr viel von ihren blauen Tabletten. Der Gefangene wusste Bescheid. Ich wusste, dass er Bescheid wusste. Wir maßen uns gegenseitig mit Blicken, ich mit meinem Bauch und er mit seiner geheimen Idee. Seine Idee wuchs in seinem Kopf wie mein Bauch. Ich wusste es. Er wusste es. Alles hallte in mir wider: die Meinen, das Dorf Aïn Tarek, mein Schicksal und meine geplatzte Heirat. Jedes lag an einem anderen Ort: Miloud befand sich in einer Ecke, der Olivenbaum in einer anderen, in der letzten der Zug der sechs Jungfrauen mit meinen zwei Gatten und dem Sohn, den zu stillen ich mich geweigert hatte.

Allmählich nahm alles Gestalt an. Stück für Stück. Denn der Gesandte Gottes war ein Sprengmeister der Armee. Er wusste, wie man Bomben baut, und deshalb hatten ihn die Leute aus dem Maquis entführt. Sie wollten, dass er eine für sie baute. Zuerst hat er sich geweigert, nein gesagt, dann hat er mich gesehen und seine Meinung geändert. Während der ganzen Zeit, in der mein Bauch immer dicker wurde, baute er eine Bombe. Wenn die Emire und die Männer abends zurückkamen, umringten sie ihn, schmeichelten ihm, gaben ihm zu essen, dann diskutierten sie mit ihm; er gab vor mitzuspielen. Seine Bombe wuchs mit meinem Bauch.

Eines Tages war es so weit. Es war im Sommer, nach dem Ramadan. Gegen Mittag hatte er seine Arbeit beendet. Der Emir unserer Gruppe beglückwünschte ihn, streichelte ihm den Nacken und schoss das Magazin seiner Waffe leer. Der Kopf des Sprengmeisters explodierte, das Blut spritzte an einen Baumstamm. Sein Körper qualmte zum Himmel wie schlecht gelöschtes Feuer.

Ich wusste Bescheid, aber was konnte ich für die anderen tun? Durch unsere Blicke, die Zeichen und das Lächeln, die wir getauscht hatten, hatte ich alles begriffen. Ohne den Mund zu öffnen, hatte er mir alles erklärt. Ich sah eine Holzkiste, so groß wie eine Brauttruhe, die mit kleinen Gasflaschen und Kabeln in allen Farben gefüllt war. Sie ähnelten den Blumensträußen, die man auf die Kühlerhaube des Autos eines Brautpaars legt. Das Attentat war für den nächsten Tag geplant, die Terroristen sprachen darüber und schienen vollkommen zufrieden zu sein, grinsten mit ihren schwarzen und gelben Zähnen. Aber ich hatte verstanden. Als es dunkel wurde, begann ich die einzige Sache zu suchen, die mich retten konnte: Männerstiefel. Ich fand welche in der Höhle mit den Vorräten. Die Aufseherinnen kümmerten sich da schon wenig um mich, ich war alt geworden und nicht mehr begehrenswert. Also stahl ich die Stiefel und tat so, als wollte ich schlafen gehen.

Als es Nacht wurde, flog alles in die Luft.

Es gab einen Höllenlärm. Einen Krach wie das Ende der Welt. Einen Lärm, der einem das Herz aus der Brust reißt, um es einem in den Mund zu legen. Die Explosion tötete sie alle oder fast alle. Mein Miloud hatte die Bombe so programmiert, dass sie zur Abendessenszeit hochging.

Danach rannte ich, Schwester. Durchs Dunkel, durch den Wald, ich hatte nur meinen Vornamen im Kopf, Hamra, den ich nicht mehr vergessen durfte. Denn wenn ich an ihn dachte, wurde der Weg hell, und der Wind gab die Richtung vor. Sogar in der Nacht. Ich rannte mit meinen Stiefeln und meinem riesigen Bauch. Ich war im neunten Schwangerschaftsmonat. Ich rannte und rannte, und plötzlich fühlte ich, dass ein Spalt in mir aufging: Das Fruchtwasser lief aus mir. Ich kauerte mich unter einen knorrigen Baum. Dort habe ich entbunden, Schwester, mit dem Rücken am Baum. Ganz allein in dunkelster Nacht, in einer fremden Welt, mit nichts außer meinen Schreien und meinen Händen. Waren sie alle tot? Gab es Überlebende? Ich wusste, wenn sie mich erwischten, würden sie mich töten. Ich tastete nach einem Stein und habe mit ihm die Nabelschnur des Neugeborenen durchtrennt.«

16

»Vergessen ist eine Gnade. Es ist unsere Kraft. Denn selbst Gott kann nicht vergessen, Schwester. Oh, reg dich nicht auf. Ich liebe Gott und habe mich Seinem Gesetz unterworfen, aber in dieser Frage ist man Frau, richtig? Erinnere dich an meinen Vornamen, denn so konnte ich überleben, indem ich mich an ihn erinnerte. Im Wald, der so dunkel war wie ein Grab, habe ich gebrüllt, geweint, und ich bin blutend aufgestanden. Dann kam das Vergessen. Es war Gott, Sein Erbarmen, vielleicht Seine Größe, oder etwas anderes. Aber so geschah es.

An der Straße, auf der du hier angekommen bist, habe ich mich wieder zurechtgefunden. Sie kommt von weit her, führt an Ammi Moussa, an Aïn Tarek, an diesem Ort vorbei, geht durch meinen Kopf. Noch vor dem Sonnenaufgang saß ich blutend am Straßenrand, aber um diese Zeit fuhren dort keine Autos, deshalb wartete ich. Ich wusste, dass ich etwas vergessen hatte. Ich spürte es, und meine Hände tasteten meinen Bauch ab, aber ich wusste nicht, was. Es war schrecklich: Ich hatte etwas im Kopf, aber ich hatte den Kopf verloren … Ich irrte umher, ich betrachtete die Berge, die du draußen siehst, Schwester, ich trat auf der Stelle, ich wollte weinen, ich wollte Steine nach ihnen werfen, umsonst. Ich hatte etwas Wichtiges vergessen. Ich marschierte hundert Meter in einer Richtung, dann machte ich kehrt. Was war es? Und was war das Blut zwischen meinen Schenkeln? Und dieses Brennen in meinem Bauch? In mir stieg Wut auf Gott auf, und ich schaute zum fernen Himmel, um Ihn zu verfluchen, aber der nächtliche Himmel war schön wie ein viel zu teurer, funkelnder Stoff in einem Schaufenster in der Großstadt. Ich hatte mich in ihm verloren. Es gab Schmuck, Kränze, goldene Blumen und ein Hupen, als fände eine Hochzeit statt. Doch etwas zog mich an der Hand oder an meinem zerrissenen Kleid. Ich wollte das Himmelsgeschäft betreten und das Schaufenster ansehen, ich redete mit mir selbst wie eine Verrückte, ich lachte über mein Schicksal und weinte, weil man mich nicht hereinbat. So lag ich lange auf dem Rücken am Straßenrand, wählte einen Brautschmuck und wartete auf die Autos meines Brautzugs. Ich kämpfte gegen die schlimmen Erinnerungen, während der Sternenhimmel in meinem Kopf jauchzte, dann kam der Brautzug. Ich spürte es an den Vibrationen des Bodens unter meinem Rücken. Ich sah auch die Autoscheinwerfer, Schwester. Sie kamen mich holen, während mein Vater auf den Knien lag und vor Freude weinte und meine Mutter, vom Chor der Frauen getragen, vor Glück tanzte. Der Brautzug war gekommen, eine Tür ging auf, und man führte die Braut davon.

Männer begannen mich zu schütteln, mich zu rufen, als läge ich am Grund eines Brunnens. ›Wo kommst du her? Wo kommst du her? Wo sind sie?‹, fragten sie immer wieder, und ich antwortete: ›Aus dem Haus meines Vaters, der vor Glück weint …‹ Dann brüllte ein Mann, der in dieser herrlichen Hochzeitsnacht mit leuchtender Taschenlampe vor mir stand: ›Colonel Miloud, sie ist blutüberströmt, sie hat entbunden, sie wird sterben.‹ Ich heulte.«

17

»Man fand meine neugeborene Tochter. Sie lag unter einem Olivenbaum. Als sie ihre schönen Augen öffnete und mich anblickte, fiel mir ein, wer ich war. Ich weiß nicht, wie sie überlebt hat. Sicher hat Gott in Seiner Gnade dafür gesorgt. Sie war nicht von Wölfen verschlungen worden, war weder verdurstet noch verhungert. Sie lag einfach unter den Büschen, dort, wo ich sie versteckt hatte, um Hilfe zu holen. Möge Gott mir verzeihen, ich konnte nicht blutend und mit ihr auf dem Arm durch den Wald laufen. Gott hat mir das Vergessen geschenkt, und das Vergessen hat uns gerettet, Schwester. Das Vergessen ist wie ein Tuch über meinem Bauch, wie eine Gnade, wie der Himmel.

Man brachte uns in die Kaserne, und dort begann unser zweites Leben. Man erklärte mir, ich dürfe nicht nach Aïn Tarek zurückkehren, denn die Leute aus den Bergen könnten dorthin kommen, um Rache zu üben. ›Dein Vater starb, als du weggingst, und deine Mutter kurz darauf‹, erfuhr ich von einem Offizier der Armee, der mir riet, mich der Strafverfolgung zu stellen. Und so wurde ich als ›Terroristin‹ bezeichnet, Schwester, und wurde eine. Ich zeigte ihnen, wo der Unterschlupf im Maquis war, doch die Soldaten gerieten in einen Hinterhalt, und ich wurde der Mittäterschaft angeklagt. Ich war drei Jahre im Gefängnis, Schwester, mit meiner Tochter auf dem Arm, und als man mich freiließ, war ich für immer eine Terroristin. Ich durfte weder arbeiten noch um mein Brot betteln, durfte keine Wohnung beziehen noch endlos in der Gegend umherirren. Der Mann meiner Tante, die du hier siehst, hat mich schließlich aufgenommen und die Schande von meiner Tochter gewaschen. Er ernährt uns, beschützt sie und mich, und ich danke Gott dafür, dass ich in seinem Schatten leben kann.

Ich heiße Hamra, aber manchmal zweifle ich daran, ob dies mein Vorname ist, das gebe ich zu. Ein einziges Gesicht ist nicht genug, wenn man mehrere Leben und mehrere Tode hatte. Was ich mir von dir wünsche, Schwester: Du sollst Rechte für uns erwirken, für die missbrauchten Frauen, die vaterlosen Schwangeren, Angeklagten, Terroristinnen, Entführten, die verlorenen Jungfrauen ... Heute habe ich nur noch eine Ehre: meine Tochter. Ich helfe ihr bei den Hochzeitsvorbereitungen und hoffe, dass sie glücklich wird und viele Kinder bekommt. Ich möchte bei dem Fest dabei sein und tanzen, ohne Tränen zu vergießen. Geh und erzähl meine Geschichte, befrage den Olivenbaum, die Steine, die Straße, und komme wieder, um mich zu filmen. Ich will leben, bis meine Tochter heiratet, und natürlich arbeite ich schon seit Jahren an ihrer Aussteuer; sie wird einen langen Hochzeitszug haben und tausend Sängerinnen, damit sie glücklich ist. Ab und zu gehen schöne junge Männer unter unserem Fenster vorbei.

Geh!«

18

Ich weinte.

Hamra hatte mit eigenen halluzinierenden Augen erlebt, wie man ihr die Kehle durchschnitt. Auch sie hatte ihre Stimme verloren. Auch sie murmelte, weil die Stimmbänder durchtrennt waren. Hast du sie gehört, meine Huri? Auch sie war aus einem alten, verlogenen Paradies gestürzt. Ihre armselige Stimme und meine bildeten in meinem Kopf eine einzige. Wir alle sollten schreien und uns Gehör verschaffen! Ich weinte und war wütend wegen meiner Tränen!

Die Kinder hüpften an meiner Seite, während ich mich ebenfalls beeilte, denn dieses Mal wollte ich es zu Ende bringen, meine Schöne. Ich wollte auf dem Gipfel ankommen, Schluss machen mit dem Wunsch nach Wahrheit für dich, und so schnell wie möglich aus diesem Dorf abhauen. So haben wir uns also auf den Weg gemacht, meine Schöne, die laut dem Propheten mit ihrem Lächeln die Welt erhellen kann. Nur dich hatte ich im Kopf, um mich an das Ziel zu erinnern: Es war da, in meinem Mund, wie eine alte Frage, so fad, dass man nicht mehr darauf herumkauen wollte.

Ich stieg zu dem kleinen Stück Himmel oben auf dem Hügel hinauf. In der Ferne hörte ich entrüstete Schreie, Proteste. Ich kam zu einer Handvoll Häuser, die mir reicher und größer vorkamen. Von Weitem sah ich den Grund für das Beben: ein sehr großes Gebäude mit einer überdimensionierten, gelb gestrichenen Kuppel, die Gold und das Jenseits nachahmen sollte. Das Bauwerk stand gefährlich weit oben auf dem Hügel. Arkaden, mit Fayencen geschmückter Säulenvorbau, zwei Stockwerke, deren Fassaden von ovalen Fenstern durchbrochen waren wie ein Bienenstock. Die Moschee überragte das Dorf pharaonisch, um dort oben die Lebensmittel und Opfergaben der Gläubigen entgegenzunehmen, die zu ihren steinernen Füßen lebten. Über einer großen Marmortreppe befand sich der Eingang, darüber hing ein Schild. Scheußliche graue Fayencen umschlossen die Mauersockel. Ich war sprachlos, musste stehen bleiben. Dann begriff ich, woher mir der Anblick vertraut war: Der Architekt hatte die Moschee von Jerusalem, Al-Quds in der äußeren Sprache, nachgebildet.

Über all dem thronte in diesem bedeutungslosen Universum die große Kuppel, verschlang den halben Himmel und ließ die umliegenden Häuser aussehen wie Kiesel zu Füßen einer aufgeblasenen Gottheit. Eine in allen Schattierungen von Weiß gekleidete Menschenmenge belagerte schreiend einen großen, schlanken Mann in strahlend weißer Dschellaba. Er hielt ein Megafon in der Hand und hob den anderen Arm, als wollte er für Ruhe sorgen. »Beruhigt euch, o meine Brüder, es ist die Fitna, und die Fitna ist schlimmer als Mord, hat Gott gesagt.« Die Menge war wütend auf ihn, doch offenbar war er der Imam, denn er stand auf den ersten Stufen der großen Alabastertreppe, die zu dem wulstigen Mund der Zyklopen-Moschee hinaufführte. Als ich die Augen noch höher hob, bemerkte ich ein hohes Minarett, das sich noch im Bau befand und von einem Gerüstskelett umgeben war. »Nehmt euch vor dem Teufel und seinen Einflüsterungen in Acht. Ich habe niemals Eselfleisch an wen auch immer verkauft, Gott ist mein Zeuge!«, beschwor sie der Scheich, und seine Hand wies zur Kuppel. »Ihr kennt mich, ich bin seit Jahren euer Imam, und Gott hat mir Vermögen und Geld gegeben, um es mit den Ärmsten unter euch zu teilen. Hier gibt es nur euch, Gott und Seinen Propheten, die über uns wachen und uns leiten. Ich werde nur essen, was ihr esst, und ich werde meinem Sohn nur das zu essen geben, was von Gott und Seinem Propheten gesegnet ist.«

Mit einer tiefen Sanftheit, die Wahrheit, Schönheit und Tadel ineinanderfließen ließ, schöpfte seine Stimme aus allem, was er an Charme versprühen konnte. Aufgrund der Entfernung konnte ich mir sein Gesicht nur vorstellen. Nach dem Versprechen, das diese Stimme gab, glich er einem Engel mit mächtigen Schultern und großen Flügeln wie ein Schutzengel, hatte einen durch die Vielfalt seines Wissens weißen Bart und einen Körper in den Proportionen, die in den kanonischen Paradiesberichten und den Hadithen beschrieben werden. »Die Stimme des Teufels hat euch etwas ins Ohr geflüstert, meine Glaubensbrüder. Geht nach Hause. Rezitiert die Namen Gottes und esst, was ihr Ihm geopfert habt«, wiederholte der Imam, doch die Schönheit seiner Stimme ging manchmal im metallischen Kratzen seines defekten Megafons unter, das er deshalb immer wieder schüttelte, wie ich seine Bewegungen deutete.

Die Menschenmenge, die mir den Rücken zuwandte, strömte zurück. Man hörte noch einige Proteste, die schnell unterdrückt wurden. An seine Rolle gebunden, setzte der Imam zum überlieferten Gebet an, das gewöhnlich das Ende der großen Gebete einleitet, als die kleine Rab'ha losschrie.

Schuld an Rab'has Unvorsichtigkeit war ihr jugendlicher Eifer. »Sie ist Journalistin, sie ist wegen unserer Geschichte hier!«, brach Rab'has helle Stimme zwischen zwei Versen hervor. Während die Versammlung wieder zur Ruhe gekommen war, beugte sich die Moschee mit ihren vierzig Augen zu uns herab. Der Imam, wie von der Entfernung überfordert, stellte sich auf die Zehenspitzen. »Hier ist sie!«, rief das Mädchen im goldgrünen Schmetterlingskleid erneut. Ich schwöre, die Kuppel mit ihrer falschen Vergoldung wackelte wie eine Glatze in der Sonne. Und man erkannte mich.

19

Später sagte mir der Imam, Allah habe mich gerettet, und meinte damit sich selbst. Imame bezeichnen sich auf diese Weise und wählen unter den neunundneunzig Namen Allahs einen für sich aus, meine Huri mit den zauberhaften Augen. Ich glaube, was mich und dich an diesem Tag gerettet hat, der wie eine heilige Nacht tausend Jahre dauerte, war meine Kühnheit.

Als sich die Menge neugierig, überrascht und in unverhohlener Wut nach mir umdrehte, zögerte ich keine Sekunde. Diese Versammlung war ein Glücksfall. Was konnte ich Besseres erhoffen, damit du die Wahrheit erfuhrst, als sie an dir vorbeiziehen zu lassen und ihnen von der Nacht des 31. Dezember 1999 zu erzählen, die mir meine Schwester geraubt und mich um Liebe und Lebensfreude gebracht hatte? Und hier lachte mir das Glück, unter den vierzig Augen der Moschee sah ich rund hundert weiß gekleidete Männer versammelt und über die schwerwiegende Frage beraten, ob das Fleisch halal oder haram war. Ich hatte die Möglichkeit, das Megafon an mich zu reißen, das der Scheich schwenkte, und zu verlangen, dass alle mein Zeugnis hörten, mich wiedererkannten und jene Nacht bestätigten, die den Tag in mir zunichtemachte. Ich wusste, eine solche Gelegenheit würde niemals wiederkehren. In diesem Dorf in der Einöde waren jetzt alle Männer am selben Ort. Alle Frauen lauschten hinter den Hauswänden, und alle Kinder waren 33 Jahre alt, wie überhaupt alle Bewohner dieses Orts und wie die Gläubigen, die zur Belohnung und auf ewig im Paradies waren. Mein sterbender Atem, meine Kanüle, meine leise Entenstimme würden endlich gehört werden.

Die Sache mit der zweifelhaften Herkunft des Opferfleischs hatte dafür gesorgt, dass auf der einzigen Dorfstraße widerliche

Köpfe herumlagen, die mich wie diese Kinderschar verfolgten und, ihren absurden Gesetzen folgend, den Hang hinaufrollten.

20

Als sich die Menge nach mir umdrehte, marschierte ich an ihr vorbei, ohne den Kopf zu senken und ohne mein monströses Grinsen unter dem Schal zu verbergen. Meine große Kanüle, die wie ein idiotisches Diadem über tausend Sätzen sitzt, war die Quelle meines Stolzes an diesem Ort, der die Erinnerung an mich selbst wieder anfachte. Ich rannte zu dem in seiner Predigt überraschten Imam, und als er den Mund öffnete, um wieder das Wort zu ergreifen, schnappte ich mir sein Megafon und baute mich vor der Menge auf, die sich wie eine Welle um mich zusammenzog. Doch in dem Gedränge wurde ich plötzlich umgestoßen und von tausend Händen Richtung Treppenaufgang gezogen; im Wirrwarr der weißen Gewänder erschallten Proteste und empörte Rufe. »Ich bin L'bia, die Tochter von Khaled Adjama und ...« Ich schrie, mein Mund klebte am Megafon. Und in diesem Dorf, in dem gewöhnlich große Stille herrschte, ertönte ein langes Zischen. Es pflanzte sich fort, trug bestimmt einige Worte weiter, aber auch etwas, das in ihren Ohren unanständig klang oder eine alte, schreckliche Erinnerung weckte. Diese Erinnerung spaltete sie und riss sie in Stücke.

In den vorderen Reihen warfen sich die Männer auf mich und versuchten, mir das Megafon zu entreißen. »Eine Frau darf hier nicht sprechen. Hörst du? Eine Frau aus guter Familie bleibt zu Hause!«, riefen sie. »Hast du keinen Mann, der auf dich aufpasst?«, bellte eine Stimme in der Menge, während eine Hand mich zum Eingang der riesigen Moschee zerrte. »Wer schickt dich, um uns die Fitna zu bringen, wer schickt dich, um uns spalten?« Die von der Erbarmungslosigkeit der Kreaturen bedrückte Stimme des Imams erreichte mein Ohr ohne geheimnistuerischen Klang, aber nicht ohne Schönheit. »Schweig! Eine Frau darf die Stimme nicht vor Männern erheben!«, brüllte ein anderer. Diese Leute, die sich getroffen hatten, um über den Geschmack eines zweifelhaften Stück Fleischs zu befinden, fürchteten sich davor, im Schatten einer Moschee die Stimme einer Frau zu hören; sie begriffen nicht, dass ich keine Stimme mehr hatte! Dass ich hierher, zu ihnen, zu mir gekommen war, um dir diese armen, sich aufregenden Idioten zu Gehör zu bringen. »Schweig!«, brüllten sie. Dabei bin ich doch schon seit einundzwanzig Jahren stumm! In diesem Land, dessen Luft du unbedingt atmen, in dem du leben und deine Tage verbringen willst, hat eine Frau nicht einmal das Recht, mit lauter Stimme zu beten. Sie darf weder ihr Leid bei einem Trauerfall kundtun noch auf der Straße mit den Absätzen klappern, sie darf in einer Moschee weder singen noch predigen. Denn unsere Stimme, mein altertümliches Mondmädchen, setzt sich aus dem erstickten Schrei der Lust und dem schnell vergessenen Geburtsschrei zusammen. Zwei Augenblicke, in denen die Männer in oder über uns nackt sind. Unsere schöne Stimme wird immer ertönen, wenn die Männer ihre Blöße zeigen.

Sie haben sich also auf mich gestürzt, um mir das zu nehmen, was ich vor einundzwanzig Jahren hier vor aller Augen, hinter dem ersten Berg Richtung Osten verloren hatte.

»Gott hat dich gerettet«, wiederholte der Scheich mit dem spitz zulaufenden Kinn später. Wir hatten Schutz in dem kleinen Studierzimmer gefunden, in dem die Imame gewöhnlich ihre Predigten vorbereiten oder die peinlichen Fragen von reumütigen Männern zu ihrer Sexualität oder zur Erbfolge beantworten. Viele Bücher mit Goldschnitt und Einbänden aus Lederimitation fingen wie eine Armee alles ein, was noch an Tageslicht von draußen einfiel. »Es waren Gott und Sein Prophet. Diese armen Menschen sind wegen der Eselsköpfe fehlgeleitet.« Nun zeigte sich, dass seine schöne Stimme in seinem Körper keinen Rückhalt hatte.

21

Ich betrachtete diesen hageren, bärtigen Hünen mit dem hohlwangigen Gesicht und den großen, aufmerksamen schwarzen Augen. Er hatte noch immer die lange weiße Dschellaba an, die er während seiner stürmischen Predigt getragen hatte. Die Tür zum Studierzimmer stand offen, und zwei Männer blieben respektvoll auf der Schwelle stehen. Befürchteten sie, dass die stampfende Menge, die ich draußen wahrnahm, den Saal stürmen würde? »O ja, meine Tochter! Was du getan hast, war gefährlich, die Menge ist unberechenbar, Schwester. Sie hätten dich umbringen können, möge Gott uns davor bewahren.« Seine warme Stimme riss mich aus der Betrachtung des Dachfensters, durch das die Beweise für Leben im Dorf, das gedämpfte Stimmengewirr, zu mir gelangten. Er starrte mich an, verbarg seine Besorgnis kaum. »Du bist keine Journalistin, stimmts?« Vom vagen Gefühl ergriffen, in einem schlechten Traum zu sein, blieb ich stumm. Zerbröselnde Erinnerungen an Schreie und Hände, die mich gewaltsam zum Eingang der Moschee zurückdrängten, einer großen Holztür mit Kupferarabesken. Selbst in meiner Angst kam mir diese Tür, die einer Ansammlung von Juwelen auf der Brust einer Frau glich, an diesem elenden Ort schamlos vor. »Sie haben sich beleidigt gefühlt, verstehst du, Schwester?«

Diese schöne Stimme verunsicherte mich. Wenn ich die Augen schloss, konnte ich mir vielerlei Gesichter von Filmschauspielern vorstellen, auf Schimmeln reitende Männer, gesäuselte Worte und antiquierte Erklärungen, die alles wiedergutmachten. Doch sobald ich sie auf den Scheich richtete, war es vorbei mit dem Wunder. Hinter seinem langen, nachtdunklen Bart trug er die Zeichen eines Fluchs im Gesicht. Eines Fluchs, den man erntet, wenn man in seinem eigenen Blut dort hinsieht, wo man nicht hinsehen darf.

Der Gegensatz zwischen seiner sanften Stimme und seinen scharfen Gesichtszügen war unangenehm. Vielleicht, meine Huri, spielte der Scheich damit? Ich war dabei, mich an ihn zu verlieren, und seine Augen ermutigten mich dazu. Dann erkannte ich den falschen Ton: die Farbe seines geschliffen scharfen Barts. Ein angesichts seines Alters und seiner Augenringe unfassbares, unerklärliches, vollkommenes Schwarz. Der Scheich dürfte ungefähr fünfzig Jahre alt gewesen sein. Diese Farbe ist die Nummer eins der Farbpalette in meinem Friseursalon! Echtes Schwarz ohne Schattierung. Offenbar färbte er regelmäßig seinen Bart, um ihm diese perfekte Farbe zu geben. Der Gegensatz zu seiner weißen Kleidung war faszinierend, zog einen in den Bann wie etwas Zweideutiges oder die Angst. »Die Geschichte mit dem Eselfleisch an diesem Tag ruft bei ihnen Scham und Wut hervor, Schwester. Es sind arme und stolze Leute, verstehst du. Man hat diese Schädel heute Morgen gefunden, und jetzt wollen viele das Fleisch nicht mehr essen, das sie gestern in meiner Metzgerei gekauft haben.« Etwas verwirrt starrte ich ihn an, und er nahm seinerseits mein Grinsen unter die Lupe wie eine Rarität. Seine Augen blitzen auf, als hätte er durch mich eine Überlegung zum Abschluss gebracht. »Du hättest sterben können, Schwester. Möchtest du Wasser? Etwas essen? Meine Frau kann dir etwas zubereiten. Du bist Gast in Gottes Haus.« Dann richtete er seinen Blick auf meine Jeans und mein zerzaustes Haar, und er trat ein wenig zurück, um Abstand zu wahren.

Der Scheich befragte etwas in seinem Innern, dann kehrte er wie gereizt an die Oberfläche zurück. Draußen ebbte der Lärm ab, und der Tumult, den ich beinahe hervorgerufen hätte, wich der Stille, die mich eine Stunde zuvor empfangen hatte. Im Haus Gottes hieltst du dich, verbotene Frucht, Fliehende aus Eden, im Verborgenen zwischen Fleisch und vergoldeten Büchern über Wasser. Ich dachte einen Augenblick an Aïssa und seinen Neid auf Abū Huraira, den Gefährten des Propheten, der Tausende von dessen Reden weitererzählte, obwohl er nur wenige Monate an seiner Seite war. »Ein Mann darf mit einer Frau nicht allein sein, es sei denn, sie ist seine Tochter, seine Schwester oder seine Mutter.« Mit dem

Kinn deutete der Scheich auf seine Gefolgsmänner vor der Tür. »Du solltest dich einen Moment ausruhen, dann werden wir entscheiden, wann du gehst. Jetzt kannst du nicht vor die Tür, sie sind noch zu erregt. Es sind gute Menschen, aber sie leiden unter dieser Geschichte, dem Geldmangel, der Schande, dem Teufel und dem Neid. Das Dorf ist nicht reich.« Dieser Ort hingegen strotzte nur so von Vergoldungen auf den großen Hadithen-Sammlungen. Die glänzenden Adern zogen sich über die Regale bis hinauf in die Kuppel, sie wucherten wie Efeu über die Einbände der zahllosen Koranausgaben in diesem kleinen Raum. Über die roten Vorhänge zogen sich Rinnsale aus Feingold und versickerten in der ockerbraunen Wolle des Teppichs, bevor sie in den Kronleuchtern an der Decke wieder hervorsprudelten.

»Ich bin gleich zurück«, ertönte die wohltuende Stimme in dem mageren Körper mit seinem falschen Bart. Der Scheich sprang auf und ließ mich allein zurück. Draußen, weit weg, bebte die Menge noch. Ich hörte vor allem die besondere Stimme des Scheichs, der nun, wie ich vermutete, oben auf der Treppe stand. Das Tuscheln griff um sich, ebbte ab, dann setzte es wieder ein. Was hatte ich verbrochen, dass ich in diesem Dorf, in dem ich geboren und gestorben bin, wie ein Ärgernis behandelt wurde, das schlimmer war als der Tod? War es meine Hose? Mein Haar? Mein Versuch, unter Männern das Wort zu ergreifen? Befürchteten sie, ich würde ihre Geschichte an die Öffentlichkeit bringen und auswälzen? Oder war ihnen mein Familienname verhasst?

Der Tag ging zu Ende und drohte, sich über mir zu schließen. Nie war ich in meinen Träumen so weit gereist, hatte mich so unvorsichtig an einen unbekannten Ort begeben. Plötzlich überkam mich starke Müdigkeit. Vielleicht lag es an dem weichen blutschwarzen Teppich und dem gedämpften Licht oder an der völligen Vergeblichkeit meiner Anwesenheit hier, dass ich mich hinlegte und zu schlafen versuchte. Mein Körper wollte nur noch, dass ich alles vergaß, sogar dich.

Eine halbe Stunde später kehrte der Imam mit dem gefärbten Bart zurück und brachte Milch, Datteln und einen Schleier in einer durchsichtigen Verpackung mit. Ich begriff, dass er mich nicht hinauslassen würde. »Hier ist Allahs Haus, hier wird dich niemand belästigen. Aber verlasse die Moschee nicht. Morgen wird Gott dir einen Weg auftun und du wirst heimkehren können. Aus welcher Stadt kommst du? Algier?« Ich schüttelte verneinend den Kopf. Dann hauchte ich mit letzter Kraft »Oran«, und er beugte sich zu mir, um den jämmerlichen Atem einzufangen. Sein Blick blieb an meiner offenen Kehle hängen. War er beunruhigt? Nein, eher neugierig, aber distanziert. Es kam selten vor, dass jemand meiner Luftröhre so nahe kam, ohne hineinzustürzen. Der Scheich hingegen schlich um sie herum wie ein Dompteur. Er entschuldigte sich erneut. »Ich komme gleich wieder«, sagte er, einem plötzlichen Einfall folgend. Hätte ich die Anzeichen erkennen müssen, die sich in dem Moment vor meiner Nase aneinanderreihten, meine in einem Smaragdzelt in Allahs Paradies wohnende Huri? Ich stand noch immer unter Schock, und die Bilder von der erzürnten Menschenmenge und den Händen, die mich wegzerrten, hielten mich noch immer gefangen. Hätte ich erkennen müssen, was meine innere Sprache und die kunstvollen Vergoldungen ahnen ließen? Ja. Aber ich bin dünnhäutig, mein Engel, und die Worte rutschen mir heraus, ohne dass ich den Schwall beherrsche. Ich bin ein Kopf, der auf einem Torso hin und her wackelt und kaum an seinem übrigen Leben festgemacht ist, verstehst du. Auf dieser prunkvollen Treppe hatte ich versucht, den Leuten aus meinem Geburtsort meine Geschichte zu erzählen. Damit sie an diesem staubigen Ort zu meinen Gunsten Gericht hielten und gegen dich aussagten.

Das gestehe ich.

Ewig wispernd, hatte ich aus Leibeskräften geschrien: »Ich bin die Tochter der Adjamas! Ich bin die Tochter der Adjamas!« Aber es war nur ein Flüstern. Niemand schien mich gehört zu haben, noch sich an uns, meine Schwester, meine Mutter, meinen Vater zu erinnern. Im Gewühl der tausend Hände, die nach mir griffen, wurden auch die tausend Toten des 31. Dezember 1999 mit Füßen getreten, niedergetrampelt, an den Haaren gezogen und zurückgedrängt. Vielleicht wollten diese bettelarmen Überlebenden nicht, dass die Toten durch den Schnitt in meiner Kehle zu Wort kamen. Diese Geschichte mit den Eseln ermöglichte es ihnen vor allem, mit ihren Geistern Verstecken zu spielen.

22

Zwischen ihm und mir lag eine Tasche, aus der ein schwarzer Schleier hervorschaute. »Du sagst, du seist die Tochter der Adjamas?«, fragte der Imam. Ich nickte zur Bestätigung. »Weißt du, meine Tochter, Familiennamen bedeuten hier nichts. Jeden Morgen oder beinahe jeden Morgen wählt jeder den aus, der ihm passt.« Er tat so, als ginge er in dem Ozean von Worten unter, die er für mich wählen musste. »Du sagst, du seist von hier, aus Had Chekala?« Während ich mich noch über seine vorausgegangene Aussage wunderte, nickte ich erneut. In einer Zimmerecke atmete deutlich vernehmbar ein Baby in einem Korb mit weiß-blauer Bettgarnitur. In diesem Moment spürte ich, dass du dich bewegt hast und wie ein versunkenes Land in meiner Kanüle aufgestiegen bist, dort deinen kleinen Kopf hinausgestreckt und dich über die Wiege gebeugt hast.

Kurz zuvor hatte ich dich mit meiner inneren Sprache, meiner gelehrten Stimme, die nur du hören kannst, an das religiöse Gebot erinnert: »Ein Mann ist mit keiner Frau allein, ohne dass der Teufel nicht der Dritte wäre.« Mein Unbehagen spürend, hatte der Messer-Imam eine Lösung gefunden, die mir Vertrauen einflößen sollte. Nach dem Abendgebet war er in die Loggia zurückgekommen, in der einen Hand einen Teller mit Innereien, die laut seiner Aussage seine Frau gekocht hatte, in der anderen die Wiege eines Neugeborenen. Er hatte seinen Sohn mitgebracht! »Er heißt Ismaïl. Wie unser aller Vorfahre, der Stammvater aller Muslime.« Das Kind schlief. Ich widerstand dem Drang, es zu berühren, mich über es zu beugen. Um nicht deine möglichen Gesichtszüge in ihm wiederzuerkennen? Ja.

»Du musst wissen, Schwester, dass Namen hier keine Bedeutung haben.« Ich blieb misstrauisch und stellte Hypothesen auf, um dieses Rätsel für mich zu lösen. »In Had Chekala kann man sich nach Belieben einen Namen wählen, Schwester, hier ist es anders als im übrigen Land. Du sagst also, du hättest hier Familie?« Mit dem festen Blick einer Frau, die nicht unter der Knute eines Mannes groß geworden war, stimmte ich nachdrücklich zu. Der Scheich zuckte mit den Schultern und strich sich mit einer Handbewegung über den Bart, die seinesgleichen gern machen, um Weisheit vorzuspiegeln. »Hier in Had Chekala sagen die Leute immer wieder, dass sie alle zur selben Familie gehören. Wir sind alle aus den Bergen herabgekommen. Es hat hier viele Tote gegeben, nicht wahr?« Sein Blick spottete über meine Komödie mit mir als starker Frau, und er entschied sich, zur Sache zu kommen. Ich fand diese Konfrontation beunruhigend, aber auf eigenartige Weise notwendig. »Du musst wissen, Schwester, dass sich die Leute hier nicht an die Vergangenheit erinnern wollen. Und da kommst du mit … deiner Aufmachung und deinem unverschleierten Haar, das ist eine Beleidigung unserer Würde, Schwester. Als nächstes willst du das Wort ergreifen, während sie wegen der Fitna über diese Eselsgeschichte bestürzt sind. Einige von ihnen wollten sogar das Haus Gottes antasten, Schwester, und damit mich, den Imam dieses Dorfs!« Sein Tonfall schraubte sich hoch zum Gebet, erreichte einen Jammerlaut, den er für göttlich hielt, eine klagende Tonlage, die mich gegen meinen Willen berührte. Diese Stimme war teuflisch! »Aber was wolltest du ihnen verkünden, Schwester?«

Der Scheich wartete offenkundig auf meine Antwort; dabei wusste er genau um die Absurdität seiner Frage. Mehr als meine goldgrünen Augen, deren Blick er auswich, zog ihn wie fast alle Männer immer wieder meine Kanüle an, aber im Ringen damit schien er gut zu sein. Er hielt Abstand, hütete sich davor, mir mit seinen abrupten Fragen zu nahe zu treten. Und umgekehrt rang auch ich mit seinen honigsüßen Worten. Ich fühlte mich von seiner Stimme angezogen, die sich wie Trost, wie eine intime Wiedergutmachung anhörte.

Der Scheich schwieg berechnend, tätschelte den rötlichen Teppich, räusperte sich und wendete sich mit wenigen Worten, hinter denen tausend andere steckten, wieder an mich. Was wollte er? Wie hätte ich das ahnen können, meine Huri? »Hier gibt es keine echten Namen, hier gibt es nur arme Geschöpfe. Das hast du sicher verstanden, nicht wahr? Manche sind nicht gut auf mich zu sprechen, Schwester, weil ich nicht von hier stamme. Ich bin nach dem Tod meiner Angehörigen aus Tiaret hierhergekommen. Du bist keine Journalistin, stimmts?« Man sah ihm seine Sorge an, aber ich beruhigte ihn mit einer zustimmenden Mundbewegung. »Ich bin als einziger geblieben. Mein Vater, ein Viehhändler, starb vielleicht aus Kummer, und mein Bruder ist verschwunden. Mit Gottes Buch im Herzen und dem Wunsch, die Stimme des Propheten, Gott segne Ihn, wieder lebendig werden zu lassen, kam ich arm und nackt in diesem gepeinigten Dorf an. Oh! Wie sehr haben sie hier gelitten! Sie können nicht mehr zwischen Gut und Böse, zwischen halal und haram unterscheiden. Der Teufel weist ihnen den Weg und führt sie mit seiner Stimme in die Irre. Weißt du, Schwester, dass man meinen Vorgänger während des Ramadans mit Steinwürfen davongejagt hat?«

Interessiert hob ich die Augenbrauen, und er fuhr munter fort: »Er hatte errechnet, dass die genaue Ausrichtung nach Osten auf die Heilige Stadt Mekka um einige Grad von der Richtung abwich, die von den früheren Imamen festgelegt worden war. Deshalb hatte er die unglückliche Idee, die Teppiche auf dem Boden der Moschee neu auszurichten, um den Reihen der Gläubigen beim gemeinsamen Gebet eine neue Richtung zu geben, und so schuf er die Fitna. Eine Hälfte der Gläubigen betete ein bisschen nach Norden, die andere ein bisschen nach Süden. Es endete blutig, Schwester, mit Steinen und Drohungen. Die Leute sind arm, und vor allem schämen sie sich.«

Er schlug die Augen nieder, um mich vor diesem Rätsel zappeln zu lassen. Mit listigem Blick wie die Toten prüfte er mich eingehend. Bisweilen streichelte er die Stirn des schlafenden Babys, als wollte er sehen, ob es noch am Leben war. Die kleine Tasche mit dem schwarzen Tuch bildete eine Grenze zwischen uns. »Ja, die Scham, Schwester. Doch Gott heilte sie allmählich. Ich bin der Sohn eines Schafzüchters, aber ich habe an der Moschee unseres Dorfs bei Tiaret studiert. Ich komme aus Oued Lilli. Dann kam die Fitna über unser Land. Manche sagen, mein Bruder sei verhaftet und ins Gefängnis gesteckt worden. Laut anderen lebt er noch in den Bergen und weigert sich, die Waffen niederzulegen. Ich bin hierhergekommen, als man uns in Tiaret alles weggenommen hat. Die Viehzüchter kennen mich, ich habe ihre Tiere gekauft und sie weiterverkauft, bis ich meine Metzgerei aufmachen und meine Herden oben in den Bergen vergrößern konnte. Doch das Herz, Schwester, steckt voller Neid. Manche in diesem Dorf sind missgünstig und verleumden mich. Auf diese Weise ist die Geschichte mit den Eselsköpfen in die Welt gekommen. Ich werde beschuldigt, Eselfleisch zu verkaufen. Früher waren es nur Gerüchte, aber dieses Jahr fand man Eselsköpfe auf unseren Straßen und neben meiner Moschee! Was wissen die Leute darüber? Sie lügen wie die Brüder Jussufs, Gott segne ihn. Sie sind blind. Mit Hilfe Gottes habe ich Fleisch verkauft und dabei Verlust gemacht. Ich habe auch den Ärmsten davon abgegeben, und ausgerechnet sie verleumden mich heute.«

Er trieb seine Empörung auf die Spitze wie eine eingesperrte Taube, die flügelschlagend an die Decke stößt. »Aber nicht das ganze Dorf!«, korrigierte sich der Scheich. »Es gibt noch reine Herzen auf Allahs Erde, Gutwillige, treue Anhänger des Propheten. Dennoch hat der Neid die Fitna geschaffen. Auch nach dir, Schwester, können sie Steine werfen, denn Wut und Scham machen blind. Einige sitzen noch vor der Tür zur Moschee.«

Das war seine dringlichste Aufgabe: die Tinte der Angst zum Fließen zu bringen.

Es ist ihm gelungen.

Denn selbst wenn die Versuchung groß war, konnte ich mir nicht vorstellen, das Weite zu suchen und zur Straße hinunterzulaufen, um ein Taxi anzuhalten – hier dürfte höchstens eines im Monat vorbeikommen. Mir wurde bewusst, dass ich in eine Falle geraten war, die über mir zuschnappte. Ich konnte weder schreien noch meine Mutter anrufen oder wen auch immer benachrichtigen. Vielleicht würde auch ich als geköpfter Esel enden.

Ich betrachte die Decke des kleinen Saals mit ihren vergoldeten Arabesken und ihrem Dachfenster aus *Tausendundeiner Nacht*. Der Scheich erläuterte: »Diese Moschee, Schwester, habe ich mit meinem Geld und dem einiger Geldgeber finanziert.« Ich dachte an den riesigen vergoldeten Bauch, in dem wir wie im Bauch einer Schwangeren unter einer angeschwollenen, mit tausenderlei Tätowierungen verzierten Kuppel festsaßen. In diesem notleidenden Dorf wirkte diese Moschee schamlos. Ihr Luxus vermittelte den Eindruck, sie habe alle Opfergaben und alles Geld der Welt angezogen, um sie aufzuzehren wie ein prunkvolles Festbankett. »Ich habe sie Stück für Stück gebaut und bezahlt«, fuhr der Scheich fort, während er aus dem Augenwinkel sein Kind beobachtete. »Aber jetzt fehlt mir das Geld, um das Minarett fertigzustellen. Und sie glauben, ich würde ihnen Eselfleisch verkaufen, um ihre Notgroschen an mich zu reißen!« Seine Stimme, die sich stärker aufdrängte als sein Körper, wurde leiser und verweilte in der unerschöpflichen Trauer eines verratenen Gottes.

Ich war so müde, meine Huri. Deshalb ließ meine Wachsamkeit nach, und ich kam vom Weg ab. Diese Stimme führte mich immer tiefer in ein Labyrinth. »Versteh doch, Schwester, als du gekommen bist und mir das Megafon entrissen hast, war es, als hätte dich an diesem Tag des Aïd der Himmel gesandt. Es ist Gottes Wille, sein Zeichen, das ist sicher. Sie waren bereit, mich zu töten, mir die Kehle durchzuschneiden, doch Gott zog das Wunder dem Verbrechen vor.« Er betrachtete mich mit dem Interesse, das man einer Opfergabe entgegenbringt. Ich konnte es nicht fassen, dass man mich noch einmal für ein Opfer, ein Wunder oder ein geflügeltes Mutterschaf hielt. War es Gott, der mich verspottete, oder wendete meine Schwester meine Geschichte gegen mich? War sie hier, versteckt in den Bergen, und passte auf mich auf?

»Nimm es mir nicht übel, Schwester, aber diese Nacht musst du hierbleiben. Du kannst hier essen, schlafen und dich waschen. Und morgen, bei Sonnenaufgang, bevor die Dorfbewohner aufwachen, treiben wir bestimmt ein Taxi für dich auf. Du musst zurück nach Hause, hier gibt es nichts zu finden. Deinen Familiennamen führen hier Dutzende, das hat nichts zu bedeuten. Glaub mir, Familiennamen sind wie Vornamen Schall und Rauch. Bleib nicht hier.« Er streichelte die kleine Verpackung. Da begriff ich. Ich antwortete seiner anderen, berechnenden Stimme, die sich hinter seiner äußeren Stimme versteckte, und wiederholte mit meinem unnachgiebigen Hauch: »Ich bin H'med Adjamas Tochter.« Ich wollte, dass er das akzeptierte. Er sollte anerkennen, dass ich wegen einer anderen Geschichte gekommen war, nicht wegen dieser lächerlichen Sache mit dem Eselfleisch, die alles wertlos erscheinen ließ, was in diesem Dorf noch an Bedeutendem vorhanden war, als gäbe es nichts Wichtigeres. Ich glaube aber, dass er das von vornherein gewusst hat.

Das Messer verstummte nun. Dann schürfte er in seinen Gedanken, wie man mit einer Messerspitze ein Loch ins Holz oder den Boden bohrt. Der Scheich zögerte, aus dem Futteral zu kommen, das er sich im Rahmen seines Metiers aus Versen und Predigten geschaffen hatte. Ich hätte es verstehen müssen. Statt ihm Widerstand zu leisten, hätte ich lieber die Augen aufmachen sollen. Während der Tag hinter den Bergen versank, tastete er mit seiner Stimme meine Narbe ab und beschloss, einen anderen Hebel anzusetzen. »Sie haben sehr darunter gelitten und lehnen es ab, dass jemand anderes an ihrer Stelle darüber spricht, verstehst du, Schwester? Was nützt es, an die Vergangenheit zu rühren? Damit liefert man nur die Herzen der Verzweiflung aus und öffnet dem Teufel Tür und Tor. Der Prophet riet dazu, während der gemeinsamen Gebete die Reihen zu schließen, um dem Teufel zwischen einem Zeh und dem seines Nebenmannes, zwischen einer Schulter und ihrer Nachbarschulter keinen Spaltbreit Platz zu lassen. Wenn man also hierherkommt, Schwester, um alte Wunden aufzureißen, wird davon nichts wieder gut, und man reißt nur die eigene Wunde auf. Es dient nur dazu, den Krieg und die Spaltung wiederzubeleben. Hier haben sich alle getäuscht, und alle haben recht gehabt. Gott hat alles vergeben, man darf nicht auf den Verdammten hören und zurückkommen, um in der Erde der Toten zu wühlen.«

Die Klinge prallte an meiner Kanüle ab, doch das Messer ignorierte meinen Schmerz. Es beharrte darauf, mit seiner Schneide eine Botschaft einzuritzen: »Hier sind alle unschuldig und schuldig. Ich habe im Maquis einen Bruder verloren, verstehst du, Schwester. Gott entscheidet. Du müsstest diese Geschichte doch kennen, oder? Vor dem Tod und vor Gott und seinem Propheten sind wir alle gleich. Wir haben hier alle die Augen geschlossen.« In der Abenddämmerung blieb das Messer gezückt.

Ich dachte schon, ich hätte gewonnen, doch in diesem Moment, meine Huri, berührte die Messerspitze etwas in mir. Die Klinge schuf eine Spalte, die die Beständigkeit meines schwarzen Steins gefährdete. Ich hielt dem finsteren Blick des Scheichs stand.

Dann wäre ich am liebsten aufgestanden, geflohen, ins Dorf hinuntergegangen und hätte an die Türen geklopft. Doch das war nur ein Traum, um meine aufkommende Angst zu bändigen, denn ich begann, die Stoßrichtung seiner Rede zu erahnen. Oder warst du es vielleicht, die in der Dunkelheit meines Blutes begriff, was seine Sprechpausen bedeuteten? Es musste hier eine Spur unseres Familiennamens geben, trotz der zweideutigen Aussagen des Scheichs zu Namen und Vornamen war ich mir dessen sicher. »Die Wahrheit ist hier eine schwierige Sache, diese Menschen schämen sich, und weißt du, weshalb, Schwester? Sie schämen sich, weil sie nichts mehr wissen! Sie wissen nicht, woher sie kommen, wer sie sind, wer wessen Sohn und wer wessen Mutter ist. Es ist ein verfluchtes Dorf. Wie du weißt, Schwester, gab es hier vor zwanzig Jahren wegen der Fitna und dem Teufel viele Dutzend Tote.«

Das Messer näherte sich meiner Kehle, und ich schwamm wie ein Vers in seinem ziselierten Glanz. Der Imam wusste, dass es auch für ihn ein gefährliches Duell war. »Wer hat hier nicht getötet? Wer ist nicht tot? Alle, Schwester, haben Blut an den Händen und in ihren Adern. Die Leute schämen sich, weil sie glauben, sie hätten kein Recht zu leben, und das ist zweifellos wahr. Die Leute, die ihre Angehörigen überlebt haben, verdienten es nicht. Sie sind dieses Gottesgeschenks unwürdig, oder etwa nicht?« Das Messer verstärkte seinen Druck auf meine Ader. »Vielleicht waren sie Komplizen der Mörder. Oder vielleicht sind sie geflohen und haben ihre Nächsten zurückgelassen. Manche haben ihre Tage den eigenen Toten gestohlen, nicht wahr? Sie schämen sich, verstehst du, Schwester, und es nützt nichts, sie daran zu erinnern. Gott obliegt es, über uns zu urteilen, und deshalb hoffen wir auf das Jüngste Gericht und erwarten es im Gebet. Wenn du wirklich eine Adjama bist und keine, die nur vorgibt, die Tochter dieser Familie zu sein, kann dir das nicht entgangen sein. Es hat ein Drama stattgefunden, Schwester, manche haben sich versteckt, andere sind geflohen, manche haben gelogen, und niemand kann ihnen heute einen Vorwurf daraus machen, dass sie sich schämen. Deshalb ist es besser, in dieser Welt hier unten dafür zu bezahlen und unschuldig in der anderen Welt anzukommen. Wenn man ihnen hier zuhört, werden sie immer wieder sagen, dass niemand es verdiene zu leben, und damit werden sie nicht unrecht haben. Das ist alles, was ihnen bleibt: dieses Dorf und das Vergessen. Das Vergessen ist die Gnade Gottes. Sein großes Erbarmen mit uns, Seinen Geschöpfen.«

23

20. Juni, nachts, in einem Schuppen.

Diese Nacht ist unermesslich. Auch die hohen Berge versinken in ihr. Das bringt die Zeit in dieser Geschichte durcheinander. Vor wenigen Stunden war ich in der riesigen Moschee dem Messer und seinem Gesetz unterworfen. Jetzt liege ich gefesselt in diesem Schuppen ohne Dach, es ist mitten in der Nacht und tiefdunkel. Der magere und unheimliche Mann hat mich hier eingesperrt. Bevor er eine Entscheidung getroffen hat, ging er in der Ruine des Bauernhauses auf und ab. Dann ist er zum Dorf hinuntergerannt, das genau unterhalb des in Dunkelheit getauchten Pfads liegt. Ist er dorthin, um uns zu verraten? Um dort über unser Schicksal zu entscheiden? In einer Viertelstunde wird er an der Biegung des Wadis ankommen, das wie tot daliegt. Er ist weggegangen, um seinen Bruder zu warnen, das weiß ich jetzt, Liebes. »Ich kann besser schächten als er! Oder etwa nicht? Ich bin der Liebling meines Vaters!«, rief er noch, als er in der Nacht verschwand.

Ach Kleines, welches Geheimnis der Eifersucht zwischen zwei Brüdern haben wir aufgedeckt, als wir an diesen Toten Flecken gekommen sind?

24

20. Juni, 20 Uhr.

Der Imam hat die richtige Vene erkannt und sich beeilt, dort den ersten Schnitt anzusetzen. Als Erstes blutete mein Name. »Als sie vor dem Massaker flohen, Schwester, und wenn du wirklich eine Adjama bist, musst du diese Geschichte kennen, kam hier Angst auf. In den Tagen danach sind die Menschen aus den Bergen zu Hunderten hier eingetroffen. Jeder fürchtete um sein Leben und suchte Zuflucht oder Nahrung, aber nicht nur. Das Herz ist habgierig, Schwester. Einige Arme aus anderen Gegenden mischten sich unter die tatsächlichen Überlebenden. Aber wer konnte sie unterscheiden? Auch sie konnten schwören, dass sie vom Tod bedroht seien oder ein von wer weiß wem begangenes Massaker überlebt hätten. So hat sich, Schwester, der Teufel mit seiner schönen, säuselnden Stimme eingemischt. Die Menschen, die in den Ouarsenis-Bergen leben, sind dort geboren und sterben dort. Niemand außer ihnen weiß, dass sie auf die Welt gekommen sind, sie sind nicht in den Meldeämtern der Rathäuser registriert und besitzen keine Geburtsurkunden oder haben diese absichtlich verloren.

Am Tag nach dem Massaker hatten viele Hunger, froren oder hofften, Geld zu erhalten. Sie sind in dieses Dorf gekommen, weil sie Hilfe vom Staat erwarteten und vor die Kameras treten wollten, um von ihrem Elend zu berichten. In Had Chekala, erzählen die Ältesten, wenn sie sich noch an diesen Tag im Januar 2000 erinnern wollen, wurde alles verteilt, Grieß, Geld, Kleidung, Unterkünfte, und so vermischten sie sich alle wie vor dem Jüngsten Gericht, wenn der Engel die ganze Welt zusammenruft. Alle aus dieser Gegend fanden sich ein, es herrschte ein Gedränge wie nach der Auferstehung. Die überlebenden und die falschen Opfer, Leute, die ihre Liebsten verloren oder sich die Familiennamen der Toten angeeignet hatten, um Hilfsleistungen zu erhalten. Niemand wusste mehr an diesen namenlosen Tagen, wer wer war, Schwester. Alles war undurchsichtig und ist es bis heute geblieben.

Aus genau diesem Grund, Schwester, schämen sich die Leute hier. Viele leben seit zwanzig Jahren mit den Namen, die sie den Toten gestohlen haben. Viele sind wirklich tot, und andere erinnern sich nicht an sie. Verstehst du? Sie schämen sich, dabei ist es nicht ihre Schuld. Sie haben nichts anderes gemacht als zu überleben, und Gott hatte ein anderes Schicksal für sie vorgesehen. Daher regt man sich in diesem Dorf manchmal über Belanglosigkeiten auf, das sind die Schliche des Teufels. Die Scham kommt wieder an die Oberfläche, doch die Leute möchten weder darüber sprechen noch, dass man vor ihren Kindern darüber spricht oder ihnen mit der einzigen Geschichte kommt, die sie vergessen wollen. Es ist nicht wie mit dem Krieg gegen Frankreich. Had Chekala hat den guten Krieg nicht mitgemacht. Denn Gott ist Zeuge: Alle haben getötet, und alle sind tot, und alle haben in diesen Jahren jemandem etwas gestohlen, Schwester. Niemand weiß, wer wirklich getötet hat. Selbst ich zweifle an meinem wahren Namen. Deshalb habe ich mir den des Dieners Allahs gegeben, Scheich Zabir …«

Dann verstummte das Messer funkelnd. Der Tag war untergegangen, und das Baby schien tief in einen Traum versunken, der sich mit deinem traf, mein silbernes Mondmädchen. Das Messer hatte gesprochen und wartete, dass ich ihm mit meinem Grinsen antworten würde, dessen göttliche Einzigartigkeit der Imam erkannt hatte. Ich war vor allem wütend, denn seine Stimme, ihr Zauber, hinderte mich, ihm den geringsten Vorwurf zu machen. Zwischen uns lag der gefaltete Schleier in seiner Verpackung und wartete geduldig. Er war der Vertrag, der mir helfen würde, am Morgen gesund und unbeschadet wieder abzureisen.

Er wartete auf meine Antwort und schwieg kurz.

Ich hatte immer eine tiefe Abneigung gegen Männer seines

Schlages. Wie alle seinesgleichen stahl mir dieser Imam alles, meinen Körper, mein Geschlecht, meinen Bauch. Das Recht, unverhohlen zu lachen wie eine Möwe über einem Strand. Ginge es nach ihm, bestünde heute sogar der Sinn meines Grinsens darin, dass es sich als schuldiges Hohngelächter gegen mich wendete. Er stieß mich mit der Gewissheit in mein Grab zurück, dass ich ebenso schuldig sei wie der Mann, der mir vor einundzwanzig Jahren die Kehle durchschneiden wollte. Dieser Imam hatte seine Argumentation gut einstudiert. Vor mir, der Herumtreiberin, war sein Messer scharf geschliffen. Bei dieser Sorte von Männern drehte es mir den Magen um, sie unterschieden sich nicht von denen, die Blinde beklauten oder Menschenfleisch verschlangen. Mit dir trug ich das Gegenteil von dem in mir, was dieser Mann in seinem Bauch hatte. Ich trug das Leben in mir, während er am Ausgang auf dich wartete, um dir zu sagen, du sollst in die Finsternis des Bauchs zurückkehren oder dich verschleiern. Dieser Mann konnte mich töten, mich in Stücke schneiden und beerdigen, und dabei würde seine Vernunft auf der Klinge seines Messers funkeln. Er trachtete mir weiter nach dem Leben, weil ich ein wenig das Leben war, das ihn mit seinem Vorwurf und seiner Wahrheit nicht mehr losließ. Aber er wusste, dass ich über meine Spalte und meine Kühnheit verfügte, und er hörte meine innere Sprache, die sich gegen seine Argumentation auflehnte. Ich musste gar nicht schreien. Denn die innere Sprache, meine Huri, versteht es besser, mit dem Feind zu sprechen, als die äußere mit ihrem begrenzten Wortschatz.

25

»... Meinem ersten Opfer die Kehle durchgeschnitten habe ich im Jahr 1412 nach der Hidschra. Es war an einem Montag, dem Geburtstag unseres Propheten im Monat Dhū l-Hiddscha, Schwester. Mein Vater rief mich mit kalter Stimme dazu auf. Für gewöhnlich half ich ihm, indem ich ihm die Messer reichte und die Luftpumpe, um das Schlachttier aufzublasen und dann leichter zu zerlegen, den Wassereimer, um die blutverschmierten Hände darin zu waschen, oder auch das große Opfermesser. Es war ein besonderes Messer, wie bestimmte Verse Allahs in Seinem Buch etwas Besonderes sind. Mein Vater benutzte es ausschließlich, um Opfertieren die Kehle durchzuschneiden, und steckte es anschließend in sein Lederetui zurück. Es zu halten, kam abwechselnd meinem Bruder H'med und mir zu, je nachdem, wer es in den Augen meines Vaters gerade mehr verdiente.

Ich sehe ihn noch vor mir, wie er sich nach dem Gebet mit hochgekrempelter Hose schwer atmend über das Tier beugt, während die frühe Morgendämmerung den Himmel noch kaum erhellt. Er arbeitete gern so, in Einsamkeit. Mein Vater war ein Mann aus einer anderen Zeit, er hatte es in seinem Leben oft schwer gehabt und schien seinen Blick immer auf etwas anderes zu richten, in weite Ferne, in seine Vergangenheit, in die Zeit unter Frankreich, gegen das er gekämpft hatte. Auf uns, seine Söhne, hat er kaum geschaut, Schwester. Er war ein Mann Gottes; er stand auf, bevor die Sonne aufging, und legte sich nach ihr schlafen. Wir betrieben Viehzucht und besaßen eine Metzgerei in unserem Dorf im Bezirk Oued Lilli; die Tiere kamen aus der Gegend von Tiaret, wir fütterten sie mit gutem Gras, damit ihr Fleisch zart war. Mein Vater hat uns alles beigebracht: Nichts vom Opfertier wegwerfen, nicht aufhören, bis nur noch die Knochen übrig sind. Selbst die

Knochen konnte man weiterverkaufen. Mein Vater war gläubig und rezitierte den Koran, aber er hatte nicht die Zeit, um seine Studien zu vollenden und Imam zu werden. Als Waise musste er wie der Prophet sehr früh seinen Unterhalt verdienen. Jedes geschächtete Tier war ein Kampf, aus dem er siegreich hervorging. Man hätte ihn ins Feuer oder in eine Löwengrube werfen können, er wäre unbeschadet herausgekommen, weil er sich nicht ans Leben klammerte.

Unsere Mutter hat er geheiratet, als sie noch ein Kind war. Die Sunna Gottes zielt darauf ab, die Frau zu beschützen, sie fern der Versuchungen einzuschließen wie eine Rose, sie vor sich selbst und den Blicken anderer zu bewahren, damit sie dem Namen ihres Vaters und ihres Mannes Ehre macht. Meine Mutter fürchtete meinen Vater gemäß den Ratschlägen des Propheten. Sie wendete sich nur nachts und im Dunkeln an ihn, sie blieb still, wenn er nach Hause kam. Wir wohnten neben der Metzgerei, quasi hinter dem Tresen, in den Innereien unserer ausgenommenen Tiere. Alles bei uns roch nach den Ausdünstungen von Fleisch, Fett, Fleischerhaken. Noch heute, während ich darauf warte, dass Gott mich zu Sich ruft, wenn Er es für richtig hält, ist das Paradies für mich von langen Flüssen durchzogen, die nach Fleisch und Blut riechen. Nein, nein, du hast nichts zu befürchten, Schwester, ich erzähle dir von meinen Erinnerungen ... Wovor solltest du dich heute noch fürchten? Vor nichts mehr. Es gibt keine Sieger und keine Besiegten mehr. Heute leben wir in einem verfluchten Zeitalter, in dem das Opfertier aufsteht, der Schächter die Arme sinken lässt und alle nach Hause gehen und schlafen. Wir sind von Gottes Weg abgekommen, der über die Berge führt, über den Altar, über den glorreichen Traum, den der Engel Ibrahim eingab, damit er den Berg erklomm und das Opfer bereitete, Gott segne ihn.

Wir waren reich an Gütern, Schwester, die Gott uns gegeben hatte. Mein Vater war in Sachen Koran sehr gelehrt, er hatte für alles einen Vers parat, und H'med und ich hörten ihm zu, gehorchten ihm und achteten ihn. Mein Vater vollbrachte seine Pflicht und pilgerte nach Mekka, doch er kam enttäuscht zurück, weil man dort keine Tiere mehr opferte, sondern an ihrer Stelle Geldscheine, Lose und Schecks. Stell dir das vor, Schwester! Sie sind sich nicht über die grundlegende Bedeutung des Opfers bewusst, denn nur das Blut besiegelt den Vertrag mit Gott und gibt dem Glauben seinen wahren Wert. Man mag im Leben sagen, was man will, aber die einzige wahre Sprache spricht das Blut.

Wenn ich Klassenbester war, der gehorsamste Sohn meines Vaters, der Eifrigste in unserem Haushalt oder der Schnellste bei der Bedienung der Kundschaft in unserer Metzgerei, durfte ich das große Messer halten. Manchmal war es H'med, aber wir waren nicht eifersüchtig aufeinander. Wir waren Zwillinge, echte Zwillinge. Gott hatte entschieden, das einer des anderen Spiegel sein würde, die Seele des einen sollte über die Seele des anderen wachen. Wir glichen uns wie zwei Wassertropfen, Schwester, zwei Hälften ein und desselben Samenkorns, Al-Hassan und Al-Hussein, die geliebten Enkel des Propheten, Gott segne ihn und schenke ihm Heil. In der Schule in unserem Dorf Oued Lilli verwechselte man uns. Wir trugen die gleichen Pullis, die gleichen Schuhe, die gleichen Jacken, und in der Klasse setzte man uns auseinander, um uns unterscheiden zu können. Es kam vor, dass H'med meinen Vornamen benutzte und ich seinen, dass wir unsere Sachen tauschten. Nur unsere Eltern konnten uns auseinanderhalten.

Unser Vater hat uns immer gern zum Maghribgebet in die Moschee mitgenommen. Dort brachte er uns den Koran bei. An den ungeraden Tagen musste mein Bruder zum Arbeiten in der Metzgerei bleiben, an den geraden Tagen ich. So lernten wir abwechselnd das Buch Gottes kennen. Ebenso meine Mutter, möge Gott sie in Sein großes Paradies aufnehmen. Um mit uns zu spielen, schloss sie die Augen und zeigte mit dem Finger auf einen von uns, ohne sich je zu täuschen! Dank des Geruchs? Des Klangs der Stimme? Aus Instinkt? Eine Mutter ist ein Mysterium. Der Prophet hat gesagt, das Paradies befinde sich unter den Füßen der Mütter, und meine Mutter ging oft barfuß. Meine Mutter war fromm, mein Vater rief uns zum Gebet zusammen, er voraus, H'med und ich hinter ihm, und meine Mutter hinter uns, seinen Söhnen. Als es dann soweit war, Schwester, zögerte mein Vater nicht: Am Tag des Aïd im Jahr 1412 nach unserem Kalender wurde mir die Ehre zuteil, dem Opfertier die Kehle durchzuschneiden.

Es geschah am frühen Morgen, nach dem Gebet. Für gewöhnlich schächteten wir alle zwei Tage ein Tier, um das Fleisch anschließend zu verkaufen, aber dies war der Tag Gottes. O Schwester, wir Dorfbewohner von Oued Lilli waren nicht reich, und nicht alle aßen Fleisch. Auch der Prophet wurde arm geboren und starb arm. Aber jener Montag, ich erinnere mich noch gut, war ein erleuchteter Tag. Mein Vater gab mir ein Zeichen mit dem Kinn, und ich beugte mich über das Tier. Es war gefesselt, aber zappelte viel. Es war ein herrlicher Hammel mit gekrümmten Hörnern, als wäre er hundert Jahre alt. O ja, Schwester, ich erinnere mich gut daran! Das Opfertier sah mich mit grimmigem Blick an, ich hatte den Eindruck, es sei wütend auf mich oder beschimpfe mich, doch es war nur der Satan Iblis mit seinen ewigen Einflüsterungen. In Wirklichkeit drängeln sich die Opfertiere, um zu Gott gebracht zu werden. Aber der Satan bleibt hartnäckig, du wirst sehen, Schwester, er lässt uns nie in Frieden.

Mein Vater trat zurück, damit ich allein war, und das Tier sprang auf, als wollte es entkommen. Es war im Recht, Schwester, aber seine Pflicht war es, für Allah zu sterben und den Weg ins Licht seines Blutes zu tauchen. Verstehst du? Es roch nach Urin und Angst. So ist das Leben: Es kommt von Gott und zu Gott kehrt es zurück, also habe ich das große Messer genommen und seine Halsschlagader ertastet. An jenem Morgen hatte ich die große rituelle Reinigung ausgeführt, mich vollständig gewaschen. Ich drehte den Kopf des Opfertiers in Richtung Mekka und sprach den Namen Gottes, bevor ich ihm mit einem Streich die Kehle durchschnitt.

Ich glaube, es blökte, dann verdrehte es die Augen nach Osten. Ich denke, dass es nun schon sah, was uns unsere Herzen auf dieser Erde verbergen.

Dieses erste Opfer habe ich an einem Montag bei uns zu Hause unter einem Zitronenbaum geschächtet. Mein Vater sagte kein

Wort dazu, beglückwünschte mich nicht, und dafür danke ich ihm. Das war seine erste Lektion: Kein Schnitt ist perfekt, deshalb muss man es tausendfach wieder tun, um die vorbildliche Geste unseres Stammvaters Ibrahim, Allah segne ihn, zu erreichen. Davon träumte ich, o ja! Möge Gott mir meine Eitelkeit vergeben. Ich wollte diese heiligste und makelloseste Geste einwandfrei beherrschen, die der Welt das Licht bringen und ihr schließlich ihren wahren Wert verleihen würde: Sowohl vor als auch nach Ibrahim hatte niemand sie so vollkommen ausgeführt außer unserem Propheten Mohammed und vielleicht seinen ehrwürdigen Gefährten.

Du hast hier in diesem Dorf nichts zu befürchten, Schwester. Morgen wirst du nach Oran zurückkehren.

Ich möchte, dass du dies verstehst: Alle Geschichten können manchmal blutleer sein wie ein Opfertier oder immerzu wimmern wie Vieh oder vergessen werden wie Taten des Teufels. Geschichten sind nicht gut. In ihnen verbergen sich Lügen, Unterstellungen oder Versuche, uns vom Weg Allahs abzubringen. Es gibt nur eine Geschichte und nur einen Weg, aber der Teufel schleicht sich in Risse und Narben ein wie deine, dringt in die Zwischenräume zwischen den Schultern der Gläubigen während der gemeinsamen Gebete. An jenem Tag, dem 17. Dhū l-Hiddscha des Jahres 1412, war es ihm gelungen, eine Bresche zwischen meinem Bruder H'med und mir zu finden. Es war ihm gelungen, in unsere Ohren zu schlüpfen und den Spiegel anzuschlagen, der wir füreinander waren. Als mein Opfer sich im Sterben schüttelte, um sein Blut auf dem Boden zu verteilen, und in dieser Welt nach der Luft rang, die für das Opfer nur noch im Jenseits zu haben war, hielt H'med den Atem an. Er beeilte sich nicht, mir beizustehen. Er ließ mich allein, und das Opfer spritzte mich, meine Kleidung und meine Hände mit seinem Blut voll. Ich habe mich zu ihm umgedreht und gesehen wie sein Gesicht, das meines war, sich verfinsterte und von mir trennte.

Er rührte keinen Finger, um mir zu helfen oder mir beizustehen. Er war versteinert, wütend und warf mir einen harten Blick zu.

Da verpasste ihm mein Vater unvermittelt eine Ohrfeige. Er hatte die Schmähung seines Gesetzes begriffen.

Was hatte sich im Herzen meines Bruders abgespielt? Ich denke, es war Eifersucht. Mein Vater hatte entschieden, dass ich dem Opfertier als Erster die Kehle durchschneiden sollte. Vor H'med. Und in diesem Moment trübte sich der Spiegel ein. Verstehst du, Schwester? Ich erinnere mich an das Datum, aber auch an den Teufel. Er umkreiste uns wie eine Eule mit schlechten Vorzeichen, hockte sich auf den Zitronenbaum in unserem kleinen Hof, der als Schlachthof diente, und nutzte die Eifersucht, um sich zwischen uns zu stellen, möge Gott ihn noch einmal dafür verfluchen und verbrennen.

Mein Bruder H'med machte keinerlei Anstalten, mir zu helfen. Von da an wurden wir einander fremd. Wir lernten, vor dem anderen zu schweigen, unterschiedliche Kleidung zu tragen, nicht mehr dieselben Freunde zu treffen und sogar am Tag nach dem Freitagsgebet beim Fußball in den Mannschaften unseres Viertels gegeneinander zu spielen. H'med war ein frommer Junge, der nachts wach war, um zu beten, und wir lernten den Koran um die Wette. Wem würde es als Erstem gelingen, ihn auswendig zu können. Wer würde das Recht haben, die nächsten Opfer zu schächten? Wer durfte am nächsten bei meinem Vater sitzen? Und wer könnte eines Tages das Gebet leiten? Mein Bruder H'med hatte eine laute Stimme, aber meine war schöner. Er hatte starke Hände, meine waren aufmerksamer. Er hatte die Gabe zu schweigen, ich hatte die zu überzeugen. Selbst mein Vater versuchte vergeblich, zwischen uns zu schlichten. Meine Mutter verirrte sich beim Versuch, uns zu versöhnen, und konnte nicht verstehen, wie es dazu kam, dass wir nicht mehr dieselbe Mahlzeit teilen, die gleichen Kleidungsstücke tragen und auf dieselbe Weise den Koran rezitieren wollten.

O Schwester, mit dieser Geschichte änderte sich unser Leben. Wir hatten Gott, seinen Propheten, die Moschee, das gemeinsame Gebet, unsere Metzgerei und die Gaben Allahs. Dabei hätten wir es belassen können, aber der Teufel ist eine Wespe oder ein Geflüster. Zu jener Zeit, Schwester, betete man, wusch sich von allen Sünden rein und organisierte sich, um sich zum gegebenen Zeitpunkt mit Waffen gegen das gottlose Militär zu erheben, denn unser Onkel hatte vom Minarett in Oued Lilli einen Aufruf zum Dschihad gestartet. Eines Tages 1992 packten wir unsere persönlichen Sachen, unsere kleinen Besitztümer, und beschlossen, mit Tausenden unserer Brüder von der Islamischen Heilsfront den Weg in den Maquis zu nehmen.

Auch an dem Punkt trennten sich unsere Wege.

Wegen der ererbten Schwäche Hawas, unser aller Mutter, als Gott die Welt erschuf, schluchzte, flehte meine Mutter und weigerte sich, uns gehen zu lassen. Doch der Teufel oder Gott entschied: Ich bin zu Hause geblieben, mein Bruder H'med ist in den Maquis gegangen. Nach einigen Kriegsjahren hörte man nur noch Gerüchte über ihn, Berichte in Zeitungen oder von Verrätern. Iblis' Stimme mischte sich in den Mündern unter die Stimme Allahs. Ich blieb also bei uns in Oued Lilli, um das böse Schicksal von unserer Metzgerei und unserem Haus abzuwenden. Der Teufel erschien immer wieder: Einmal in einer Winternacht in Gestalt eines Diebes, den ich in unserer Metzgerei fesseln konnte. Ein andermal kehrte er in Gestalt eines Polizisten zurück, der sich weigerte zu bezahlen, also warf ich ihn hinaus, ohne ihm unser Fleisch zu überlassen. Und einmal erschien der Teufel in Gestalt eines Arztes, der uns ankündigte, dass unsere Mutter bald sterben werde. Dann ist der Teufel in den Körper meines Vaters geschlüpft, der starb und zu Gott gelangte. Der Teufel kam fortwährend zurück, und ich wies ihn fortwährend ab, indem ich Gott Opfer darbrachte, doch eines Tages war sein Messer schneller als meines.

Im Dorf fürchtete man sich vor uns wegen meines Bruders. Ich weiß nicht, ob Iblis ihn in Versuchung geführt oder Allah ihn auf die Probe gestellt hat, aber er wurde ein Anführer im Maquis. Man schrieb ihm tausend Kriegstaten zu, tausend mörderische Verbrechen. Hat H'med dem Teufel die Kehle durchgeschnitten? Ich kann es nicht bestätigen oder entkräften, Schwester.

Eines Tages war Iblis' Messer schneller.

Es kamen zahlreiche Polizisten, die mich zu Hause verhafteten, und dieses Mal, Schwester, nahm man mich trotz der Schluchzer meiner Mutter mit. Während wir zu einer Kaserne in Algier fuhren, wo man mich mit anderen blutenden und zitternden Gottesfürchtigen in eine Zelle sperrte, rezitierte ich die Verse Gottes. Und als man mir die Nägel ausriss und mich schlug, rezitierte ich sie täglich zweimal. Man schwor, man würde keinen Zentimeter meiner Haut unbeschadet lassen, wenn ich nicht verraten würde, wo die »anderen« sich versteckten. Weißt du, Schwester, ich habe sie erst gar nicht verstanden! Man hielt mich für meinen Bruder H'med, dessen Fotos überall in den Kommissariaten und Kasernen hingen, in den Zeitungen abgedruckt waren. Jemand hatte mich angezeigt, und, Schwester, man folterte mich, bis ich schließlich gestand, dass ich H'med heiße. Dann brachte man uns nach Relizane, mich und die anderen, denen man ebenfalls Bärte, Nägel und Haare ausgerissen hatte. Wir zitterten, und ich rezitierte weiter das Buch Allahs. Meinen Gefährten im Unglück gefiel meine Stimme und der Trost, den sie ihnen bei den Gefangenentransporten oder in den Zellen spendete. Wir verbrachten ein Jahr im Gefängnis, Schwester. In der Zeit erwarb ich die Fähigkeit, zu den Gefangenen zu sprechen und ihr Leid mit meiner Stimme zu lindern, wenn sie im Schlaf heulten, oder ihnen beim Sterben zu helfen mit der Stimme, die Allah einem Menschen wie mir geschenkt hatte, dessen Herz und dessen Körper schwach waren. Verstehst du jetzt, Schwester?

Als man uns freiließ, war meine Mutter tot, und in unserem Dorf Oued Lilli konnte ich nicht mehr leben, denn der Teufel hätte in jedem stecken und tausenderlei Gestalt annehmen können. Deshalb bin ich nach Had Chekala gekommen, wo mich das Schicksal Gottes eingeholt hat: Hier bin ich Imam, hier bin ich Metzger, in der Vergangenheit bin ich H'med der Mörder, in der Gegenwart Scheich Zabir. Verstehst du jetzt? Namen oder Vornamen haben vor Gott oder vor dem Tod keine Bedeutung, Der Teufel kann durch eine Bresche, einen Schlitz oder ein Loch in der Kehle kommen. Deshalb sollst du, Schwester, nach Hause gehen. Selbst ich bin nicht der, der ich bin. Manchmal habe ich einen Traum und sehe meinen Bruder. Inzwischen hat das Regime den ›Brüdern‹ vorgeschlagen, sie könnten sich als Köche ausgeben, er ist aber seither nie aus den Bergen herabgekommen. Er hat nie die Waffen niedergelegt, und wenn wir uns in meinen Träumen treffen, wissen wir nicht, wer welcher von uns beiden ist.

Geh nach Hause und denke an den Tag, an dem du vor Gott treten wirst, und daran, was du Ihm dann über dich selbst sagen kannst.«

26

Als sein Kind aufwachte und zu quengeln anfing, bestimmte das Messer unmissverständlich: »Morgen verlässt du dieses Dorf, Schwester. Man will hier nichts von der Vergangenheit wissen, wir wollen auch nicht, dass jemand die Grabstätten aufwühlt. Die Sache mit dem Eselfleisch wird die Leute eine Zeitlang beschäftigen, dann wird sie in Vergessenheit geraten. So ist das. Gott hat den Menschen geschaffen und ihm den Namen des Vergessens gegeben, ›Insān‹.«

Es war fast schon dunkel, mein Engel. Ich zitterte vor Wut. Ein Stein im Bauch. Mein Schächter war der Imam. Er hatte ein anderes Gesicht, ein anderes Alter, andere Hände, eine andere Abstammung, aber er war es – mit seinen Gesten, seiner Geduld und seiner Eile, seinem heute von tausend Parfüms verdeckten Geruch.

Und ich wusste es bereits: Auch wenn ich nie, wie er es tat, mehr als tausend Worte beherrschen würde, zu deiner Begrüßung würde ich eine lange Rede halten. Ja, mein Engel, schon als er seine Geschichte erzählte, hatte ich beschlossen, ohne es mir einzugestehen, dass ich diesem Mann, der sich selbst verfluchte, dem Messer, niemals ähnlich sein wollte.

Beim Aufstehen fügte er hinzu: »Du kannst dich nach dem Ischagebet im Waschraum waschen. Aber du musst diesen Schleier tragen, denn das ist das Haus Gottes, eine Frau darf es nicht unverhüllt betreten.« Er reichte mir die Verpackung und wartete, bis ich sie geöffnet und diesen Sarg über mein Haar gelegt hatte, dann nahm er die Wiege mit seinem strampelnden Sohn und ging.

27

Gegen 21 Uhr 30 erhob sich im Bauch dieses falschen Jerusalem die aufgenommene Stimme des Muezzins und rief zum Gebet. Ich hörte, wie die Gläubigen eilig herbeiströmten, sich grüßten, dann ertönte die Stimme des Imams. »Rückt zusammen, lasst keinen Spalt zwischen euren Schultern für den Teufel.« Danach setzte er durchdringend, untröstlich, bekümmert, liebevoll und sinnlich zum Gebet an, als steckte in diesem Mann eine begrabene Frau. Er rezitierte Verse über das Böse, den Teufel, der Iblis heißt, über Ibrahim und seinen Sohn, das Opfer und Gottes alleiniges Recht zu urteilen. Im Wechselgesang stimmten die Gläubigen ihren Segenswunsch an, warfen sich nieder, standen wieder auf, schlossen das Gebet mit einem Gruß nach rechts und nach links ab und verließen leise die Moschee. Nachdem ich mich lange gewaschen hatte, spazierte ich barfuß, in Hosen, mit offenem Haar und offenem Herzen allein in der Moschee herum.

28

Ich war allein in ihrem Bauch. Im Inneren des großen, steinernen Fischs. Eine unbegleitete Frau, barfuß und frei in ihren Bewegungen. Ich ging um die großen Teppiche herum, berührte das Mikrofon, das an einer Stange in der Nische des Imams hing, dann entdeckte ich, als ich mich den Regalen näherte, in denen die Gläubigen ihre Schuhe abstellen, ein schönes Paar weißer Sportschuhe. Wer hatte sie vergessen? In einem Schrank waren Bücher mit Goldschnitt und vergoldeten Einbänden aufgereiht, und ich streichelte die glänzenden Ausgaben des Korans. Hatte ich als Frau, als Sünderin, die unrein geboren war, das Recht dazu? Ich betrachtete aufmerksam die Decke, angeschwollen wie mein runder Bauch, mit einem kolossalen Lüster, der von der Mitte des Nabels herabhing. Eine Insel von Kristallen und Lichtdolchen drohte, die ganze Erde zu erstechen. Wie eine ängstliche Mutter tastete ich nach meinem Bauch, und da ich nichts Besseres zu tun hatte, ging ich die Stufen der Minbar hinauf, jener kunstvoll gearbeiteten Kanzel aus Holz, über die sich eine Kuppel spannte. Dort oben über der Einöde der weichen Teppiche sitzend, auf denen sich die Gläubigen aufreihen müssen, sprach ich zu mir selbst, zu dir, zu meinem Vater, meiner Mutter und meiner Schwester. Die Lust, mein Flüstern im Haus Allahs selbst zu hören, kam ganz von selbst. Doch ich hatte noch immer den harten Stein in meiner Kehle. »Seid ihr da?« Meine Stimme raschelte wie Laub, das man zusammenknüllt. »Wo seid ihr?« Meine Stimme zerrann wie eine Handvoll Sand. »Ich bin gekommen!« Seit man mir die Stimmbänder durchgeschnitten hatte, war meine Stimme ohne ein Echo in dieser Welt. Und ja, meine Tochter, da habe ich plötzlich geweint, und der Stein sprang aus meiner Kanüle, er war rund und schwarz. Es überraschte mich wie ein Sommergewitter und setzte in mir eine Flut von Bildern und unbekannten Sätzen frei. Bin ich von so weit her gekommen, um hier eingesperrt zu werden? Warum suche ich allein unter Tausenden Überlebenden des Krieges nach dem Leben und der Erinnerung? Ich war eine Opfergabe, die sich fragte, welchen Nutzen es gehabt hatte, dass sie geopfert wurde. Allein auf der Minbar sitzend war ich untröstlich. Eine Welle des Mitleids für die Überlebenden, für alle Frauen wie Hamra, für dich, und auch für mich selbst überschwemmte mich. Wer hatte uns dieses Spiel um Leben und Tod aufgezwungen?

Ich stand auf, schämte mich über meine kindische Komödie an diesem verlassenen Ort. Ich betrachtete die Leere dieser großen goldgrünen, von Arabesken durchzogenen Moschee. Dann machte ich mich daran, die Mihrab zu inspizieren, diese nach Mekka ausgerichtete, wie tausend funkelnde Bücher von tausend Farben und tausend Mosaiksteinen geschmückte Wandnische. Wie allen Frauen hatte sich mir zuvor nie die Gelegenheit dazu geboten. Die ganze arabische Kalligrafie schien sich dort eingenistet zu haben, im Meer des vermeintlichen Wissens wieder in Erscheinung zu treten, aufzublühen und zu sterben und wieder aufzublühen, sich in plötzlichen Frühlingsausbrüchen zu vervielfachen, runder zu werden, ihre Zeigefinger zu heben und zu sprechen, als würde sie sich zu einer unergründlichen Leere bekennen. Mir fiel Aïssas Vater ein, bevor der Gedanke in diesem Wirrwarr in der Tiefe der Nische verschwand. Wirst du mir das glauben? Dort habe ich mich entschieden. Es gab keinen anderen Weg mehr als den, den ich seit Jahr und Tag vermieden hatte.

Wir würden dorthingehen: Wir würden in der dunklen Nacht durch das Dorf marschieren, der Furcht und der Schwäche und dem Schrecken die Stirn bieten, um meine Schwester und ihre Knochen wiederzufinden. Dieses Versteckspiel hatte zu lange gedauert. Was konnte uns schon geschehen? Nicht mehr, als den Tod zu sterben, den ich schon gestorben war, oder? Ich spitzte die Ohren in Richtung des Eingangs der Moschee. Kein Laut drang durch die schwere Tür.

Der unversehrten Wahrheit so nah musste man sich trauen. Dieses Mal würde ich in mein Innerstes eintauchen, meine Narbe wieder öffnen, ihre Nähte zerreißen und mich in mein Grinsen hineinstürzen, um zu erfahren, woher es stammte und was es verbarg. Ja, du wirst mir wieder eine Stimme geben, flüsterte ich mir zu. Ich bin ein Buch, und ich suche ein glückliches Ende, zumindest aber ein wahres, richtig? Dieses Mal würde ich wie tausend andere in meine eigene Spalte eintauchen und in mich selbst hinabsteigen.

Ich stahl also die weißen Schuhe und stieß die Tür der Moschee auf, die Tür mit den tausend Zeichen. Ich stürzte den dunklen Hang hinunter und folgte dem Weg, der sich vor mir auftat.

29

Der Weg war schlecht beleuchtet. Einige wenige Straßenlaternen schienen die Stellung zu halten, um eine Dunkelheit zu erzeugen, die dunkler war als die Nacht. Denn die andere Nacht, die der Berge, wurde von tausend Sternen erhellt: Wenn man sich auf den Rücken legte und begann, die Sterne in einem Wasserglas zu fangen, wie ich es mit meiner Schwester Taïmoucha versucht hatte, konnte man von dieser Nacht fortgetragen werden. Mit tausend erstickten Herzen in meinem Herz marschierte ich, die Augen auf den Boden gerichtet, vom Gipfel des Hügels hinab. Die Angst kam zuerst in Gestalt eines Hundes mit blutiger Schnauze, der an einem Eselskopf fraß. Als er mich kommen sah, hob er den Kopf, spähte nach den Schritten, die nicht hierher gehörten. Ich marschierte weiter, schwankte. Der Albtraum betäubte meinen Körper und floss aus meiner Kanüle. Dieses ganze Universum von wilden Hunden, bedrohlicher Stille, Dunkelheit, Tod und Erstarrung kroch aus dem Loch in meiner Kehle.

Ich ging bis an den Fuß des Hügels hinunter. Der Hund erwiderte mein Grinsen. Nicht rennen, damit er fortbleibt, nicht schwitzen, damit er fortbleibt, nicht ächzen, damit er fortbleibt. Ich zügelte meine Angst, um rein zu sein und um das Leben zu retten, das noch kein Leben war. Der Albtraum kam aus meiner Kehle, und drinnen sah ich den Hund, dann einen anderen und noch einen, aber sie schliefen. Ich glaubte, in den Fenstern ginge das Licht an, und meinte zu hören, wie in einigen Häusern im Dorf gesprochen und beraten wurde. Ich quälte mich mit der Frage der Richtung. Wohin sollte ich gehen? Vor einundzwanzig Jahren war ich in entgegengesetzter Richtung auf diesem Weg gekommen. Ich hatte dieses Wadi an einem Wintertag überquert, doch heute war das Wadi ausgetrocknet.

Weiter unten stieß ich auf die geteerte Straße, die mich aus Oran hierher zurückgebracht hatte. Der Lehmboden unter meinen weißen, in der Moschee gestohlenen Schuhen bekam Risse. Genau gegenüber eine dunkle Hecke aus Gestrüpp, Röhricht, tausendfach abgestorbenen Bäumen. Ich war am Fuß des Berges. »Wohin jetzt?«, fragtest du mich immer wieder. Man musste den Strommasten folgen. Sie führten zu unserem Hof und von dort weiter zu den zwölf dezimierten Stämmen. Diese Masten waren die Ursache unseres Unglücks: Die Bärtigen kamen, um den Strom zu nutzen und ihre Bomben zu bauen oder mit ihren »Brüdern« zu kommunizieren. Am nächsten Morgen kam die Armee, um die Stämme zu strafen. Ich folgte den Masten, stumpfsinnigen Karawanen im Nichts.

30

Der Weg ist lang, meine Huri. Er windet sich in mir, quält mich, als hätte ich eine Schlange verschluckt. Ich biege das Gebüsch zur Seite, manchmal stolpere ich über einen Stein, und der klare Himmel zeigt seine Sterne und verunsichert mich. Ich folge den Masten. Der nächste steht zwanzig Meter weiter. Auf ihn richte ich die Augen in der Leere des Himmelsgewölbes und meines Gedächtnisses. Die Nacht höhlt die Welt aus, die keine Grenzen mehr hat. Mein Ziel ist es, meine Tochter, mit meiner Schwester zu sprechen, sie zu einer Entscheidung zu zwingen. Wenn sie will, wirst du leben, und ich mit dir. Anderenfalls darf ich weder leben noch Leben schenken. Dann kehren wir zurück nach Oran, trennen uns, und jeder macht sich auf den Weg in seine Stille. Mein Verdienst wird es sein, an meine Vision geglaubt zu haben.

Du siehst es ja, mein Mädchen: Wir sind allein, weil wir keinen Platz in den heiligen Büchern des Himmels haben. Für uns kommt kein Tier vom Himmel herab, den du dort siehst, vom feierlichen Aufgebot der Sterne erschüttert; es gibt kein Wunder für einen glücklichen Ausgang, es gibt nichts außer dir und mir, die diesen düsteren Berg erklimmen, um dir zu zeigen, dass alles falsch und alles wahr ist. Weißt du, mein Mädchen, ich wollte, dass du mit meinen Augen diesen Ort siehst, an dem Gott weder mich noch meine Angehörigen gerettet hat. Ich möchte, dass du den Toten Flecken fühlst, er liegt dort, im Osten. Du wirst sehen, dass es dort nicht einmal mehr einen Himmel gibt. Der Himmel, meine Huri, ist nur eine Kanüle an der Stelle einer verlorenen Stimme. Wir werden dort hinaufsteigen, und dann beschreibe ich dir den Ort, an dem man mir den Kopf abgeschnitten hat. Denn dieser Flecken ist überall tot außer in mir.

31

Dann ist es passiert. Ein Mast bewegte sich in der Nacht. Ein Kieselstein traf mich am Kopf, eine Eule schrie. Sie schrie noch einmal wie empört und rief mir zu: »Verschwinde. Fürchte den Tod, fürchte Gott und verschwinde.« Der Mast war mager, er stürzte den Hang herab, der uns trennte, und rannte auf mich zu.

32

21. Juni, vor Sonnenaufgang in einem Schuppen.

Der Tote Flecken ist ein verlassener Ort. Hände und Füße mit einem einzigen Strick gefesselt, wurde ich hier hingeworfen, mitten in meinen Traum. Die Umrisse lösen sich aus der fahlen Nacht. Ich sehe schmutzige Sportschuhe und höre Flüstern. Dicht neben uns geht ein Mann auf und ab. Ich wage es nicht, mich zu bewegen, am liebsten würde ich die Augen schließen, aber deine Augen in mir fragen mich ängstlich.

»Ich darf nicht hinuntergehen, ich darf dort nicht hingehen, nein, er hat nein gesagt«, wiederholt der arme Irre. Plötzlich geht der Mann in die Hocke, und ich sehe sein Gesicht: abgezehrt, spitz wie ein Messer, dazu große schwarze Augen, wie auf ein Vorhaben von unüberwindlicher Schwierigkeit gerichtet. Er scheint überrascht zu sein, mich hier zu sehen, und wartet auf einen Einfall. Vorsichtig streckt er seinen Finger zu meiner Kanüle. Ich stöhne, ich stöhne und halte die Augen offen, richte sie auf sein struppiges Haar, seine faulen Zähne und seine zu Kieselsteinen gewordenen Fingernägel. Ein langer, angegrauter Bart umhüllt sein Gesicht. Der zerrüttete Doppelgänger des Imams Zabir. »Warum? Hmm? Warum? Um ihn zu verraten? Das ist meine Sache. Hat er dich geschickt, hm? Hat mein Bruder, der neidische Lügner, dich geschickt?« Er ist schwer entrüstet. Seine Schuhe knirschen. Hier klingt jedes Geräusch wie Wasser in den Ohren eines Ertrinkenden. Ich beobachte ihn, bin entsetzt. Wie in einem verkehrten Spiegelbild habe ich die Geschichte von Imam Zabir und seinem zum Phantom gewordenen Bruder verstanden. Dieses Mal liegt die wahre Nacht in mir. Er starrt gebannt auf mein Grinsen, meine große Narbe. Berührt sie noch einmal. »Warum?«, fragt er, dann hält er den Finger vor den Mund: »Psst! Bevor er mich bei der Armee denunziert, werde ich ihn verraten.« Er steht auf und fällt in ein langes Selbstgespräch. Ein Gespräch ohne Anfang und Ende, in dem er Namen nennt, die unverständlich sind. »Auf keinen Fall, das hat er immer wieder gesagt. Sie werden uns umbringen.« Dann wendet er sich an mich. »Stimmt es etwa nicht? Warum bist du hierhergekommen? Um uns an die Armee zu verraten?« Von Panik ergriffen, schlägt er sich auf den Mund. »Pssst! Gott verfluche dich. Du kannst kein Geheimnis bewahren.« Brummend gibt er sich selbst die Antwort: »Doch! Ich kann, ich schwöre es dir, bei Gott, ich kann! Ich passe auf meinen Bruder auf.«

Ich habe die Augen geschlossen. Er ist verschwunden. Ich höre von Weitem sein Jammern, dann geht er weg und wiederholt ständig: »Ich, nicht er. Ich schächte sie. Ich hüte die Herden, die Schafe, ich stehle die Esel und schneide ihnen den Hals ab. Und was tut er? Nichts! Er spricht in der Moschee, und er lügt. Unser Vater bevorzugte mich, nicht ihn. Er hat gemordet, nicht ich!«

Jetzt sind wir wieder allein. Du in mir und ich in der Nacht, die darauf wartet, dass ich etwas sage. Vielleicht ist es gerechter so, ja? Dich zu töten und mit dir zu sterben, statt dich zu überleben. Dieser Prophet, Ibrahim, hätte sich mit seinem Sohn opfern sollen. Vielleicht hat mich das dazu bewegt, auf deine Stimme zu hören, die, glaube ich, meine war, und hierherzukommen. Mich mit dir zu opfern, um dir meine Stimme zu zeigen. Um Gott vorzuschlagen, das Schaf zu behalten und uns alle beide zu töten, damit er bekommt, wovon er träumt. Seit der Schäfer weg ist, weine ich. Ich habe etwas vergessen, das mich am Ärmel zieht, wie Hamra mit den roten Haaren. Ein unsichtbares Detail und so wichtig wie die Sonne oder das Herz.

In dem Moment beginnt die Erde sich zu bewegen. Ich meine, das Stück nächtlichen Himmels über uns bewegt sich. Es dreht sich wie ein Kleid beim Tanz. Ich winde mich und schaue hinter mich, durch das aufgerissene Dach unseres Stalls erkenne ich eine Grube; in seiner alten Form gibt es das Bauernhaus vermutlich nicht mehr. Seine Ruine gibt meiner Erinnerung Gewicht: Vom

Haus ist kaum ein Mäuerchen geblieben, nur der Stall blieb seltsamerweise verschont, dazu die Hälfte eines Baums, von der Nacht in ein Knochengerüst verwandelt, und dieser feierliche Auftritt der Sterne, die alle zur gleichen Zeit scheinen. Ich versuche, an meinem Strick zu ziehen, aber der Hirte versteht sein Geschäft, er hat mich wie ein Opfertier gefesselt. Ich versuche über den Boden zu robben, mühsam gelingt es mir, denn ich befürchte, die Nische zu verengen, in der du dich in meinen Körper kauerst. Ein kleiner Stern ist auf mich gefallen, tief in das Wasserglas meines Bauchs. Im Himmel stellen sich eine Milliarde winziger Bräute mit funkelnden Ringen dem Toten Flecken auf Erden entgegen.

Auf mich alleingestellt, befragte ich mich, da irgendetwas in mir darauf beharrte, dieses Schauspiel aufmerksam zu beobachten.

Und wenn ich mich getäuscht hatte?

Was, wenn ich wie Hamra glaubte, ich sei der Mörder, während ich die Ermordete war? Und was, wenn ich, wie Aïssa glaubte, das einzige Zeichen war? Etwas beginnt sich zu lösen, das spüre ich in meinem Bauch, ein alter Monolog, ein Gefühl der Erleichterung, wäre das glaubhaft für dich? Ich merke, dass ich mich mit etwas Leerem beschäftige, als wäre ich bereit, vor der Zeit niederzukommen. Deshalb beginne ich, dir wie in einem verrückten Spiel, den Tod vor Augen, Ratschläge zu erteilen: »Wenn der Mörder zurückkehrt, dann schließe die Augen und schaue nicht auf mich. Wenn er mit einem Messer kommt, zähle bis tausend und verstecke dich. Wenn er seinen Bruder, das Messergesicht, mitbringt, darfst du nicht in mir schreien, damit er nicht durch meine Kehle in meinen Bauch hinabstößt. Nur Mut, du wirst das Leben, das du nie gehabt hast, nicht verlieren, und ich nicht einmal die Hälfte von meinem.«

Der Himmel bewegt sich noch immer und bereitet sich darauf vor zu verschwinden, wenn ich nicht die richtigen Worte finde, auf die er wartet. Das Gehöft ist zu klein für meine Erinnerung. Ich empfinde hier nichts, nur mein Körper erwacht anscheinend aus einer sehr weit zurückliegenden Weigerung zu leben. Seine Erde ist hart, gleichgültig geworden: Letzten Endes schleppe ich seit einundzwanzig Jahren alles mit mir herum, was mir etwas hätte sagen oder über mich urteilen oder mich dafür hätte verachten können, dass ich überlebt habe. Langsam kommt mir das zu Bewusstsein, aber ganz verstanden habe ich es noch nicht. Dieser Ort hier ist nicht der Tote Flecken. Ich bin es. Diesen Bauernhof, den ich als Foto aus einer Zeitschrift ausgeschnitten hatte, gibt es nur in meiner Erinnerung, die am 31. Dezember 1999 stehen geblieben ist. Im Morgengrauen, in dem Moment, als meine große Schwester mir in die Augen starrte.

Der Sternenhimmel dreht sich noch.

Doch warum höre ich hinter deiner Stimme noch eine andere, meine Huri? Warum spüre ich, dass mir im Ablauf meiner einzigartigen Geschichte etwas entgeht? Warum fehlt mir eine Zahl, eine Zahlenfolge oder ein Detail, auf das dieser Himmel wartet? Ich bin so nahe dran, alles zu begreifen. Um einen Stern in einem Wasserglas zu fangen, muss man seinen Atem anhalten, darf man sich nicht mehr bewegen, sagte Taïmoucha immer wieder vergnügt zu mir. »Wenn du dich nicht mehr bewegst, fällt er in dein Glas.« Und wieder dreht sich der Himmel im Loch des halb weggerissenen Dachs. Sein größter Stern kommt näher und beugt sich zu uns beiden herab. Er ist da, stark, hart wie ein strahlender, lachender Stein. Ich muss den Atem anhalten. Meine Hände dürfen nicht zittern.

Dann

hole ich Luft.

Die Luft der Sommernacht erfüllt mich wie beim ersten Atemzug. Ich tauche den Blick in den Himmel, um ihn ganz zu verschlingen, dann kehre ich zurück auf den Boden, ich strampele, winde mich und schaffe es schließlich, mich zum anderen Ende des maroden Schuppens umzudrehen, wo ich sie in scheinbarer nächtlicher Klarheit sehe.

Sie liegen da.

Einige starren mich an, andere verbergen sich noch im Gemenge ihrer Knochen und Häute. Es waren nicht die Tiere, die mein Vater einst züchtete. Nicht die, die er unter Todesangst zählen musste.

Überall die Gesichter von stummen Ungeheuern, Sterne im Blick, abgeschnittene Eselsköpfe.

So versinke ich weinend in meiner Kanüle. Als würde schließlich alles im Hohn und in der Grausamkeit dieses Orts zutage treten.

Denn ich hatte verstanden, was ich mit meiner inneren Sprache versuchen würde wettzumachen.

33

Schwester, meine Schwester! Dich habe ich in mir gesucht. Vielleicht habe ich seit jeher mit dir gesprochen. Ich erinnere mich nicht mehr an deine Gesichtszüge, denn ich habe sie viele Jahre lang bis in die kleinsten Einzelheiten vor Augen gehabt, doch mit der Zeit sind sie verblasst. Besser wäre es gewesen, meine Züge auszustreichen, mich im Nacken zu packen und mich in die Spiegelungen deines Gesichts zu vertiefen, bis mir die Luft ausgeht. Aus Treue dir gegenüber mochte ich keine Umarmungen, keine Küsse auf den Lippen und weder Hitze noch Tänze. Jetzt, da sich in dieser letzten Nacht meines Lebens in meinem Körper plötzlich etwas gelöst hat, verstehe ich es. Ich verpflichtete mich, dir allen Platz in mir zu überlassen und nur meinen Vornamen auf meiner Stirn zu behalten. Meine Stimme konnte letztlich nur deine sein: stumm und still. Deine Gegenwart, die meine Abwesenheit war, ließ in mir nur das Übel entstehen, dass ich mich unablässig fragte: Genügt das, um mich zu bestrafen? Wie konnte man tausendmal am Tag sterben, um auf der Höhe eines einzigen Todes zu sein, deines Todes durch meine Schuld? Nach und nach, o meine ermordete Schwester, hat diese Schuld, die meine Schande war, alles durchdrungen. Jetzt, wo du dich vom Himmel aus über mich beugst, verstehe ich es.

Seit vielen Wintern, meine Schwester, liege ich gefesselt da wie ein Opfertier. Ich erkenne in dieser paradiesischen Nacht, da es meine letzte ist, dass ich sehr früh die Zeit totgeschlagen habe. Ich habe diese sachte und ewige Bewegung getötet, die einen bereichert, die nimmt und wieder gibt, ich habe tausend Tage auf einen einzigen Tag in meinem Leben eingestampft, den ich und der mich unablässig befragte. Die Zeit, o ja, die Zeit! Sie ist als Erstes in mir erloschen. Wie konnte ich in deinen Augen die Schuld begleichen, überlebt zu haben? Indem ich unaufhörlich starb? Seit einundzwanzig Jahren täusche ich mich also. Heute, da ich dich in einem Wasserglas in mir gefangen habe, sagst du es mir.

Ich verstehe es, während der Sommer wieder in mein Blut zurückkehrt und es belebt, während ich, ohne es zu wissen, meiner Tochter in meinem Bauch dieselben Ratschläge gebe, mit denen du mich versorgtest, als du an meiner Stelle starbst!

Was hast du zu mir gesagt, als ich mich hinter meine Augen zurückzog, während man dir die Kehle durchschnitt? Ich glaubte, ich hätte dich verraten, und es war nur deine Liebe, meine Schwester Taïmoucha, die heute in mir wieder aufgeweckt wurde, als ich zu diesem verfluchten Bauernhof zurückkehrte. Du warst keine Huri in meinem Bauch, aber ich war in deinem und weigerte mich, in die Welt zurückzukehren und zu leben. Endlich verstehe ich das Missverständnis. Ich rühre daran wie an eine Kanüle, eine fehlende Stimme, die mir zum Schluss wiedergegeben wurde. Und während ich meine Tochter in mir tröste, die sterben wird, bevor sie zur Welt kommt, höre ich dich in meiner eigenen Stimme, der Stimme einer tötenden Mutter, wie zum ersten Mal.

Die Zeit hat in mir wieder an ihre Geschichte angeknüpft, mein ganzer Körper erwacht. Ich spüre, dass ich in der Lage bin, Mutter zu sein oder zu sterben, dass ich tausend Düfte riechen, lieben oder Temperaturen auf meiner zuvor unempfindlichen Haut fühlen kann.

Und so erinnere ich mich: Als der Mörder mit den schlammigen Schuhen über uns zögerte, hast du dich entschieden, seine Aufmerksamkeit auf dich zu lenken! Während er deine warme und zitternde Kehle entblößte, hast du mit deinen Fingern gezählt und mir Zeichen gegeben. Ich verstand weder dein Lächeln noch deine Lippen, die mir den letzten Rat einer älteren Schwester zuflüsterten: eine Anweisung für ein ganzes Leben. Deine Lippen bewegten sich, und du formtest ein Wort: »Kucku!« Damit hast du unser Versteckspiel nachgeahmt. Vor meinen Augen hast du mit den Fingern gezählt. »Kucku!« Und deine Finger zählten: tausend Finger, tausend Ziffern, so viele wie meinem Krieg fehlen, damit er zu einer anerkannten Erinnerung wird. Tausend Finger, tausend Ziffern: die genaue Anzahl der Toten in jener Nacht; die Zeit ohne Kopf, weil mit dreiunddreißig geköpft. Du wolltest, dass ich mich versteckte, dass ich mich tot stellte!

Deshalb bin ich vor einundzwanzig Jahren zählend aufgewacht, während mein Kopf nach dem Massaker an den Meinen kaum noch mit meinem Hals verbunden war.

Wenn der von Panik erfasste Hirte zurückkehrt, um uns die Kehle durchzuschneiden, weil wir hinter das Geheimnis der Esel gekommen sind, die anstelle von Allahs Schafen verkauft wurden, werden wir, meine Tochter und ich, hier mitten im Gebirge bis dreiunddreißig zählen.

Einundzwanzig Jahre lang hat das Kind in mir dich missverstanden und den ganzen Umfang deiner Liebe nicht begriffen. Du hattest mir nahegelegt, wieder Verstecken zu spielen, die Augen zu schließen wie in den Büschen bei unserem Bauernhaus und mich tot zu stellen, damit ich weiterleben würde, indem ich den Verse rezitierenden Mörder täuschte. Ich hatte mich tausendmal geirrt, als ich diese Szene nachvollzog und sie dabei veränderte, ohne es zu merken. Denn ich hatte die Zeit, ihr Verfließen, in mir getötet.

Nach mehreren Stunden Fahrt und tagelangen Zweifeln über das Schicksal meiner Tochter muss ich es jetzt endlich begreifen, da ich genau an dem Ort gefesselt bin wie ein Opfertier, wo man mir die Kehle halb und dir ganz durchgeschnitten hat. Muss ich dich wie einen Stern in einem Wasserglas einfangen, worüber du immer lachtest. Damit ich meiner Tochter in meinem Bauch dasselbe raten kann, bevor der Hirte oder sein Bruder zurückkommt, um uns die Kehle durchzuschneiden: »Verstecke dich, schließe die Augen, stelle dich tot, damit dich das Messer des verrückten Hirten nicht trifft!«, habe ich immer wieder gesagt. Verstecke dich in meinem Bauch mitsamt deinem Namen und meinem, mitsamt all den Namen der grün und rot gekleideten Frauen in der Unendlichkeit ihrer Augenlider und Gebete. Ja, meine Schwester!

Ich hatte es nicht zugelassen!

Deshalb bitte ich dich dieses Mal um Entschuldigung. Nicht dafür, dass ich nicht mit dir gestorben bin, sondern dafür, nicht gelebt zu haben. Dafür, dass ich nicht alles in meiner Umgebung gezählt habe wie tausend Goldstücke. Die Himmel, das Lachen, die Tage, die Wellen, die Möwen, die Liebenden, die Pferde, die Regentropfen, jede in der milden Nacht halb geöffnete Blüte. Die Kaffeetassen, die verrückten Imame, die in den Lüstern erstarrten Engel, und die schlaflosen Nächte und die tausend Schwingungen meiner heimlichen Stimme. Ich hätte weiter zählen sollen, denn das benennt die Ewigkeit. Doch ich wusste es nicht, meine Schwester, dafür bitte ich dich um Verzeihung. Ich hatte nicht durchschaut, dass ich für zwei leben sollte, damit dein Tod nicht umsonst war.

In den Stricken des Halsabschneiders oder seines Bruders tut sich heute mein ganzer Körper auf, als sollte ich vor der Zeit entbinden.

Er öffnet den Weg für zwei, und ich spüre das Leben.

Ich habe geglaubt, ich sei halb tot, dabei hätte ich für zwei leben sollen. Und du brülltest es weiter in mir mit aller Kraft, mit der Stimme meiner künftigen Tochter. Ich hatte deine Zeichen nicht entziffern können, meine Schwester. Ich habe geglaubt, du seist wütend, dabei war das nur die innere Sprache der Nacht, der Weg, der mich zwang, die äußeren Erscheinungen loszuwerden, damit ich dich in unserem Schattenland wiederfinden konnte.

Dein Lachen, meine Schwester Taïmoucha, bricht mir immer noch das Herz vor Glück, es tut mir so leid, dass ich dich zu spät gehört habe. Dass uns die Toten in diesem Land seit tausend Jahren andauernd auffordern zu leben, es ihnen nicht nachzumachen, verstehe ich erst jetzt!

Ich spüre die Nacht wie für ein Fest gefärbtes Haar.

Die Erde duftet nach Geheimnissen. Ich habe keinen Toten Flecken mehr in mir.

Die Köpfe der verratenen Tiere sind nur noch Gäste.

Mein Herz pocht, als würde ich in ein Versteck rennen, damit du vor Glück noch lauter lachst.

Der Boden pocht in mir. Ich möchte meine Tochter beschützen, wie du mich durch deinen Tod beschützt hast, und ihr das Leben schenken, das du mir geschenkt hast. Aber ich kann es nicht mehr.

Denn ich habe es zu spät begriffen und die Nacht nimmt ihre Sterne über dem Schuppen, in dem es hell wird, einen nach dem anderen zurück.

Ich höre das Stapfen von Stiefeln, als würde der Hirte kommen. Ich spüre, dass er zurückkommt, während mein Kopf auf dem Boden liegt und meine Tochter mit mir lauscht, ihr Ohr in meinem Bauch an mein Herz presst, in dem sich deines abzeichnet. Eine Stimme ruft: »Aube? Aube? Aube? Wo bist du?« Man wird mir bestimmt die Kehle durchschneiden, dann bin ich wieder bei dir, meine Schwester.

34

»... vierunddreißig, fünfunddreißig, sechsunddreißig, siebenunddreißig«, zähle mit, meine Huri, dann wird er dich vergessen und vergessen, dich zu töten, meine Tochter! Ich spreche die Zahlen laut aus, damit er zu mir kommt, wie es meine Schwester Taïmoucha vor einundzwanzig Jahren getan hat. »Aube? Aube?«, fragt eine ängstliche und atemlose Stimme in der zu Ende gehenden Nacht. Zwischen den Schatten sehe ich sein Gesicht mit den ungleichen, entsetzten Augen. Seine Lippen zittern, er streckt seine große Hände zu mir aus, um mich loszubinden. Er prüft den schwachen Atem an meiner Kanüle. »Hab ich dich endlich gefunden, Schwester!« Es ist Aïssa. Er beugt sich zu mir. »Ich bin dir gefolgt, seit gestern Mittag habe ich deine Zahl gehört, deine tausend Toten.« Er wirkt müde, andere Dorfbewohner umringen ihn und mustern versteinert den Schuppen, der heimlich als Schlachthaus diente.

Ein in der Morgendämmerung noch zarter Tag hört mich. In Aïssas Armen zähle ich weiter. »Gleich kommt die Polizei, sie haben sie verhaftet, ihn und seinen Bruder, den Imam. Sie haben Eselfleisch verkauft«, erklärt einer aus dem Dorf dem anderen neben ihm. Aïssa hebt mich hoch und flüstert: »Du bist ein Zeichen!« Hände reichen mich an andere Hände weiter, und ich mache mich erschüttert, aber aufrecht gehend, auf den Weg zurück nach Had Chekala am Fuß des Berges. Dieses Mal mit dir, lebendig und kostbar, in mir.

35

Oran, ein Jahr später.

Alles kann mir sie wegnehmen: der Wind, das Meer, die kleinste Möwe, die sie überfliegt, wenn sie über uns kreist, die Sonne oder eine neidische Schaluppe. Sogar wenn ich sie im Auge habe, fürchte ich um sie. Denn alles beruht auf ihr: Ihr Haar ist flammend, ihre Lebhaftigkeit setzt die Zeit wieder in Gang. Ich betrachte ihre Beine, die in der grünen Wiege strampeln, ihre kleinen Hände, ihre Füße, die einen Abdruck im Sand hinterlassen haben. Alles kann mir sie wegnehmen, mich umbringen und mir meine Stimme nehmen. Denn endlich spreche ich. Vor einem Jahr bin ich niedergekommen, und nun spreche ich wieder. Meine innere und meine äußere Sprache finden in ihr zusammen. Gut, nur wenige Worte, eigentlich kaum eines. Dennoch ist meine Stimme da, hungrig, glücklich, feucht von meinem Speichel. Khadija sitzt neben uns. Sie ist noch immer traumatisiert von meiner Flucht und den Gefahren, die ich auf mich genommen habe, aber sie hütet sich seitdem, mein Glück mit ihren Sorgen zu trüben. Außerdem ist sie glücklich, Großmutter zu sein.

Am Strand trage ich ein weißes Sommerkleid mit roten Tulpen. Überall ist das Meer, vor allem, wenn man die Augen schließt. Wir sind früh am Morgen angekommen, bevor die Plage des Andalouses von Badenden, Jet-Skis und Müll übersät wird. Kaum aus der Nacht zurück, noch geheimnisvoll und kalt, so gefällt es uns.

Ich habe meine Tochter Kalthoum genannt. Nach der großartigen ägyptischen Sängerin, nach einer Stimme. Kalthoum schreit, und jeder ihrer Schreie bringt mich wieder zu mir selbst, weckt neues Leben in mir. Meine Stimme ist da, außerhalb von mir und in mir. Mein Grinsen ist nur noch eine Narbe. Ich freue mich und lache die Möwen aus, die nicht wissen, woher sie kommen und wohin sie gehen. Ich weiß es. Meine Kalthoum wurde unter einem Schmerz geboren, der mich von allen Schmerzen geheilt hat. Vielleicht erinnert sie sich an unsere langen Diskussionen und an meine innere Sprache, denn es genügt, sie anzusehen, damit sie mich an meinen Augen erkennt, die goldgrün sind wie das Paradies. Khadija gefällt es noch immer nicht, wenn sie in der schönen grünen Wiege liegt, die ihr Aïssa geschenkt hat, weil diese sie an ihre eigene Geschichte erinnert. Aber sie liebt es, sie in den Armen zu halten, sie hochzuheben, mit ihr zu schmusen und zu spielen. Wir streiten uns: »Du gewöhnst sie daran, wie soll ich sie später dazu bringen einzuschlafen?« Khadija antwortet nicht, sie führt weiter einen langen stummen Monolog mit sich selbst.

Kalthoum ist meine Sprache und meine Stimme: Sie wird jedes Wort sorgfältig auswählen, spielerisch, zufällig, während der Sonnenaufgänge oder bei Flut, aber mit einer Genauigkeit, die man braucht, wenn man die Dinge zum ersten Mal benennt. Jeder ihrer Schreie belebt mich von Neuem, weckt Teile meines Körpers, erzählt mir von tausend Düften, die für mich verloren sind. Meine innere Sprache umfängt sie, geht ihr voraus, liefert ihr Erklärungen, stärkt ihr den Rücken und beschützt sie. Ich führe zwei Leben. Drei, wenn ich das meiner Schwester Taïmoucha hinzuzähle.

Wir bleiben bis Mittag und lassen uns von den Wellen wiegen. Es ist Sommer. In Oran gleicht er einem langen Vormittag im Licht eines hinter dem Himmel verborgenen Paradieses.

Manchmal erinnere ich mich. Die Zeitungen haben über die Geschichte dieses Imams berichtet, der im Dorf Had Chekala festgenommen wurde, weil er Eselfleisch verkauft hat. In seinem Wahn hatte sein Bruder es sich versagt, nach der »Versöhnung«, als die anderen Terroristen ihre Waffen und ihre Messer niederlegten, aus den Bergen zu kommen. Er war es, der am Abend vor meiner Ankunft die Eselsköpfe im Dorf verteilt hatte.

Fröhlich brabbelnd singt Kalthoum von ihren Erinnerungen ans Paradies. Dann weint sie, weil eine Möwe sie ärgert, die sie mit ihren kleinen Händen nicht einfangen kann. Also biete ich ihr meine Brust, damit sie mich verschlingt: Ich lege sie an und stille sie. Sie schaut mich an, bis ich mich nicht mehr bewege, und trinkt mich leer. Ihr kleiner Mund, der Schmerz und Beweise von Lebendigkeit vermischt, kitzelt mich wie Strom; ich bin ihr Fluss aus Wein, Milch und Honig; ihr nimmermüdes Pferd; ihre nie ausgehenden Früchte; ihr Smaragdzelt; ihre durchsichtige Haut; ihre Augen mit den irre langen Wimpern; ihr rotes Haar, das in den Bereich des Göttlichen fällt. Nichts kommt meinem lebendigen Körper so nahe.

In diesen Momenten verzeiht mir Khadija meine Reise, erkennt den Sinn in diesem rätselhaften Unterfangen. Sie verzeiht mir sogar, dass mein Haar seitdem gelockt ist und wächst, wie die Natur es geschaffen hat. Sieht man es? Ich bin glücklich, ich habe ununterbrochen ein großes Lächeln im Gesicht, und ich spreche endlich. Man versteht mich, wenn man sich ganz nah zu meiner Tochter hinabbeugt, als wollte man ein Geheimnis teilen oder zusammen eine Nacht verbringen. »Sag mir eine Zahl«, ruft Aïssa mir zu. Mein Freund sitzt auf einem kleinen Strandtuch neben Khadija. Ich sage »eine Milliarde Milliarden!«. Er beginnt zu lachen, jedes Auge schaut in eine andere Richtung, und erwidert: »Dann müssen wir bis in die Nacht warten und gemeinsam wieder die Sterne zählen.«

ENDE

Dieses Buch erscheint im Rahmen des Förderprogramms des Centre National du Livre.

CENTRE NATIONAL DU LIVRE

Erste Auflage Berlin 2025

Umschlaggestaltung: Dirk Lebahn, Berlin
Layout und Satz: Hermann Zanier, Berlin
Schrift: Chaparral Pro von Carol Twombly
Druck und Bindung: GGP Media GmbH, Pößneck
Printed in Germany

ISBN 978-3-7518-1031-9

www.matthes-seitz-berlin.de